葉山博子

時の睡蓮を摘みに

早川書房

時の睡蓮を摘みに

装幀：坂野公一（welle design）

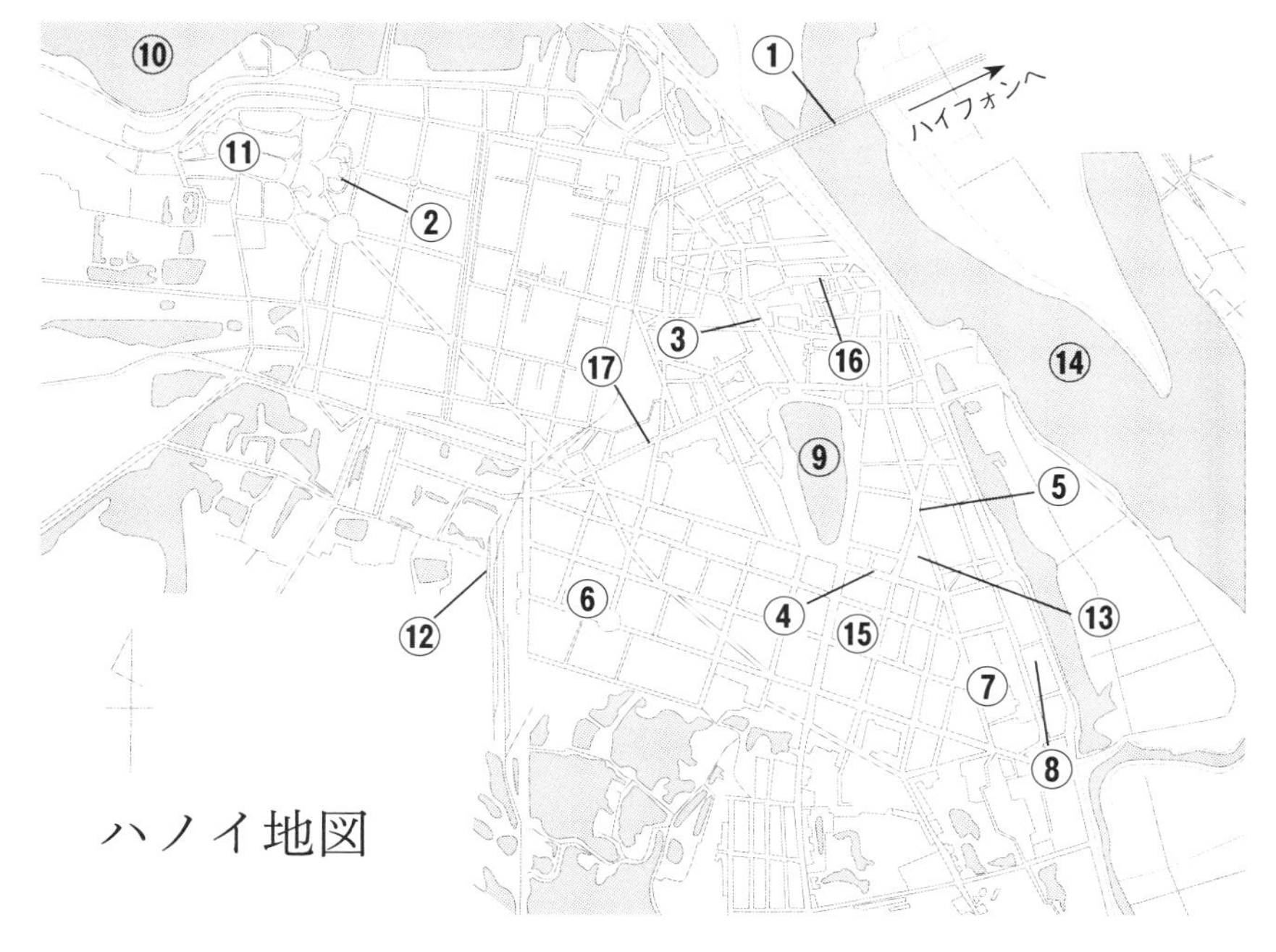

ハノイ地図

1. ドゥメール橋
2. インドシナ総督府
3. 絹通り（リュ・ド・ラ・ソア）……インドシナ・バナナ商会所在
4. ポール・ベール通り……ハノイ銀座
5. アンリ・リヴィエール通り
6. 鞠のアパート
7. インドシナ（ハノイ）大学
8. 仏軍司令部
9. プチ・ラック……畔にレストラン『タベルン・ロワイヤル』
10. グラン・ラック
11. 植物園
12. ガール・ド・ハノイ（ハノイ駅）
13. メトロポールホテル
14. 紅河（フルーヴ・ルージュ）
15. フランス極東学院
16. 広東通り（リュ・デ・カントネ）……中華街、福建会館がある
17. 綿通り（リュ・ドゥ・コットン）

昆明
桂林
雲　南
広　西
広　東
トンキン
ハノイ
ランソン
ハイフォン
ビルマ
ラオス
海南島
フエ
(ユエ)
仏領インドシナ
ラングーン
タイ
アンナン
バンコック
カンボジア
ダラット
サイゴン
コーチシナ
インドシナ地図
マラヤ
シンガポール

みなが話に参加しはじめると、サン＝ルーの気を悪くさせまいとして、ドレーフュスのことはたちまち話題に上らなくなった。それでもその一週間後に仲間の二人は、軍事一色という環境にいながらサン＝ルーが、反軍国主義ともいえるくらいに徹底したドレーフュス派なのは実に奇妙な話だ、と指摘した。「それはね」と私は、あまり細部には立ち入るまいと用心しながら答えた、「環境の及ぼす影響は、人の考えるほど重要ではないからでしょう……」

マルセル・プルースト『ゲルマントの方』
（鈴木道彦訳）

仏領インドシナ。ジュール・ブレビエ総督のレジデンスに隠された暗い執務室から、秘匿電報のタイプ音が響いていた。

——極秘(トレ・セクレ)。一九三八年十一月二十六日、ある日本人将校のスパイ事案に関する予審が始まった。近くハノイで軍法会議(トリビュナル・ミリテール)が開廷する。有罪が見込まれる日本人将校と思しき人物の原隊、階級、軍歴は不明。至急、東京及び上海からも情報収集願いたい。被告は一般市民であると主張している。身分証明書に記載された姓名及び、自己申告された経歴はおそらく偽装である。予審の概要と直近一週間の写真は手交する。

第一部

1

一九三九年雨季　ハイフォン

　ハロン湾に浮かぶボートの上から、若者は外海のほうを眺めていた。――ただしくは、アオザイを纏ったうら若い女だったが、髪が短く、菅笠を被っていたので、遠目には安南人の青年に見える。

　鞠は近頃、日本髪を結えるほどに長く伸ばしていた髪を肩の上でばっさり切り落とし、フランス婦人のようにパーマを掛けた。湿気の多いハノイではそのほうが風通しもよく、都合がいい。北部地方の女たちは長い黒髪を一生涯大事にして、昼間はお椀のように巻いて出歩いている。だが日本とは――それも乾いた東京とは何もかも勝手が違うこの土地では、だらだらと長い髪はたとえ晩に洗っても、乾くのを待つ間にもカビが生えてきそうなほど、じめじめして鬱陶しい。ようやく乾いても寝ている間にじっとりと汗をかいて、目覚める頃には濡れている。ずっと、湿ったままの髪のせいで寝つきが悪かったのだ。この国の気候には慣れてきたとはいえ、数十分のスコールの間に本当に枕にカビが生えていてぎょっとした日もあったので、思いきってよかったと思う。

　鞠は普段着として洋服を着ていない。絹か木綿の安南服を、ゆったりと纏うのが常だ。菫色に染められた木綿のアオザイは、岩が点々と浮かぶ青々とした湾景でよく映える。伝統的には、赤、藍、青、黒、紫が、安南人の主な色で、それ以外はあまり使われない。とくに、トンキン地方の人々が染めた黒や藍の綿の鮮やかさはよく知られており、何度洗っても色落ちしなかった。やはり昔からある濃い紫は、誰が着ても美しく見える。

ボートはヨーロッパ人の男たちが漕ぐものだったが、番人に十サンチームばかりの硬貨を渡してお願いすると、ボートを貸してもらえた。だが、女一人では危ないといって、今日は老いた安南人が、日に焼けた皺くちゃの手で櫂(かい)を漕いでくれた。跳ねる水の音が、耳を優しく撫でていった。

トンキン湾の北西にしっとりとひろがるこの内海は、切り立つ島々が押し寄せる波を砕いてはやわらげ、古(いにしえ)より天然の要塞として外敵から越(えつ)の王朝を守ってきたという。鞠はボートの上で、友人の美鳳(ミーフォン)から教えてもらった安南語の詩を口ずさんだ。彼女は阮(グエン)朝の官吏であった父から、匂やかな詩を幾つも教わっていた。ハノイがまだ昇龍(タンロン)と呼ばれていた十四世紀中頃、陳(チャン)朝大越(ダイヴェット)の文官、范師孟(ファンスマン)という人が故郷を愛でた舟歌だ。

——私は王朝に三代にわたってお仕えした。頭の雪となるも、いまだ宮仕えから退いてはいない。私は香を焚き、紅河(ソンコイ)を眺める。霧と河の流れが愁(うれ)いに沈む私の頭に浮かぶ。……

疲れがひどい時、鞠はこうやってもう一息力を出して、ハロン湾を眺めによく一人でちょっとした旅に出る。歴史を刻んだ、翡翠(ひすい)色の湾景に癒されるために。そして何もしないために。時の流れを忘れさせてくれる静寂の海流の上は、たとえ短くとも休息には格好の場所だ。——心からの休みがほしい。

今まで何とか無邪気にやり過ごそうとしていたありとあらゆる矛盾が、知らぬうちに耐えがたいほどの疲れとなって心にのしかかっていたようだ。ここしばらく仏印で暮らし、大学教育を受けている鞠は、日本語を一言も使わない勉強のせいで頭がパンクしそうになっている。人種、階級、言語、慣習、貧富。最近のドイツ情勢。もっとも日独防共協定が結ばれたのちは、矛盾に関する自分の考えを周囲にお喋りすることもあまりない。いつの間にか、極東では支那事変が日常になっている。

そしてやり過ごせないもう一つの――いや、一つしかない大きな矛盾。ある青年との、唐突で不可解な別れがあった。植田勇吉（うえだゆうきち）――生きて会えるかも分からないその姿を、鞠は雨靄（あまもや）の中で透かし見るように、必死で思い出そうとしていた。

船着き場で編み笠を被った老番人にボートを返すと、鞠は通り雨に濡れながら、ハイフォン駅行きのバス停へと向かった。

2

一九三六年春　東京／ハノイ

鞠が赤坂の私立女学校を卒業する前年の春、綿花交易に携わる父親がハノイ駐在所の所長を拝命し、単身赴任することになった。父子家庭の一人娘である鞠は、厳格すぎる祖父母の家ではなく、内務省官吏である伯父の家に預けられた。

なぜ伯父の家かというと、白髪を丸髷（まるまげ）に結いお歯黒（はぐろ）にした祖母が、鞠の亡くなった母のみならず、その娘である鞠のことも毛嫌いしていたからだ。明治民法下の時代、戸主でもその相続人たる長男でもなく、次男坊でしかない父にとって、実家はどだい気やすく寄りつける所ではない。ましてや掟破りな自由恋愛の結果である娘を、旧習にがんじがらめの実家に預けるなど、途方もない選択肢だった。それに、従姉妹たちに囲まれていたほうが、喋り相手がいて寂しくなかろうと考えたのである。鞠はこの従姉妹たちと、ほとんど面識がなかった。

鞠が伯父の家に居候(いそうろう)していたのは父がインドシナに旅立ってからの一年ほどだったけれども、この時期のことを、鞠はあまり思い出したくない。

初夏の日差しの下、長持(ながもち)一つと行李(こうり)一つを携えて東京近郊にある伯父宅に転がり込んだその日から、鞠はさっそく不吉なものを感じた。

父のほどお洒落じゃない分厚い眼鏡を掛けた伯父は、無表情のまま鞠を見下ろしていた。本当にこの人が父の実兄なのかと疑うほど堅苦しい。笑顔で挨拶しても、低い声で「ん」とだけ言って頷き、あとはもう、何も喋りかけてはくれなかった。こちらから話し掛けてはならないという雰囲気もあった。だが鞠の夢は女専に行くことだ。この一年受験勉強を頑張ればこんな陰気な家を出られる。向こうからは口もきいてくれず、鞠が外で串団子を買い食いしているのを伯母に密告してほくそ笑む従姉妹たちともおさらばだ。少しの我慢じゃないの——と幾度も自分に言い聞かせてきた。

受験が迫った二月の積雪の日、青年将校たちによる反乱事件が起こって東京に戒厳令が敷かれた。女専の試験日が延期になったり、内務省勤めの伯父がどこかに出掛けたきり何日もうちに帰って来なかったりした椿事(ちんじ)のあと、鞠には一次試験不合格通知が届いた。

ハノイにいる父は電報で慰めてきたが、伯父も伯母も、むしろ不合格を祝うありさまだった。落ちた時、新しい世界への憧れがくすぶったまま、鞠自身、妙に納得してもいた。女学校で学んだことといったら、裁縫、生け花、お茶、箏曲(そうきょく)。眠たくなる修身に、お手あげだった英語。そして家政科という名の、家事のいろはに膨大な時間が費やされていた。

裁縫の成績がいい女生徒はいつも先生のお気に入りで、クラスメートが群がって取り巻きもできる。鞠のクラスメートは、家で母親や姉たちに裁縫を教わっているからか、学校で習うより複雑な縫い方を知っていた。授業は、学ぶための時間というよりはすでに持てる技の品評会になりがちで、だれの母親が優れているのかという話に変わる。父子家庭の鞠は裁縫についてゆけず、後から先生に質問しても面倒くさそうにあしらわれる。一生懸命授業を聞いているのにうまくできない鞠は、終始黙っているしかない。気がついたらクラスメートから孤立し、次第に避けられるようになっていた。しかも、避けられることによって、ますます変り者に見えてしまうものらしい。

入学してから、みんなが興味を持つことに興味を持たなかったがために変り者と思われ、みんなから外れ者にされていた鞠は、結婚相手以前にただの友達が欲しくてならなかった。いや正確に言えば、一年生までは一人だけ友達がいた。陸軍の将官の娘で、このお嬢様学校では珍しく質実というか剛健というか、おさげもあんまり上手に結えない鞠をつっと無視せず、ピクニックなんかにも連れ出してくれた唯一の友達だったのである。ところが二年生の春、その子が親の転勤で転校して以来、鞠は五年生までついぞ一人ぼっちのままだったのだ。何かあれば意見を言おうと、遠慮せず手を挙げる鞠を取り囲んでは黙らせる、善意にかこつけたクラスメートの強圧もある。体が不調をきたし発疹(ほっしん)に悩んだ。

休み時間に入った途端、近くの中学の男子生徒から付け文(つけぶみ)をもらった子の話やら、婚約者の話やらで教室は沸騰し、鞠の静かだがほとんど空っぽな一人きりの時間が騒々しくなる。初老の地理教師は教卓の上でノートを閉じている。埴輪（はにわ）のように表情のないこの先生は、「オホン！」と一つ咳払いをして、一番後ろの席にいる鞠を一瞥（いちべつ）した。すると鞠はにこっとして、少女の波を掻き分け、教卓の方へ駆け寄った。その先生は、この学校で鞠を外れ者にしなかった唯一の人だった。短い休憩時間に教科書の一歩先の話を聞くのが、鞠のひそかな愉しみであった。

憧れだった名門女子専門学校の受験に失敗した鞠に残されたのは、縁談である。

女専（じょせん）の試験に落ちた鞠は、伯父の紹介で、春からタイピストか電話交換手の仕事につく手筈だった。が、いつまでも鞠を下宿させるのはまっぴらだからと、もう〈片付ける〉ことに決めたらしい。すぐに婚家にやるのではないが、桜が散らないうちに婚約にだけは漕ぎつけ、その後は婚儀にむけ、万端準備を整えるのだという。

相手の男は伯父の知人の息子で、帝大法科を出て、おととしの春からやはり内務省に勤めていた。すなわち職場では伯父の部下の部下という間柄だった。先方は最初からその気でおり、伯父との内務本省における関係が色々とあるから、滅多なことでも起こらないかぎりは纏まるだろうと伯母は鞠に釘を刺してくる。縁談には、父も賛成だった。

見合い当日は夜明け前に起床。道具を持って家にやってきた髪結いに、うねる髪を梳（す）き櫛（ぐし）で頭痛がするほど引っ張られながら島田に結い、地黒の肌は真っ白に塗られた。美容院で下手にモダンな洋髪にするより、日本髪のほうがきちっとして見え、先方の母親の印象がいいだろうと、昔気質（かたぎ）の伯母が判断したからだ。綺麗にしてもらえると聞いて、はじめはワクワクしていたが、息が詰まるほどぎゅうぎゅうに帯を締めあげられた頃から、鞠はだんだん気分が悪くなった。見合いの席の様子はおろか、伯父の知り合いの息子で部下だとかいう相手の顔も、仲人の声もあまり覚えていない。

覚えているのは、玄関で学ラン姿の従兄に無視され、たくさんいる従姉妹たちには「その顔じゃ無理」などと面と向かって貶されながら出掛けたこと。男とその母親から尋ねられたことに対して、自分の思うところを、「わたし」を主語にして、はきはきと正直に申し述べたこと。先方が顔を顰めて席を立ち、帰り道は伯母に「この恥知らず！」と、手首をつねられて痛かったこと。晴れの日に感じた、とんでもない孤独。

一件のあともしばらく怒りの収まらない伯母を伯父も見かねて、ハノイにいる鞠の父に電報が打たれた。仕送りがあってもこれ以上姪をうちには置けないから、即刻引き取れという。兄から怒りの電報を受け取った父は、何が何だか分からないまま、すぐさま鞠をハノイへと呼び寄せることになった。

荷造りが終わってから鞠がもう一度会いにいったのは、あの地理教師だ。

受験にも縁談にも躓いて別れを告げにきた鞠に、先生の小柄な奥さんが昆布茶とあられを出してもてなしてくれた。子どものない夫妻だった。坪庭に面した縁側で、先生は膝に三毛猫を抱いている。教壇に立つ時とはうってかわって、声は穏やかだ。

「行先は仏印ですか……。あなたの学年から、何人かはもう縁談が決まって、卒業してすぐに、まだ顔も知らない良人のいる満洲や台湾に行くことになった生徒もいるそうです。でも仏印というのは珍しい。ハノイも上海のように、東洋のパリと呼ばれているんでしたか。日本紀略には、阿倍仲麻呂が安南に漂着したと伝わる。御朱印船が往来し、日本町もあった。それがフランス領になるとは、いったい誰が想像できただろう。上海には日本人も大勢住んでいるが、ハノイに行ったというのは、身近で聞いたことがないなあ……」

「父があちらで綿花の買い付けをしているんです。もう一年になるでしょうか。でも身の回りの世話はボーイさんがやっているようなので、あたしがやるべき家事なんてないと言われていますし。五年も勉強した家政も役に立たないなんて。満洲に行く子たちなら、いまごろ花嫁衣裳(いしょう)の支度をしながら、みんなからお祝いされて船に乗るけど、あたしは、将来のことがまだ何も決まっていないまま船に乗るんです。……あたしは納得できないんですけど、その……こないだの縁談が破談になってから、あたしが原因で、父は伯父との関係がギクシャクしてしまったらしいの。でも、あたしは今とても晴れ晴れとした気持ちなんです。せっかくの機会なんだもの、また日本に戻って来るまでは、あちこち旅行してこようと思っています」

先生は目を伏せながら、思い出したようにこう呟いた。

「こういっちゃ失礼ですが、今の時代にあなたが男じゃないのは残念だった。でも、これは制度上の問題で、一介の教師でしかない我々には、どうしようもないことなんです。この前、あなたに差し上げた地理の問題は、士官学校と、一高の入試問題ですよ。与えられた素材で謎解きすれば良かったのが士官学校の問題で、数学のように白紙状態から証明しないといけなかったのが、一高です。あなたはどちらも解けていた。もっと自信を持つといい。ところで、ヨーロッパの大学は女子も入学できると聞いたことがある。ハノイのことは知らないが、植民地にも大学くらいあるでしょう。フランス領なら、本国と同じで女性も学べるのかもしれない。向こうに行ったら、地理学の講座が聴講できるか聞いてみるといい。女専なんか行ったって、和歌と裁縫を余分にさせられるだけで、あなたの人生の時間が無駄になるだけですよ」

容姿の悪さから一、二を争う不人気だったこの先生は、どうやら学校では一番進歩的な考え方を持っていたらしい。ふと気がつくと、落ち窪んだ先生の目がいつもより強く鞆を捉えている。曲がった唇からは、独り言ともつかない言葉が漏れてきた。
「さて、この子は将来どこへ辿り着くのか。楽しみだな……」

仏印へは、大阪商船による神戸・ハイフォン航路がある。南洋に向かう日本人は少なく、他には日本在住の華僑のほか、わずかにフランス人の姿も見えた。鞆は、柳行李二つとトランク一つだけを携え乗船した。本当は、日本郵船の上海航路を経由して、上海も少し見物してからフランス船に乗り換えるつもりだった。しかし直前になって、上海では排日運動の煽(あお)りもあるし、嫌な気配がすると、父が急ぎ電報でそのルートを取り消させたのだった。

ハロン湾に入ると、青緑色に輝く岩石が、古代王朝を描いた水墨画のように目前に点々と浮いている景色に現(うつつ)を忘れかける。客船の汽笛が、鞆の意識をこちら側に戻した。乗客はみなデッキに押し寄せ、遠い昔から一つも変わらぬ極東の湾景に吸い込まれていた。やがて客船はタグボートに曳かれながら、ハイフォン港のある河川へと遡上(そじょう)していった。菅笠を被った裸足のクーリーたちがロープを結びつけているのを見ると、いよいよ外国の植民地に来たのかと実感がわいてくる。

人だかりのなかでも、鞆はすぐに、白麻の背広を着込み、丸い眼鏡を掛けた父の無骨な顔を見つけた。こちらに向かってパナマ帽を振っている。鞆はふっと破顔し、旅行鞄を運ぶポーターよりも先に、二等船客用の懸け橋を走って降りた。

ヨーロッパの客船が停泊する整然とした港湾施設から、緑色のフィアットで少し走ると、安南人が使う漁港が目に入ってくる。生魚でいっぱいの天秤を担いだ、ほとんど裸の、骨ばった体つきの男たち。日本の田舎の風景をどこか彷彿（ほうふつ）とさせる。海には木製の平底船（サンパン）が所せましと並んでおり、岸辺には、森から伐採されてきた竹が水を覆うように浮いている。仏印の海の玄関ハイフォンから、首都ハノイまではおよそ百キロ、二時間のドライブだ。

ハノイ市街地に入ると、官邸やメトロポールホテルが建つアンリ・リヴィエール大通りは整然とした並木道になっていて、街路樹の緑が爽やかだった。小湖（プチ・ラック）の西側は、壮麗なカトリックのカテドラルが目を引く。

大湖（グラン・ラック）の畔（ほとり）には植民地連邦の権力中枢である総督府が聳（そび）え、後ろには植物園が控えている。その東側には、名門の共学リセ・アルベール・サロー校と女子学院が並び、広大な阮朝の城址は、フランス軍の兵器廠（しょう）、兵舎、演習場に置き換わっていた。

プチ・ラックの南側に広がる四区から六区はフランス人街だ。

フランス人と安南人の居住区はきっちりと分け隔てられているが、民族や国籍に関係なく、富を持つ者はフランス人街に移り住んだ。そうでない者は、プチ・ラックより北、旧市街地の大半を占める現地人街（ヴィル・アンディジェン）——もしくは、フランス人街よりも南側に開発された新市街地に住んでいる。フランス人街に住むアジア人は、かつてはユエの乾成宮（カンタイン）に住んでいた安南人の皇族の子孫や上流階級、以前から住み着いている華僑の資本家、そして各国からの外交団だったが、そこへ比較的新参者の部類に入る日本商も加わった。ここに住むフランス人は本国から来た人もいるが、見た目がヨーロッパ人でも、インドシナで生まれ育って安南語を解し、本国には帰る場所のない人びとがかなりいるという。

プチ・ラックの北側、安南人が昔から居住する一区から三区は、様子ががらりと変わる。

内庭のある二階建て木造家屋が、うなぎの寝床のように建ち並ぶ。なかにはフランス建築の風情を取り入れた、半近代的な建物も見える。寺院からは麝香（じゃこう）が、屋台からは揚げ物の匂いが漂い、花屋の菊の匂い、腐りかけの野菜に人いきれ、炊いた飯の湯気、生きたまま売られている鳥獣の臭いがないまぜになって、砂埃と一緒に宙に巻き上がってくる。いつも活気があり、托鉢（たくはつ）僧、行商人、京劇役者、ありとあらゆる種類の人間が押し合い圧（へ）し合い行き交っている。リキシャ、馬車、ごろごろと車輪を鳴らしながらやっとのことで動いている荷車。馬のいななきに、水車の回る音。

　だが雑多な音も匂いも、睡蓮の浮かぶ湖の静寂に吸い込まれてゆく。

　到着早々、父親に真っ先に連れてゆかれたのは、フランス人街にある病院だ。フランス人の医師から注射器で打たれたのは、コレラ・ワクチンだった。

　十九世紀の半ばにコレラが大流行し、ハノイのある北部トンキン地方でも多くの人命が失われたが、一九二六年、南部のコーチシナを中心に再び猛威を振るった。この教訓から、フランス当局がインドシナ全域で大規模なワクチン接種活動を続けてきた甲斐（かい）あり、今は落ち着いているらしい。コレラのほかに定期的に接種されているのは痘瘡（とうそう）ワクチンで、これも避けては通れなさそうだった。

　着いてからしばらくは、外ではワイン以外は飲むな、家以外では、冷たい飲み物も、料理に添えられた生野菜の付け合わせも口にするな、と父に厳命された。たしかに、到着早々コレラにかかって瀕死になり隔離されるよりは、酔っぱらったほうがよほどマシ、ということは理解できる。

「ヨーロッパ人は冷水を飲むのが好きだが、つられて、つい生水を飲もうと思っちゃいかん。瓶詰の炭酸水なら飲んでもいい。あれはアルプスから取ってきた水だからな」

「そんなに水が危ないの？」

「安南人は、いつも生水だけは恐れている。彼らは木炭でよくろ過してから、必ず煮沸し、お茶の葉で煎じてからでないと絶対に口にしない。水が原因で、村が全滅しかけたなんてことはざらにあった。トンキン地方は、年中そうだが、二月の終わりから三月のはじめは安南人も恐ろしい時期だと言って特に気をつけている。フランス人街に上下水道が整い、いかに蛇口から出る水が綺麗に見えても、慣れるまでは、うがいに使う水も気をつけたほうがいいな」

「郷に入っては郷に従え、ね」

「まあ、普段、気をつけるべきことに気をつけて、早く慣れるんだね」

ワクチン接種を終えると、つぎは買い物だった。父は、どうもあか抜けない娘を見かねたらしい。婦人服のメゾンへゆき、フランス女たちが纏うア・ラ・モードの服を、何着か新調することになった。

「おれは伯母さんに、おまえがみすぼらしいなりをしないようにとわざわざ余分に金を送っていたんだがね。おまえは見ないうちにノラ猫のようにがりがりに痩せているし！　ろくに洋服も買い与えないなんて。おれがおまえに送った金は、どこに消えたんだ？　万年内勤の役人で子だくさんの、兄さんの懐具合が知れるよ。身うちだからって何でもうやむやにされたが、消えた会計については、こんど義姉さんに明細書を送ってもらう！」

日本人がハノイ銀座と呼ぶ繁華街のポール・ベール通りには、シトロエンやシボレー、パッカードのオープン・カーが行き交い、パリと同じような造りの百貨店(グラン・マガザン)、映画館、高級レストランに一流ホテル、香港上海銀行、新古典様式のオペラ座が構えている。婦人服のメゾンは、それらに挟まるように可愛らしく建っていた。

「おまえも、とっととマダムと呼ばれる女に脱皮してもらわんと困る」

鞠は艶（あで）やかなオランダシャクヤク色のローブがとても素敵だと思い、どうしてもとねだって試着させてもらった。すると、濃いピンクに飲まれたその姿を見るやいなや、父は、セ・ビザール・プール・マ・フィーユ！（うちの娘に似合わんこと甚だしい）とか何とか言い出すのだった。

「そりゃダメだ、ダメ！　次！」

鞠は膨（ふく）れた。

切羽詰まった商談のように、採寸はお世辞ぬきにてきぱきと進んでいく。どんどん別の色の布がかざされてゆくなか、植えたばかりの稲のような、淡いグリーンのローブに心が持っていかれた。その半袖のシルクローブの色は淡くても鮮やかで、形もとても上品だ。それにこの肌触り。柔らかいサッシュで腰を締めると、フレアになっている裾（すそ）の印象も変わる。

父はインドシナ銀行の小切手（シェック）にサインし、店員にひらりと渡すと、仕上がりの日を確認してから鞠とメゾンを出た。同じ日、鞠は父親にねだって、ヴィオレに染められた木綿のアオザイも一着、現地人街で誂（あつら）えてもらった。この国の風景を美しく彩るその装いが、鞠の心に焼きついて離れなかったからだ。

鞠は、プチ・ラックの東、幸福通り（リュ・ボヌール）のアパルトマンに父親と一緒に住み、日中はフランス語教室に通っていたが、ある日、父が鞠に一人暮らしを提案した。年頃の娘が家にいるとまだやらねばならぬことがある気がしてならず、休日も何となく気が休まらないとか、風呂場にズロースや腰巻を干すなとか文句をいうのだが、鞠だって弁士のような父と離れて、一人になりたかった。父はもともと日本商人にしては遠慮なく物を言う人だったが、こちらへ来るとあのフランス的な個人主義に染まり、セ

・ノン（それはお断り）！　とか、ジャメ（決してない）とか、奥ゆかしくないことばかり口走るようになっていた。
　父が物事をはっきり言う人なら、鞠も遠慮せず言う。ついには親子のいさかいが絶えなくなると、父は鞠の一人部屋を探すべく、ハノイの不動産オーナーやエージェントに、片っ端から電話を掛けはじめた。

　父は受話器を一度耳から外すと、不動産エージェントの言葉をすぐ和訳して、鞠に伝えた。

「『現地人（アンディジェン）のお嬢さんが親元を離れるときは嫁入りと相場が決まっておりますが、ヨーロッパ人のお嬢さんがたは、成人になると、よくお一人暮らしなさるものでございます。ハノイには何せ総督府がありますから、ヨーロッパ人街なら危ないってことはありません』だってさ」

　新しい部屋は六区で見つかった。いつも警備が厳重であり、安全と言われているが、ターミナル駅であるハノイ駅をはさんで西側に、現地人街（キャルティエ・アンディジェン）の一部が含まれている。鞠のアパルトマンはフランス人街にあるといっても、現地人街寄りのところに建っており、部屋の窓からは、藁葺（わらぶき）の低い家々に、瓦屋根の寺院、それに田んぼが視界に入る。フランス人街にはどこでも上下水道が通っているので、鞠の部屋にも、お湯の出る風呂場（サリュ・ド・バン）に、家具、扇風機までついている。小さなバルコニーも素敵だった。華僑の仲介業者も贅沢（リュクス）だと太鼓判を押していた物件だが、部屋があるのは五階。リフトはカタツムリみたいで用をなさないし、部屋にたどり着く頃には、息が上がっている。

　さすが東洋のパリというだけあって、夕方に窓を開けると、風に乗って、どこからか出汁（だし）の匂いが漂ってくるのだった。

3

一九三六年雨季－三八年乾季　ハノイ

父と一緒に新しい部屋の鍵を華人のオーナーから受け取りに行ってから、そのままフィアットで近隣を一周しつつ、そういえばあまり見物していなかった新市街地の南東部までドライブした。若いフランス軍人や、紺サージのスカートをはいたリセの学生たち、それに白いアオザイや、洋服を着た安南人学生が、仏軍司令部や極東学院の並ぶカロー通りを闊歩している。鞠は首を伸ばして、本を抱えて笑顔で歩く、大人びた顔つきの若者たちに見入っていた。運転手がユニークなインドシナ様式の建物の前でスピードを緩めて、

「マドモワゼル、こちらは、インドシナ大学（ユニヴェルシテ・アンドシノワーズ）です。フランス人はもっぱらハノイ大学と呼んでいます」

と、東洋と西洋が調和した堂々たる造りの正門を指さした。街の人びとが誇りを持って口にする、仏印で唯一の最高学府だ。フランス本国と同じで男女共学、大学の学費は徴収されない。植民地では、フランス人、安南人問わず、上流階級や富裕層は子弟をフランスの学校や大学にやりたがるが、現地人の大半は無償の初等教育で終わる。先に進めたとしても、条件が悪すぎ、現実的にはリセや実科学校へやるのが限度だという。リセにしても、現地人の庶民は毎月二十ピアストルの授業料すら賄（まかな）えない。地方では、そもそも植民地政府の学校へは進まず、近代的な教育を受けない人口のほうが大きい。

父は車を停めさせ、鞠と大学構内を散策しはじめた。

「父さん、あたし、インドシナ大学に行くわ」鞠は先を歩く父の前に回り、きっと見るなり、行く手

を遮るようにして宣言した。

「何だって？」

「あたし、大学に行きたいのよ」


父は外国植民地の大学に娘をやるなど前代未聞だと言って渋っていたが、鞠の方は宣言を撤回する気配がない。そんな鞠に折れた父は、まず知り合いの日本総領事から情報を仕入れてこようと腹を括ってくれた。


初老の総領事は苦笑しながら、「仏語研修のため、海軍士官を官費でこちらの語学学校に在籍させる例はありますが、インドシナ大学は、官費留学の前例がありませんな。近いうちに、当方の若いのに手伝わせましょう」と、のんびり応じてくれたのだった。

「若いのとおっしゃいますと？」

「植田と申す書記生です。帰朝した副領事の後任として急遽、採用となった男です。猫の手も借りたいというのに、一時は空席が長く続いて頭が痛かったものですが、ようやく本省も重い腰を上げ、活きのいい若いのを寄越してくれたというわけなのです」

「なるほど。お忙しいということは、やはり……これからの国策は、南進で決まりですか？」

父の質問に対して総領事は咳払いして口を噤むかわりに、鞠の方へ目をやった。

「インドシナ大学は連邦で唯一の最高学府ですから、ユエの阮朝に仕官しておる上流階級の子弟もおれば、ラオスやシハヌークの王族も在籍しているといいますな……お嬢さんもひょっとしたら、大学でこちらの王族と出会われて、どこか王家に嫁がれることになったらどうします、滝口さん。そうなったら、歴史に残る外交問題となりましょう……。はっはっはっ」初老の総領事は、悪気なくジョークを飛ばして一人で笑い出した。

「それは結構な話です。日本の中流でしかない私が、一国の王族の外祖父になれるというわけですか」と鞆の父は同調し、声を出して一緒に笑っている。牙のある象の天蓋つきの鞍に乗せられ、ユエの乾成宮か、アンコールワットへ繋がる道を行く浅黒い自分。そんな場面を何となく思い浮かべてしまった鞆は、無理に微笑を浮かべて押し黙っていた。

ハノイの日本総領事館は、初老の総領事と、外交官見習いの書記生、すなわち外務省の〈丁稚(でっち)〉数名で回している。中堅の領事などは不在である。領事館はいつも人手不足が目に見え、半人前の書記生がてんてこ舞いで働かされていた。

領事館を出るとき、門前で鞆の父に会釈し職場に駆けこんでいく背広姿の若い男を見かけた。あどけなさの漂うその青年の印象は、鞆の目には残りもしなかった。

「あれかな、植田書記生というのは。まだ二十五、六じゃないのか。あんなに若いのに、きな臭い仕事に足を掬(すく)われんか心配だ」

「何がきな臭いの？」

「貿易商事の駐在所なら、どこも中堅かベテランに守らせるんだがなあ。政府ときたら、こんな、支那と欧州情勢との危険な際にある仏印での情報収集を、外語学校上がりの小僧に任せっきりにしているらしい」

翌々日の午前中、鞆は現地人街に立ち寄り、芭蕉(ばしょう)でくるんだ丸い餅を三つほど買ってから、昼時になってフランス人街に戻った。約束の場所は、メトロポールホテルのロビーだ。ヨーロッパ人客の中で東洋人の男の姿を探していると、背後から日本語で声を掛けてくる人があった。

鞠を待っていたのは、髪を七三に撫でつけ、背広もそつなく着こなしている青年である。これといって顔立ちに個性はないが、眼光だけは鋭い。日に焼けてはいるが、襟元から色白の肌が覗いている。

「総領事から助けるように言われましたので。あくまで私的な人助けですからお気になさらないでください」

植田書記生は、グリーンのローブに、つば広の麦わら帽子を被ったおさげ髪の鞠に会釈した。鞠は裕福なお嬢さんというなりをしてはいるが、うつむいたりまばたきしたり、恥ずかしそうに微笑んだりもしない。どこか好奇心旺盛な少年のような目で、じっと植田を見つめている。

「和洋綿花ハノイ駐在所長殿のお嬢さんですね」

鞠の目がきっと睨むと、植田は目を細めた。

「あたしの名前は鞠っていうんです。そんなにながながと父の肩書つきで呼ばれたら、誰のことか分かんなかったわ。菅原孝標女(すがわらのたかすえのむすめ)じゃないんだから」

鞠は注文をつけたが、植田は知らぬ顔をし、それにはうんともすんとも答えない。

「それからあたしの名前は、インドシナではMarieと綴る(つづる)ことにしているんです。Eのつくマリ(ウー)」

「どうしてですか?」

「Mariっていうのは、口にするのはやめておきますけど、サンスクリット語だと縁起でもない意味らしいの。あたしは漢字の鞠。それにMariだと、見た感じ女の名なのかどうかも不明だわ。だからあたしは、どうしても名前をローマ字で綴らなきゃならないんなら、百歩お譲りしてMarieなの。こっちのほうがエレガントなんだもの。苗字も、アメリカ人が思いついたヘボン式でTakiguchiって綴っても、フランス人にはタキグシとしか発音できないでしょ。シック（chic）の『シ』よ。だからね、これは父の請け売りなんだけど、名前を書くときは、あたしはフランス人がちゃんとタキグチと読めるように、せめてC（セー）の前にT（テ）を入れて、Takiguchiって綴るの。ほんとに、嫌になっちゃう……」

「でもサンスクリットで名前を綴る用事なんて、今世紀、あなたにあるんでしょうか？　気にしすぎですよ。どう書いたって、旅券に記載された綴りでないかぎり公（おおやけ）には無効ですし」と、植田は、独白のようなお喋りに夢中になる鞠に水をさした。

「パリならともかく、植民地大学への入学を希望する邦人がいるなんて珍しいことですから、こちらから電報で外国人の入学方法を問い合わせておきました。大学側もちょっと戸惑ったようで、返事が遅かったのですが、電話で何度か督促してやっと」

鞠はお礼を言うと、おもむろに、手提げ鞄の中から芭蕉でくるんだ餅を一つ取り出して植田に渡した。すると、無表情を装っていた植田の口元が少し緩んだように見えた。

メトロポールホテルの前で幌つきの輪タク（ヴェロ・リキシャ）に乗り込む。

「で、ハノイ大学で何を勉強なさりたいのですか？」

「まだはっきり決めてないですけど、地理学に興味があるんです」

「面白そうですね」

と、植田の無愛想な表情がやわらいだかと思うと、鞠のほうをまじまじと見つめた。

「あなたは地理なんぞに興味があるんですか？」

その問いには、当世の女がそんなものに興味を持つなんて普通じゃありえない、という驚愕があからさまに表明されていた。だが鞠は別段、ムッとしたりせず返事した。こういう場面には慣れている。

「地理というよりは、これからは、自分が旅した先々の土地のことを自分で記録してみたいんです。本屋さんで案内書を買うのもいいけど。出来合いの地図はなんか物足りないの。だからそのための術を身につけたいんだわ、あたし」

「ずいぶんしっかりした考えをお持ちなんですね」

「夢見てるだけじゃなくて、もっと勉強しなきゃなんないって分かったの」

「外国の大学に行かれるのを認めてくれたお母さんはすごいですね。日本でお家を守っておられるのでしょう？」

それもまた、何気ない質問だった。

「うちは父さんだけよ」

鞠が返事すると、植田はきまり悪そうな顔になった。よそよそしい風を吹かせ、反対側を眺めたりして、口も開かない。鞠が平気だと分かるまで、植田は神経質そうに顔を逸らしてばかりいた。

「でもね、一人暮らしするようになってからは、あたしやっと心が休まったの」

真っすぐな並木道（アレー）を走り抜けるリキシャの上で、鞠は何となくうきうきとした気持ちで、向かい風に流されるおくれ毛を手で押さえつけた。

「ほら、もう着きました。身分証（キャルト・イドンティテ）を用意してください」

植田と一緒にインドシナ大学の門を潜った。事務局では、何を言われているのか理解していない鞠にかわって、植田が通訳してくれた。日本のような競争式の入学試験は無いが、インドシナ・バカロレアというローカルの大学入学資格を取る必要があった。バカロレアは安南語もしくはフランス語で受験可能。学士（リサンス）の修業年限は三年だから、日本の帝大と同じだ。

が、文学のバカロレアの過去問を見せると、父は渋い顔になったものだ。

「鞠、おまえはアルフレッド・ド・ミュッセを今ここですらすら暗唱して、一体何が素晴らしいのか、とっくりと説明できるかね？　おまえの好きなデュマじゃないぞ」

「アルフレッド、……誰？」

「はあ、こりゃ、だめだな」

「だめじゃないわ、これから勉強するわよ」

鞠が楽観的に返事すると、父はもう一度ため息をついてから、哀しそうに笑った。そして去年のローカル・バカロレアに出題された詩を、娘にかわってスラスラと和訳してしまった。

「『天まで到達するには翼がいる。あなたがたにその欲求はあったが信仰がなかった』」

フランス語もおぼつかず、ラテン語もしらないのに、『巌窟王（がんくつおう）』や『ああむじょう』を翻案で読んだくらいの鞠が、いまから根を詰めたところで太刀打ちできやしないのだ。それで鞠は、父親のすすめもあって、本当は苦手な数学のバカロレアを選択することにしたのだ。いざやってみると、フランス語やフランス文化の知識の分量が問題とはならないこちらのほうが、外国人にははるかにマシというものだった。

鞠は、女学校で平方根（へいほうこん）を習ったことくらいは覚えていたが、算数に毛をはやしたくらいの知識しかない。バカロレアの準備学級に並行して家庭教師までつけてもらい、数学と物理、フランス語漬けの暮らしが始まった。もはや自分の夢についてお喋りすることもなく、幾何学（きかがく）漬けになって熱まで出し寝込んでしまった娘を見て、父もそろそろ心配してきた。

「これで嫁入り道具が一つ揃ったな。仏語のできるお嬢さんということで、箔（はく）がついたぞ」

鞠はチラと父親を一瞥しただけで、何も答えず、代数の教科書に目を落とした。

「おい、どうだ。おまえもこのへんで帰国して、もう一度日本の女専を受けたらどうかな？」

「日本の女専はもう興味ないわ」

「どうして。去年までは、あんなに行きたがっていたじゃないか」

「地理ができないもの」

「チリ？　なんだ、そんなもの勉強したいのか」

「ここに来て、やりたかったことと再会を果たしたの」

鞠は、日本を去るとき、植民地大学で地理学の講座に通うよう、女学校の地理の先生に後押しされたのだと説明した。「そんな話、初耳じゃないか」と、父は少し憮然としている。

何か閃いたらしい父は、鞠が尋常小学校の頃、おもちゃ屋に連れていった遠い昔のことをお喋りしだした。鞠の欲しい物は、フランス人形ではなく地球儀なのであった。いくら人形に気を逸らそうとしても、娘は地球儀のある棚から頑として離れず、しまいには泣き出したで、ドレスを着た人形よりよほど値の張る地球儀を奮発して買ってやる羽目になった。父は片腕に大きな箱を抱え、もう片方の手で娘の手を引いて雪を踏みしめて家に帰り、着くとさっそく地球儀を回しながら、一晩じゅう世界の国の話をしてやったのだ――とかいう話をされても、鞠はぜんぜん思い出せない。

「あの頃は、東洋に占める西洋の植民地や租界の話が難しすぎたんだなあ。そのおまえがフランスの植民地にやってくるなんて、想像もつかなかったよ」

バカロレアに通り、ハノイ大学にも無事登録を果たして落ち着いた頃、父は鞠を連れ、日本総領事に礼をしに出掛けた。「あー、滝口さん」とにこにこ笑いながら、総領事は客間に二人を招き、日本茶を勧めた。少し待つと、どこからともなく植田書記生がぬるりと合流し、父に挨拶をしている。総領事に何を勉強しているのかと尋ねられた鞠は、地理学を専攻していて、その他にはドイツ語と統計学などの科目が必修です、と答えた。その後は、父が仏印の対日綿花輸出量など貿易の近況を総領事に報告するばかりだった。

すると黙りこくっていた植田書記生が、好奇心に駆られたように鞠に尋ねた。

「ドイツ語をやっているんですか?」

「そうよ。大学で外国語を選択しなくちゃならないの。でもあたし、安南語とシャム語も勉強しているから、他のヨーロッパ言語やる時間があんまりないの」

「シャムにも関心がありなんですね」

「シャムの文字って、ため息が出るほどうつくしいじゃない……。でも、問題はドイツ語なのよ。日本だったら、もっぱら男の子が学ぶ外国語じゃない?」

「一般的に言って、そうかもしれませんね。ドイツ語は強国の言葉ですから、国策においても人生においても有意義ですからね。ゲーテでもお読みになりたいんですか?」

「ゲーテなんて……とんでもない。知っているのは、『リヒト、メーア、リヒト!(もっと光を!)』って言葉だけ。ドイツ語の先生が覚えなさいって言うのよ……。必修科目だから取っているだけなの。フランス語は慣れたからいいけど、本当ならもっとシャム語に時間を割きたいのよ、もう。こんなにジメジメしていたんじゃ、ドイツ語なんて頭に入ってこないの。寒い国の言葉でしょ。それに、あんな風にガチガチに規則づくめで喋る気がしないのよ。暑くて、言葉の並べ方なんてどうでもよくなっちゃう……。シャム語と安南語のほうがあたしの気分に合うわ。性格なのかしら」

「僕にしてみたら最後の子音を発音しないフランス語のほうが厄介ですけどね。日本の学校に比べたら、勉強は大変ですか?」植田は答えの分かりきっている質問をした。

「そりゃ、日本の女専なら日本語で答案を書けばいいけど、こっちじゃフランス語で書かないといけないから、あたしにはもっと大変だわよ。でも楽しいわ。必修の数学と統計学が難しくて、いろいろとちんぷんかんぷんなの。あとは人口学も。あたしは女学校時代、平方根を理解するのに苦労したくらいなんですもの。でも大学に行くのが楽しいからどんな科目にも耐えられるんだわ。次の学期から楽しみにしてた測地学と地図学がやっと始まるの。わくわくする」

「僕は、外語学校を出たから、正直いって、仏語の勉強以外はあまり深くはやっていないんです。でもあなたは、日本の男が帝大や士官学校へ行かないと学べないようなことを、好きなだけ学んでいるというわけですね。羨ましい」

「あたしは日本にいたら、外国語は学べたかもしれないけれど、あとはせいぜい、お裁縫と生け花で終わっていたわ。測量技術なんて、決して教えてはもらえないでしょうね。でもここなら、フランス人は安南人に土地調査をさせるから、そういう技術も教えているの」

会話はそこで途切れた。鞠には、植田が本当はまだ何か喋りたがっているような気がしてならなかった。もっと素直に話し掛けてくれればいいのにと思う。いつだか父は、外交官なんぞ、目覚めているあいだ本心とはさかしまの事を喋るよう馴らされた人種だ、と漏らしていたが。

「滝口さん、また僕にお手伝いできることがあれば、いつでも呼んでください」

親切な申し出だったが、やはり本心かどうかも分からない、肩ひじ張った声だった。

身体にぴったりとしたヴィオレのアオザイに、同じ色合いのクワン（ズボン）を穿き、新しい黒革靴の踵を鳴らしながら、鞠はインドシナ大学に通った。晴れやかな色を纏う楽しみに目覚め、表情も明るくなり、頬はばら色に紅潮していた。

もし、女学校を出てすぐにどこかの家に嫁いでいたら、いったいどういう暮らしを送っていたのだろうと思うが、植民地大学での新しい現実と向かいあっている今、誰かの「嫁」である暮らしは鞠にはもう想像不可能になってしまった。そうだ、女学校で、あたしは頭の中を纏足されていたんだわ——。中国のお嬢さんが、小さい頃から足を小さくして、家から遠くまで歩いて行けなくする纏足を。それを可愛い、綺麗だと皆信じているけれど。

鞠が専攻した地理学は、フランスのリールから来た先生が今年一年間担当するので、本国と同じ講義が受けられると、ずっと楽しみにしていた。

しかし、フランス語がフランス人並みに流暢で、現地人人口の上位数パーセントを占める安南人の秀才たちと同じ講義室に足を運び、先生の話をノートに書き留めるだけでも、一年と少し前にはフランス語すら知らなかった鞠にとっては、重労働だった。他のフランス人や現地人学生たちのように、まだきちんと綴れるわけじゃない。今日も、これじゃ何を言いたいのか分からないからと、人口学の教授に宿題を突き返されてしまった。

「マドモワゼル、どうして泣いているの」

授業が終わったのに、講義室に座ったまま、ぽろぽろと涙を流して動けなくなっている鞠に、安南人のクラスメートが声を掛けた。同じ地理学科に通う鄭美鳳（ティンミーフォン）だ。

「フランス語がダメだって、書き直しだって、宿題を戻されちゃったのよ……」

「わたしに見せて。あなた日本人なんでしょう？　名前は確か……」

「マリ」

美鳳の黒い瞳は意志の強さと、生まれつきの気品を感じさせる。白いアオザイの背中に流れる豊かな漆黒のロングヘアーは、黒く染めた絹のように艶やかで美しい。湿潤な土地で育（はぐく）まれた肌は陶器のようにきめが細かく、南国の娘のわりには色白だった。同じ年のはずなのにどこか古風な威厳の漂うその風格に、鞠はたじたじとしてしまう。

「マリ、このレポートであなたが言いたかったことをわたしに言って。口頭で」

口頭表現でも、まだまだ間違いだらけだった。

「分かったわ」

鞠は一行ずつ、書きたかった内容を美鳳に伝えた。すると美鳳は、ノートのまだ白いページに鉛筆で一行一行、鞠に意味を確かめながら正しく綴っていった。

「そう言いたい時は、こう書かないと通じないのよ。それからここは、仮定だから接続法（スブジョンクティフ）」

苦手な接続法のところで、鞠の額から汗が垂れた。

「美鳳。あなたのフランス語は素晴らしいわね。どうしてそんなに正確に喋ったり綴ったりできるの……」

「赤ちゃんの時からフランス語の聞こえる国で育ったからよ。それから、わたしの父は、自分の娘が大きくなったらフランス本国に留学させたかったの。うちは男の子がいないから、近代的な教育を受けさせて、わたしが自分の力で生きていけるように、息子のように育てたかったのよ。阮王朝の官吏（マンダリナ）だった父が皇帝から拝領した小さな農園の収入で、わたしが将来リセに入学できるように、フランス語教育を小さい頃から余計に受けさせてくれたの。わたしは総督府の近くの、アルベール・サロー校に通っていたの」

「インドシナ一の名門リセじゃない。だからそんなに綺麗なフランス語を喋れるのね……」

「それがいいかどうかは分からないわ。かわりに、わたしは漢字では安南語をうまく綴れないのよ。漢字をあまり知らないから。家で漢字を教えてくれていた父は家からいなくなったの。だから、奨学金（ブルス）をもらって何とかリセへは通わせてもらったけれど、わたしがフランスに行く計画は無くなった。母は、わたしや妹たちを養うために、皇帝から頂いた農園も手放すしかなくなったの。世界恐慌の時、まったく収入が上がらなくなってしまったから。土地を持っているだけで貧しくなってしまうもの」

「ねえ、あなたのお父さん、なんでいないの？」

「蒸発したのよ。自分の国に絶望して、家族も捨てて、どこかへ旅立ってしまった。たぶん中国に。でもそんな家族、〈アンディジェン〉にはいっぱいいるのよ。何でもない話だわ。わたしたちはかわいそうじゃない。まだ植民地主義者と戦っていないだけなのよ……」

それから美鳳は鞠を散歩に誘った。最後の授業のあと、夕空はすぐ闇に溶けた。話に聞くパリのように、これから深夜までキャフェのテラスは人で一杯になる。二人は大学のあるカロー通りを出て、プチ・ラックのほうへとぶらぶら歩きはじめた。

「マリはどうして地理学をやりたかったの？　日本の大学には講座がなかった？」

「日本には女子大はあるけど、地理学を学べるめぼしい大学には女は入れないの。地理学をやりたかったのは……旅先をちゃんと理解したかったから。それからまだ旅したことのない世界も、自分が旅しただけじゃ分からない本当の姿を知っておきたいから。美鳳、あなたは？」

「わたしは、植民地になってしまった自分の祖国を、せめて心の中だけでも取り戻したかったからよ。征服者と対話できるようになるまでは、彼らの言葉で彼らの水準まで勉強しないといけないわ。ヨーロッパ人の科学は方法としては大事なのよ。でも、努力すればするほど、フランスへの憧れが強まるだけなのかもしれない。そしてだんだんフランス人になりたいって思うようになる」

「あなたのお父さんは、本当は人民の苦しみをとりのぞいて(アレジェ・ラ・スフランス・ドゥ・プープル)やりたくて中国へ勉強しにいったんじゃないの？」

　鞠の問いに、美鳳は哀しそうに首を振った。

「たとえそうであっても、彼一人に何ができるというの。わたしたち家族が不幸になるだけ」

――新しい世界へ、思うがままに冒険してみたかったから。

　地理学を学びたかった本当の理由。でも鞠はそれを言えなかった。美鳳のように、祖国のため、という自己犠牲的な意図など端(はな)からない。ここは鞠にとって新しい世界でも、彼女にとっては先祖が何代にもわたって住み、遺産を受け継いできた祖国なのだ。彼女の前では、新天地などという漠然とした夢想にしか行きつかない動機に、悪い気持ちすら抱く。

「わたしたちの国には、いつも遠い国から冒険者がやってくる。彼らの頭の中では、何故か東洋の地図は真っ白なのに、資源や宝物だけは山のようにあるのよ。彼らはいつも自分たちの行動が正義だと思っている。だから冒険が侵略になっていても自分たちを正当化するだけ。この半世紀だけで、開発の負債、王朝がフランスに抗(あらが)ったことに対する莫大な賠償金と、安南社会にもフランス人社会にも溶け込めず、どこの家族にも入れてもらえない混血(メティス)の子だけが大量に残された」

暗闇のなかで、寺院の池に浮かぶ朱色の水亭に腰かけた二人は、半枯れになった大きな蓮の葉っぱのあいだを舞う蛍と、池の畔に繁る肉桂樹(カヌリエ)の赤い葉っぱが、月の光に美しく輝くのをずっと眺めていた。鞠は美鳳に何と言ってあげたらよいのか、まだ分からなかった。夜の花が放つかぐわしい匂いが、年のわりには堂々としているけれど哀し気な美鳳と、楽天的であろうとしていつももがいている鞠をふんわりと包み込んでいた。

4

一九三八年雨季　ハノイ

菅笠を被った青年二人が、夕暮れの紅(フルーヴ・ルージュ)河で釣り糸を垂れている。

一人は紺野永介(こんのえいすけ)という年の頃二十後半の貿易商人で、もう一人は植田だった。

「この支那事変、どうなると思う?」植田が聞いた。

「どうなるもこうなるも、日本の勝利に終わる。そして、ゆくゆくは我が国が東亜を列強から解放する。答えは一つしかない」

「だよな。安南人が人間扱いされないのを見ていると、怒りしかわかない。自動車に轢(ひ)かれて無残(むざん)なことになっても、自分らの国で権利も何も持たんから、それまでだ」

言うなり顔に陰が射した植田に、紺野がはぐらかすように聞いてきた。

「で、例のタキグチマリという娘は、どんなだった」

「美人じゃない」

「おい、それじゃ説明になってないぞ。『何々じゃない』と言われても、一旦否定されたものの原型を、一から想像するこっちの苦労も考えてくれ。いいか、否定でしか説明できない奴は、まずもって自分が理解していないか、自分にとって都合の悪いものや、好ましからざるものから逃げたいか、どっちかだ。ちゃんと説明しろ。間諜のように、きちんと情報を積み重ねろ」

「うーむ。真っ黒に日焼けしているだろ。声が大きい。それに食いしん坊だし。ハノイ大学に用があって一緒に行ったとき、お礼にと餅を一つくれたんだが、彼女自身は、道々、ただでさえ大きな餅を二つも食っていた」

「まだ色気の出てない、率直な娘だな。で？　他には何だ」

「それから……女のくせに数学と地理とドイツ語をやっているだろ？　地理を究めるために、現地人と同じ条件でハノイ大学に入ったらしい。まるで士官学校生みたいじゃないか？」

「男だったら参謀になった」

「本当かよ。あんな娘が」植田は空返事(からへんじ)しかしない。

「だから、もし男なら、と言っているだろう」

「男はありえないね。服装なんかは完全にフランス人のお嬢さんと同じ趣味だ。男だったら、って言ったら怒るかもしれん。だが、喋り方は女のくせに生意気だ」

「おまえ、自分の恋人をものさしにして滝口嬢を見ているんだろう。じゃなきゃ美貌じゃないだの、生意気だのという評価は決して出てこない。滝口嬢のありのままを教えてくれ」

「ありのままと言ったって、おれはあの娘に関心がないんだから仕方ないじゃないか……」

どうにも腑に落ちないといった様子で釣り竿を引く植田の横で、紺野がまた冷ややかに口を開いた。

「彼女の素性を知っているか？」

「和洋綿花ハノイ所長のお嬢さん」

「回答はもう一つある。内務省警保局幹部の姪だ。つまり特高のマニュアルをひねり出している頭脳が、あの娘の伯父さんだ。血は争えないね。今のうちに仲良くしとけよな」

「紺野、何でそんなこと知っているんだ」

「おれの大学時代のちょっとした知り合いが、例のマドモワゼルと見合いして、お断りしたらしくてな……」と紺野は飄々と答えた。

「見合い？　あの滝口嬢とか？　あの娘にそんなことがあったのかー……！」

「さよう。伯父さんの力添えさ。だがマドモワゼルは縁談を蹴って冒険に出たのさ。何だかワクワクする話だろ？　おれは今後あの娘に何が起こるか心配でしょうがないんだよ……」紺野は勿体臭く告げた。

「だから今は落ち着いてハノイ大学に通っている。頑張り屋でいこじなのは親父さんに似たのかな。親父さんのほうは見栄っ張りで悪巧みのない江戸っ子の典型だが、シックさ——つまりフランス流の粋を地で行こうとする、昔かたぎのモダーン・ボーイだ。あの父にあの娘ありで、娘のほうも、自分の名前をシックに見せようと拘るあまり、ローマ字でマリをマリィと綴ると言ってきかない。どうでもいいことなのにな。その滝口嬢が、仏語も知らんかったのに、その辺にいるスッポンのごときしぶとさでバカロレアまで取ったんだから。今はまだ十八か？」植田は紅河に向かって釣り竿を投げた。

「いや。今は十九だが、あと五年待てば水もしたたる女になる」

「滝口嬢のことだぞ。水はしたたらんだろう」

「想定不能なことを思考から除外するやつは、ある日、蟻地獄に陥っていることに気がつかない。ありえないと思うことほどありえるもんだぜ？」

「スッポンが月だったら、ということか？　親父さんの頭痛の種になってる婿問題なら、月よりもスッポンがいいという奇特な男でも現れれば話は別だろう。滝口嬢も大学を卒業する頃には、ほんとに参謀みたいに地理に詳しくなって、さあどうなっているかな……。大学に行ったのはこれといった野心があったからじゃないんだが、何だか楽しそうだった」植田は滔々（とうとう）と流れゆく大河に呟いた。

「言っとくが、月はきみが窮地にいても、黙ってそのザマを煌々（こうこう）と見下ろしているだけだぞ。植田君、問題はむしろきみだ。仕事はうまく行ってんのか。野心の塊と評判の滝口伯父（オーンクル・タキグチ）の間諜マニュアルに比べれば、このごろ流行（はや）りの、外務省革新派とやらの情報工作なんて屁みたいなもんだろうな。昔の外務官僚は、対満蒙政策で強盗顔負けの強硬論を提出して頭角を現していたものだが、しょせん、武器も警察権限も持たんから今は見る影もない」

言うなり、紺野は神妙な顔つきになった。植田は顔を顰めた。

「おれは派閥には興味ないからな。特高なんて猶更（なおさら）だ」

植田は大阪外語学校仏語科に在籍していた頃、『オーロール（夜明けの光）』という学内雑誌を創刊した。オーロールというのは、エミール・ゾラがドレーフュス大尉を擁護するため、「我弾劾す（ジャキューズ）！」の抗議文をでかでかと掲載した、新聞のタイトルである。植田はここに友人が書いたラディゲ論を掲載したり、自らもフランス現代事情について書いたりしていたが、今はそういう雑誌のことごとくが特高警察に監視されているから、まだ存続しているかどうかは知れない。自分が手塩にかけて育てた、自由な言論のための雑誌がどういう苦境に陥っているのか。今でもそれだけは気がかりだった。

ユダヤ系のドレーフュス大尉も秘密警察に欺(あざむ)かれた。小説家ゾラは身を張って新聞『オーロール』で当局による謀略を弾劾し、ドレーフュスを守ろうとした。以来、共和政のフランスでは事件の教訓から、秘密警察は民衆の敵として嫌悪され、活動は下火にならざるをえなかった。オックスブリッジ出の人文知の遣い手までも情報機関に動員する英国ほどではないが、フランスは常に暴動の危機を抱えている植民地では容赦がなかった。諜報活動が下手物(げてもの)と非難されようが、極東の植民地には本国人の抗議活動も及ばない。そもそも現地人に同情する者などいないのだ。

紺野は釣りあげたスズキから針を取って魚籠(びく)に投げ込んだ。

「きみの滝口嬢への関心の程は分かった。それより、新しい恋人(いろ)とはうまくいっているか?」

新しい恋人というのは、仏印籍の若い女だった。母親が安南人、父親がハイフォンで漆(うるし)を輸出する華僑で黄(ウォン)という――のが植田の理解である。出会いはポール・ベール通りのダンスホール、その場には女を連れてきた紺野もおり、見知らぬフランス女を誘惑して踊りまくっていた。植田はホールに漂う人種的に排他的な雰囲気と嬌声(きょうせい)のやかましさから逃げようと、キャンティのグラスを掴んでひとりバルコニーに出、生ぬるい夜風に当たりながら、友人の踊る様を眺めていたのだった。そんな植田に声を掛けたのが、白いモスリンドレスを着たあの女だった。

女は今も、紺野が勤める南亜洋行社のタイピストとして雇われており、広東語と安南語を母語とし、植田とは流暢なフランス語で喋っていた。素封家(そほうか)の父親がパリの学校にやってくれたので、喋り方や身振りはそっくりそのままパリジェンヌである。フランス本国に行きたくても行ったことのない植田は、自分の性格的な欠点を覆い隠してくれる、洒脱(しゃだつ)な――しかも家の中ではどこまでも東洋的にくつろげる女と一緒に過ごすのが愉快だった。

在外公館の要員として南方一帯を無期限に転々とさせられるのであろう植田が、いつまともな女を娶(めと)れるかは分からない。植民地育ちのフランス娘は、現地人に対するあからさまな態度や肥大化した特権意識のせいで大味な野菜の煮物(ラタトゥイユ)みたいに魅力を感じないし、かといって目に入る日本娘といったらからゆきさんばかりなのだ。そういうわけで、たとえあの女がフランス人でも日本人でもなく、現地人であったとしても、植田にとっては二つとない存在になりつつあった。

「うまくいってるさ。下手な日本娘よりいい。おれのために尽くしてくれている」

「そうか、それはよかった。あの女はいい。手放すなよ」紺野はまじめな声で念を押した。「植田君。ところで、きみがこんど決行したがっている〈ワンダーフォーゲル〉の件だが、おれが安全なルートを探しておくから、まあ今少し待っていてくれるかな？　ランソンがいいと思っているんだ。……まあ任せておいてくれ。おれは今でこそ商人だが、これでも幼年学校は出たんだ。きみよりはカンがある」

5

一九三八年雨季　ハノイ

「鞆、そういや来週、知り合いにおまえを紹介することになったから、ついてきなさい。日本から着物もってきただろう。あの赤縮緬（あかちりめん）の振袖ならどこに出しても恥ずかしくない」

　休みの日、昼食の時間に合わせ父宅へ顔を出した鞠に、父が息を弾ませて、呼びかけた。

「一体何なの？」

「見合いだよ、見合い。ただし、今回は仲人なんていない。おれは、こんなよその国で、日本人の仲人をどうするかで随分悩んでいたんだがね、いやしかし……ことは簡単だった。直接交渉すればいいだけだったのさ」

　父は声を大きくしながら、アッハッハッ、と自画自賛するように笑っている。

「そんな話聞いてないわよ」

「いや、もう決まったことだ。来週末の晩に、おまえは父さんと一緒に、その男とプチ・ラックの畔のレストランで会うことになっている。おまえは振袖を着て、いっぱしのマドモワゼルとして、ただ黙ってにこにこしながら、恥ずかしそうにうつむいていればよろしい。あとはおれが、相手にうまーく、説明する。交渉となれば必ず勝つ自信がある。いいか、おまえはくれぐれも、しおらしくしているんだぞ」

「この前は早くマダムになりなさいって言ったばかりなのに、今度はマドモワゼルぶれというの？相手は誰なの？」

「立派な青年だよ。だが今は話さない。来週の楽しみにとっておくがいい。ほとんど射止めたも、同然なんだ。ハッハッ、こんなところへ来て、ルーレットで大勝した気分だ。ああこれで、おれの積年の宿題が満点で片付くぞ……。ちかぢか、おまえは晴れてマダムになっているというわけだ」

　父がまた一人で笑い出したのを、鞠は眉根にしわを寄せて眺めていた。

翌週火曜の夕方、アパルトマンのベルを、フランス人の郵便局員がけたたましく鳴らした。書留である。無地の白い封筒に、綺麗に折り畳まれた便箋が一枚。

「滝口鞠さま。突然お便り差し上げます無礼をお許しください。今週末のお話のことです。あなたはお嫌でしょうから、こちらから、急な用務が入ったといって、とりあえずは失礼にならぬような形で遠慮することといたしました。紺野永介

追伸。ところで、狭いハノイであったご縁です。袖すりあうも、と申します。堅苦しいことは抜きにしていちどお目にかかりませんか？　知り合っておけば、小生何かの際にお役に立てることもあるかもしれません。明日、水曜日の六時にプチ・ラックのそばの花屋の前に立っています。三十分経ってもいらっしゃらなければ私も立ち去ることにします」

——父さんがこの人にあたしの住処（すみか）を教えたのかしら……。なんてせっかちな。

この長い「追伸」のために書かれたらしい手紙を前に、鞠はひじ掛け椅子の上で脚を組んだまま、じっと考えこんでしまった。向こうから断っておいてくれたんだ——。見合いの件でこれ以上気を揉まなくて済んだので、鞠は内心、男に感謝していたのだ。

封筒の裏面には、現地人街にあるらしい聞いたこともない宿屋の名が書かれている。宿屋住まいなのだろうか。

——明日だなんて。あたしが来るまで三十分も待つなんて一方的に書かれたら、行くしかなくなっちゃったじゃない。行って、ひとこと挨拶したら帰って来ればいいわ……。

翌日、鞠が十五分ほど遅れて現れた時、その人は遠くから視線だけで鞠を捉えていたので、それと分かった。バラやカーネーションをどっさり置く花屋の店先に、白いリネンの背広を着た男が佇んでいる。ひょっとすると、鞠が考えているよりもっと若いのかもしれない。細身だが、遠目に見たときより体格はしっかりしている。日に焼けてはいるが、黒いまつ毛の被さる切れ長の目などはいかにも日本的な趣で、端麗なひとだった。

男はカンカン帽を取ると、伏せていた目を鞠のほうに上げ、愛想よく微笑んだ。

「紺野と申します」

白い背広から、ヨーロッパの香水の匂いだか、生花の匂いだか、仄(ほの)かないい香りがした。少し前に煙草を呑んだのかもしれない。袖が動くと、渋い煙の匂いが少し。

「あなたのお父さんとは、商工会でよくお会いするんです。私のことはもうお聞きになっているでしょう」男は名乗ると、「鞠さん」と馴れ馴れしく呼びかけた。「来てくれると思っていました」

「あたしのこと、もうご存じだったんですか？」

「安南服を着て、大学に通っている邦人の娘さんがいるという話を、聞いていましたから」

さて。なんて言っておいとますればいいんだろう。そういえば、なんであたしはこの人と会おうと思ったんだっけ？　鞠はおずおずとあとずさりする。明日の講義の前に、帰ってから解き終えなければいけない回帰分析(レグレッシオン)の課題も頭をもたげてきた。

「ごめんなさい、あたし今晩とっても忙しいんです。やっぱり帰らなきゃ……」

紺野氏は鞠の声が聞こえていなかったのか、それともわざと聞いていなかったのか、いつの間にか気配もなく鞠の背後にまわっていた。片腕を鞠の腰のほうに広げると、「じゃあ、一緒に行きましょう」と、アオザイ姿の鞠を前方に追い出すようにすたすたと歩き出し、プチ・ラックの湖畔にあるレストラン『タベルン・ロワイヤル』に連れていった。タベルンというのはフランス語で民芸調のレストランという意味だが、東洋の素材をヨーロッパ人好みに誂えた高級レストランに他ならない。ひょっとしたら、紺野氏に初めて会うために、日本の着物を着て、父親と二人で緊張しながら来ていたかもしれない店だ。

　白シャツに黒い蝶ネクタイをし、糊（のり）のきいたタブリエ（エプロン）を腰に巻いた現地人ウエイターがメニューを持ってきた。フランス人向けのレストランで供される安南料理はフランス料理と融合して、安南人街で食べるそれとは味がまったく違う。

「あなたは、何がいい？　フランス料理？　安南料理？　それとも〈本日のおすすめ〉？　今日は安南とフランスの折衷（せっちゅう）料理のようだよ。こういうところはお嫌い？」

「べつに……」鞠は注文する気のないメニューばかり眺めて、何と答えて席を立とうかと逡巡した。

「メニュー読める？」

「ええ、何とか」

「英語版があるか聞いてみましょうか？」

　ハノイ市内にある高級ホテルや五つ星レストランには、たいていアメリカ英語のできる華人のボーイがおり、頼めば英語のメニューがもらえる。しかし、鞠は表情を硬くした。

「英語はもっと読めない……。女学校で挫折したんです」

　メニューまでもが、落ちた女専の英語リーディング問題に見えてくる。一行目の一単語目から分からず、頭が真っ白になった。

「そうだったの、ごめんね。僕も英語はそんなにできないんだ」

紺野氏の口元に浮かんだ笑みは、鞠には棘が刺さったかのように無慈悲に映った。

「今晩のことは、見合いでも何でもないんですから、どうか気楽になさってください。お父さんにあなたのこと紹介されたとき、この店を提案したのは僕だったんです。腹ペコで死にそうでしょう。さあ好きなものをおあがんなさい」と、紺野氏はとってつけたように言った。

「あたし、死にそうな程お腹空いてるように見えたかしら」鞠がちょっと顔を顰めると、我慢していた腹の虫が大合唱しだした。

　すると紺野氏は口を閉じたまま笑いだし、堪えきれない笑い声を鼻から漏らしている。そしてとうとう口を開けて、憚りなくげらげら笑い始めた。

　鞠は真っ赤になって俯いたが、「空腹は恥ずかしいことじゃないわ！」と張り上げた。

「腹ペコだからって、お嬢さんが、現地人街で十セントの餅ばかり買い食いしてちゃいけない」

　何でそんなことまで知っているのと鞠が聞いても、紺野氏の笑いはなかなか収まらなかった。父親の知り合いなのかもしれないが、どうも目の前の男は親切に見えて、摑みどころがない。鞠は睡蓮の葉の浮かぶ湖面に視線を逸らした。料理を待つ間、紺野の刺さるような視線にどうも裸にされたような気分になった鞠は、自分から質問を投げかけた。

「お仕事は何をなさっているんですか？」

「南亜洋行という貿易商事は知っている？」

「ええ、父から聞いたことがあります」

「僕はそこでゴムの買い付けをさせられていてねえ。うちの会社の主力は北部トンキンの石炭、亜鉛、それから漆。だが、最近はハノイの支店でサイゴンの天然ゴムも取引するようになったんです。多くは他の財閥が、ジャワやマレーの日系農園から輸入しているんだが、最近、軍需が急に増えてきたものだから。足りない分は、仏印での商売に慣れているうちがやることになった。実際には、僕が一人でサイゴンにしょっちゅう出張に行って捌(さば)いているんだが、お国のためとはいえ、こんなやり方じゃ身がいくつあっても足りないよ……。昨日だって、サイゴンにいるゴム農園のオーナーが一方的に価格を吊り上げると言ってくるし。長電話のあとは、たった一つの事務的な事柄を確認しに林務局(セルヴィス・フォレスティエ)へ行って、小役人相手に何時間も費やしてしまってねえ。それから融通(ゆうずう)の利かない税関吏との揉め事ときた。ここはビューロクラシーが最悪ですね」

だが、テーブルの真向いに座る男の顔から、憂鬱な感情は読み取れない。

「ゴムの樹は、どんなか見たことがありますか？」

「そういえば、まだないです。話に聞いたことはありますけれど……」

蒸し魚料理の皿の上に紺野氏は紋様入りのナイフを置いて、また鞠の方を見た。

「ゴムの樹なんか植えたら元の森が壊れるし、生ゴムの採集にあたる安南人も、稲を植えて暮らしていた時より一層貧しくなる。彼らも、二度と先祖の暮らしには戻れない。そういう変化を見るのはつらいですよ」

真面目につぶやく紺野氏を、鞠は長い竹製のお箸を持ったまま、じっと睨むように見つめてしまった。

「頭の中では、いろんなこと考えてるのね」

鞠は会話に没頭しそうになっていた。

「いやあ、ごめんごめん。あまりロマンチックじゃない話をしてしまいました。甘い飲み物はどう？　リンゴ酒(シードル)を頼みましょうか」

アルザス産のシードルが来ると、氏は朗らかな笑顔を絶やさずに、鞠のグラスに酒を注(そそ)ぎ入れている。「紺野さん」と呼びかけると、男はシードルの瓶を摑んだまま、鞠の目線のところでぴたりとまなざしを止めた。

「うちの父の無理なお願いを断ってくれてありがとうございました。さぞやご迷惑だったでしょう。あたしのほうは、そんなつもりなかったんです」

紺野氏は瓶をテーブルに置いて少し黙ってから、口を開いた。

「無理なことじゃない。あなたにそのつもりがなくても、ありうることです。むしろあなた個人の希望が、お父上にとっては容認しがたかったんでしょう」

鞠は途端に眉根を寄せた。父の肩を持つような唐突な発言。この人は、もしかして父さんと口裏を合わせているのかしら……と不安になってくる。

「話に聞く鞠さんとは、どんなお嬢さんかと気になっていたんです。いずれお目にかかりたいと思っていたんですよ」

「話ではどんなお嬢さんだったの？」

「大変、元気な方だと」

紺野氏がくすりと笑ったので、鞠は訝(いぶか)しんで片方の眉を吊り上げた。

「それ、誰から聞いた話ですか？　あたしが元気なのはアプリオリだから、父がそんな風によそで言いふらすはずないじゃない。外で宣伝するんなら、しとやかだって嘘つくはずだもの。となると、あたしのこと元気だなんてハッキリ言うのは、違う人のはずよ」

紺野氏は鞠の問いには答えず、はは……、と誤魔化しながら、自分のお喋りを続けた。

「突然、見合いの話なんか舞い込んで、びっくりさせてしまったでしょう。日本のお嬢さんで、現地人と同じ条件でバカロレアまで取って、インドシナ大学まで入ったのに、僕があなたの夢を危うくご破算にするところでした」

「それよりも、うちの父の思いつきが問題よ。仏印に来てからずっとあんな風なの。フランス人と華人相手なら、仕事はあの調子でもうまくいっているみたいだけど。あんな風に押し売りのようにされたんじゃ、断り切れなくなっちゃったというわけでしょ？　商工会の席次でもうちの父のほうが上なら、なおさら気を遣うわ」

すっかり強張ってしまった鞠の顔を見て、紺野氏は息をついた。

「見合いなんて、どこにいようが、いつも強引なものです。いったい誰が決めたのかも分からないうちに、檻の中に閉じ込められて、外から鍵を掛けられている、そんな気持ちでしょうか。ぼんやりしているあいだに、いつの間にやらおじいさんになっている」

「ずいぶん詳しいじゃない」

「ええ。僕は、たぶんあなたより少しばかり年がいったくらいの頃に、家どうしの取り決めで結婚したことがあるんです。結婚生活で求められるのは、出世に、悪くない身分に、安定した暮らし。子どもに、子どもの出世でしょう。求められるものが枚挙にいとまのない一般論の中で、自分の生き方まで一般化されるのには耐えられなくてね。この監獄の先を想像するとおそろしくて、自分から逃げ出しました。離縁してからは、親に勘当されましたから、大学も途中でやめました。それからは流れるように生きて、ほら、目の前にいる男がそいつというわけです」

何か気まずい話題に紛れ込んだのだろうか。だが、その告白は不思議と鞆を惹きつけた。

「大学では何を勉強していたんですか？」鞆は咄嗟に違う質問をした。

「フランス文学だよ。古典ばかり読まされたけど、本当はゾラが好きで。それから脱獄する話」

「巌窟王ね。あたしも好きよ」

偶然嚙み合った話題に、彼は心から微笑んだように見えた。そして微笑んだまま言い足した。

「あなたの見合い話のことなら、僕の方からお願いしたんです」

その言葉は、鞆の耳を撫でて通り過ぎる。シードルに含まれていたアルコールのせいでぼうっとしていた鞆は、頭が笊になり、自分にとって不都合な意味がどこかに抜けていく。紺野氏の顔つきはジョーカーのように変わっていた。もう笑みはなく、意地悪にすらみえるその顔がお喋りしていた。

「そうでもしないかぎり、あなたはいつになるか分からないが、当面の間は——当面どころか、おそらくかなり長いあいだ、大学を出ていようが顔がよかろうが勤め先が立派だろうが、男になんぞ関心を持たなさそうだったので。でなければ、娼婦でもない適齢期のお嬢さんが、白地図だけ携えて、こんな植民地までひとりでやってくるはずはない。でも、あなたをただぼんやり眺めていたら、僕はおじいさんになってしまう。だから僕からお願いしたんです。本物のあなたは、百聞は一見に如かずのとおりだった」

カフェとピスタチオ味のアイスクリームの後、紺野氏が二人分の食事代を支払っている様子をぼんやりと眺める。紺野氏が愛想よくフランス語で語り掛けるとウエイターが笑っている。銀のソーサーに二十ピアストル札とチップを置いているのも見えた。一ピアストルが百サンチームで、安南人街の屋台で売っている、芭蕉でくるんだ飯や餅はたったの十サンチーム程度である。紺野氏はにこりと告げた。

「鞠さん、また会いましょう。僕たちは、ひょっとすると似た者同士かもしれない」

——この人はあたしと知り合って、何をしたかったのかしら……。

鞠は奇妙な気持ちで、彼に微笑み返した。椅子から立ち上がると、水辺の赤い睡蓮がぼやけて見える。そして膝がぐらりと揺れると、鞠は背筋を伸ばして酔ってはいないようなふりをしたが、後ろから紺野氏に腕を摑まれていた。その摑み方に、鞠は敏感に違和感をおぼえた。

——なんて冷たい人。

帰りはバスか歩きで家に戻るつもりだったのに、もう暗いからと紺野氏はレストランの前に停まる大きな黒い自動車に鞠を乗せ、窓から運転手に話し掛けている。

「ようするに六区の、フランス人街のはずれなんだ。最近新しいアパルトマンが建てられた通りがあるだろう?」

「ムッシュー、そちらは通り一本挟んで向こう側は現地人街ですが、こちらのお嬢さまのおうちは本当にそちらなんですね?」

詰襟の制服を着た運転手は、華人(シノワ)か、安南人か、カンボジア人か分からない。が、声だけ聞いていると、まったくフランス人と変わらない。

「間違いない」

——そうだわ。どこであたしの住所を……

尋ねようと思った時、車はすでに街灯の下から動き出していた。黒いシトロエン・ロザリーの窓から後ろを見ると、白いスーツの紺野氏が闇の中に浮かぶように立っている。
鞠に向かって、もう一度カンカン帽を振っているのが見えた。

木曜の夜、鞠は父の住むアパルトマンを訪ねた。紺野氏と父にどんなやり取りがあったのか、その経緯を聞きたかったのだ。

テーブルの上にはシャム人のボーイ（フランス植民地では、家で雇う現地人の男の使用人のことを、英語のままｂｏｙと呼ぶ習わしがあった）が用意した食事が二人分配膳されている。箸は日本のものより長い。今日は和食に寄せたメニューのようだ。鯛（たい）に見える焼き魚と、紅河（こうが）の三角州（デルタ）で育った丈の長いコメを炊いた、ぱさついたご飯。カボチャとナスの煮物。安南人が汁につけて食べる伝統的な臭菜（しゅうさい）のお菜も大皿に盛られている。水さし（カラフ）に入っているのは、いつもどおり、沸かした蓮のお茶だ。

「オリオン！　なんでブフのラグー（ビーフシチュー）じゃないの？」

ボーイのあだ名はオリオンだった。シャム人の例に漏れず、本名は長く、子音だらけで外国人には発音しにくい。ラテン表記に直したところで、シャム固有の文字でしか表せない音声が脱落してしまい、まったく違う名前になってしまう。子どもの頃、家族とともにインドシナへ移住したという彼は、自分の名前が正しく呼ばれないことには慣れていた。

鞠が初めて会った時も、本名を聞くと、面倒くさそうに早口で一度きり言うだけだった。パルドン（ごめんなさい）？　と聞き返すと、

「ジュ・スイ・オリオン、サ、スフィ……（私はオリオンです。それで事足ります）」

と、自分の呼び方をめぐる問いを打ち切りにしてしまった。

鞠も「プルコワ・パ……（もちろん）」と、応じるしかなかった。

何でも、通っていたハノイの現地人小学校で、フランス人教師が呼びやすいようにあだ名をつけたのだという。ギリシャ神話に登場する美青年の名。結局彼は、この耽美な星座の名を、大人になっても使っている。だから鞠は、いまだに彼の本当の名をちゃんとは知らない。背がすっと高く、褐色肌の腕はたくましい。漆黒の髪は艶々としていて、黒目が大きくてまつ毛が長い。二十歳前後に見えるが、そういえば実年齢も知らなかった。ずっと働いているので、捌けた大人のように目には輝きがないけれど、鞠が物を頼むと微笑み、本当の兄弟のように何でもやってくれるので、つい甘えてしまう。

「すみません、マドモワゼル、今晩は日本食（キュイジン・ジャポネーズ）にしろと主人に言われましたので……」

「それでお魚のグリルなのね……」

鞠の父はソファに腰掛けたまま、扇風機の横で、まだ『インドシナ経済金融新聞』に読みふけっている。

「欧州も何やら怪しい情勢になってきたなぁ、……おい」父は新聞記事を自分で和訳しながら読み上げた。「ゴム生産の規制ばかり議論されるのは、あいかわらず不可解だ。結局、ロンドンで開催された定例会議でも、英・蘭と我が国のあいだで話し合いはまたもや膠着（こうちゃく）。価格は据え置きである――とさ。フランス代表団は、わざわざイギリスまで行って、さぞや恨みを飲んできたことだろう。英蘭を相手に、フランス人の言い分が通るとは到底思えん」

ゴムの価格や市場の情報は、インドシナのどの新聞でも、他の産業よりページが割かれているのが常だ。

「紺野君の勤め先は新興の会社で財閥じゃないが、軍需に応えていればこの先も安泰なんだろう。といっても、ゴムの売り手にとっては苦境続きとはいうがね。モノカルチャーの経済も社会も、この十年いっこうに持ち直していない。南部コーチシナだけで十万ヘクタール以上とも言われる真っ青なゴムの森を、いまさらまともな農地に戻そうにも、万策尽き、何人にも元に戻せない……。二年前には少なくとも競馬場を作るカネはあったはずなんだがね……」

「それはアレよ。アメリカの、ニューディールの真似したのよ」

インドシナではちょうど十年前に、ゴム栽培のブームが起きた。ところが政府が民間投資を野放しにしていたせいで、価格は暴落した。ゴム林の地主は借金漬けになり、加工業者も、駆り出されていた小作人もまとめて苦境に陥り、経済危機が全土に広がったのだ。人口密度の高いトンキンでは、行き場を失った小作人が大勢、餓死した。総督府は苦肉の策で、何十億フランという公債をゴム事業者の救済に投じたという。

「手をつけるのが、遅すぎたんだよ。時流を理解していないロートルの植民地官僚が、機能不全に陥っている政府のなかでなすすべもなく、以前と同じ暮らしを続けようとしているんだから。今年に入ってブレビエ総督が、食料不足になると公に認めてしまったじゃないか……。せめて、ゴムの森を多少なりとも農地に戻せたなら、小作人の餓死くらいは回避できるかもしれないが」

現地人街で売られている粗悪米は、四百グラムで十サンチーム、食堂で炊かれ、味付けされた白米の飯は一碗で十四サンチームだった。なのに、フランス人の会社の下級傭員や労働者、クーリーに支払われる日給はおおよそ二十五から四十サンチームなのだ。とても子だくさんの家族など養えるものではない。

「飢餓対策として、彼らの食習慣にはない、タロ芋やヤム芋を喰えばその半額で済むなどと聞こえのいいことを言う手合いもいるらしい。人類学的無理解も甚だしいよ。稗や粟や麦飯ならともかく、そこまで追い詰められているってことだろう。巨大な親族の伝手を辿り、助け合いながら何とか生き延びるしかないんだろうな……」父は新聞を折りたたんで、ソファの端に投げ置いた。

なるほど、とうもろこし、キャッサバ、ヤム芋やタピオカ粉を主食とする山岳少数民族は、いるにはいる。かと言って米食であるトンキン地方の安南人にとっては、そんな食生活は一般的ではない。

「でも、ムッシュー・ブレビエは悪い人じゃないのよ。人類学者肌だから、現地人の文化をとても尊重する方なの。フランスでデビューした安南人の小説家を応援しているんですって。儒教的な秩序からの女性解放についてもおっしゃるのよ。『個々人の満足のために、男女は自由なイニシアチーフによって結合する、これが結婚である』とね。あたしは大賛成。今の日本でそんなこと公衆の面前で言ったら、刑事につけられたり、憲兵から袋叩きに遭ったりしそう……」

「現地人の若者を、例の、自由と博愛のフランス革命思想でもって育て上げるのが狙いさ。もっともブレビエのご高説は、自由なイニシアチーフに従って、団子屋へ奉公に来ていた娘と恋愛関係に陥り、こいつと一緒になったおれには現実以外の何物でもないがな……」

「大学出の安南人はみんなフランスに憧れているし、昔の掟を捨てて、考え方を変えて生きようとするのよ。でも、彼らに与えられている未来はとても少ない」

「穏健な学者肌が総督なら、安南知識人にとっては耳よりの話さ。だが総督府は、安南人一般の権利をどこまで認めるかでいつも揉めているくせに、進捗しているようにはとうてい見えないね。彼らにもある程度の上級官吏への道を開いてやり、国の忠実な奉公人に仕立ててしまったほうが、統治者への不満はよっぽど簡単に抑制できるとおれには思えてならんのだがね……。移動中の総督を狙った暗殺未遂は、これまでもたびたびあったんだし」

植民地官吏のうち、相変わらず金融セクターと、重要な資金源である森林事業、警察官僚、法曹や行政官のようなゼネラリストのポストから安南人は締め出されたまま、一向に門戸が開かれる気配がなかった。開かれているのは、どうでもいい下っ端の役人に、学校の教師、巡査、そして植民地軍の兵隊くらいなものだ。

どうもこのところ、中国式の読み方である「安南（アンナン）」より、彼らの言語に忠実な「越南（ヴェットナム）」の語をよく耳にもする。

「政治がうまくいかないのは、ムッシュー・ブレビエよりも前の総督たちが、問題を片付けないまま本国に帰っちゃったからでしょ?」

鞠は沈鬱な顔をして、テーブルの上の蠅帳（はいちょう）を取り除いた。食糧も治安も守られたフランス人街にいる限り、地方の惨状など見えてはこないのだ。想像上の悲惨な光景のすぐそばに、カンカン帽を被った紺野氏が、顔色も変えず、飄々と立っている。

父の綿花貿易にしたって、似たりよったりの事業だ。女学校時代、伯父の家の納戸（なんど）で偶然見つけた『女工哀史（じょこうあいし）』。あれを読んで、多感な心にどれだけ響いたことだろう。まるで自分までもが極悪人（ごくあくにん）の娘に思えて涙がとめどもなく流れてきたものだ。

「ところで、その紺野氏との会食の件なんだけど……」

と、鞠が二人分のお茶を汲みながら言い出した途端、父は「あッ、そうだ!」と、目をかっと開いて大声を出すなり、ソファから飛び起きた。閉じた扇子を分厚い掌（てのひら）の上でバシンと打ち鳴らしたかと思えば、狂言師（きょうげんし）のように、鞠の方に向かって差している。

「紺野君もはじめは二つ返事で受けてくれたのに、仕事が立て込んできたので今回はお断りされてしまったんだよ。またこちらからご連絡しますとは言うが、まったく、心づもりをしていた方の身にもなってほしいよ」

「仕事なんだからしょうがないじゃない。きっと、エベア（ゴムの木）の森の主と話し合わなきゃなんないことが山積みで、それどころじゃなくなったのよ。お婿さんの候補なんて他にもいっぱいいるわ」

「それはおまえのいうセリフじゃないぞ！」と父は声を荒くしてテーブルにつき、またぐずぐずとお喋りをはじめた。

「あの男は、大変にまじめで、エレガントな男だと思うがね」

「フランスかぶれってことでしょ？」

「いや、そういう意味じゃない。あちこち遊び歩く男と違って、堅そうな男だからてっきり日本に妻子を置いてきたのかと思いきや、まだあれで独り身だというね。娘を嫁にやるならあんなのがいいと思って聞いてみると、『いまだご縁がありませんで』と言っていたんだ。よく見れば容姿も優れてるじゃないか。頭もいいし。ハノイ支店に留め置かれたままだが、いずれ日本に帰されて出世するだろうよ。だから、おまえと会ってくれるように頼んでおいたんだが……。べつに金輪際(こんりんざい)というわけでもなかったから、次回こそは……」

「そう言われたってことは、断られたのよ。ほんとに、嫌になっちゃうじゃない」と、鞠は平然を取り繕って、ぴしゃりと告げた。

不思議なことに、あの男の二枚舌に鞠はあまり驚かなかった。薄闇のなかで、紺野氏に腕を摑まれた時の、あの言いようのない違和感を思い出す。

「大学はこの際、卒業まで続ければいい。だがおれはどうする？　おまえが嫁に行くという宿題がいつまでたっても終わらんじゃないか。え？　強がりも今のうちだぞ。目下、軍部が大風呂敷を広げた支那事変だって、先行きが大いに怪しくなっているんだ。ルーズヴェルトはニューディールで持ち直したが、資源も土地もない日本は経済を端折って、内政を棚に上げたまま、支那事変などという宣戦布告も停戦期日もない戦争で乗り切ろうとしている。だいいち一国の指導者だって、近衛なのか、その陰でよその国へ押しかけ、コソ泥のように戦線を拡大している軍人のどいつなのか、ちっとも分からん。恐慌このかた行き当たりばったりで、この結末はとうてい知れん。こんな世界情勢で、今に欧州でまた大戦が勃発したら、日本もどうせ巻き込まれて、日露役の頃のように、若い男が国中から払底するんだからな。そうなったら、おまえは嫁ぎたくたって、嫁ぎ先がないんだぞ。何でも時宜ってものが……」

「あたしの見合い話を世界的に論ずる必要はないわ！」

父は呆れ顔になり、取り箸で臭菜を取り分けながら、思い出したように言った。

「そういや、おまえの見合い写真、紺野君に一枚渡しておいたからな」

「やだ、なんであんなもの父さんが持っているのよ」

「おまえの伯父さんに、焼き増しを何枚か送ってもらったんだよ」

「あんな酷い写真、取り返してきてちょうだいよ！」

日本髪のせいで終始頭痛がしていて、似合わない化粧のせいで顔つきまで変わってしまったあの日。写真館で、言われたとおりに笑顔を作らされた。嘘でしょ？　と鞠は涙目になりながら反芻した。鏡に写っていたのは、どう見てもいつもよりは数段醜くなった自分だったからだ。一通りしかない塗り絵のような化粧を施した髪結いも、伯母さんも、写真館の男も、予想通り綺麗にはならなかった鞠に、内心ほっとしていたのかもしれない。誰も、自分たちのやり方や、流行が間違っているとは言わず、化粧を直してはくれなかった。誰もかれもが口を閉ざし、むしろ、それが似合わない鞠の素顔の方が悪いのだと言いたげな、ふてぶてしさが彼らの表情から滲み出ていた。

尋常小学校までは、自分の容貌で悩むことはなかった。いつも外を駆けずり回っていたので年じゅう小麦色だったし、夏などは真っ黒に日焼けしていても父はおろか、そのことを悪く言う人はいなかった。それが、女学校に上がってからは、色白が美しいと皆が強迫的に信じていた。さもなければ、鞠の肌の浅黒さを隠すため、白粉(おしろい)をあんなに厚く塗りたくられることもなかったのだ。

鞠は目を閉じ、苦々しい気分で、ブルブルと頭を振った。

「そのまま持っているってことは、まだ引きがあるということだろう。商工会で呑みに集まったとき、おまえのことを大いに宣伝しようと思って一枚財布に忍ばせて出掛けたんだ。それで、ちょうどお開きになるかならないかという頃、ひょっこり酌をしにおれのところへやってきたかの青年に、あの写真を見せたというわけさ。最初はくれてやるつもりはなかったんだが、まじまじと眺めているから」

「外国暮らしが長くなるとキモノ姿の娘なら誰にでも見とれるものなのよ。あたしを見ていたわけじゃないわ。キモノ着たこけしでもあげればもっと喜んだはずよ」

「おまえは見合い話になると、まるきりペシミストになるんだね」

鞠は聞きそびれたことを思い出した。

「ねえ、そうだ。父さん、紺野氏にあたしの部屋のある通り名を教えた？」

「そんなもの伝えちゃいない。いちど、ちゃんとした場所で娘に会ってほしいとは頼んだが。その会食も、今回は流れてしまったわけだ……ああ」と、父は呻き(うめ)ともつかない声を漏らしている。

鞠はまた眉根を寄せた。

6

一九三八年十一月　ハノイ

鞠の大学生活も二度目の乾季を迎えた。でもハノイには、日本ほどではないけれどもちゃんと春と秋らしきものがある。短いその時期を、フランス人はトランジション、と呼んでいた。トランジションの季節には視界が白く煙る。美鳳が教えてくれた詩人が詠んだとおり、ハノイは霧のかかる街だ。

雨季の始まりから出会いが多かった今年のノエル(クリスマス)は、新しい友達に贈るプレゼントを用意するので大忙しになりそうだ……。クリスマスのひと月前から、フランス人街には屋台(マルシェ)が立ち始める。鞠の気分はもう沸き立っていた。でもその前に、ゼミの課題なんかも溜まってきたので、また大学に籠り、先月の調査旅行の結果を同じ地理学講座の友達と一緒にまとめるのに追われていた。するとフランス極東学院の別の先生が闖入(ちんにゅう)してきて、鞠を見かけるやいなや、「ヴォワラ(見つけた)!」と声を上げた。

「ちょっときみ、ハノイ大学で唯一の日本人学生というのはあなたのことでしょう。探していたんだよ。私の教え子のアンケートに協力してくれないかね?」

「何のアンケートですか……」

「日本人の仏教観……について質問があるそうです。協力してくれるね?」

「分かりました……」

本物の日本人を見つけるなり、極東学院の先生は、やや興奮した様子でクララという名の研究生を紹介した。鞆の都合が合うなら、週末にクララの住む家を訪ねてほしいという。何でも、上海のフランス租界から仏印にやってきた子で、中国美術の勉強をしていたが、最近は日本にも関心が出てきたらしい。

総督府からほど近い一等地にあるクララの家は、茶色の瓦屋根がひときわ明るく輝く、白いレンガ造りだった。マロニエの樹がある庭も素敵だ。玄関のチャイムを鳴らすと、亜麻色の髪の女の子がポーチに現れて、にこにこしながら鞆に合掌してきた。黒一色のアオザイを着ている。鞆もアオザイは大好きだが、黒の生地だとぐっと大人びて華やかに見える。

「それはシャム人の挨拶……」鞆は呆れながら、挨拶のかわりに合掌ばかりしている見知らぬマドモワゼルに突っ込んだ。

「ジュ・スイ・クララ、ラヴィ・ドゥ・ランコントレ（よろしくね）……」

「ジュ・マペル・マリ……アンシャンテ（はじめまして）。極東学院の先生に頼まれてきました……」

「マリ、ありがとう。こっちに来て。お菓子の用意があるの」

「クララ、あなたは上海から引っ越してきたの？」

「そうなのよ。去年まで、ママと一緒にフランス租界に住んでたの。彼女の恋人（コパン）が、上海のフランス領事館勤務なのよ。でも日本軍と中国軍の間で市街戦になっちゃったから、コパンを残して、わたしたちだけこっちに避難してきたの。もう中国軍のひどい爆撃のなかを……」

「コパン……？　お父さんは？」

「セパレ（別れたわ）。あたしのパパはいまサイゴンに住んでる。たまに仕事でハノイにも来るけど」

「セ・コンプリケ（大変だったのね）……」

「上海のチェック・ポイントで押し合い圧し合いの地獄。人、人、人の波よ……あたしも荷物を一つなくしちゃったわ。大事なものが入っていたのに。命が助かったからよかったけれど。ハイフォン行きの船に乗れた時は泣いたわ」

クララの顔色は暗かったが、すぐに明るい表情になると、自分の部屋に鞠を通した。

マホガニーの戸棚を開け、東洋アンティーク・コレクションを見せてくれた。ほとんどが仏像だった。インド、ネパール、アフガニスタンときて、チベット、ビルマ、シャム、カンボジア、中国まである。アフガニスタンの仏像の顔は、まるでギリシャ人のように彫が深く、肌は、白い石で作られている。日本で見慣れたお釈迦(しゃか)様というよりは、キケロみたいな顔をしているな……と鞠は思うのだった。カンボジアやシャムの仏像は目がぱっちりしていて、容貌は艶めかしい。

「よくこれだけ集めたわね……」小さな東洋の迷宮で、鞠の目は点になっていた。

クララは部屋の隅に置かれた電気蓄音機でレコードをかけた。おそらく上海で入手したものだろうが、流れてきたのは中国の歌謡曲である。

「極東学院に来るまえは、復旦(フータン)大学で東洋美術の勉強してたのよ。今は大学ごと重慶(チョンチン)に移転しちゃったけど」

「じゃ北京語(マンダラン)ができるの？」

「マンダランはできるわ。でも普段は友達と広東語(カントネ)でお喋りしてたの」

黒檀(こくたん)のベッドは天蓋(てんがい)つきでヨーロッパのお嬢さんの寝室という雰囲気だが、象嵌(ぞうがん)細工の入った飾り棚の上には、アロエの植木鉢と、中国の小さなお茶碗が飾られていた。

わざわざ焚きしめられたビャクダンのお線香の匂いといい、主に東洋の古道具で占められているクララの部屋にいるだけで、鞠はいますぐ年を取ってしまいそうで心配になってきた。ハノイには、富裕層や学者を中心に、つねづね東洋の文物の収集に抜け目がないフランス人がたくさんいる。インドシナは東洋美術の収集拠点でもあった。

クララはそろそろと、赤いビロードで包んだお宝を見せてくれた。日本の品だと言われて自慢げに見せられたものは、どうやって仏印までたどり着いたのかは知れない安物の仏像で、裏側に黄色く変色した日本語のラベルが張り付けられている。

――浅草仲見世・三宝堂
鞠は畏まって拝見したのち、「ウフフ……」と笑い出した。

「マリ。これ、どれくらい価値があると思う？」

「あたしの考えでは、二万フランくらい」鞠はクララをがっかりさせないように、「自分の考え」を述べた。

「二万フラン！」クララは目を見開き、驚喜した。

小一時間ほど東洋美術や仏教美術の話をみっちり聞かされたあと、まるで鞠が世界の仏教徒代表であるかのごとく、いろいろとしきたりや慣習について根ほり葉ほり聞かれた。こちらは一般的な見解など質問されても答えられないのに、質問は一向に止まない。鞠が確実に回答できるのは、せいぜい、仲見世のどの団子屋が自分としては美味しいか、ということだけだ。密室における尋問のようなひとときに、鞠はすっかりヘトヘトになってしまった。

「クララ、あんたが東洋研究を始めた理由は何なの？」

「純粋な関心と、遠くへの冒険願望。そして歴史遺産を愛するわたし自身の心から」

「あたしも遠いとこに行くのは好きよ」瞬時に鞠の目の奥がきらめいた。「変化の中で生きていきたいってことでしょ？」

するとクララの顔に少し陰がさし、低めの声で、こう鞠に打ち明けた。

「……わたしはそういうわけじゃないの。東洋研究は、わたしにとっては召命（ヴォカシオン）なの。もともとあたしの人生に東洋なんてなかった。でもちっちゃい頃、パパが委任統治領のシリアに赴任した時からあたしの人生はまるごと、だんだん東方に連れてゆかれたのよ。有無も言わせず。ダマスカスで小学校（エコール・プリメール）に通ったでしょ……そのあとはカンボジアにもいたことがあるのよ……でもアンディジェンの子どもと遊んでばかりいたから、このままではフランス語もきちんと喋れなくなると親が心配して、一人っきりで刑務所のようなパリの寄宿学校に入れられたというわけ。その間にパパに新しい女ができてママと別れたのよ。ママは上海領事館から出張で来ていた商務アタッシェとインドシナ総督府のパーティで出会ったの。それまでは精神が死んで阿片なんか吸うようになっていたのよ、あのコパンがいなかったら、ママは今頃、阿片窟（あへんくつ）で廃人になっていたわ……」

東洋専門家（オリエンタリスト）たちの私生活は縺（もつ）れた糸のようだった。国籍上は本国があっても、本質的には精神的な故郷を持たないこの人たちは、遠くへの旅と冒険のみを永住の地として、東洋学や植民地での公務を家業のように親から子へと受け継いでゆく。植民地官僚なぞ、国に帰れば物の数にも足らん碌（ろく）でなしばかりだ――とは、鞠の父のいつもの言いぐさだった。

クララの孤独な冒険者の精神も、完全な自由意志ではない。植民地主義者の再生産の系譜に連なる必然である。それは父の転勤によって、良くも悪くも人生の歯車が逆回転しはじめた、鞠自身の軌道と大きな違いはないのかもしれない。でもクララは心からの自由を、世襲ではない新しい生き方を求めている——。鞠にはそんな気がする。

およそかけ離れた文明に生きる他者を理解しようとする偉大な欲求も、彼らの土地や、そこに暮らす人間を資源として奪う横逆（おうぎゃく）な欲望も、東洋趣味を仕事にした東洋学者たちの同じ孤独から生まれた。領土を求め南進するロシアを食い止めるため、アフガンを勢力圏に置こうとしてこの古い国と戦争をはじめた英国のディズレーリ首相は、もっとはっきりと、こう言っている。

——オリエンタリストとは職業である。

7

一九三八年十一 - 十二月　ハノイ／ランソン

十一月も終わりに近づいたある日の早朝、フランス人街にあるアパルトマンのドアをけたたましく叩く人があった。植田は寝間着（ねまき）にしている浴衣（ゆかた）姿で、眠い目をこすりこすりドアを開けた。目の前に立っているのは、いつもどおり白いリネンのスーツを着た紺野である。紺野はカンカン帽を脱ぐと、ぼんやりしている植田を押しのけ、自分の家のごとくずうずうしく応接間へ入ってきた。

「週末、山歩きには行けなくなった。すまんな」と言いながら、紺野はシノワズリのカウチにどさりと腰かけた。

「何だよ……朝っぱらからそんなこと言いにきたのか。はた迷惑もいいところだ。急な仕事か？」

「ちがう。フランスの軍法会議に呼ばれたんだ、アー、ラ、ラ……」紺野は皮肉屋の笑みを浮かべている。

「何だって?」

「いまさら驚くなよ。近頃じゃ、日本の通信社の報道班員だって仏印当局の十手(じって)に突っつかれているんだ。あとは貿易商も睨まれている。領事館員を呼び出すと外交問題になるから、さすがに軍法会議にまでは引っ立てられない。その代わりにおれたち民間人を呼び出したり国外追放にしたりして、日本が仏印を狙っているかどうかの真意を探ろうとしているんだ。無駄なことなのに。おまえが、仏字紙に載った日本不敬記事の撤回を先方にいちいち申し入れた件だってそうだぞ。『日本総領事館のスパイ』と題して、ちゃっかりタブロイドで皮肉られていたのを知らんのか。まったく。『日本の書記生は、総領事がやるべき仕事までやらされているらしい』とな。おまえは対日論評にいちいち気を取られとらんで、もうちょっと落ち着け。今度の軍法会議だって、ほんとはおれじゃなく、おまえがお呼ばれすべき場面だったんだぞ。運が悪すぎる。というわけで、おれはお楽しみのワンダーフォーゲルには参加できん」文句をいいながらも、紺野は余裕綽々(しゃくしゃく)として笑っている。

「いいさ。おれは計画を練り直したら、一人でも行くつもりだ。おまえのほうこそ、気をつけろよ。国外追放になるかもしれんのだろ?」植田の声は少し不安げだった。

「追放になったら、東京本社の陽当たりの悪いポストに戻されるだけだ。何ともない」

「ばか、そりゃ栄転って言うんだろ。おれは仕事で行くんだ。誰かがお国のために情報を集めなければならんのだぞ」植田は不貞腐(ふてくさ)れて言った。

「焦らないでいい。今すぐにやればいいというもんじゃない」紺野が一呼吸置くと、植田はむきになった。

「おれはそろそろ報告書を出さないといけない。仏印のプレスが反日の記事を続々出しているのも、どうせ重慶のスパイによる情報工作のおかげだ。仏印も重慶政府も、本音ではしたたかに交易を続けたいんだ。だから日本から国境封鎖要請を受けても回答を渋っているじゃないか。はやくこのどうしようもない状況を動かさないといけない」

「植田君。おれはどうなるか分からんが、きみに伝えておきたいことがあるんだ」

「何だ……」

「耳よりの情報だ。汪兆銘（おうちょうめい）はひょっとしたらそろそろ重慶を抜け出すかもしれん。蒋介石と重大な仲たがいを起こして、香港や欧州に逃げるという噂もあるにはあるが、ひとまずランソンを抜けハノイをめざす。そういうシナリオのほうが現実的じゃないのか？」

植田は愁眉（しゅうび）を寄せて、ごくりと唾を呑んだ。血が上ったのか顔が赤く火照（ほて）りだしている。汪兆銘。国民政府のナンバーツーだ。

第二次近衛声明において、日本政府は国民政府との断交宣言を修正し、国民政府といえども拒否せざるという見解を表明した。そこに、対日融和を訴える汪兆銘を使って、泥沼化した支那事変を終結させようとする意図が含まれていることは、植田の目にも明らかだった。ひょっとすると、自分は歴史に影響を及ぼせるかもしれない。――

紺野は鋭い面持ちになっていた。

「今年の年越しはランソンの国境地帯で決まりだな。きみは存分にやってきてくれ」

「分かった。ありがとう。これでやっとお国の役に立てる」

植田は上気した顔で紺野に礼を言った。熱した頭は、他のことを考えようともしなかった。

恋人は週末になると植田の住いにやってきて本物の女房のように面倒を見、年若い母親のように彼を愛した。

この娘は特別に清楚で、真面目で、にこにこと笑い、彼の話すことなら何でも、いつも心から楽しそうに聞いている。料理もうまく、日本のスシを作って待ち、夜も彼の望むとおり応じる。長い黒髪は絹糸のように滑らかで、柔らかく温かな乳房は桃の香がした。娼婦ではない、彼にとって誰よりも誠実な素人(しろうと)女が与える甘い快楽に癒される夜が、夢ではなくて日常であるしあわせを、彼は受け入れた。こんなにたくさんの歓びと安らぎ、そして笑いを与え、自分一人に尽くしてくれる女を手放せるわけがない。植田は貝合わせをするかのように、女手ひとつで育ててくれた母によりも、彼女に対して従順になっていた。この女の望むものを手に入れてやり、その喜ぶ顔を、もっと見たい。

暗く貧しかった自分の幼少期や、競争に打ち勝つため、単に勉学や仕事に打ち込むだけだった灰色の日々が、ようやく現れてくれた運命の人によって報われる。

彼の肉は彼女の肉から離れることを考えられなくなっていた。翌週に彼女がまた訪ねてくる日が待ちきれず、あのほんのり色づいた花びらを求めるあまり、血が逆上して狂いそうになる。この血の熱さの前では、学生時代に打ち込んだヒューマニタリアンな雑誌編集への情熱も、今の職務に励む意味も、どういうわけかことごとく風化した。逆に彼女との暮らしを手放せば、地獄のように味気ない人生が待っているとの対極的な考えが、植田をじりじりと追い詰めていた。この女を手に入れ、二人で新しい暮らしを始めればやがては落ち着いて、このおかしな怠惰(たいだ)な気持ちも消えてくれるに違いない。

彼はそう思うことにしていた。

黒い瓦(いらか)の村々が、深い渓谷に点々と佇んでいる。植田の乗った自動車は、湾曲する道でギイギイと頼りない音を軋ませ、水田の間を縫いながら幽玄な谷間を走っていた。軍事的な要衝である意味はよく分かる。支那側にとってこれほど侵入に適した土地はない。ここで安南人に扮してしばらく滞在し、重慶への物資輸送に関する情報を摑めば、いい報告書が書ける。久しぶりに血が滾(たぎ)るようだった。

夕靄(ゆうもや)の向こうには、青く輝く田に、畦道(あぜみち)を歩む水牛。菅笠の農夫たちが朧(おぼろ)げに見え、湿った花の香が漂ってきた。それにしても、幻か現か分からなくなるほどに色鮮やかで、ゆったりした風景だ。恋人の顔を思い出す。この綺麗な屏風(びょうぶ)を広げたような景色の中で一緒に過ごせたら――。あの無垢な笑顔が生き生きと蘇る。仕事ではなく、一緒に旅を分かち合えたら、と想像すると、何故自分が斥候(せっこう)まがいのことをやっているのか、よく分からなくなってくる。この世に戦争などないかのような、天女でも舞い降りてきそうな楽園。いや違う。植田は首を振り、ありもしない幻影をそこに見ようとする自分を戒(いまし)めた。

自動車は恋人が知り合いに頼んで手配してくれたのだ。彼女はいつも自分の大事なことや秘密を植田に打ち明けてきた。これ以上信頼できる人間も他にはいるまいと思わせる誠実さに、植田は心打たれていた。彼女の手配なら間違いない。旅の用意は万端整っていた。

支那側の国境地帯、鎮南関(ちんなんかん)まではあと二百メートルという地点だった。向こう側では、このあいだの国共合作(こっきょうがっさく)で共産党を組み込んだ国民政府相手に、宣戦布告もなく日本が続けている戦争の結末が全く見えてこない。統一国家を失った大地に、傀儡(かいらい)政権や、暫定政府が乱立しては消えている。

植田が生まれた年、辛亥(しんがい)革命があった。巨大な清王朝は倒れ、モザイクの断片となって散らばったまま、その破片を集めようと外国政府が群がり、日本も大陸に手を出した。台湾と朝鮮半島は既に日本領となっていた。日露戦争を下級の将校として戦い、生きて帰ってきた父親は、植田の成長を見届けることなく病死した。母がいつも哀しい気持ちを我慢して気丈に振舞っていたのを心の底では重圧に感じながらも、写真でしか顔を見たことがない父の勲章と、陸軍の黒い帽子が、幼い植田に何か断固とした意志を授けた。父が遼東（りょうとう）半島で勇敢に戦い、その結果、国が勝利したという事実が誇りとなって、貧しくとも植田をひたむきに勉学に打ち込ませた。

軍縮の時代に少年が心惹かれたのは西洋文化で、声が低くなる頃には、父親の職業が何であったかを、周囲には誇らし気にお喋りしなくなっていた。彼が大人になると、いつとなく「満洲国」が建国されていて、東洋動乱の時代のさなか日本だけが、世界から孤立した奇妙な祝賀ムードに覆われていた。

彼の生きる時代を暗くしている「支那事変」は、どこへ向かおうとしているのか。「地帯」として茫漠と広がるその大地へと越境する怖さは、堅牢なヨーロッパ植民地で得られるある種の安堵感とはあまりにも対照的である。

今日はここよりも後方の宿に戻り、今度は徒歩でぎりぎりまで国境に接近しようと思っていた。地形や交通状況は、ハノイのフランス人街で地図を眺めているだけでは全く分からない。代理人を使っての調査にも限度がある。やはり自らの脚で見に来てよかったと植田は思いなおしていた。情況の把握のしやすさが、断然違う。人の動き、車の流れ、すべてが一目瞭然である。

道の途上で、不意に自動車が停まった。

「ムッシュー、エンジンに不具合があるようです。ちょっと水を注いで冷やさなければなりません。

それで動くならいいのですが……。申し訳ありませんが、お降りになっていただけないでしょうか？」

運転手は神妙な面持ちで植田を一瞥した。自動車は古く、あちこち錆びついており、タイヤは四輪ともホイールが今にも崩れ落ちそうなほど腐食していた。屋根のかわりに、リキシャのように色褪せた幌が掛けられている。

「分かった。しばらく待っていよう」

植田は車を降りて、一人で道を歩きはじめた。山景色の迫力に圧倒されながら、首から掛けていたカメラを構えた。この風景をフィルムに焼きつけたくてたまらなかった。

運転手はボンネットを開け、延々と中を覗き込んでいる。どれだけ具合が悪いのだろうか……。植田はそろそろ心配になってきた。後ろで停車したままの車の方へ戻ろうとした。

運転手の様子がおかしい。彼は植田を睨んでいた。すると、一人だけ自動車に乗り込み、エンジンを掛けている。

「おい、待て！　どこへいく！」

叫んだ時には遅く、車はあっという間に向きを変えて走り去ってしまった。

茫然と立ち尽くしていると、支那側の国境の方から、人がやってくる気配がした。

夕靄のなかから現れたのは、ライフルを持った複数名の支那兵である。

――落ち着け。ここはまだフランス領だ。あの兵士たちには気を取られるな。何かの間違いだ……。

武装支那兵らは、構わずに植田を取り囲んだ。何事かを大声で命じているが、支那語なので分からない。また靄が濃くなってきた。植田はフランス語で事情を説明してほしいと尋ねた。が、背後から組みつかれ、何か堅い物で後頭部を殴られた瞬間、気を失ってしまった。

8

一九三八年十二月　ハノイ

漆塗の広いベッドから起き上がるなり、紺野は甕(かめ)から水を汲んで身体を洗った。シャツを着、よくプレスした、風通しのいい白いリネンのズボンをサスペンダーで吊ってから、チョッキと上着を羽織る。姿見の前でもう一度ネクタイを確かめる。

現地人街にある連れ込み宿(ギャルソニエール)はうなぎの寝床のようになっていて、いつも薄暗く、涼しい。外からは覗けない伝統的な安南の家屋(かおく)の造りが紺野には居心地がよかった。老いた主人にピアストル紙幣を握らせ、ひとりきりで住みついて久しい。風に乗って聞こえる街の喧騒。フランス人が「コム・ヴー・ヴレ（どうぞお好きなように）」と言いながら顔を顰(しか)める、あの飾り気のない現地人街の人いきれや、埃っぽく古びた雰囲気が、紺野には途轍(とてつ)もなく愛おしくなる時がある。慎ましい東洋のジャスミンの麝香が、水で汗を洗い流したばかりの肌に染みつき、背広に残っていたコロンの匂いを吹き消す。

今日、自動車に乗って出かけたのは、インドシナ総督のレジデンスである。カンボジア人運転手はいつもより緊張した面持ちで、後部座席の主人をミラー越しに見る。主人の顔色はいつも通りだが、ふだんなら車の中では吸わない煙草を一本だけ吸っていた。総督官邸の脇で黒いロザリーは停まった。

軍法会議とは禍々(まがまが)しい。

答弁はどうせフランス植民地軍司令部の建物で行われるだろうと思っていたが、予想は見事に外れた。呼ばれたのは裁判所でも軍関係の施設でもない。何で、よりにもよって総督官邸での開廷なのか。ここでは、日が暮れれば、内外の高官や有力な商工業者を呼んで晩餐が開かれる。軍事裁判をやるような場ではない。

初回は客人のように丁重な扱いを受け、スズランの形のシャンデリアが掛かった広びろした部屋に通された。軍人の居場所というよりは弁務官の執務室といったほうがいい趣である。深紅の絨毯が敷き詰められている。部屋の奥には、正装した軍人が五名横並びに立っていた。部屋の片隅にオフィシエ・グレフィエ（書記の軍人）が二名。陪審員も弁護士も、検事も証人もいない。五名の裁判官役の前に、マホガニーの長テーブルが横にしておかれている。丸いケピ帽を被った憲兵将校と下士官らがこちらをいっせいに凝視している。

「ムッシュー、ボンジュール！」と、こんな状況でも、陽気な挨拶を欠かさない。

「ボンジュール！」と、紺野も笑顔で、男友達に再会したかのような明るさで返す。フランス人の堂に入ったコメディーの前では、深刻な顔をしたところで、幼い子どもの駄々と同じくらい無意味だ。それに、仲良くすればいい。どうせこいつらとは長い付き合いになりそうだ——。

判事席の中央に立つ男が自己紹介した。

「ド・カストロ大尉です」

フランス男たちの、攻撃的なまでに濃いランと東洋のムスクを合わせた香水の匂いが、密室に充満していた。このオードパルファンは、ハノイの香水工場で生産されているブランド品だった。

「ムッシュー・コンノ、いや、紺野大尉」

紺野は怪訝な顔をし、即座に言った。ジュ・スイ・ペルソネル・シヴィル。民間人です。なぜ大尉なのです？

ド・カストロ大尉はかみくだいて説明した。

「我が国の軍法会議では、判事は被告の同等官から選出されることになっている」

植民地師団の司令官によって、現地部隊の将校と下士官から五名の判事が任命される決まりだった。軍法会議といっても、裁きの対象には民間人も外国人も含まれる。文民の法曹とは頭の作りが違う将校たちによる裁きが、一体どういうものになるのかは明らかだ。彼らにとって司法とは独立したものではなく、兵卒や武器のように、常に軍に従属した装備でしかない。軍規を守り、そしてスパイを裁くという鉄のごとき建前は、やがては民間人の暮らしのすみずみまでも浸透し、先回りして民間人の中からスパイ予備軍を炙り出す誘惑にかられ、監視を行うようになるのだ。紺野に、怖れはなかった。

「私は、民間人です」

「我々の調査によれば、あなたは大尉もしくはそれに相当する可能性が高いとみて、そのようにお呼びするまでです。事前に日本語の通訳はいらないと申告されていますが、理解できますか？」

何をわざわざ、と思う。

「大丈夫です。ところで……」と紺野は少し戸惑った風に口を開いた。「今日も仕事があるんです。インタビューが長引かないように願っています。さもないと、私が働かない分、会社に損害がでるんです。私にとって、お金より時間のほうが大事なんです」

「違います、紺野大尉。あなたが、我々に損害をもたらしたのです」

「私は民間人です」と、紺野は静かに繰り返した。「それも、大学に進みましたから、将校どころか、日本の兵役すら免除になっています」

「我々の領土では、外国人であってもその法に従わなければならない」ド・カストロは厳粛に告げた。

「まず、名前を教えてください。偽名ではなく本名を」

――ジュ・スイ・ムッシュー・コンノ、エイスケ
「それは偽名ではありませんか？」ド・カストロの声が険しくなる。

「これが私の本名です。身分証(パピエ)にだって、この名で登録されています」

「分かりました。この質問は、最後にとっておきましょう。では、紺野大尉。最近あなたがおやりになっているスパイ行為についてご質問します」

「私は兵役の経験すらない商人だと、何度言えば分かっていただけるのですか……」

紺野が呆れたとばかりに息をついて次の質問を待っていると、ド・カストロは拳を宙に振り上げ、声を張り上げた。

「ならどうして、三区にあるあなたの自宅から、ランソン国境域や橋梁(きょうりょう)の写真が大量に出てきたのでしょうか？　当地の軍事地理を把握するためだったのでしょう」

「想像のしすぎです。ランソンは単なる週末の旅行、橋梁のほうは、フランス人技術者による洗練された橋のフォルムに感心させられたからです。私の家に忍び込んで、断りもなく人の物を見るなんてひどいじゃありませんか。あなたたちのやっていることは、違法な家宅捜索だ……」紺野はド・カストロを初めて睨んだ。

「しかし……どうにも変ですね。ムッシュー！　肝心のあなたの正体が明らかになっていません。私は、あなたが我々の同業他社である、としか思えないのです。いかがですかな？」

「あなたの想像です。私には軍人の知人もないのですから」

「ムッシュー・コンノ、ブレビエ総督は、ひょっとしたら日本の参謀本部におられるのかもしれないあなたのお父上に、よろしく伝えてくれと我々に言づけられました……」

ニヤニヤと笑うド・カストロにつられて、紺野も笑い出していた。まずい。ここで真顔になってはいけない。笑いながら、紺野はこう打ち明けた。

「大尉（ムッシュー・ル・カピテーヌ）どの、あなたがモリエール派だということはよくわかりました。でもね、私はコルネイユ派なんです。喜劇の舞台に立たされると、真剣に演じる気になれません」

「いいえ、ムッシュー。人生はコメディー以外の何物でもない。それは、演じる気になるかならないではなく、あなただって、真剣に演じなければならないものです。そう……コメディーとは、人生の義務（オブリガトワール）なのだから」

「モリエールの実人生は、悲劇だったようですが」

と紺野は笑みを顔から消すと、それきり口を閉ざした。

初日は何とか、世間話で終わったか——。いや、向こうがわざとそうしたんだ。次回はきっと、雑談じゃ済まない——。紺野はカンカン帽を被りなおすと、額から流れ落ちる汗も拭わずに、レジデンスの裏口から、通りで主人を待っている黒塗りのロザリーの方へ歩いていった。

9

一九三九年一‐二月　桂林

目が覚めると、植田は後ろ手に縛られ、軍用トラックの幌の下に横たわっていた。

ガタゴトと何時間もトラックに揺られていたらしい。喉はひりひりするほど渇いている。水をくれというと、ひどく泥くさい水を与えられ、それを飲み干した。

トラックから降ろされると、すぐ尋問が待っていた。連れてゆかれたのは、監獄のような、暗く冷たい煉瓦の建物だ。入れと命じられた一室には窓がなく、粗末な机の上に裸電球が明滅し、その周りに蛾が飛んでいる。武装した尋問官が入室し、錆びた鉄扉が締め切られると、ほとんど真っ暗な狭い個室の中に殺気が立ち込めた。

「あなたはしあわせになりたいですか？」

植田は答えなかった。質問の意味が全く不明だった。

「人が人としてしあわせに生きていきたければ、日本は侵略戦争を止めなければなりません。そうすれば、あなたがたも、私たちも、平和な暮らしに戻れます」

薄いカーキ色の軍服を着た国民党軍の将校は、発音があまり上手くない日本語でそう告げた。援蔣ルート遮断のための情報収集。それ以上でも以下でもないこの目下の任務が国への貢献だと思い、一心不乱に働いてきたのだ。平和だの、侵略戦争だのと大きな観念をつきつけられても、今の植田の頭には何も響いてはこなかった。

「あなたは、戦争を行うためのスパイ活動をしました。あなたが勇気を出せば、生かされます。しかし、あなたが心を入れ替えない場合には、銃殺されます。私たちの軍規にしたがっていただきます」

それから何を言われたかは覚えていない。植田はついに反論した。

「あなたたちの間違いです！　私はランソンにいたんだ！　まだフランスの領土内にいた。私は日本の外交官だ。決してあなたがたの領土へは侵入していない」

「植田さん、次回までに休み、心をよく落ち着けたら、本当のことを教えてください」

国民党軍将校はそう告げ、植田を独房に移した。

食事は粗末だが、朝晩欠かさず与えられた。だが喉を通らない。

罠に掛かっていたとようやく理解した。いつからか。恋人と出会った日まで遡ってみる。

色仕掛け。決してその類には見えなかった。だが何度否定したところで、結果は一つしかなかった。

あれは、自分という個人に対して排他的に注がれた愛情だと思っていた。それこそが、一般的な色仕掛けだったと気がついてももう遅い。

罠に嵌ったのはいつだったのか。同じ問いばかりが、頭をぐるぐると往還する。やがて空腹と疲れと絶望から考えるのも億劫になり、家族になるかもしれないと夢想したほど脳裏に焼き付いていたはずの恋人の顔は、煙のように消えてしまった。そして数日後には、全く思い出せなくなっていた。

つまりは、自分は偽物を本物だと思い込んでいたのだ。騙されたというよりも、自分から進んで騙されていたのだ。そう思い込みたかった、自分の精神の敗北を認めなければならない時がやってきた。

次の尋問で、三度目なのか、四度目なのか。もう覚えがない。再度どこかへ護送され、途中から尋問にあたる将校が交代した。もっと日本語のうまい男に。前回、前々回の尋問官と目の色が明らかに違った。その将校は、自分は陸軍戸山学校を卒業した者です、と名乗った。彼は日本留学の日々について気さくに語ったあと、人懐こい表情で植田にこう尋ねた。

「汪兆銘氏による謀略の詳細を、あなたも少しくらいはご存じでしょう。日本外務省の考え方について、些細なことで構いませんから、教えていただけませんか……？」

「汪兆銘のことは知っています。だが謀略とは何ですか？　私はそんなもの知らない。私のほうが教えてもらいたいくらいだ……」

「第一次近衛声明で日本は自ら蔣主席との対話を拒否し、我々国民政府と断絶したまではお分かりでしょう。日本がこれ以上中国と戦争を続けるには無理がある。だから彼らも和平を急いでいた。もし日本軍が撤退し、万里の長城より南の中国の主権を認めるなら――つまり満洲国（マンチュウクオ）を国家承認するという、我々からすれば屈辱的なノータ・ベネつきでも、蔣主席も停戦に応じてよいとお考えだった。なのに、日本軍が中国から完全撤退する期限は設けられませんでした。和平救国を唱える汪兆銘を主席にして、自分たちの言うなりになる国民政府を南京にもう一つ作るためです。マリオネットのように。植田さん、日本の操り人形となり、ベルリンにも悪しき友人を持つ汪兆銘が重慶を脱出し、今ハノイに潜伏しているということを、あなたがた領事館員が知っていてもおかしくはないのですが……。あなたと仲良しの、電信担当者の顔色は最近、どうでしたか？」

この将校の上手すぎる日本語の尋問は、まるで日本人によって録音されたレコードのように回転しつづけ、止まってはくれない。

「今、汪兆銘をハノイのどこに匿（かくま）っていますか？」

「そんなこと……私は知らない」

反射的にそうは答えたが、植田の脳裏に紺野とのやり取りがちらついては消えた。会話の内容が思い出せないのだ。自分の行動に立ち返ってみる。植田はランソンに来た。何のために？　暮れに汪兆銘が国境を越えてやってくると聞いたからだ――。ランソンに行けば何か摑めると聞いて。きわどい情報だったからこそ飛びついた。植田はまた蒼白になった。

戸山学校出の将校は首を横に振った。

「あなたが何も知らないというなら、汪兆銘がハノイに潜伏して間もなく、何であなたがわざわざ国境地帯へ出かけたりしますか？　彼が重慶側にいる私たちに対日和平を訴える通電をしたのが十二月二十九日、あなたがランソンに潜伏したのは二十八日です。私たちが汪氏を追ってこないか、確かめに行ったんでしょう。そして、私たちの動向を、作戦の上司に報告する予定だった。――あなたに作戦指示をした人は誰で、汪兆銘がハノイを出航する予定日はいつか、いま彼をどこに隠しているのか、教えてくれれば、すぐにここから出してあげます」

「私は……」捕虜になったという衝撃で頭が動かず、それ以上言葉にもならなかった。

「植田さん。諜報は面白い遊びでも冒険でもありません。戦争を構成する一つの重要な作業工程です。その意味では、あなたも本質的には戦闘員と同じ……。死を厭わず、このような諜報に出たのでしょう。その愛国心と勇気には敬意を表します。しかし……もう殺し合うのはやめにしましょう。我々にも、同じく愛国心があります。これを敵愾心と混同してはいけないというのが蒋主席のお考えです。私たちだって、本当は諜報も戦争もしたくないのです。侵略され荒廃した国土を元に戻したい。本当ならその大地で作物を収穫し、商売をしたい。あなたがただって、本心ではこの泥沼の戦いを止めたいはずです。私は真剣に、日本軍による停戦および我が国からの撤退のために、このようにあなたにインタビューしています。これはまだ軍法会議ではありません。あなたを裁くための質問ではありません。停戦という大きな課題のために必要な作業なのです。また私たちは、あなたを決して殺さない。扱いはジュネーブ条約に準じます。だから安心して、本当のことを教えてください」

「それよりあなたがたのほうが国際法違反だ、私はフランス領にいて、国境を侵してまで私を拉致したのは誰か！」

植田は渇いた喉元からあらんかぎりの声を絞り出したが、将校は動じない。

「……分かりました。では、どこの機関の人がこの工作に関与していたか、噂話でもいいから知っていることを教えてください。これは、東亜新秩序ではなく、傀儡連邦建設の試みなのですから、問題のレベルが違います。主権国家で成り立つ国際秩序への挑戦であるとともに、ウェストファリア体制からアジア・アフリカを例外として除外する、あのヨーロッパ人のダブル・スタンダードの模倣――これが、同じ東洋人である彼らが、いま東洋で行っていることなのです。外交官のあなたなら、理解できるでしょう。この道のスペシャリストのはずだ。私はあなたの良識と正義に期待します。……今日はもう疲れただろうから、続きはまた明日にしましょう」

植田は独房に戻された。

二月のある日だった。中国では正月が始まっており、監視にあたる兵士たちの顔は心なしか緩んでいる。上の空で、持ち場を離れたまま戻ってこないこともあった。

独房の中では、感情という感情が消えてしまった。肉体的苦痛だけが唯一残った感覚だった。あらゆる感情を奪ったのは、おぞましいほどの恥辱と自己嫌悪である。兵士に腕を乱暴に摑まれて痛かったこと、怒鳴り声で耳鳴りがしたこと。そういう肉体の感覚だけで、彼はまだ生きていることを確認した。

植田は泥の臭いのする独房の、鉄格子を摑んで暗い廊下の方を見た。向こうは壁で、何もない。独房の天井のほうにある小さな窓から、うっすらと光がひとすじ、注ぎ込んでいる。

――リヒト、メーア、リヒト！（もっと光を！）

絶望の闇のなかで、ゲーテの言葉が蘇り、そしてまた闇に消えた。

兵士はまだ戻ってくる気配がない。ふと、足元に一片の鉄屑が落ちているのを見つけた植田は、それを拾いあげた。

10

一九三九年三－四月　ハノイ

三月二十一日、深夜のハノイ現地人街に一発の銃声が響いた。広東通り(リュ・デ・カントネ)界隈に建つ黄色い欧亜折衷様の家の階下で、一人の中国人が崩れ去るように倒れた。

紺野はチャコールグレーのスーツを着た男を抱え起こす。拳銃を持ち上げ辺りを見回し、下手人を必死の形相で探す。吹き抜けの天井から吊り下がるシャンデリアが砕け散り、ガラスの破片が雨あられと降ってきた瞬間、紺野はらせん階段の上に姿を見せた刺客の一人を瞬時に狙い仕留めた。階段を駆け上がり、まだいるはずのもう一人を探す。先ほどまで閉ざされていたはずの二階の応接間から乱射音が響きわたった。紺野は開け放たれていた扉のそばに立ち、短刀の突き刺さった胸から血を滴らせながらもなお、機関銃を手に仁王立ちしているもう一人を撃ち殺した。一瞬の撃ちあいのあと護衛のうち何名かはすでに息絶えていた。煙硝、粉々になったボトル、青いトルコ絨毯にしみたバーボンに、生温かい血の臭い。

中折れ帽を目深に被り、丸いサングラスで目を隠した中国人の紳士風の男が息を弾ませ、生き残った側近と護衛に挟まれ応接間から出てくる。護衛の方は肩から血を流していた。刺客は窓を破って侵入したらしい。銃弾で絶命した腹心の元へと小走りに駆け寄った紳士風は、胸が真っ赤に染まったチャコールグレーの骸に向かってその名を叫んでいる。紺野は、「もう間に合いません、閣下、立ち止まらずどうぞお車へ！」と、広東語で怒鳴った。サングラスの男は後ろを固めていた側近たちと一緒に黒いリムジンに飛び乗り、暗闇を疾走していった。

紺野は車が出た後、しんと不気味なほど静まり返った闇一帯にまだ敵の気配を嗅ぎ取った。こつこつとわざわざ靴音を立てて道の中央に出ると、ふっと横を向いた隙に、曲がり角から刺客が現れ紺野に向かって発砲した。紺野が走って追いかけると、刺客は後ろを気にしながらもう一度拳銃を撃ち、腕を振って駆けていった。小路の突き当りの塀にロープを掛けてよじ登ろうとしている刺客の背中に銃口を向けると、バーン！という銃声と同時に木綿の安南服を着た男が塀からどさりと落ち、地面で呻いた。紺野はこつこつと近寄り、男の額にもう一発撃ち込んだ。男は安南人ではなく中国人であるはずだった。背後から別の銃声が響いたのに気を取られると、腕にちくりとした痛みが走り、白いスーツから滲み出た血が牡丹となって広がった。遠くから呼子笛が聞こえる。紺野は地面に転がるように伏せると、まだ複数潜んでいるらしい暗殺者たちを闇の中に見定め、腕を押さえながら何度も引き金を引いていた。別の足音がこちらから遠ざかっていくのを耳にした。

それから一か月後の四月二十五日、やはり夜が更けてから、旧市街地を黒のシトロエン・ロザリーが疾駆していた。時速七十キロのロザリーは、紅河に渡された全長千八百メートルのドゥメール橋の上で夜汽車を追い抜き、ハイフォンへと向かっていた。車の中には、中折れ帽を被ったスーツ姿の紳士風と、その側近が乗っている。

「閣下、曾仲鳴先生のこと、深くお悔みいたします」

「分かっている。それより何故こんなことになった。日本側に内通者がいたのだろう」

動揺を隠さない紳士風の問いに、自ら運転しながら、紺野は広東語で答えた。左腕は包帯で縛ってあった。今日の運転だけは他の誰かに任せられるものではない。

「内通者ではありません。本件は徹底して秘匿されており、サイゴンの日本大使館員、ハノイの日本領事館員などにも明かされておりません。ご安心ください。上海までたどり着けば、もう当方の占領地、追手を心配される必要はありません。ジェスフィールドの特務工作員もおります」

紺野は植田の恋人の「父」から、重慶側の尋問に耐えきれなかった日本領事館員が、二月に自殺を図ったと聞いている。植田は尋問で役に立つほど何かを知っているわけではない。

紳士風はサングラスを掛けたまま目を閉じ、側近の差し出すライターから火を貰い煙草を吸いはじめた。

北部地方の乾季の夜は肌寒い。車は、線路に沿って走りながらハイフォンに入ると、港のあるカム川へ抜ける運河の畔で停車した。側近は紳士に薄手のコートを羽織るようすすめてからレンガ倉庫の裏で車を降りた。夜の港は静かで、碇を下ろしている何隻かの汽船も灯りを落としている。あたりは真っ暗だった。紺野は中国人とその側近を約束の場所に案内した。車の中で新しい拳銃に弾を込め直し、側近に渡してある。港の外れに小さな漁船が浮いている。といっても、平底のサンパンである。

「お乗りください。ハロン湾にて当方の汽船にお乗り換えいただきます。そこからは影佐大佐が万全を期してご案内いたします」

菅笠を被った安南人に扮した日本人が、サンパンに乗り込んだ男二人の身体の上から茣蓙を被せ、船尾につけた小型のエンジンを掛けた。

11

一九三九年十二月　サイゴン

冬のバカンスが始まって間もなく、クララが鞠の父の家に電話を掛けてきた。会いたいという。父から伝言を聞いたあと、鞠は総督府のほど近くにあるクララの家に出掛けた。

激戦となった上海事変以降、クララのお母さんは、フランス租界の領事館に勤める恋人（コパン）とは離れ離れになったままだ。もう愛情も冷めたかも、とクララは言い放った。彼女のお母さんは、仏印に来てからそのコパンの伝手を使い、払下げ（コンセシオン）で手に入れた小さな紅茶プランテーションを持っているから、男に頼らなくても暮らしてはいけるらしい。

コットンツリーの下にテーブルが置いてあり、ボーイがお茶とマドレーヌを運んできた。

「マリ」

クララが神妙な顔つきになったので、鞠は構えた。

「どしたの。いきなり呼び出して」

クララは、おもむろに二枚の紙切れをテーブルの上に並べ、一枚を鞠に手渡した。サイゴン行の寝台特急の、往復乗車券。しかも一等車である。

「ほんとはパパと一緒に旅行する予定だったんだけど、最近、嫌な事件が起こって仕事が立て込んだせいで、行けなくなってしまったの」

「あんたのパパ、何の仕事してるの？」

「林務局の局長」

と、聞いて鞠はたまげた。仏印では、セルヴィス・フォレスティエの役人の力は大きい。いや、絶大だといってもいいかもしれない。仏印では、森林事業自体、総督府が厳重な管理下に置いている。森の運営は民間企業や個人事業主に任せているが、実際には国家そのものといってもいいセクターだ。特にエベアの樹は、インドシナの生命線の一つなのだ。この権益を、セルヴィス・フォレスティエが牛耳っている。

——また会いましょう。

と言った紺野氏の顔がまっさきに思い浮かぶ。その顔を、鞠はもみ消した。

エベアの森にもそれぞれ所有者がいるが、農園で働くクーリーの監視もある。許可がない限り、外国人や、農園の関係者でも小作人でもない者が無断で敷地に出入りすることは難しい。この閉ざされた森に、鞠は関心を持っていた。この国で地理学を始めてからというもの、何故か一般に入手できる地図には書かれていないこのエベアの森の在りかと、中がどうなっているのかを、知りたくてたまらなかった。

「ねえ、嫌な事件て……？」

「それはこんど暇な時にでも教えてあげる。……それより、旅行のこと。あんたにこの切符をあげるわ。パパが行けなくなったかわりに一緒にサイゴン旅行に行かない？」

「ヴレモン（ほんと）？」

「ほんとよ。わたしあんたを誘いたかったのよ、マリ。行きたいでしょ？」

「ジュ・ヴー（行きたいわ）……」

待ち合わせは翌週金曜夜、ハノイ駅（ガール・ド・ハノイ）の待合室。駅は、六区にある鞠のアパルトマンから歩いても近い。駅周辺の治安は厳重に守られていて、深夜に出歩いても安全すぎるくらいだ。

クララが慣れた様子で鞠を連れて行ったのは、一等車のプラットフォームである。ここにはホームにも赤絨毯（じゅうたん）が敷かれていて、袖章（そでしょう）とモールのついた制服を着たポーターが行き交う。サイゴン行きの急行は、オリエント急行にも負けないと評判の豪華寝台だ。鞠が何か喋りだす前に、クララは旅行鞄を奪ってポーターに預けた。

一等の客車（ヴォワチュール）の中は、五つ星ホテルのように凝った内装だった。香水の匂いがし、床には絨毯が敷いてある。コンパートメントの調度品も贅を尽くしていた。客層は、ヨーロッパ人の中でも富裕層だ。たまに背広をりゅうと着た華人ともすれ違う。

「シャワーも、トワレットも個室内にあるのよ。タオルも、バスローブも。何も持ってこなくたっていいくらい」

コンパートメントに荷物を置いてから、クララは鞠を一等の食堂車へ連れていった。

蝶ネクタイをしたボーイが、慇懃（いんぎん）な笑みを浮かべて客を中へ案内する。純白のテーブルクロス、銀のカトラリーに、カットグラスの輝き。

「旅はめいっぱい楽しまないとだめよ」クララは旅慣れているらしい。「マリ、サイゴンで行きたいところある？」

「劇場かしら。あとはエデン・シネマ」

「それだけ？」

「有名なショロンの中華街かしら……」

鞠はじっと考え込んでから、もう一つ、思い切って言ってみた。

「エベアの森」

クララは顔を顰めている。

「何でそんなとこ行きたいのよ……」

「あたしの専門が地理学なのを知ってるでしょ。だから、地図に載ってない森を見てみたいの」

テーブルには、ローストビーフのサラダと、ボルドーの赤ワイン、それに新鮮なチーズが並ぶ。クララはローストビーフを咀嚼（そしゃく）してから、

「分かった。マリが行きたいなら連れてってあげる。ゴム農園なら親戚にオーナーがいるから。でも、サイゴンからはちょっと遠いわよ。車でも結構かかるかも」と答えた。

「遠くても、見たいわ。すごく広いんでしょ、エベアの森って」

「広いわね。ヴァンセンヌの森五個分くらい」

「それってどれくらいの広さなのかしら……」

「マリはパリに行ったことがないからヴァンセンヌの森を知らないのね。とてつもなく広く感じるわよ」

ウエイターが食後のデザートを聞きにきた。詰襟服のウエイターは現地人だが、この安南人は、鞠が恥ずかしくなるくらいフランス語がうまい。鞠は、何年くらいフランス語を勉強したのか、と尋ねてみた。――物心ついたときにはもう喋っておりました、と、ウエイターは美しい発音で返事する。

聞けば、サイゴンの現地人街で育ったという。――サイゴンは、フランスの直轄植民地ですからね。――ウエイターは続ける。――私は漢字がさっぱり書けないかわりに、フランス語なら不自由なく読み書き話せるんです。安南語は、喋るだけは喋れますが、正直いって、クオック・グーとかいう、あの安南語のローマ字による正書法が、私にはどうもよく分からないんです、と。ウエイターはボードレールの『悪の華』十四節目を美しく暗唱して見せた。

こういうところで働く安南人が、植民地政策の批判をすることは決してない。統治者に対する、統治者の文化を使った皮肉なのかもしれない、と鞠はふと思う。クララはウエイターの方を見もせず、黙ってカフェを飲むだけだった。

まる一日半を汽車の中で過ごし、眠りから覚めるとガール・ド・サイゴンに着いていた。慌てて洗面し、着替える。襟とベルトがついた、フレアシルエットの半袖ミディドレス。麦わら帽子のリボンは赤葡萄色で、ワンピースの海老茶色と色調を合わせていた。

クララのローブは胸元が開き、ゆったりと作られているオーガンディーの袖と、薄紫色のペイズリー柄がとても素敵だった。細い脚には、白と黒のバイカラーのハイヒール。つばの広い水色の帽子に、白いシルクの手袋。亜麻色のウェーブの髪には落ち着いた青系の服がよく似合っている。

駅舎の前で待っていたのは、七千ピアストルは下らないという黒いモーリス・レオン・ボレーの自動車だ。運転手は制服を着た安南人で、クララのことをよく知っているようだった。

「親戚の農園に連れてってあげる」クララは鞠に告げた。

鞠は、こういう風に女友達の小さな夢を叶えようとしているクララの友愛に感動しながらも、驚き呆れる気持ちの方が大きかった。これが植民地の高級官僚とその家族が浴することのできる恩恵と、権力というものなのか――。

最初にサイゴンのフランス人街を車でぐるりと一周して見て回る。ノロドム通りは、今は首都ハノイに移転した旧インドシナ総督官邸の建物正面から、街の南東方面へまっすぐ伸びている。その北側に広がる緑多い区域に、ヨーロッパ人の邸宅が集まっていた。マンサード屋根が聳える大きな邸宅は、どれもちょっとしたお城のようで目が奪われる。車はもう一度サイゴン駅へ戻った。駅から北に向かって一時間ほど走ると、青い森が見えてきた。車のスピードに鞠は驚く。驢馬(ろば)や牛がいない道では、七十キロくらい出していた。

農園の門の前には銃を捧げ持ち、銃剣を腰から吊り下げた、白い制服のヨーロッパ人哨兵(しょうへい)がいて、車のナンバーを確認してから敷地内に通した。そこから自動車は再びスピードを上げる。透明な葉を繁らせた樹々が、同じ高さで、均質に、延々と続いている。手入れが行き届いた森には、獣も、鳥の気配もない。はじめはとても美しいと感じた森の印象は、やがてその終わりなき青い樹海で絶望に似た感情に変わる。ゴムの樹だけが呼吸し、それ以外は生きることを許されないような物々しさ。その森の中に整然と通された一本のまっすぐな道路を、車はスピードを下げずに疾駆しているはずなのに、青い森はまだ終わらない。

鞠は不安になってきた。

「この農園だけでも、五千ヘクタールあるの。その中に、エベアの林と、クーリーの集落、ゴム加工工場やその他の用地がある。世界恐慌の前には、八千ヘクタールの農園もあったのよ。ちょっとした郡が、まるまるエベアの森というわけ。今走っている道は、直線距離にして十二キロくらいかしら」

「エベアを植える前は何だったの」

「水田（リジエール）よ。ここは全部、赤土だったの。それを、役人や企業家が払下げで片っ端から手に入れ、水田から力ずくで排水してエベアを植えなおしたというわけ。この五千ヘクタールには稲作農家の村がいくつもあったけれど、それらもすべて廃村、読み書きすらできない小作農は、村ごとゴム採取のクーリーにされた。彼らが住む〈新しい村〉も敷地内にあるわ。農園の南部にはゴム加工工場や管理事務所（ディレクション）、商店や郵便局が集まり、貨物車専用の線路が通っている。農園北側には、中央病院（オピタル・サントラル）もあるけど、そこは主にクーリーの防疫施設なの。クーリーは三年契約、一度契約したら農園から出ることは許されない」

　車は本道から脇道へと入っていく。青い景色は変わらない。どこに辿り着くのか、どこかへ本当に辿り着けるのか、ただ不安が動悸になって襲い掛かる、そんな森だ。

「現地人クーリーの集落は、この農園の敷地内に全部で七つ。それぞれ、互いの交流が難しいように、相当の距離をあけて配置されているの。各村には監視塔も建ち、脱走できないようになっているわ。仮に脱走するとしても、村を通る道路は厳しく監視されているから使えないし。農園内の道は、今走っている自動車道路を含めて数本しかないうえ、南部と北部の合計三か所の出口を除いて、敷地からはみ出ないように作られているから。契約では脱走者は逮捕、投獄と決められているのよ。——だから、もし逃げるとすれば、見つかりやすい道路ではなく、夜陰に紛れてエベアの森をかいくぐるしかないの。森にはほとんど何の目印もないから、まっすぐ歩いているつもりでも、いつの間にやらぐるぐると同じところを巡ってしまう。太陽を目印にしようにも、均等に繁るように育てられたゴムの樹のせいで、それもよく分からない。すぐに出られると思っていたのに、歩いているうちに方向を失い、水一滴なく、何時間も森を彷徨（さまよ）うしかなくなるの。何時間、何日と薄暗い森を歩き続けても、たいていは渇きにやられ、倒れる。倒れても、誰も助けに来ない。干からびた遺体だけが、弔（とむら）いもなく土の下に埋められる」

「何の話？」

「この農園で、家族で脱走を試みたあるクーリーの末路よ」

「クララ、あんた、プランテーションのことどう考えているの？　ここは、安南人の国のはずでしょ……」

「ここはフランスの領土よ。あたしは何も思わない」

それは、鞠が、父が携わる綿花事業を完全には否定できない気持ちと同じなのだろうか……と思う。

途中、森をくぐる舗装されていない道路からさらに離れたところに、燃えた後のような小屋の残骸が見えた。車のスピードのせいで、その不可解な火事の痕跡は、すぐに視界から消えた。窓の外のつめたい森を凝視してばかりいる鞠を、クララは平然と眺めている。

「最近、阮愛国（グエン・アイ・クオック）が率いるPCI（ペー・セー・イ）（パーティ・コミュニスト・アンドシノワ、インドシナ共産党）のアジテーターが農園の地図を把握し、クーリーに成りすまして入りこみ、反乱が起きたのよ。クーリーの村の一つが見せしめに燃やされると、オーナーはすぐさま三千名近くの契約クーリー全員の解雇を余儀なくされたわけ。どさくさに紛れて二割が脱走したあとでもあり、スパイが見つからなかったから。どこかから、ここの図面が漏れたんでしょう。でなればあんなに簡単に村の位置を割り出せるはずはなかったわ。それ以来、農園主は、もう一つマシな村を作ることになったの。すこしは清潔な住居を建て、シャワーや医務室、食堂に、ちょっとした映画館や娯楽室まであるのよ。カトリック教徒のためのチャペルに、仏教徒のための仏塔（パゴダ）までね。以前の〈新しい村〉では、ヨーロッパ人の管理者や技術者にモラルなんてあるわけないでしょ。クーリーはアンディジェンなんだもの。村どころか、バラックしかなく、コレラも蔓延（まんえん）するし、家畜同然の扱いだったらしいんだけど、また焼き討ちに遭うのを恐れたの。多少は人道的な配慮をせざるを得なくなったというわけ。最近はどの農園もむしろ反乱を恐れているみたいね」

「ずいぶん、詳しいのね……」

「でも、フランス人の中にも、こういう現状を理解して、ありのままに書いてパリで公表する輩（やから）もいるのよ。誰が悪人で誰が可哀そうだなどと、決めつけないことね」

ながながとお喋りするクララは、いたって無表情だ。インドシナの上流階級の話。サイゴンのヨーロッパ社交界のこと。ゴム価格、香港やパリの株式市場の話題。ブリュッセルに本社を置く植民地金融会社やミシュランといった、大企業が保有するゴム農園の噂。大戦後、仏印のエベア植え付け面積は飛躍的に増えたとはいえ、すでに年間数十万トンを産出する英領マラヤや蘭印に比べれば、まだ数万トンに満たないインドシナのゴム産業は、じつは真正面から勝負できる水準にはない。とはいえ、大戦後はシンガポール、アメリカ、日本と新市場が増えた。

「よく分かったでしょ。この世にもう白地図なんて存在しないのよ。わざわざ書かれない地図があるだけ」

クララは束ねていた亜麻色の髪を解くと、無言で鞠を見つめていた。そして、体制側のお嬢さんにしては、ずいぶん気の利いたことを言いだした。

「人間は他人から搾取者と呼ばれるよりは、善人と思われるほうが好きな生き物なんじゃないのかしらね……？」

商業都市であると同時に、直轄植民地だけあって、やはりサイゴンは活気に満ちている。パリさながらに造られた大通り（ブールヴァール）や、花壇や街路樹がおよそ一キロにわたって整備された並木道（アレー）は壮観ですらある。クララは車窓からサイゴン市庁舎を指さしながら、あれなんかはパリ市庁舎の完全な再現よ、と言った。キャフェがそこかしこに建ち、テラスにはヨーロッパ人客が絶えない。戦争の足音がする時代ながら、欧州やアメリカのモードの最先端が、中心街のショーウインドーを飾っている。同時に、整然と計画された堅牢な近代都市の中にも、アジアの雰囲気が漂う。しょっちゅう華人とすれ違うし、駅前に広がる中央市場の西にはインド人のヒンズー寺院が建ち、回教徒のモスクも見えた。

夜、クララは約束通り、レオン・ボレーに乗って、鞠を中華街で有名なショロンにも連れていった。サイゴンとショロンはかつて異なる二つの街だったが、合併されて一つの大都会になった。二つの都市を繋ぐ低地には藁葺のスラム街が密集している。サイゴンのヨーロッパ人社会にもショロンの華人社会にも合流しきれない、植民地社会の歪（いびつ）さと矛盾が、ここ一か所に寄せ集められたかのようなスラム街の光景に、鞠は車窓から釘付けになっていた。そんな鞠に、クララは目配せもしない。

「ショロンは本国よりも中国の伝統に忠実でしょうね……。今、中国本土は無政府状態のカオスだもの。ここに住むのは、ほとんどが中国の南の人々とその子孫なのよ」

レオン・ボレーは巨大な中華料理店の前で停まった。近隣の通りにはカジノや映画館、白菜や魚介類に、東洋のあらゆる珍味が山と積み上げられた市場がある。ヨーロッパ的に秩序立てられたサイゴンのような街路樹はほとんどなく、道幅も狭い。一階に華僑の店舗がびっしり入った長屋も見える。鞠には読めない漢字の看板がごてごてとあちらこちらに掛かり、ランタンの灯りが眩しい。

　レストランの受付で、クララはシノワのウエイターと何やら喋っている。予約の有無を聞かれているようだ。

「北京語（マンダラン）で喋ったの？」

「マンダランじゃないわ。いまのは広東語（カントネ）よ」

　通されたのは二階にある方形のテーブルで、奥で京劇のアトラクションをやっており、銅鑼が耳をつんざくほど鳴り響いている。この騒々しさが、エベアの森で感じた、人間の生命を奪うほどの人工的な静寂の恐怖を、すこしだけ追い払ってくれる。けれど、あの光景が無くなるわけではない。たった今もあるし、これからもあり続ける。二人は赤い漆のテーブルに向かい合って黙々と広東料理を口に運んでいた。しばらくして沈黙を破ったのは鞠のほうだった。

「クララ、あんたのパパの休暇を邪魔した事件て、さっきの焼き討ちのこと？」

「そうよ……。それも、日本人のスパイのせいよ」

　鞠は口を噤（つぐ）み、当惑気味にクララの水色の目を窺（うかが）っていた。

「その男の名は、コンノエイスケ。日本の貿易会社の社員だけど、軍事スパイだと言われている」

「ほんとに彼がやったという証拠でもあるの？」

「ない。だから、もしムッシュー・コンノのこと知っていたら、教えてほしいの」

　鞠は返事に窮した。クララは取引したがっているのだろうか？

「クララ、今回の旅は、総督府のお偉いさんであるパパに頼まれたの？」

「そうだったらあんたはどうする、マリ。騙されたと思う？」

「いいえ。あたしは自分で来たくて来たの。あたしが選んだの」

ゴム農園焼き討ち事件の下手人かもしれない紺野。胸の中にじわりと広がるその影の向こうに、だまし絵のようにもう一人の青年の輪郭が立ち現れ、ランソンの靄の中に消えていった。

鞠はまっすぐクララを見つめた。

「紺野氏はゴム農園と取引きする商人よ。あまりよく知らないけど。でももしあんたがウエダっていう日本人探しを手伝ってくれたら、これから紺野と付き合ってみてもいいかも……」

クララの顔から笑みが消えた。

「ウエダって、国民党（シン・ポピュレール）に捕まった日本の外務省員のことでしょ？　車の中に拳銃と軍事地図を隠していたって、新聞には書いてあったけど。要はそいつもスパイじゃない。あんたにとってそんなに重要な人だったの？」

「あたしは、自分の人生にとってそれほど重要じゃない人だったとしても、知り合いがいなくなったことを忘れて平気でいられる性質（たち）ではないみたいなの。あたし自身が女学校時代、人から重要と思われないことに慣れすぎていたけど、今は違うわ。自分が窮地にいる時、みんなの視界に入れてもらえないのはつらいことよ。それにウエダがスパイかどうかなんてことのほうがくだらないわ。彼はあたしが大学へ行けるように手を差し伸べてくれたの。あたしはあの時、どうしようもなく幼いお喋りしかできなかったけど、もう一度会えるなら、こんどは気の利いたこと話すわ。ウエダが拉致された事件は偶然なんかじゃなくて、きっと起こっちゃいけないことだったのよ。忘れられるわけないわ」

ウエイターに署名入りの小切手（シェック）を渡すと、クララは帰る用意をはじめた。

ショロンの雑然とした中華街の喧騒。めまぐるしく入れ変わる東洋と西洋、そしてそれらのごった煮のような風景の中で、突然ずっしりとした疲れに襲われた。やはり、ハノイのほうが落ち着いていて性（しょう）に合う気がする。大ぶりの蓮が水から立ち上がるように咲き誇る大湖（グラン・ラック）、寺院の影にひっそりと浮かぶ愛らしい睡蓮（ニンフェア）の水辺、阮朝の官吏を祭った文廟（ぶんびょう）や仏塔——。

車のエンジンの響きを感じながら、鞠は少し眼を瞑った。と、クララが、ぼんやりしている鞠の肩を揺すった。

「やっぱりお芝居観にいこう」

劇場でモンテ・クリスト伯の初演を観終わると、深夜になっていた。華麗な舞台に没頭しようとしても、今日という一日の終わりには、愛読書の物語もまったく頭に入ってこなかった。

車はサイゴン川沿いを少し走ってから、コンチネンタル・ホテルの前で停まった。

「今晩はここに泊まるのよ」クララが先に降り、鞠の手を引っ張るように降ろした。

「二人で？」

「そうよ」

夜の社交が終わり、ミルキー・カラーのベントレーに乗り込むヨーロッパ人客がある。マレーやシンガポールからの客だろうか。ポーターはまるでジョージ六世の侍従のように、えらくちゃんとした英語で話し掛けている。玄関に飾りつけられた大きなクリスマスツリーに思わず眺め入ってしまう。ロビーでは、ふとドイツ語が聞こえたと思って振り返ったが、どうもそれは鞠が大学で習うドイツ語とは違った。

「あれはオランダ人よ。蘭印（アンド・ネエルランデーズ）の人たち。一目でそれと分かるわ。フランス人は、背広をあんな風に、田舎者みたいにきちんと着ないもの。仏印にとっては大のお得意様ではあるけれど、話がエベアと胡(こ)椒(しょう)になった途端、商売敵(がたき)になるのよ」と、クララは鞠に教えた。

　バルコニーつきのスイートは、ドアを開けた瞬間、バンガローにも劣らない解放感がある。紅い紗のカーテンで仕切られた寝室にベッドは一つ。別に居間があって、そこに大きな碧(あお)いベルベットのソファと、籐(とう)のテーブルがある。ユエの王宮風の調度品に、大理石の床。ラジオと、大きな蓄音機。クララがレコードを置くと、タンゴが流れてきた。

「あんなもん見て、満足した？」クララは少し呆れたように鞠に尋ねた。

「あんなもんって？」

「エベアの森」

「あたしはきっと、今まで見えていたつもりだったものを、足を運んで、しっかり見ておきたかったんだわ。だって、心が死んでしまった人間は何にも興味を持たなくなってしまうでしょ。あたしはまだ自分がちゃんと生きている気がするんだもの……。うまく言えないんだけど」

　クララは、鬱々としたまま顔色のすぐれない鞠の腕を掴み、友達の腰に腕を回してタンゴを踊り出した。

「ほら、首はあっち向いて。わたしと同じように動いて」

「目が回るわ……」

　真っ白なバスタブに湯を張り、久しぶりに全身を浸すと、どっと緊張がほどけた。ふわりと頭が空白になり、無音になる。

　寝間着に着替え、見知らぬホテルのまっさらなシーツの上に横たわる。しかしあの悪魔島(あくまとう)のようなクーリーの集落のことが頭をよぎって止まず、眠りが訪れない。自分に言い聞かせる。地理学者の使命とは本来そういうものではないのか？

彼らはそこにあるものを厳密に見て書き留めるものだ。見たい風景だけを見ても、三角測量図（トライアンギュレーション・チャート）は地図の上で決して結ばれない。鋼（はがね）のような幾何学（きかがく）的事実は、まっさらな紙の上でいつも鞠の空想上の新天地を拒絶した。地理学が生きることの一つの意味になった鞠は、複雑な知識を得さえすれば、今日とは違う自分になれるかもしれないという夢想ともお別れした。そういう気分に陥らせるのは学問ではなく、自己愛でしかないから。大学にきてからというもの頭の中がかなり整理され、物事の単純さのほうに関心が向くようになっていた。

鞠はサイゴンの熱帯の庭に面した窓を開け、冬でも蛍（ほたる）の飛ぶ闇景色を眺める。時間が経っても、闇の中に浮かぶ白い噴水を凝視する。どこに向かって流れているのかも分からない時代。もうとっくに崩壊が始まっているのかもしれない世界で、夢や憧れを抱くこと自体の重みに耐えきれなくなっている自分を、どこかへ置き去りにすれば楽になれるかしら？　と、鞠は闇に尋ねてみる。

12

一九四〇年六月　ハノイ

ブレビエ総督のレジデンスに呼ばれるのにももう慣れてしまった。前々回の軍法会議から、紺野永介の答弁は膠着している。判事役のド・カストロ憲兵大尉のコメディーに付き合うのにも疲れていた。一件では済まないスパイ容疑の一つ一つを論（あげつら）っているうちに、最初の審理からあっという間に一年半が経過していた。

そのいずれについても、紺野を有罪にするための確たる証拠は揃っていない。民間人として来ている紺野を、証拠も整わないうちから有罪にすることはできない。仏印と日本の間では援蔣ルート遮断をめぐって深刻な対立があったものの、ド・カストロ大尉とて、形だけは友好関係を維持する日仏の外交関係を慮（おもんぱか）ってはいるらしい。

「去年の冬のバカンスが始まる直前になり、赤土会社（ラ・テール・ルージュ）の傘下にある農園の地図を、非合法団体であるPCI（インドシナ共産党）の活動家に漏洩したのはあなただった。違いますか？　あなたはこの農園主の夫妻が開催する昼餐会（ちゅうさん）の常連でもあり、浅からぬ付き合いがあるはずです。証拠の提示をはじめましょうか！　皆さん（メシュー）！」

別の若い下士官が、映写機を部屋の端に置き、小さめのスクリーンを壁に吊るしている。

「今日、我々は新しい方法に訴えることにします。そのほうが、合理的ですからね」

ド・カストロは自分の髭の先っぽをくるりとつまんだ。

「私は植民地で軍人をしているより、パリで映画監督に転職したほうが、人生が浮かばれるかもしれない。……あなたがたといったら、私どもが休む暇もなくスパイ活動に明け暮れているのですからね！　では証拠映像を！」

ド・カストロは部下に命じ、焼き討ちにされたゴム農園内の集落の映像を映写機で投影させた。

「どうです、この、バカンス中に目標を狙い撃ちにした破壊工作は。見事なものでしょう？」

紺野の顔色は変わらない。

「私は仕事柄、農園敷地内の構造を知ることができる。否応なしに、です。しかし職務上、地図の漏洩をして、いったい誰の得になりますか？　ご存じのとおり、私は南亜洋行社の利益のために動いているんです。PCIに協力すれば、単純に会社の利益を損じます。ひいては日本の国益をも損ずる」

「だからこそ、私どもはあなたがなぜPCIに協力しているのかを伺いたいのです、ムッシュー」

「言いがかりです」

「いいや。証言がある。あなたの運転手から聞きました。カンボジア人の男です」

すると、少し離れたところで、下士官二名に取り押さえられるようにして出廷した運転手が、無言のまま首を横に、ただしほんの少しだけ振っているように見えた。その怯え切った表情は、

――ムッシュー、私は決してそんなことはしません！　とても弁解したげだった。

ド・カストロは髭を撫でながら、説き伏せにかかった。

「いいですか、あなたがPCIに接触したのは、逆説的ではあるが、日本がインドシナの共産主義者から、蔣介石(チャンカイシェック)氏周辺の情報を得るためだった。スパイ活動には、矛盾も逆説もつきものだ……味方よりも、あらゆる情報を収集し分析している敵のほうが、全貌を把握しているなんてのは、よくある話ですしね。当初、あなたが関与していた農園の集落焼き討ち事件と、別のルートから耳にしていた中国情勢は、私の中でいまいち繋がっていなかったんですが、いよいよ謎が解けました」

インドシナで騒擾(そうじょう)を画策する安南人の共産主義者らは、表向きは反共を旗印にしているはずの広東(カントン)に亡命し、十年ほど前から地下活動を継続している。当時、中国側は広東にも、黄埔(ワンポア)の軍官学校にも安南人革命家は潜り込んでいないと主張していたが、仏側の調べでは、インドシナ連邦に対する反乱を呼びかける共産主義者の雑誌が、まぎれもなく広東から出回り続けていた。亡命した安南人共産主義者らの活動経路は今もなお有効であった。

「いずれにしたって、私個人はまったく存じ上げぬことです」

「いや。まだ証明は終わっていない。……あなたはこうして、PCIの革命家に交換条件を提案した。サイゴン郊外にあるエベアの農園にスパイを潜り込ませるための図面を彼らに提供することと引き換えに、あなたの方は、最初から裏切られることが分かっている中国人に依頼するより、第三の勢力である安南人共産主義者のルートにも依って、中国の内情を、もっと実際的に把握しようとしたのでしょう」

三年前に上海で日本軍が国民政府軍と衝突してからというもの、支那事変は収拾がつかなくなっている。

「何せ蔣介石氏の部下たちは、一皮剝けば四分五裂の軍閥集団、おまけに中国軍に武器を売って大儲けしているのが、ナチの連中とはいやはや……。そういうことなら、あなたがPCIに——わけても阮愛国（ホー・チ・ミン）の手下に与することの利益は、現在の日本にとっては決して少なくない。ついでにあなたがたがインドシナへの南下を狙っているなら、我々の弱みにつけ込むためにも、なおさらだ。情報はあらゆる方面から得、あらゆる側面から分析せねばなりませんからね」

ド・カストロは笑みを浮かべている。

「だが、ここへきてあなたは負けた。ムッシュー、もう何を隠そうと無駄ですよ。中国帰りの安南人と、あなたとの交流について、そこにいるカンボジア人運転手が我々に真実を語ってくれたのです。彼がフランスに協力するのは当然です。なぜなら彼は我々の国の市民権を有するのですから、外国人に忠誠を誓う必要などない……あなたがスパイ行為を働き、他方で、一人のアンディジェンがフランスに対し忠実だった、ということが証明されました。これ以上の正義があるでしょうか？」

ド・カストロの表情は、これで謎が解けたとばかりに軽やかになった。

「どれもこれも、言いがかりです」

紺野は声を張り上げた。

運転手は間違いなく植民地当局の刑事に脅迫され、彼らが望むシナリオに同意させられただけだろう。紺野はそういう事態も想定していた。今や掛かった罠よりも、すでに成し遂げた仕事の成果に軍配が上がってもいい時期にきている。

「ムッシュー、ところで……。親日派の国民政府を南京に建てる旨、ラジオで発表なさっていた汪兆銘氏は、やはりおととし十二月に重慶から脱出、そして去年三月、潜伏中であったここハノイで重慶の中国人に暗殺されかけ、ハイフォン港から船で上海へ脱出したこともご存じありませんでしたか……。同じ頃、ちょうどあなたのお友達の外務書記生(アタッシェ)もたしか中国人に拉致されていますね。なのに、同胞はいつになったら彼を救いに行くつもりなのか。まったく、こちらも矛盾だらけのようだ……」

スクリーンに映されたのは、ベトナム人を装って菅笠を被った植田が、山あいに佇み、遥か遠くを眺めているフィルムである。植田の運転手から密告があったのかもしれない。一体あの場面のどこにカメラを隠していたのか。鬱蒼(うっそう)としたビンロウの樹の上か。

「われらの軍管轄地でピクニックとはいやはや！」

ド・カストロ大尉はニヤニヤしながら、こう付け加えるのを忘れなかった。

「あなたはこんな東の果てにいるから知らないかもしれないが……今フランス本国では、山歩きは流行遅れだ……。あなたはなんてエレガントではない過ごし方をしているのでしょう！　パリジャンはみんな日差しを求めて海辺へピクニックに行く。ほら、こんな風に」

コメディー劇場の役者のように声を張り上げながら、ド・カストロは、開戦前のノルマンディで遊ぶ富裕層の人々のたのしそうな姿を見せた。そして、またインドシナの山景色の映像に戻した。

「いずれにせよ、ランソンにあるこの谷に、外国人は入ってはいけなかった。あなたならよくご存じのはずなのに……」

「その男は私なのでしょうか？　誰か別人と間違えておられるのでは？」

と、ド・カストロは、最新鋭の映写機で一年と半年前の映像をズームアップしてみせた。

「ええ、間違えてはいません。これは、あなたの友人です」

皮肉に見せかけて言うド・カストロの眼が光った。紺野は瞬きもせず、沈黙を守った。

スクリーンにもう一枚、背広姿の男二人が登場するフィルムが映写された。

「アー、ラ・ラ・ラ、ラ（なんとまぁ）！　これは何をやっているところなのでしょう？」

それはメトロポールホテルで盗撮されたらしき写真だった。ロビーでなされた立ち話は暗号文である。

「我々の知るところでは、お相手は上海の日本憲兵隊関係者だとか……。いまこの方は東京に戻されて上海にはいない。そうですね？」

「何度ご説明したか覚えていませんが、私は貿易商で、相手もただの取引相手です。その男が上海から来たのは事実ですが、私は商売相手としての素性しか知らない。商談をもたらす人間であるということ以上に、あの男が何人（なにじん）で、何者であるかなんて、私たちには関係がないというより、関心がないんです」

「私はてっきり、純粋な友情と道義的な理由から、あなたが例の商売仲間に頼んで、拉致されたお友達の行方を上海から探っていたとばかり思っていたのですが。彼のもう一人の知人であるマドモワゼル・タキグシのように、彼が突如として消え去ったことに良心的関心を持つのは、人間として至極当然のことですからね」

「お聞きになったとおり、それは商談です」紺野は声に抑揚もつけずに答えた。

「まあ、こちらは余談です。ムッシュー」ド・カストロの眼はしばらく紺野を睨んでいた。

彼らは紺野のスパイ容疑について、決定的な証拠を期限内に掴むことができなかったのだ。だからここへきて、急場しのぎに運転手を利用することにしたらしい。紺野に資することを何か一言でも口走れば、彼は当局に拷問され、スパイ罪で殺されるだけなのだ。事ここに至っては主人を裏切るのは仕方なかった。相変わらず黙ったまま首を振るカンボジア人に、紺野は一瞬、鋭い視線を送った。すると、彼は首を振るのを止めた。

「ムッシュー・コンノ」

紺野はまたすぐに朗らかな表情に戻り、ド・カストロの方へ向きなおった。

「あなたはあと数日、これまでどおりの暮らしを続けていただいて構いません。運転手も一旦解放します。我々は、東洋的な情状酌量というものを行いえない。ヨーロッパの法の精神に基づき、あなたに処罰を下すのです」

「仰せのままに」

だが紺野はド・カストロに笑顔で返事した。

——時すでに遅し、だ。

「あなたを国外追放にします」

13

一九四〇年六月　ハイフォン／ハノイ

昼過ぎ、逗留先であるハイフォンのバンガローで、鞠はヴィオレのアオザイを脱ぎ、ひさしぶりに洋服に着替えた。旅の前にアイロンを掛けておいたペチコートに、淡いグリーンの半袖ローブ。踵の高いエナメル革の靴を履き、今日は編み笠ではなく、アイボリー色のリボンがついた麦わら帽子を目深にかぶる。旅行鞄には着替えしか入っていない。

一等の客は、貨物車両に無料で車を積み込むサービスを受けられる。その日も、プラットフォームの後ろのほうを見ると、汗だくの安南人クーリーが、車の載った貨物車を客車に連結しているところだった。車の主は、たいていがフランス人の富裕層か大金持ちの華人で、旅先でも自分たちの黒いリムジンでドライブして回るのだ。

クリームイエローの駅舎はフランス人が設計した洋館で、中もヨーロッパの駅のような広い造りになっている。ポーターや物売りが行きかい、陽気なフランス語のアナウンスが響く。ヨーロッパ人専用の待合室があり、ここだけは格別に手入れが行き届いていた。その待合から、羽根飾りのついたつば広の帽子に、ばら色のシルクドレスを着たフランス婦人が姿を現す。手袋をつけたほっそりした手を、ステッキをつく紳士に引かれながら一等車のほうへ歩いていった。

白い綿の詰襟服を着た安南人のボーイが二人、食堂車から降りてきた。彼らは立ち止まることなく煙草を咥えると、疲れきった表情のまま忙しそうに火をつけ、束の間の休憩を取っている。鞠が二等のコンパートメントに座ってから間もなく、時間を知らせる鐘が鳴り響く。汽車が駅から離れてしばらくすると、ボーイが呼び鈴を鳴らし、お盆に飲み物を載せてコンパートメントに入ってきた。列車がスピードを上げると、車両はひどく揺れ、鞠はコーヒーをこぼさないかとひやひやしていた。

水牛と編み笠の農夫たちが田んぼで仕事しているのんびりした風景のせいで、汽車のスピードもさほど感じない。汽車はドゥメール橋に差し掛かった。紅河に架かる全長千八百メートルの鉄橋は東洋では最長で、曲線と直線の美が見事に融合した遠景は、エッフェル塔を大河に架けたようだとも言われる。線路と並行して、自動車と徒歩でも渡れるようになっていた。列車は人力車や黒い自動車を何台も追い抜いて、鉄橋を駆け抜けていく。

橋の向こうはもうハノイだ。窓の外を眺めやると、バナナとビンロウの樹が青空の下で揺れ、満々と流れる紅河には白鷺が降り立ち、陽光に反射した水田が青と黄色のモザイクのように輝いている。

今回の旅はいつもの休暇とはちょっと違った。黄氏という漆商い（うるしあきな）の華人なら植田と接触があるという情報を、商工会の人伝いにようやっと知り、ハイフォンまで来たのだ。しかし本当に顔見知りだというだけで、有力な手掛かりは何も得られなかった。

鞠はコンパートメントの中で虚しい気持ちを我慢できず、まだ古新聞の切り抜きを眺めていた。同盟通信（戦中、日本領及び日本占領地で新聞を発行した通信社。一九三六年発足、一九四五年解散）の河内（ハノイ）特派員から事件の第一報が入ったのは、植田が行方不明になったおととし十二月二十八日から、六日後である。

――日本領事館の植田勇吉書記生、仏印侵入の武装支那兵に拉致さる。重慶へ護送か。

盧溝橋（マルコポーロ・ブリッジ）から始まった悪夢は身近な人をも巻き込む現実だったのだ。

――支那兵に襲撃された植田勇吉書記生、いまだ重慶には護送されておらず。依然として龍州（りゅうしゅう）（仏印と国境を接する広西省の地方）に拘留。在上海日本領事談。

事件当時、いくつか噛み合わないニュースが飛び交っていたが、去年二月以降はとんと便りが途絶えた。

徒労に終わった短いハイフォン旅行から戻ったその日、ハノイのフランス人街は、陥落したパリからトリコロールが降ろされ、ハーケンクロイツが掲げられたというニュースで騒然となっていた。戦争に明瞭な兆しが見えた欧州と違い、極東を暗い濃霧のように覆う「支那事変」は一向に収まる気配がない。植田が消えて一年半が過ぎた今も、事件が意図的に抹消されたかのような強烈な違和感が消えることはなかった。

通りの売店で仏字新聞を買って読んでみるが、六月十四日の一面はパリ陥落のニュースで埋まっており、わずかに記載がある中国情勢も、緊迫しているのに砂のようにまとまらない。

夜、鞠のアパルトマンの窓は開け放ってあったが、遊びにきたクララは外から入ってくるダシの匂いが嫌だといって、窓を閉め切ってしまった。

「暑いじゃない……」鞠は仕方なく扇風機をつけ、ラジオのスイッチを入れた。

「フランスがナチ化してしまったなんて。共和政は死んだ。マリ、あんたはモナルシィ（君主制）の国に生まれたうえに、ファシスト側だからあたしの気持ちは分かんないでしょうけど」クララはシガレットに火をつけて吸いはじめた。

鞠は目を見開いた。

「共和国だって好戦的な国はいくらでもあるじゃない……。でも、あたしのおばあちゃんの時代までは、ジャポンはモナルシィじゃなかったわ。ショーグンが治めていたのよ……そのあと誰かが体制を変えてモナルシィにしたのよ。それもこれも、あたしの意思でも選択でもないわ……モナルシィのうえ、あたしは女だから参政権すらないし自分の国じゃ大学へも行けないの。男の人に貰われやすいように、小さい頃からおつむを纏足して、内気に育てて、大きな考えを持てないように巻いてしまうのよ。足じゃないわ、頭をよ。そうして、大きくなっても、小さな動物のように可愛らしく振舞い、そんな振舞いによって男の人に愛されるように。なのに、若さがすっかり消えたあと、皺よった彼女たちがどういう扱いを受け、その後どういう風になるのかを、教えてはもらえないの。みんな、自然の摂理や、伝統や人間の本能のせいにされておしまい。どんな政治体制がいいかなんて、考えちゃいけないことの一つよ。でもあたしは女にも参政権があって、大学にゆき、どんな仕事にでもつける体制がいいと思っているの。それに、あたしはジロンド派よ、クララ。……第三共和政が倒された気持ちは分かるわ」

「大丈夫よ。マリ。だからって、あんたとすぐさま断交するわけじゃない。けど、あんたの思想はジロンド派というよりサフラジェット（一九世紀末から二〇世紀初頭にかけ英国で女性参政権を要求した団体）じゃない。イギリス女みたいにテロを起こさないでよ」クララは、鞠に一枚のブロマイドを見せた。「コレ。あんたが頼んでたこと」

写っているのは、色白の美女だ。明るい眼差しに、花のような純情な笑顔。マンダリンドレスに包まれた胸はふっくらしていて、腰も括(くび)れ官能的な体つきだ。だけれど、悪の華風なところがちっともなく、そのまま思考停止に陥りそうな、天使みたいにふんわりした雰囲気だ。まるで濁った心も洗い清めてくれそうな――。

「誰、この女優。モデルなの？　とっても綺麗な中国人(シノワーズ)ね……」

「シノワーズだけど、半分は日本人よ。お父さんがシノワでお母さんがジャポネーズなんだって。鄭(ジァン)蘋如(ピンルー)。中国国民党のスパイよ。去年の春頃から、本格的にジェスフィールド七十六号にテロと暗殺を仕掛けてたのよ」

「暗殺って……。この人が？　嘘でしょ？　ジェスフィールド七十六号って何？」

「上海の住所。通り名よ。あたし、上海に住んでたからよく知ってるわ。その通り。そこに日本が作った特務機関があって、今は南京の汪兆銘政権が蒋介石に潰されないよう、陰で支援してるのよ。このモデルはジェスフィールド七十六号に雇われてる中国人スパイを誑(たら)し込んだのがばれて、今年の二月に日本の憲兵(ジャンダルム)に処刑されたって」

「何かに熱中すればするほど、ますます輝く。自分を犠牲にすることに夢中になるほど何かを愛したはいいけど、……ビリヤードの球のような人生だわ……。このモデルは、他の大勢の同胞のしあわせを未来に願って、自分の美貌を使い果たして死んだのよね。だけど半分日本人だから、自分の国の人びとからは、きっと虐(いじ)められただろうに……あたしはこの人の美しさを愛してしまいそうだわ。ジャンヌ・ダルクみたい」ブロマイドを見る鞠の表情は冷たくなっていた。

「こんな情報でも役に立ったかしら、マリ」

「まだ断言できないけど、ひょっとしたらね。このモデルがやってたスパイ活動が活発になったのが去年の春頃なら、……それって植田氏拉致に関するニュースが日本の新聞からすっかり消えた頃に重なるわ……。クララ、上海のジェスフィールド通りに知り合いとかいないの……？」

　クララはゴロワーズを口に咥え渋い煙をくゆらせながら、ワインボトルのコルクを抜いた。「マリ、これ以上の手出しは危険よ。一歩間違えれば、あんたは自分の国の裏切り者になってしまう。重慶スパイだと疑われたら、あんたもあの女みたいに処刑されるかも。それでもいいの?」

「ノン!(いやよ!)」鞠の声は張り詰めていた。

「ママの恋人の知り合いが、中国でムッシュー・コンノに雇われた黄ていうシノワが、ムッシュー・ウエダの行方を追っていたという情報を摑んだそうよ。黄がウエダに接触したとき、彼はまだ帰りたいという意思表示をしていた」

「コパンて、上海にいる領事館員の?」

「そう。コンノが何のためにウエダを探していたのかは、分からないけど」

「ちょっと、黄って、ハイフォンに住んでるシノワじゃない?」

「そうみたいだけど、ママのコパンが知っているのは、上海で得た情報だけ。それよりマリ、わたしはあんたに協力した。だからあんたもコンノのことを教えて。彼が誰だったのか」

「彼は……」

その時、チャイムが鳴った。鞠がドアを開けると、バスケットを抱えたオリオンが立っていた。あたりには甘く香ばしいバターの薫りが漂っている。大きな黒い瞳が、じっと鞠に釘付けになるように見ていた。

「マドモワゼル……お約束のお菓子を」

「オリオン、……あんた、もしかしてあたしたちのお喋り、ずっと聞いていたの?」

「いいえ。たった今着いたばかりです」

「そう。ありがとう」

「遅れてすみません。主人の夕食の準備を終えてから台所のオーブンに薪をくべましたので、焼きあがるまでに時間が……」

鞠はオリオンに、くしゃくしゃになったピアストル紙幣を畳んだまま渡した。

「これでシガレットとか、あんたの欲しいもんを買えるわ」

「いけません、マドモワゼル。私の主人(メートル)はあなたのお父さんで……」

「セ・パ・グラーヴ（いいのよ）、夜中にビスキュイ焼いてくれたんだもの」

「そういえば、マドモワゼル。ムッシュー・コンノが、さっきお父様のお家へいらっしゃっていました。何でも東京にお帰りになるそうです。もうインドシナへは戻れないかもしれないからと、今晩マドモワゼルにもお別れの挨拶をしたかったとおっしゃっていましたが、いつかまた別の機会にと言ってお帰りになりました」

「紺野さんが……？」

「はい。では僕はこれで……」

紺野。懐かしいような、見知らぬ人のような、蒙昧(もうまい)とした気分に陥る。今日もし彼と会っていたら、ひょっとして植田のこと、黄というシノワのことを聞き出せたかもしれない。

紺野は父が気に入った鞠の婿候補の貿易商人で、ゴム農園を焼き討ちにした——つまり共産党に関わっていたのかもしれず、そして何故か——いや、たぶん知り合いだからこそ——消え去った植田の行方を探っている男。とてつもなく関心がわくのに、その名を聞くと同時に不可解な拒絶反応が起こることに鞠は驚いていた。

鞠は植田を記憶から切り捨てることができない。どうも人をはぐらかすことしか言わない癖のある青年だったけれど、ひとすじ誠実なところもあった。大学へいくという夢でしあわせ一杯だったあの日、鞠は確かに植田と同じリキシャに乗っていたのだ。誰かの指示に従って鞠の人生に控えめに登場したあの青年は、鞠の知らぬ別の理由から、音もなくあの「支那事変」に呑み込まれてしまった。あたかも、記憶するに値しない奇遇だったのだといわんばかりに。

ドアを閉めてから戻ると、クララはベッドのある部屋でワインを飲みながらラジオに聴き入っている。鞠はこんがりと甘い匂いの漂うバスケットを持って、寝室に入った。

「クララ、目を瞑って。あたしたちは今ニューヨークのクッキー屋さんにいると想像するのよ……、オーケイ?」

「サ・ヴァ、オーケイ」クララは左手にシガレットを挟んだまま、ワインをごくごくと飲んでいる。

「クララ、そういえば、紺野氏が日本に帰国することになったのよ」これだけ言うと、鞠は心配事がひとりでに去ってくれたような気分になった。

「そんなこと知ってるわよ。これでゴム園を焼き討ちにする男もいなくなる。でもマリ、あたしたちが知りたいのは、彼が何者かであって、どこに行ったかじゃない。彼がどこへ行こうと、何も解決しないじゃない」

植田と紺野はいつから、こんなにおかしな結びつき方をするようになったのか。やはりそれは、仏印当局が紺野氏をゴム農園焼き討ちの間諜であると証明したがっていた、去年の冬のバカンス頃だ。植田を探してもらう交換条件として鞠がクララに紺野との交流を持ちだすまで、紺野と植田は鞠の中であまり繋がってはいなかった。それが事ここに至って、紺野が植田を探していると聞くと、彼らの名は自動的に絡まりはじめた。

そういえば、鞠は植田と紺野の関係すら知らない。仲良しだったから行方を捜しているにしては、おかしなことが、それも同時に起こっている。すべての事実は繋がり合うどころか、放置されたまま殺伐と浮遊している。

戸惑う鞠の耳に、ラジオからいつもとは違う厳か(おごそ)かな声が流れてきた。クララが「マリ！」と声を張り上げ、ベッドから立ち上がるなりラジオのボリュームを上げた。

——本日六月十九日、ラジオサイゴンでは、昨晩六月十八日にBBC海外放送局より生放送されたシャルル・ド・ゴール将軍による召集号令(ラペル)の録音を放送致します……。

フランス海外領土の人民に決起を促すスピーチの前半は事務連絡的で退屈だったが、最後の一行は鞠の鼓膜をも破くほど響いた。

——何が起ころうともフランスの抵抗(レジスタンス)の焔(ほむら)が消えることがあってはならぬ。この焔が消えることもまたなかろう…

少し酔ったクララは、ラ・マルセイエーズを大声で歌いだした。

翌朝、いくつかのアパートの窓からフランス国旗のトリコロールがはためいていたが、その数は少なかった——というより、ほとんどなかった。日本の南進の噂もあるなかで、先行きの見えない極東の植民地の住人にいったい何ができるだろう。六月のあいだは、イギリスから支援をうけられるなら、仏印としても枢軸諸国に抵抗しようとする勢力はまだ存在した。だが、イギリスがインドシナに手を差し伸べる気配はちっともない。実際には、厳しい経済的現実を前に、仏印の人々は勝ち目のない戦いを早々に断念したのだった。

あのド・ゴールのラペルが放送された夜から一か月が過ぎた七月二十日、ブレビエの後任、カトルー・インドシナ総督はナチの息がかかったヴィシー政権によって総督ポストを解任になり、本国に戻るよう指示が下った。ヴィシー政権が新たにジャン・ドゥクー海軍少将を総督に任命した後、体制派のプレスが前任者カトルーを批判する記事が出た。ロンドンで生放送されたあの番組は、時差のせいでインドシナでは早朝の放送になってしまい、誰も聞くはずはなかった。

してみると、ド・ゴールの声がインドシナに響き渡るように、検閲の厳しいサイゴンのラジオ局からラペルをわざわざゴールデンタイムに放送させたのは、まぎれもなくカトルー前総督の企図（きと）だったのだと鞠は理解した。密（ひそ）かに転向劇をやってのけたカトルーは、シンガポールに潜伏中の自由フランスに加わるため、ただちに本国へは帰らず、ハノイからマレー半島行きの船に乗り込んでいたのである。

逃げ場のあるカトルーはいい。でもインドシナのフランス人はこれからどうなるのだろう。生き延びるためには、誰に対しても沈黙するしかないのだ……。

四〇年五月以降、欧州での戦局が悪化すると、日本と欧州を結ぶ航路が停止になった。仏印とフランス本土を結ぶ航路でも、軍用船を除き、商船の往来は中止が相次いだ。これまで本国との間を行き来できていたインドシナのフランス人は、息を潜めて極東に留まるしかなくなった。

六月二十二日の休戦協定の直後、英艦隊により本国とインドシナを結ぶ航路が遮断され、商船各社からは再開の目途(めど)は立たないと告げられていた。結局、九月に入って十日に一船の頻度で航路が再開されることとなったが、主には貨物船である。

航路の停止と、ドイツによるフランス侵攻ほどショックな事件は、鞆にとって他にはなかったかもしれない。本当なら、一年生の時にリールからハノイまで一年間講義しにやってきた地理教授の指導の下、フランスで本格的に博士号(テーズ)に取り組むつもりで、前の年から手紙でやり取りしていたのだ。受け入れのための書類なども手に入れ、査証の申請もしようかという時になって、戦車に踏み潰されているヨーロッパの大地と一緒に、鞆の実現しつつあった夢までも潰されてしまった。

今日、鞆の父は、フランス郵船(メサジュリ・マリティム)の支店へマルセイユ行きの切符を払い戻しに出掛け、帰ってきたばかりだった。テーブルには、払い戻された何百ピアストルもの紙幣が積み重なっている。

「まあ、こればっかりはしょうがない。戦争なんだ。今一番大変なのは、フランス人だろう。去年開戦したというのに、東部国境ではほとんど戦闘が起こらなかったから、おれは切符の日付だけを延期にして、様子見でいたんだよ。どうも、おまえがマルセイユ行きの客船に乗るところを想像するとおれまでわくわくして、切符を手放したくはなくてね。ところがヒットラーときたら、半年も過ぎてから実際に攻め込んできたんだからな。リールなんてとても行けたもんじゃない。残念だが、諦めろ」

鞆はその日、日が暮れても部屋に閉じ籠って泣いていた。

14

一九四〇年二 - 六月　桂林

桂林第三収容所には日々、支那戦線各地から続々と日本兵が送られてきた。収容所は鎮遠にも置かれた。重慶の楊家林には鎮遠第二収容所の分所として「博愛村」、「正義村」が作られ、実験的に捕虜の再教育が行われていた。「日本の兄弟歓迎」と迎えられた彼らは、土俵を作って相撲を取り、野球をしながら「村民」として過ごしていた。

日本兵の再教育に従事したのは、鹿地亘、そして鹿地とは対立していた反戦活動家の青山和夫のほか、軍医や、前線で特務に当たっていたが捕まった日本軍の下級将校らであった。

彼らは戦場で兵士らが無駄死にするのを目の当たりにした。大量に出た負傷兵が担架の上で血を流し、自分の糞尿に塗れ、体じゅうに集った蛆虫に体を喰われながら日々死を待つだけの凄惨な日々を過ごした経験から、積極的に反戦教育に携わろうとした。

文官である植田には実戦経験がなく、身をもっては戦場の悲惨さを知らない以上、反戦教育は彼の大日本帝国外交官としての考え方をただちに曲げるものではなかった。そうして植田が煩悶しているうちにも、兵士らは一人また一人と鹿地亘の反戦思想に共鳴し、積極的に協力を申し出ていた。

好戦的な報道が溢れ、敵愾心が日常的な心の構えになると、「敵」に対してであるからと、兵たちの心理は、自分の国であれば良心が咎めたはずの行為を正当化していた。しかし収容所では、あのような暗い日々から一歩でも前に進むため、自らの心にそれまでとは違う〈正義の火〉を燈すことで、生きる原動力を得ていた者たちがいた。日本の軍服を脱いだ捕虜はメガホン部隊を結成し、今度は武器を持たずに前線へと進み、日本語のビラや投降マニュアルをばら撒いて、市民を無為に殺すな、両国の宿怨を終わらせるべしと日本語で訴えていた。前哨地では、すでに厭戦気分が広がる日本兵と、緊迫した空気のなか戦争に関する話し合いが持たれることもあった。前線工作隊に加わった反戦兵士のうち何名かが昔の仲間が放った銃弾に倒れると、国民党西南行営の参謀長らは「日本烈士」の追悼会を開催した。

　捕虜になってから始めた支那語の勉強中、植田に声を掛けてきたのはあの鹿地亘である。鹿地は外務省員植田が捕われていると聞き、面会を試みていた。

　我々は日本の政治体制転換を言っているのではなく、そんなことよりも、何人かを問わず、この侵略戦争に関わり、巻き込まれたすべての人間の流血を一滴でも多く止め、一刻も早く戦争を終結させるために、今は皆が力を合わせなければならない、きみは戦争で人間性を失った兵隊たちを見ただろう、軍人や元軍人の政治家たちは自分たちの仮想に浸りきっていて、それが現実化するまでは、目に入る不都合な現実はすべて除外しようとしている。今回の戦争は、いかにして国民の人間性を喪失させるかという、最悪な形での、壮大な社会実験に終わった、これが支那事変の意味だ——と、ゾラ的な修辞で植田を諭そうとしていた。

　だが植田は、捕虜になったということよりも、拉致されたという事実を受け入れられず、鹿地の反戦に基づくあらゆる説得に反発していた。しかも彼は、陛下とお国のために自らの命を捧げることは、何よりも尊いことだという信念を未だ棄てきれないでいた。それらをさておき個人としてしあわせを追求すること、また自分の心を守ろうとすることは、最終的に否定されなければならない。『国体の本義』に「天皇に絶対随順し、全を全うするために個を殺す」ことが明文化された時代である。

　まだこの頃は、国民党軍憲兵の見張りつきだが、植田もたまに街へ繰り出すこともでき、支給された食費で副菜を買い、茶館で遊ぶことも許されていた。長引く雨のせいで山肌が崩れ、川には泥水が流れ込んで黄土色に濁っている。そこでシャツを洗い、水浴びをした。

桂林は一幅の水墨画のごとき街だ。晴れた日には、赤い刺繍の入った着物を着た壮族の女たちが、青銅の鏡のように澄んだ川面に長い黒髪を浸して洗っている姿を見かけた。山々は日本のようにうねうねとは続かず、大地から空に向かって垂直に伸び、大小の鍾乳洞がある。水鳥が舞い、霧のかかった色濃い自然の風趣が、まったくこの世に戦があることを忘れさせた。というよりも、何故自分は、こんな少数民族が棲む支那の奥地にいるのか——と、景色が美しければ美しいほど、植田は深まる虚しさに耐えきれず涙をこぼした。

ある日、水浴びをしていると、同じ岸辺で洗濯をしていた重慶軍の軍服を着た男が、にこやかに植田に近寄ってきた。見張りの憲兵は川の方を見ているが、あくびをしていて、こちらはなおざりにしか見ていない。

「あなたは日本人の捕虜ですか」

男の支那語の発音がおかしい。妙に、南方の鼻母音が耳につく。色白で育ちのよさそうな中年の男だ。収容所で勤めている国民革命軍の兵士と全然顔つきが違う。植田の目には、この男が兵士には到底見えなかった。

「私は中国人ではありません」と、男は和やかな顔つきで名乗った。「安南人です」

そう告げられると植田は緊張が解け、よく見知った国の人とあって親しみがわいた。アナミット……？　と植田が思わず仏語で聞き返すと、男は苦笑いし、ウィ、ジュ・スイ・アナミット（はい、私は安南人です）、と言い直した。男はパルレ・ヴー・フランセ？（仏語を話すんですか）と、安南語独特の声調に乗せて聞いてきた。植田がハノイに住んでいたことを言うと、安南人は驚いてから、控えめな笑みを浮かべた。そして棒きれを拾い、エクリ・コム・サ（こういう風に綴ります）と自分の名を土の上に書いた。――鄭思海。

「これまでフランス領の祖国から逃れ、蔣介石の国民政府に雇われて働いていました。でももうそろそろ、私はハノイに帰ります。中国に私の居場所はない。ここも所詮、外国でしかなかった。国に置いてきた家族もどうしているか。私には妻が二人いた。別れたとき子どもだった娘たちも、どうしているだろうか。長女はもう大人になったはずだ……。赤ん坊だった子も……」と、安南人の鄭氏は小声で打ち明けた。

夕暮れの土色に濁った川べりで、鄭氏は植田をじっと見ていた。

「あなたは恵まれています」

「いったいどこがです。私はいま生きている理由も分からない」

「あなたの国はずっと独立していた。私の国は、私が物心ついた時にはもうヨーロッパの領土になっていた。東洋の古い王朝だったのにですよ。中国が出ていった次は、フランスだ。噂では、今度は日本が、蔣介石への物資支援を絶ち、私の祖国に兵を置き、戦争の資源を得るためにやってくるという噂だ。東洋でヨーロッパの植民地にならず、独立を維持した国といったら、シャムと日本くらいなものでしょう……。東洋の数ある王朝の中でも、日本は外交で闘って西洋に領事裁判権を撤廃させた。その頃あなたは生まれていなかったでしょう。そんなに恵まれた国に生まれたのに、東洋の古い王朝が、軒並み現代的な武器と謀略によって打ち倒されたか、外国政府に担がれて力を奪われるかした今も、日本人はいつの間にか西洋と敵対し、東洋を相手にして、縺れた網目の中でまだ戦争をしている。こんなに血を流して、捕虜をたくさん出しても、今後は、ビルマの方まで行くんでしょう？　独立だけでは足りなかったのですか……？」

「鄭さん。……私にはまだ分からない」

　植田はその晩、蚤（のみ）の出る堅い寝床で、長いこと眠りにつけなかった。強制労働がないので、他の捕虜たちは就寝まで自作の麻雀で遊び、それが終わるとまるで軍隊の内務班のように決まった時間に眠り、翌朝起きると、ちょっとした畑仕事や手仕事をやって時間を潰し、また麻雀に没頭し、そして鹿地らによる反戦教育を受ける日々を過ごしている。日本国内に戦勝ムードを与えた上海占領や南京陥落の裏で、こんなに多くの兵が捕まり、生ける屍（しかばね）となって虚ろな目で暮らしているということは、国内では絶対に報道されない。

　鹿地の思想教育に共感しかねた植田は、思想ではなく、本当のことを知りたいと思っていた。しかし、あとで捕虜たちから耳を塞ぎたくなるような話をいくつか聞くと、植田はぞっとして、人間でなくなる軍隊生活と戦場の現実を、その嫌悪感を、鹿地の正義論に逃げることで洗浄したい気分になっていた。

　ここで暮らしているのは、日本軍が撤退した戦場に置き去りにされた日本兵の遺体の中でまだ息のあった者、戦闘で気を失っていたところを発見された者、治療もされないまま、担架の上で衰弱していた傷病兵、栄養失調で動けない者、部隊からはぐれ彷徨っていた者である。敵の戦意を削ぐため、反戦活動に捕虜を再利用しようとする蔣介石の命を受け、まるで戦場に散らばった屑鉄（くずてつ）のように、支那兵によって各地からこつこつと拾い集められてきたのだった。日本の内地では彼らの家族に戦死公報が送られて、公的にはとっくに存在を抹消されているはずである。

　たまに憂鬱な気分から抜け出せず、川べりで涙を流している植田を見つけて、肩を叩き慰めてくる捕虜もいた。

「あきらめな。おれたちは、ここで何とか残りの人生をやり過ごすしかねえんだ。もし日本に帰れても、敵の捕虜になった国賊なんだ、部隊長かクソ憲兵に処刑されるのが関の山だ……。内地じゃおれの一周忌が済んだ頃だと思うよ。まさかてめえのとうちゃんが支那人に命拾われ、一日二合三勺(しゃく)の白飯で生かされているたあ、天地がひっくり返っても思い付かんだろうて。ここが浄土だと思って、おまえさんも生きるんだ。ほら、いつまでも泣いてねえで、戻って麻雀でもしよう」

年上の捕虜は、立ち上がった植田の首元におどろおどろしい縫い跡を見つけると、顔をしかめた。

「おまえさん、自決しようとしたのか……」

このような暮らしが、一体いつまで続くのか。自分はなぜこのような中国の奥地に護送され、俘虜(ふりょ)となったのか。悲憤慷慨(ひふんこうがい)の時を過ごすうち、疑問はやがて、自分がなぜ外交官になろうと思ったのかという、学生時代の選択を責める気持ちとなって植田にも迫ってきた。

植田は外語学校生時代、エミール・ゾラの自由を求める不撓(ふとう)不屈の精神に憧れて、フランス語を専攻した。

——私は弾劾する……!

唐突に、ゾラの怒号が植田の胸にこだまする。

——私はゾラに弾劾されているのだ! 自分ではその意味を何も堂々とは説明できなくなっている諜報活動を、戦争を、公の立場を言い訳にすることを。私はどう説明してよいか分からない。説明する言葉が、自分には何一つ思い浮かばない。この気持ちは、あの間諜でしかなかった偽の恋人に囚われ、恋人が跡形もなく自分の人生から消え去った虚しさと同じだ……。自分は西洋史に逃げていただけだったのだ。西洋史は私に示唆を与えたに過ぎない。だが私は最終的に、動乱に陥った東洋史の事実と取り組み、その真実を探求しなければならない。西洋史によってこれを代弁することも、西洋史を暗喩として糊塗することもできないのだと、ゾラはいま私を弾劾しているのだ。これから、後悔しないために何をすればよいのか。

あくる日、植田は、収容所で反戦教育の講師を務める元軍医のところに顔を出した。

「私も参加していいでしょうか。私はこの戦争の意味を何も知らない。これを遂行することに何の意味があるのか、私は知りたいんです」

元軍医ははじめ怪訝な顔つきで植田を見ていたが、すぐに慈愛に満ちた表情に変わると、包み込むような優しさで植田を受け入れた。

「来なさい。私たちはいつでも、誰にでも開かれています」

暇だった捕虜たちが俄かに忙しくなる出来事があった。

捕虜を管理する国民政府軍事委員会第三庁には、宣伝用の芝居と音楽を作る、文化担当の部署がある。この第三庁の第一科が、国民党軍の慰問と募金のため反戦演劇を企画したのである。四〇年三月の上演を目指して鹿地が書いていた三幕物の『三兄弟』の脚本が、ちょうど出来上がったところだった。

植田は企画が持ち上がった当初、この様子を半信半疑に、むしろ苦々しく眺めていた。

鹿地のグループは捕虜十数名を俳優として指名、その他大道具や衣装などのスタッフもすべて捕虜でまかない、国民党軍長官が宣伝委員に就任し、広西大学長など各界の有力者も後援することに決まった。

もともと積極的に反戦の立場を選択した捕虜だけでなく、日常を覆う無気力に耐えられずに、自分も何か役目が欲しいと望む捕虜たちが、ぞろぞろと演劇に加わった。先の見えない虚ろな日々でも、具体的な役割や仕事が与えられると、捕虜たちの目は少し輝きを取り戻し、その日一日を生きることに前向きになっていった。芝居の稽古を重ねてゆくうち、彼らの心情は本物の反戦兵士のそれに変容していった。もちろん、依然として皇軍の立場と考え方に留まったままの者も多い。反戦芝居上演中止を収容所長に申し出る元将校もいたが、上演側が劇中で反対しているのは日本それ自体ではなく侵略戦争であるに過ぎないとして、却下(きゃっか)されていた。そうした捕虜にも「反戦教育」が試みられてはいたが、強制には効果がないとして、彼らは彼らのままで放任されていた。

学生時代に友達と総合文芸雑誌を創刊し、自ら学生編集長を担っていた植田は、鹿地から反戦劇の台本の校正や宣伝用パンフレットの作成を依頼されていた。演劇『三兄弟』は、三人の兄弟を主人公とする自然主義調のホームドラマだった。ただでさえ貧しい日本の庶民生活をいっそう貧しくさせる戦争に対して、人々が徐々に反戦に傾くというプロレタリア文学の変種である。しかもそれを、実際に捕虜になった彼ら本人が演じるのだから、リアリティだけは半端ない。最初の稽古では、芝居というよりは彼らに馴染み深い暮らしの再現になっていた。植田は、小林多喜二(たきじ)の死後は絶滅したと思っていた日本のプロレタリア文学の種が、支那の奥地に持ち込まれ異国の土に返り咲いたことに、複雑な感慨を覚えないではおれなかった。

中国側の新劇作家や芸術監督は、記録映画を撮るわけじゃないのだから、「本来の自分のまま」にやるのではなく、もう少しちゃんと芝居を作り込めないものかと注文をつけていた。だが捕虜は訓練を受けた俳優でも、教育の程度が高いわけでもない。娯楽といったら村祭りでやる歌舞伎や漫談、落語、映画でも勧善懲悪のチャンバラ活劇を好む層である。

捕虜たちは鹿地や植田にたいし、よく「先生、兵隊はそんな難しいこと言われたってわかんないよ」と呆れてため息をついていた。だからある程度は彼らのやりたいように、まったく泥臭いリアリズムで演技させることでこの難局を乗り切るしかなかった。それが素人劇団の限界でもあった。

新華大戯院で上演された芝居には延べ六〜七千人の観客が押し寄せ、なかには桂林までまる一日かけて観に来た農民や国民党軍の兵士の姿まであった。入場できないほどの観客が詰めかけたために、公演は五日も延長された。ところが、右派の幹部からクレームが入ってしまった。反徴兵劇でもある台本が自国兵の戦意まで削ぐばかりか、日本官憲による民衆弾圧シーンが国民党諜報機関を連想させるというのである。一時は上演中止に追い込まれたものの、問題のシーンを削除、修正した『三兄弟』は引き続き上演を許された。

さらに国民政府は、『三兄弟』より前に製作された反戦劇『東亜之光』の実写映画化にも着手し、四百名の日本人捕虜を出演させ、半年の期間を費やして東洋の「戦争と平和」を撮影していた。映画はマレーやシンガポールでの上映が計画され、好評を博した『三兄弟』は、短波放送のため同じキャストでラジオドラマ化されることになった。

国民党はこの頃から、交戦国の捕虜と言語文化を使った非軍事的な情報戦を、前線での戦闘に組み合わせ活用していたのである。

植田は大成功を収めた反戦劇の奇妙な熱狂の虜とはなっていなかった。

一方で、彼の外交官的な冷たい情熱がもう一度騒ぎ出し、現実に呼応したがっていた。

鹿地とは「貴兄」の敬称で手紙をやりとりする仲になっていたが、鹿地グループのシンパになりたくはなく、内心では彼らへの反発を捨てきれないでいた。彼らの政治的な芝居の試みも、芸能的なその行動も、事に触れては捕虜に厳しく指導したり、国民党員の前で演説して感涙したりする素振りも酔狂に見え、何もかもが派手派手しくて、植田の性格には合わなかった。

日が沈むと植田は蠟燭を灯し、竹製のペンを墨に浸して、やっとのことで粗悪な紙の上に筆を走らせていた。

——安南に於ける軍事間諜及び帝国主義者を糾弾するの書

紺野という友人と、自分はいつ出遭ったのか……ハノイの安南人が経営する茶館で一緒に飲み歩く仲だったが、彼と共にした行動の一切がいまや朦朧としており、思い出そうとすると呼吸が乱れ、苦しい。たしか最初に声を掛けてきたのはあいつの方だった……。でも何の会合で？　友人づらした男の輪郭が再び立ち上がってくると、眼中は闇に覆われ、怒りで頭が割れそうだった。紺野を糾弾する文書を書き綴る力が、今日はもうわかない。

すると植田の心の中に、滝口鞠と一緒にリキシャに乗ってハノイ大学に向かった昼下がりの記憶がふわりと蘇ってきた。そちらの情景は総天然色の絵葉書のようで、鞠の物怖じしない声や、軽快な車輪の音、陽気な昼下がりの風の匂いまで、ありありと浮かんでくる。鞠と何か特別な交流があったわけではない。けれどもあの日、自分の未来を信じて疑わない少女の手伝いをしているうちに、支那事変のさなか殺伐とした職務の重苦しさから、束の間逃れられたのだ。それは不思議な軽やかさだった。

思い出しているうちに、植田はもう一枚の紙に、鞠への手紙を書き始めていた。

——滝口さん、お元気ですか。僕は大丈夫です。

それ以上、何を書いたらよいか分からない。自分は何故、あまり深い交流もない娘に自らの安否を報告しようとしているのか？　植田は苦笑した。それは久しぶりの笑いだった。

心が軽くなった植田は、何も考えず書き連ねていった。

——僕は何であんなにあなたを拒絶しようとしていたのか。僕とあなたは良き友人になれたのかもしれないのに。僕にあんなにお喋りしてくれたあなたの心は澄んでいて、あなたが僕から僕ではない何かを求めることはなかった。あの日、もしあなたの友を求めるまっすぐな心に応えていたら、僕自身はどんなに異なった人生を歩んでいたのでしょうか。そうしていれば、こうはなっていなかったと思えてならない。

片親がいなくとも、女だからって何か言われても（そう言ったのは僕なのでした）、あなたはどうしてあんなに自分の道を見失わずに歩むことができていらっしゃったのでしょう。

あなたはしっかりしているから、たとえ年を取ってもあなたのままでいるのでしょう。僕もじつは片親の家に育ちました。僕は役に立ちそうな人々との付き合いにこだわるあまり、手に入ると信じていた理想に縛られ、他人をうらやみ、世間を恨むようになっていた。

僕はきっと、まっすぐなあなたがうらやましくて仕方なかったのですね。反対に僕は、なんであんなに、偽の花に夢中になっていたのか。人はむしろ枯れない造花の方を欲しがるのかもしれません。それによって自分の本当の人生が真っ暗な独房に閉じ込められ、夜明けの光も浴びられず、永遠に残る造花のそばで腐り果ててしまうことにも思いが至らずに。——

そこまで書くと植田はたまらなくなって、どっと泣き出していた。この手紙を書くことによって、植田は鞠ではなく、影の中に己の姿を見ていたのであった。書きかけの手紙は翌朝、川に流した。手紙はたちまち流れてゆき、青い水面で揉まれた茶色の紙は、水泡とともに異国の暗い川底へと沈んでいった。

植田は、本来外交官である自分にも、犠牲ばかり多い戦争に踏み入ったお国のため、本当になすべき使命があると信じて、人知れずその行動に移ることにした。

彼の相談に乗ったのは、かつて植田を尋問した、日本の戸山学校を出たというあの国民党軍将校である。付き合いが長くなると、この梁という男の素性もうすうす見えてきた。俗にC・C団と呼ばれる国民党最右派に属するこの男は、表向きは広報文化担当の国民政府軍事委員会第三庁に在籍しているが、本当の所属は特務機関である中央調査統計局であって、日本人捕虜の動静のほか、共産党員、汪兆銘派スパイによる浸透工作を監視するのが本業のようだった。彼は数年来、汪兆銘が上海のジェスフィールド通りに構える特務機関の動きを調べていた。

主に社会および思想面での特務を得意とするC・C団は、軍事諜報を担うもう一つの右派、藍衣社とともに、国共合作期もひそかに中共要人の監視を行い、共産党から資金援助を受けた書店や通信社への妨害、破壊活動を行っていた。徹底的な反共活動にくわえ、抗日戦の一環としては、上海等、日本占領地在住の日本軍人や工作員のほか、汪精衛（兆銘）を主席とする南京政府要人、官吏、軍人など――彼らが漢奸（裏切り者）と認めた中国人の誘拐、拷問、暗殺も担っていた。

植田の背後で「恋人」をアレンジしたのも、仏印との国境線をわずかに越えて彼を攫う指示を出したのも、梁氏だったのかもしれない。

梁は今や、蔣介石から特例的に少校（少佐）待遇を与えられている植田の、親しい同僚になっていた。植田にも自分の部下に対してもひとしく親切で温厚な男だが、頭の回転がおそろしく速く、誰かが口ごもると、本人のかわりに言いたいことを、最後までぴたりと言い当てられる。

昼間でも仄暗い執務室で、日本語のうますぎる梁氏は、植田に紙巻煙草を勧めた。

「芝居のこととは別に……参謀処長が、あなたを評価していると言われました。敵情研究組は着実に成果が上がっています」

敵情研究組とは、対日反戦ラジオに特化して制作し放送する、桂林に置かれた軍事委員会付属の工作班である。ここで勤務する植田は、英語、仏語、日本語、中国語を自在に操って、日本人には遮断されている夥しい国際情勢と、戦況の実態を宣伝用に編集し、前線でばら撒くビラを作成していた。また自らもしばしば、短波放送で日本兵向けの呼びかけを行った。海外向け宣伝ラジオには、日本語、英語、フランス語、ロシア語版がある。四一年までに、国際放送局は香港、上海、シンガポール等のアジア圏のほか、アメリカ、カナダ、メキシコ、欧州、英国及び英領インドへと拡大し、吹替のためにアメリカ人が協力していた。仏語が母国語並みにできる南洋出身の華人アナウンサーもいる。英米の世論に訴えるプロパガンダの次は、イタリアなど枢軸国での宣伝工作にも着手されていた。

「梁さん、これは、私が書いた原稿です。戯曲などではない。ここに書かれているのは物語ではなく、現実の、日本の人々には与えられていない生の情報です」

「植田さん、ありがとうございます。ご協力に感謝します」

梁は目に笑いを浮かべると、分厚いインテリジェンス・ペーパーの束を受け取り、ぱらぱらと藁半紙の頁をめくっていた。表紙には、『日本人へ』と書かれていた。

「鹿地さんはもともと共産主義者ですからね、もしあなたが思想的に共感できなければ、無理にご協力なさらなくても結構です。彼は三民主義の押し付けに反対すると言って、日本の『独自路線』を行こうとしている。我々は彼のやりたいようにやっていただいてますが、別に彼への貢献度によって捕虜の待遇が変わるわけでもないのです」

　梁の表情はにこやかだった。自分も紙巻煙草を一本取り、ライターで火をつけている。

「お教えいただいた紺野永介という間諜が何者なのか、我々も正体を把握しかねています。ハノイで汪兆銘を匿っていたことは間違いないのですが……残念ながら私の部下が二人、彼に殺されています」

　梁の机の上には米国製の拳銃が置かれている。彼は灰皿の上に煙草を置くと、筆を取り、硯(すずり)の上で墨に浸して、表紙にさらさらと『抗日論説』と別の題目を書き入れた。植田はその題目から目を逸らしたいほどの苦痛を感じ、身を引き裂くような慟哭(どうこく)がこみ上げてきたが、この場で彼に逆らうことはできなかった。植田は耐えきれず、しばし目を瞑った。

「この件は他のどの捕虜にも秘匿されています。鹿地さんは言うまでもありません。我々は彼を警戒しています。……ですからあなたも今のうちから用心しておいてください。そしてこの文書は、台湾拓殖にもぐり込ませている台湾人、すなわち〈日本人〉の間諜を使って、日本当局による見解として印刷され、配布されます」

　植田は涙を堪え眼を真っ赤にしながら、梁を睨んだ。

「立身のため、そして報国のため日本外交官になったことと、心が理想と自由を求めていたこととは、私の生きるこの時代、両立しなかった。どちらかをとれば、もう一方を棄てなければならない。だが、私は後者を選びました。私はもう、理想主義的にすぎると罵られることを恐れない。本当の平和と正義のため、私は働きつづけるでしょう。そして自分の国が、もう自国民の命の供出を強制せず、東洋を戦場にし、他国を侵略してまで服従を求めるのでも、その生命と文化を滅ぼし合うのではなく、彼らと真に対話できる時代を、自分たちの力で作れるようになるまでは」

「植田さん。蔣介石公は長い目で今を見ておられる。元来、我々は日本とは兄弟の邦です。本当は和平と共存を望んでいます」梁氏は冷たい声でこう言うと、無表情で立ちあがった。

15

一九四〇年十月　ハノイ

日本が北部仏印への進駐を決行したのは、パリ陥落から二か月あまり後であった。八月三十日、日本政府と仏ヴィシー政府との間で締結された協定の内容は、

一、日本政府はインドシナのフランス宗主権とインドシナの保全を尊重する。

二、フランス政府は、極東における日本の優越的な地位を認め、トンキンの日本軍に軍事的便宜を与える。

三、本協定に続いて軍事協定が締結されること。

という、静謐保持の三箇条であった。そして件の、四〇年九月二十二日にようやく締結された日仏軍事協定、いわゆる西原・マルタン協定は、締結された同日中に破られることとなった。協定が結ば

れた二十二日から二十五日にかけ、日本の南支駐留部隊がランソンの国境を越え、現地人兵士と練度の低いフランス兵からなる部隊に攻撃をかけたのである。

　現地人兵には日本と交戦するモチベーションなどなく、仏側部隊はなぜこのような攻撃に晒（さら）されるのか理解できぬまま、情報が入り乱れる中すぐに降参した。同時期ハイフォン港でも爆撃があり、港も日本軍に掌握されていた。日本軍内で連絡が機能していなかったこと、また現地の将校の頭に国際法や国際協定がつゆも入っておらず、地域情勢の細部を詰めぬまま、相当に単純化され、構図的にすぎる軍事的仮想で自縄自縛（じじょうじばく）に陥っていたためであった。結局は「お国のため」という大義名分が不法な越境の真相を糺（ただ）させず、最終的にこの事件は事後承認された。こうして日本軍はまず北部トンキン地方へ二万五千人の兵を常駐させたのである。

　休日ともなれば、ハノイの目抜き通りや広場だけでなく路地裏までも日本兵でごった返し、キャフェのテラスでビールを飲み酔態を演じる将校たちが視界に入るようになった。フランス人との間で揉め事が頻発するようになると、当局は、日仏の軍人は通りで睨みあわず、互いに挨拶を交わせとのお触れまで出した。それればかりでなく、日本人とフランス人の間にベトナム人も絡む三つ巴の揉め事は、フランス人のインドシナにおける主権意識を刺激して、大事になりがちだった。

　ドゥクー総督は、南部の避暑地ダラットでバカンス中にもかかわらず、駐留日本軍のトップがしばしば呼び出してくることにも憤慨していた。日本は協定違反を繰り返していたが、孤立する仏印を自国の領土として維持するには、フランス側は対抗姿勢を見せることはできなかった。

　鞠は自室で地図を広げて、じっと眺めこんでいる。握った鉛筆で何か書き込もうとしても、心が拒絶しているのか、手が動かない。補給地の獲得を目指す軍の行動それ自体は、合理的である。一方で、占領地が西へ西へと拡大すれば、補給地もこれより西へ置かれねばならなくなる。そうやって、最終的に、いったい誰が膨張しきった日本および日本の戦時統治機構を元の大きさに戻すのか、という疑念がわく。

日本本土に住んでいたらそんな考えはわかなかっただろう。アジアながら、ヨーロッパの植民地だからこそ入ってくる情報量の圧倒的な差もある。日本のお嬢さんたちが男たちの武運長久(ちょうきゅう)を祈って見送りするその光景に感情移入することも、涙を流すこともできない。五年目を迎えた外国植民地暮らしと、地理学と地図学、そして事に触れては分析と分類好きなフランス人による思考訓練によって鞠が得たものは、モノのように醒(さ)めきった、このどうしようもなく現実に向かわされる感覚だ。

本人たちに後戻りする意思も力もないのなら、もしこのまま膨張しつづければ、かつて、数多の王朝がそういう風に起こっては消え去ったように、しまいには空気を入れ過ぎた風船のように砕け散るのだろうか。日本もまた、近隣の外国を自国領とした行いの報いに、いつか外国領日本になるのではないかとの考えに憑(つ)かれて仕方なかった。

十月に入って、ハノイ大学の恩師が鞠に新しい仕事を持ちかけてきた。フランス本国へ留学に行けなくなったかわりに、地理学講座の助手をやらないか、というのだ。提案された仕事は地味なものだ。古文書(アルシーヴ)の分類に、古い地図の整理と保存、そして教授の雑用。それでも、鞠の生きる時代は、女はもっぱら家庭に入ることが本分とされ、まともなプロフェッションを追求できない以上、これは心躍る話だった。雑用をしながら、インドシナでしかできない研究を続けて、論文を書いて雑誌に発表すればいい。

話を持ってきたフランス人教授はもともと東洋史と東洋地理が専門だけあって、比較的親日的な先生だった。戦前、日本を旅行してきたことがあるとも言っていた。今回の進駐の件でさぞ腹を立てているだろうと思い、鞠は何も言い出せなかったが、この先生は以前と変わらずに接してくれた。

「進駐後、日本は広報宣伝活動にも大々的に介入してくるだろう。そうなれば、大学側に誰か、我々の考え方をよく知った日本人がいてくれたほうが都合もいい」

だが鞠には引っ掛かるものがあった。講座でいつも成績が首席だったのは美鳳で、鞠はそれよりも下位なのだ。鞠はすこし沈黙したあと、教授にこう申し出た。

「私は学業成果に従って、美鳳が正当に評価されることを願っています。彼女はずっと、本当は何らかの公職に就きたいと望んでいました。私は恵まれた境遇にあるんです。でも彼女はアンディジェンで、同じ実力があろうとも道は狭い」

「マリ……。それがあなたの望みですか？」

「もし私が彼女より優秀だったら、迷わずお受けしたと思います。でも……助手の仕事には、美鳳をお誘いください」

「彼女が断らなければ、そうしましょう。しかし……すぐに決めることはないでしょう。少し、考えてみてはどうですか」

「そうしてみます」

「もし、あなたが本当に美鳳にポストを譲ることになったら、あなたはこの先どうしますか？」

「仕事は、他に探してみます」

「あなたは日本人の会社で働きますか？」

鞠は床に落としていた目を上げた。

「そちらも探してみますが、インドシナの会社ならどこでもいいんです。女性の求人を探してみます。きっとタイピストしかないのでしょうけど。日系商店だと、私の父が日本商工会の役員ですから、私を不採用にはしないと思うんです。私は、もう五年もインドシナで過ごしました。ですからフランス人の会社で働いてみたいですし、フランス語を使う仕事がやりたいんです」

「お待ちなさい、私に、プランテーションをやっている知人がいます。紹介状を書いてあげましょう。そちらにも行ってみて、自分の将来を考えるといい。助手になるか、会社で働くか。選ぶのはあなたです」


教授に紹介されたジョーンズ夫人はフランス国籍のカナダ人で、『インドシナ・バナナ商会』の社長を務めている。カテドラルがすぐ目に入る会社のオフィスは、フランス人街の絹通り(リュ・ド・ラ・ソア)に構えるマンサード屋根の建物だ。白い壁には、葉っぱが渦を巻くように彫られた装飾が施されていて優雅だった。らせん階段をのぼって約束の部屋をノックした。扉が開くと、壁に貼られた、植民地省直属の『フランス・バナナ宣伝委員会』のポスターが鞠を出迎えた。

教授の話では、ジョーンズ夫人は仏印のバナナを、中国、シンガポール、オーストラリアなど、近隣の外国へ高値で輸出していた。他にはココナツとパイン、マンゴーも取り扱っている。会社の看板商品はバナナと書いてあるけれど、実態は国際果物商社といった様子だった。バナナを綺麗に商品化して外国に輸出すること自体が、まだ目新しい産業だった。オフィスにも、どことなく大陸ヨーロッパのモダニズムにアメリカ西海岸の明るさを混ぜたような新しい空気が漂っていて、鞠の心は久しぶりにワクワクと躍った。

オフィスにはシャネル№5の匂いが漂っている。社長の方針なのか、タイピストだけでなく、そこかしこに女の人が雇われていた。むかしは毎晩夜会を開くほど儲かっていたらしい。ブロンドの髪をシニョンに結ったマダムは真っ黒なサングラスを掛け、革張りのひじ掛け椅子に座って鞠の履歴書を眺めていた。最新流行のシャネルの黒いツーピースのスーツ。邪悪(シニーストル)なイメージの色は、今やヨーロッパでいちばんエレガントな色に様変わりした。

「マドモワゼル・タキグシ？」

鞠は一瞬苦笑いした。

「タキグチです。一応身分証と同じように綴ってありますが、発音するときはC(セー)の前にT(テ)を入れてください」

「一九一九年、東京生まれ(ネ・ア・トーキョ)……ハノイ大学人文学部地理学講座で学士号(リサンス)を取得……。卒業審査で優(トレ・オノラブル)秀。特技はタイプライターと製図、語学は日本語、フランス語とベトナム語、ドイツ語を少々……。今うちの取引相手は日本とその占領地に限定されているのよ……。だから日本人がいたら便利だわ」

マダムの表情はサングラスで分からないが、睨むように鞠を見ているようだった。マダムのフランス語はケベック訛(なま)りなのか、モヤモヤとして聞こえ、時々本当に何を言っているのか理解できなかった。

鞠はマダムの顔を恐る恐る眺めていたが、「ならうちで一か月間、研修生(スタジエール)として採用してみましょう。使い物になるなら採用してさしあげてよ」と言われるなり、ぱっと顔を輝かせた。

マダムのそばにいたブルネットの美人の秘書は、鞠がオフィスを後にしようとすると、マダムにひそひそ声でお喋りをはじめた。それはケベック語ですらなく、英語に聞こえた。最後に耳にしたのは、「ルーシィ……」とマダムが呼んだ秘書の名だった。

その日から、鞠の頭の中では風景でしかなかったバナナが、実生活に迫ってくるようになった。日本では縁日の屋台でしか見たことがなかった南国の珍味は、仏印ではそこらじゅうに繁っており、最近父が買った家の庭にも生えている。父などは芭蕉と呼んで特に手入れもせずほったらかしにしているが、プランテーションのバナナはよく手入れされるから、形が整っていて艶がある。

一度は潰えた未来が、何だかバナナ色に染まってきて鞠は高ぶっていたが、正直あまり嬉しい高揚ではなかった。

16

一九四〇年十一月　ハノイ

プチ・ラック東岸に佇む鞠の父の家の庭では、今日もバナナの葉が涼しい陰を作っていた。父はその木陰にデッキチェアを置き、うたたねをしている。

じつはハノイに着任したばかりの頃、父はアパルトマンではなく戸建ての家を借りるつもりでいたのだ。仏印の賃貸物件はほとんどが華人の所有である。払下げで政府から土地を入手できるフランス人でも、富豪でもない外国人にとって、ハノイのヨーロッパ人街で程よい賃貸物件を見つけるのは、至難の業だった。父が今住んでいる庭とテラスのある白い壁の家には、もともとフランス人家族が住んでいた。

　戦争が始まると、帰国できるうちに本国へ帰ろうとする者が続々と現れ、ハノイに九千名近く住んでいたフランス人のうち、もう千人くらいは植民地から引き揚げ、かつて住宅不足だった一等地の物件はだいぶ空き家になっている。以来、このこぢんまりしたコロニアル様式の家も買い手が見つからず、叩き売られていたのだ。新しくやってきた日本人の居住者は、将校が接収するほかは売り物件にはあまり手を出さなかった。父はこの際だからと腹をくくって、ハノイに終の棲家を手に入れたというわけだ。

　引っ越したのは父だけではない。鞠も忙しなく、フランス人のお嬢さんのような一人暮らしをやめた。戦時下、英領の近隣諸国から飛んでくる爆撃機を恐れて避難しにくいアパルトマンの五階から退居し、庭に防空壕を掘ってある父の家に身を寄せることにしたのだ。

　十一月、引っ越しも終わってやっと落ち着いた頃、前年に国号をタイに改めたシャムとインドシナ連邦との間で、戦争が始まった。発端は、歴史的に錯綜してしまったメコン川の領有問題だった。タイ側は、一八六三年に、当時シャムの保護下にあったカンボジアと併せてフランスに割譲されたメコン川左岸と、その後二十世紀に入って仏側が得たメコン川右岸の領有を主張していた。

　領土問題の解決のため仏印・タイ共同委員会が設置され、対話の回廊もある程度機能していた。しかし議論は紛糾、たがいに猜疑的になった両国は、曖昧な国境地帯へ軍を動員し、監視をはじめるという事態に陥った。国境地帯で発砲や爆撃が起こるまでに時間はかからなかった。

　乾季のはじまりに、タイとの国境で小規模な紛争が頻発しているというニュースが流れてくると、鞠はラジオハノイとラジオサイゴンの放送にくぎ付けになった。近く国境が変わるかもしれないと思い、戦況をノートにメモしながら、前世紀のフランス外交官が書いた革表紙のインドシナ征服史を机に置き、割譲協定前の「領土」を急いで白紙の上に書きなおす。短波ラジオで、ラジオタイの放送も捉えて聞き、理解できない話はオリオンに仏語訳させて、仏印とタイの報道ぶりをそれぞれノートにメモするのが、このところの鞠の日課になっていた。インドシナ側のラジオは、勇ましく、戦争はすぐにも仏印軍の勝利に終わると放送している。

今のところ、タイもフランスもどちらも日本の友好国だから、仏印に進駐した後、日本は両国の仲介役に回るほかないようだった。机の上には自作の地図が広げっぱなしになっている。両国軍の位置が変わるたびに、鞠はまた最新の版を白紙から書き直した。それが何枚も溜まっていた。この戦争のせいで、雨季の間にせっかく収穫した農作物を捨てて、どこかに避難した集落もあるはずだ。彼らはどうやって生きていくのだろうか……。

山岳地帯、ケシやとうもろこしの畑、水田の上を、フランス製や日本製の戦闘機が飛び交い、密林の道なき道を、武器や兵糧を背中に載せた象たちが進んでいた。以前の日常を突き破り、最新の近代兵器を自ら携えて戦争しているのは、ヨーロッパの人々だけではない。ラジオハノイがタイ国境での植民地軍の戦況を伝え始めると、鞠はラジオの前に立ち尽くした。この頃は、オリオンの様子が気になって仕方ない。

「オリオンなら、おれが雇っているんだから大丈夫だよ」

進駐している側の特権をはばかりなく言う父だったが、かりそめにもタイが仏印の敵になった今、ハノイのタイ系住民は肩身を狭くしていることだろう。

鞠は、庭の端にしゃがみ、絞めた鶏の毛をむしっているオリオンに声を掛ける。

「あんたはタイ人だから、ここじゃ暮らしにくくなっているのではない？」

「大丈夫ですよ。それに、私は……」

オリオンは、私はほぼインドシナ人です（ジュ・スイ・プレスク・アンドシノワ）、と言った。「安南語を喋るし、インドシナの学校を出たし、友達もみんな安南人（アナミット）です。それに、母はカンボジア人ですから、フランス領のアンディジェンです。彼女は、今タイが奪い返そうとしている所で生まれているので、昔ならシャム人と呼ばれたのかもしれません。けれど、私自身はボーイ（家僕）でしかないんです。私が何人（なにじん）かなど、重要ではないはずです」

血抜きされ、つるつるになった鶏の肉塊をぶら下げて、家の台所に戻るオリオンの後を鞠は追う。彼は、ハノイに移住してきたタイ人の子どもだ。タイと仏印との国境地帯にある村で暮らしていた時期もあるが、これまでの人生のほとんどをトンキン地方で送った。トンキンに住み着くカンボジア人やタイ人などの非ベトナム系は、ベトナム系九百八十万に対して、最低七十万はいると言われる。オリオンのような非ベトナム系のボーイも、ハノイでは珍しくはない。

ハノイでの暮らしのほうが長いオリオンは、菅笠（ノンラー）や、安南服（アオババ）が妙によく似合う。現地人の多くは、男も女も、何も履かず裸足のまま外を歩いている。ヨーロッパ人からしたら、「未開」に見えるのだろう。

鞠の父も、オリオンを雇い入れる時、コットンスーツと靴下（ショーセット）と靴を買い与え、家僕として「ちゃんとした身なり」にさせようとしたものだ。靴を履いている現地人は、上流階級か、知識人か、ヨーロッパ人街のオフィスや商店や邸宅で勤める者たち、そしてフランス式の高等教育を受ける機会に与（あずか）った若者たちくらいだ。

けれどオリオンは、来客があるときや、何か用事があって父に同行する時を除いては、毎日木綿のシャツとズボン、菅笠に裸足のまま過ごし、買い物にも遣いにも臆(おく)せず裸足で出掛けていく。父もこちらでの暮らしが長くなると、考え方が変わったのか、もう厳しいことを言わなくなっていた。

出会ったばかりの時、鞠にとっても、彼は父の家事全般を担う現地人のボーイでしかなかった。仏印に来て間もない頃は、オリオンがニコニコしながら、フランス語初級会話の練習相手になってくれたものだ。けれど鞠の仏語力が上がるとともに、あの従順なだけのボーイらしい印象は消え失せていったのだ。

オリオンは鞠に言った。

「どんなに戦争をしたって、いかなる統治者も、個々の人生にまで国境を引くことはできないんです」

「どうして(プルコワ)？」

「なぜなら(パスク)……人生はいつだって無政府状態(ラ・ヴィ・エ・トゥジュール・アナルシィ)でしょう……」

鞠ははっとして、虚無僧(こむそう)みたいなことを言い出したオリオンを見た。

「幾千もの人生が折り重なる大地を線引きできると思っている人々は、アヘン中毒者と同じで、引いたつもりの国境を信じたまま、いずれ自分のほうが気づかぬうちに廃人になって滅びるということを知らないんだ……。僕たちが何人であるか決めつけたがるのは、いつも遠くからやってくる人たちですよ」

「あんた、本当は誰なの？」

「なんでそんなこと聞くんです？」

また家の方に向かう。

鞠はオリオンの背中に向かって、大声で言った。

「あんたは、あたしたちのところにいるのよ、いいわね？」

「もちろんです、ウィ、ヴィヤンスュール、ヌ・ヴーザンケテ・パ、ご心配なさらないでください、マドモワゼル」

「賢明なこと言うものだから」

オリオンは微笑み、大きな黒い瞳でじっと鞠を愛でるように見た。手に鶏をぶら下げ、裸足の脚は

鞠の暮らしは、父が日本にとって重要な綿花の輸出を担っているかぎり、飢えるほどの困難には見舞われない。だが美鳳の家族は、自分の国なのに現地人として疎外されているかぎり、人頭税から解放されることもない。鞠と逆で、父親のいない家庭では、母親と年少の二人の妹が家で来る日も来る日も木綿の機織りをして、その日食べる分をやっとのことで稼いでいる。美鳳のすぐ下の妹は、口減らしのため嫁に出されており、もう家にはいなかった。

フランス人が経営する商店でタイピストとして働く美鳳の五十ピアストルほどの月給が、家族を飢えから守っている。これはフランス人の最低月収の三分の一にも満たない。女ばかりの家族では、美鳳が一家の大黒柱なのだ。今年の六月までは、彼女も奨学金で生活していたから、そんな惨めさはまだなかった。

鞠は、食糧を少しずつ美鳳の家族に届けることにしていた。父は黙って見過ごしていた。二週か三週に一度は、米と小麦粉、豆を詰めた袋や、芭蕉の葉に包んだ肉などを届けに、現地人街にある美鳳の家を訪ねる。途中で泥棒に奪われないように、毎回、運転手に自動車で送ってもらうことにしてい

た。
美鳳の家は、かつて、ハノイがフランスの保護領となる前、阮（グエン）朝の官吏の屋敷が立ち並んでいた界隈にある。グラン・ラックの東側、寺院や廟（びょう）が無数に建つ街並みは、歴史の静寂を保って美しい。川に竹橋が架かる景色からは、王朝の気品が高く薫り立つ。蓮の池には朱色の水亭が浮かび、夜になると霧のヴェールが月を包み込んで幻想的な趣が増す。

よく外国人旅行者は、埃まみれだ、衛生的でないだ、何だのと文句を言うが、ここを舗装したら元の情趣が消えてしまう。単に道が舗装されていないだけで、貧しさとは何ら関係がない。この静かな東洋の街並みには、ヨーロッパ人街とはまた異なる優雅さが保たれていたのに、このところの貧困が元あった美観を浸食してきている。

美鳳の家は、外からは内側が見えない造りになっていた。入口に大きな水瓶が置いてある。

「鞠……。父が中国から帰ってくるらしいの……」

美鳳は鞠を奥の部屋に連れてゆき、二人きりになってから、小声で打ち明けた。鞠はアッと声を出しかけて、噤んだ。

「いなくなったお父さん？　とうとう見つかったの？」

「見知らぬ人から手渡しで手紙をもらったの。郵便じゃないのよ。郵便なんて、いまどきはすっかり検閲されているから。帰ってくるって、チューノム（漢字表記のベトナム語）で書いてあったの」

「それは吉報（セ・チュヌ・ボンヌーヴェル）じゃない！」と、鞠は顔を輝かせた。

「その逆みたい。帰ってこないほうがよかったのに……！」

沈んでいた美鳳は顔に手を当て、わっと泣き出した。

片隅に置かれた黒漆の棚の上には、セピア色の婚礼写真が飾ってあった。赤い絹の衣装を着ているのだろうか、長い黒髪を頭に巻いたあどけない少女と、ちょうど今の美鳳にそっくりな青年。

一九一九年に行われた阮(グエン)王朝最後の科挙に受かった彼女の父は、ほとんど外界から遮断されて大切に育てられた。民衆から絶大な敬意を受ける科挙合格者は、フランス人も愛でるあの美しい文廟に祀(まつ)られるのだ。

成功街道を歩みはじめた青年には第二夫人がいたが、その人はコレラにかかり、隔離されたきり死んでしまった。家の無い奴僕(エスクラーヴ)の身分の第二夫人から生まれた妹のことを、美鳳は「愛の果実」とフランス風に呼んで面倒を見ていた。確かに、さっき土間で見かけたその一番下の妹は、美鳳には全然似ていない。十五歳か十六歳だが、栄養が足りていないのか痩せぎすで、うつむいてばかりいて、表情も暗かった。鞠がベトナム語で挨拶しても、ちらりと見るばかりで、すぐにぷいと顔を背け、返事もしない。でもまだ鞠が気になるのか、壁に隠れてこちらを窺っている。

愛の果実——鞠は、この一番下の妹に自分を重ね合わせたくなる。しきたりの外で生まれたがゆえに、その子もまた、しきたりでなりたつ社会に戻るのは難しい。

棚の上には、もう一枚、ライフルを携え、軍服に菅笠を被って直立しているあの青年の写真もあった。それが、美鳳にとっては最新にして最後の父親像だ。異母妹(いぼまい)にとっては、記憶にすらない父親である。

美鳳の父が科挙に受かった年、モスクワではコミンテルンが結成され、インドシナでは独立運動が火を吹き出していた。一九一〇年代に入ると、ハノイやタイビンなど都市部のキャフェのテラスで爆弾テロが実行され、ヨーロッパ人将校が殺害された。反仏運動の波は皇族にも及び、阮朝十一代、維新帝がユエの王宮から抜け出し、山岳地帯に潜伏していた革命勢力に合流したスキャンダルもあった。このような手荒な活動が当局から弾圧を受けると、独立活動家は情報拡散による啓発に重きを置きはじめる。

一九二〇年初頭、「ジューヌ・アナミット（安南青年党）」を率いるグエン・アイ・クオック（ホー・チ・ミンの変名）が、ウィルソン米大統領の反植民地主義を支持し、国際連盟でインドシナ独立を主張したが、ヨーロッパを中心とする「国際社会」はこれを無視した。冷酷な現実に直面したホー・チ・ミンは、今度は第三インターナショナルに接近し、パリで「ユニオン・アンテルコロニアル（国際植民地同盟）」を結成してインドシナ革命の実現を目指した。ハイフォンでは『コー・ドー（赤旗）』を、コーチシナでは『タン・アイ（博愛）』を印刷するなど、都市部、地方いずれでも地下組織を率いながら、啓発活動を広げていった。

ホー・チ・ミンや、テロを伴う別のグループによる運動には直ちに呼応しなかったものの、中国に消えた美鳳の父も、彼なりに行動を起こさなければと奮い立ったのだ。フランス統治下、東洋のアンティークとして〈保存〉されるだけになった王朝に仕える官吏に、どんな意味があるというのだろうか？　一旦もたげた疑問は、青年の中で火のような怒りに変わり、彼はそれまでの怠惰ですらあった高級官吏の人生を捨て去った。

彼が捨て去ったのは、官職だけではない。十五年前、国のために家族も置き去りにした。捨てたつもりはなかったのかもしれない。

美鳳のお父さんは、科挙に受かるくらいなんだから、さぞかし聡明だったのだろう。だが鞠は考える。聡明に過ぎた男とはいえ、結局は南国の男の例に漏れず、いや、もっと一般的に言っても……ひょっとしたら、ほんとは働きたくない怠惰な男だったんじゃないかしら。何らかの戦いに身を投じて、自己の存在意義を確かめようとしたとしても、それは浮気心と同じくらい、男には――それも若いんなら、なおさらありがちなんじゃないのか。若者が分裂する中国で学んだものは一体、何だったのか。国共内戦下、単に略奪し虐殺しあうだけの外国暮らしがほとほと嫌になり、年だけ取って、いまさら国に捨ててきた家族への思慕に耐えられなくなっただけではないか？　さりとて美鳳の父が、本当に祖国独立運動のために帰還する可能性だって残っている。

どっちにしたって、その父親とやらがインドシナの国境を越えてやってきたら、美鳳はフランス人の会社を解雇されるかもしれない。当局から調べが入るのは避けられない。だいたい、山奥の国境をこっそり越えて帰って来られたとしても、警察につけられながらでは、仕事はどうするのか。ただでさえ、戦時経済は混乱を極めている。

美鳳は涙を拭うと、インドシナ共産党（ＰＣＩ）のビラを鞠に見せた。鞠はビラを睨むと、驚愕のあまり虚脱しそうだった。「何なのこれは……」

「ＰＣＩ（ペー・セー・イ）が港の食糧備蓄庫を襲撃しているのは、安南人の命を救うためで、わたしたちは外国人のために米を作っているのではないわ」蓮の花のように物静かだった美鳳らしからぬ、糾弾するような、厳しい物言いだった。

鞠は動揺し青ざめて、涙をぽたりとこぼした。美鳳も含めて、ハノイ大学では多くの安南人学生が、同じ東洋でも独立していた日本に親しみを持ってくれていたものだ。

「知ってるわよ、……日本進駐後、あなたたちの暮らしがどうなっちゃったのかを」鞠にはそう言うのが精いっぱいだった。

するとと美鳳は「違うのよ、そうじゃないの」と、泣く鞠に近寄り、ぎゅっと抱きしめた。

日本軍は実質的にフランス統治を黙認していた。仏印政府から日本側に支払われる駐留経費は、一年間で五千八百万ピアストルを計上し、来年は兵隊が増えるに伴い一億ピアストルを超えるとも言われている。ハノイの物価も以前の倍になったが、軍費が現地人から搾り取らなければ出てこない物である以上、ベトナム人の民生は今後一段と悪化するだろう。

まだこれといった抗日運動は起っていないが、美鳳にまでビラが届き、彼女が独立運動に心惹かれるほど、ＰＣＩの地下活動は活発化しているらしい――。仏印当局は、厳しい弾圧の手綱を緩めれば、世界から孤立したインドシナが全土で内乱に陥る危険性を把握し、相変わらず力ずくで治安を維持している。日本側が仏印政府経由で何万トンものインドシナ米を備蓄し輸出しようとする裏で、現地人には深刻な飢饉が忍び寄っている。独立運動家や備蓄庫の襲撃を計画した者たちがつぎつぎと逮捕され、拷問され、処刑されている。

「あなたは、ほんとは学問をやりたかったはずでしょ……。こんなビラ持ってたら、どんな目に遭うと思っているの？」

鞠が聞いても、美鳳は哀しそうな顔で、明確には答えない。答えられないのだ。ややあって、美鳳は明瞭な声で言った。

「父だって、わたしくらいの年にはもう国のことを考えて、中国に行ったに違いないのよ。でもわたしは独立運動に目を瞑ったまま、大学で白人と同じ思考回路に嵌っていたにすぎない」

美鳳は胸に手を当てて、動悸を鎮めるように深く息を吸い込んでいる。鞠はその隙に美鳳の手からビラを奪い、小さく折り畳んでからそれを自分のハンドバッグの奥に隠した。

それまでは、穏やかで静かな、知的な友情だった。人生の輝く雫のような、得難い関係だった。できれば目立たないまま、静かに保ちたかった。それが自分たちではない別の力によって滅茶苦茶にされようとしている。

「鞠、もうわたしにも、うちにも近寄る必要はないわ……あなたまでスパイだと思われてしまうから。もうとっくに、わたしたちは、家族ごと捜査対象になっているはずよ……あなたまで巻き込まれてほしくないの」

鞠は首を横に振った。

「そんなの、気にするもんですか……。捜査対象って、フランス側の？」

「そうよ。わたしたちはハノイに住む安南人だから、司法権はフランス側にある。でも父が中国から帰ってくるんだったら、日本のケンペイにも睨まれるかもしれない。そしたら、鞠が私とつきあうのは、あなたの家族にとってもよくないわ」

「美鳳、大丈夫よ。大丈夫。あたしはあなたとずっとつきあうわ。それから、あたし今日、伝えたいことがあって来たの。ねえ、今度、ハノイ大学の地理学講座の先生が助手を募集しているの。それで、あなたを採用したいって言っているのよ。いいえ、もうあたしが話をつけてきたの。あなたがその仕事をやりますとね。給料は公務員（フォンクショネール）と同じだから、フランス人の小さな会社でタイピストをやるより良いのよ。ねえ、ほら笑うのよ。ボンヌーヴェルでしょ？　これから、あなたの夢が少しずつ叶うのよ？」

美鳳の顔がぽっと染まったように見えた。雨雲の隙間に、少しだけ青空が見えたかのような、そんな笑顔だった。鞠はこの笑顔を見ると、最近もらった悲惨な通知のことを片時忘れそうになった。

――マドモワゼル。残念ですが、弊社では貴殿の正式採用を見送ることと致しました。敬具。『インドシナ・バナナ商会』

第二部

17

一九四二年一月　ハノイ

年の初めに、和洋綿花の滝口はハノイ日本商工会頭に就任した。それまでも何かと理事とか参与とかの役職にはついていたが、会頭に推された時はさすがの滝口も狼狽(ろうばい)した。
俄(にわ)かに大役を背負った滝口は、家のなかを悩まし気にぐるぐると歩き回っていた。商工会の副会頭は横浜正金(しょうきん)のハノイ支店長、ナンバースリーは大手商事の支社長と決まった。さしあたりつきあいの古い彼らに頼るしかあるまい。

どうやら在ハノイの日本商のあいだで、長く仏印と付き合ってきた滝口さんにも花を、ということになったらしい。が、蓋を開けてみれば、花を持たせるというのは方便で、失策を事後承認で切り抜けるばかりの高圧的な軍部と、実現不可能な思いつきを押しつけてくる官吏らの前で、あぶない橋を渡ってきてほしいという頼みでしかなかった。調整型の会頭ではどうにもならず、滝口のような、何となれば軍人を相手にしても歯に衣(きぬ)を着せぬくらい、押しの強い人が担ぎ出されることになったのだ。

国策の基準が南進に定まらぬうちから南方の〈住職〉を命じられた滝口は、持ち前の性格で左遷を左遷とも思わず今日まで耐えてきたが、こんな風に祭り上げられたら、たまったものではない。

「若いのはとうに応召して、ただでさえ人手不足なんです……。いないのに給料は払い続けないといけない。まさか新たな占領地に出店せよと言われても常駐させる人員などありません。物量も価格も統制されているのに、一体何の商売ができるっておっしゃるんです」

　そのような泣き言が出ても、同じ悩みを抱えている滝口には慰めようもない。商工会の中でも財閥の社員は役人同然の動き方しかせず、誰も中小の商店の言い分になど耳を傾けてはいなかった。大使府から外務省員が同席しており、上に報告するためオブザーブしている。定例会には日本から戻ってきていた南亜洋行の紺野永介の姿もあった。沈黙する一座で、紺野が口を開いた。

「滝口会頭、形式的にはインドシナ貿易を日本に従属させたとはいえ、総督府はフランス商社に独占的権限を残したままです。また保護条項を盾にし、事実上、対日輸出に規制をかけています。当社が扱うゴム、石炭などの重要品目も、目標輸出量を全然、達成しておりません。仏印側の各統制委員にはひきつづき厳しく圧力をかけ、商社各社の努力によって国運を開かねばなりません」

　将校のような物言いに、滝口は啞然として紺野を眺めた。そして顔馴染みの男を叱りつけるように言った。

「きみはいつから商売をやめて軍人の片棒担ぎに熱中するようになったのかね？」

　進駐前は、日仏通商航海条約によって日仏相互に最恵国待遇が交わされることとなっていたが、インドシナはここから除外されていた。結果、日本はインドシナ貿易で、綿織物、コメなど主要輸入品目に厳しい関税を掛けられたままだった。一九二〇年代、駐日大使ポール・クローデルが、この関税問題の解決のため奔走していた一時期がある。しかし詩人大使と親しまれたクローデルの努力の甲斐(かい)もなく、対日関税問題は挫折したまま置かれた。日本が仏印との交易で相互的に最恵国待遇を得るためには、日・インドシナ通商協定が締結される三二年まで待たねばならなかったが、長きにわたってこつこつと積み重ねられてきた日仏の通商関係は、武力による仏印進駐ののち一夜にして転覆したのだった。

最近、和洋綿花でも駐在所の実務のほとんどを下で担っていた唯一人の若いのが召集された。滝口は仕方なくフランス人事務員を雇い入れたものの、教育する手間もあり、どうにもやりにくい日々を過ごしていた。だというのに仕事量は怒濤のごとく増えている。

英領インドからの輸入が途絶えた日本は、ハイフォン港からの木綿輸出量を年間八百六十トンから急増すべく、仏印での作付面積を戦前の二倍から三倍のペースで増やしている最中なのだ。黄麻、ヒマ、落花生のプランテーションも広げられているが、実態はオランダ東インド会社がやっていた、あの強制栽培である。滝口も新しいプランテーションの視察に何度も出掛けているうち、日焼けして真っ黒になっていた。農園で現地人の扱いがずさんなのは以前と変わらない。取立てる者が二者もいれば、一者による支配より搾取が過酷になるのは当然だった。

会合から帰宅した父を迎えた鞠は、父が妙に咳き込んでいるのに気がついた。

「実際には、地獄にはホトケがいないから地獄だというんだな……」

懸案事項が山積みで、会頭に就任して間もないのに、父は窶れ、もともと色褪せていた頭に白髪が増えたように見える。

「紺野君が、また戻ってきたんだ」父は素っ気なく鞠に言った。前はあんなに紺野という男を持ち上げていたのに。詳しいことを聞こうとすると父は不快そうな顔をし、「どうでもいいことだ」と吐き捨て、鞠の関心に蓋をしてしまった。

もし紺野が軍事間諜だったら？　植田はいなくなり、皆が沈黙した結果ほんとうにいない者のように忘れ去られ、日本軍進駐の忙しさが拍車を掛けて事件は風化している。

植田は中国側でまだ生きているのかどうか、公(おおやけ)には何の情報も入ってはこない。でもクララを信じるなら、紺野は紛れもなく植田を探していたのだ。紺野と植田が友達だったのかどうかは知らない。そうだ、クララのいうゴム農園焼き討ちに紺野が関与していたのが本当なら、彼はむしろ虐げられた安南人に同情的だったのだ——。父がとつぜん紺野を嫌いになったのも、彼が隠れ共産主義者だと悟ったから？　そういえば紺野の人となりを、鞠はよく分かっているわけではない。紺野よりナイーヴな植田のほうが理解しやすかった。何もかもが、バラバラに散らかされたままだ。

鞠は、おととしの六月に大学を無事卒業した後も、旧市街地の北端に家を構える地理の先生によく会いにいった。何か論文を書いたら学術雑誌に投稿してみなさいと背中を押され、卒業研究で取り組んだタイの地誌についてさらに調べているところだった。

この日曜も先生から午餐(ごさん)に招かれていた。今日の装いは白い薄絹(うすぎぬ)のアオザイに、足首まであるクワン(ズボン)。そしてガーネット色の大きなビロードのショールを巻き、菅笠を被る。正装である。

日本軍の駐留が始まり、特に休みの日には街中が日本兵で溢れかえるようになると、父は鞠に外出の際はオリオンを連れていけとしつこく言ってきた。こんな時代でもハノイの治安は概してよく、今までどおり一人でも平気だと何度説明しても、「大の男にとっての治安とおまえのような若い女にとっての治安は違う」などと怒るように言われる。だから父の目に触れるところでは、鞠も何かとオリオンを連れて歩くことが多くなっていた。

先生の家は伝統的な安南建築だ。家の中は常設東洋美術館のごとき凝りようで、西はアフガニスタンから、東は日本の仏教美術品が至る所に飾りつけられている。用事を終えて先生宅の玄関を出る時、ふと壁際に置かれたお顔の彫が深いアフガンの白い仏像と目が合った。ぴりっとした不吉な予感がする。

「何なのかしら」

もう一度仏像を振り返ると、まだこちらを睨んでいるような気がしてならない。そんなはずあるわけないと思いながら、鞠はオリオンと一緒にプチ・ラックの畔の道を横切って、バス停へと向かった。

暖かな午後の湖畔には、棕櫚の影に濃い色の花々が咲き乱れている。楽しいひと時の後、鞠はこの愛着ある風景にいつもより見入っていた。オリオンがぼんやりしている鞠に警告した。

「マリ、後ろに気をつけて。急いでここから離れよう」

「どうしたの？」

振り返ると、太い手でがっしりと肩を摑まれていた。後ろに一人、脇にもう一人、そして気がつけば前にも一人。若い日本兵だ。外国で同国人と会うと親近感があり、頼もしく感じるものである。ましてや自国軍なのだから、そう思いたかった。が、この男たちは、嬉しそうに笑いながらも、ぎらぎらといきり立っているように見えた。

「今日は安南人にしとくか？」するともう一人の上ずった声がした。「連れてけ、まっぱだかにしろ」

「あたしは日本人よ！」

「この安南人、ニッポン語喋っとる」と、男たちはひどく訛った言葉で笑いはじめた。

鞠はぞっと青ざめた。全身が体の奥からきた震えの虜になり、動顚したままその場に立ち竦んでしまった。

「マリ！」

男たちに飛びついたオリオンはぶん殴られ、地面に倒れた。それでもオリオンは血を流しながら男たちにむしゃぶりついている。「はやく逃げて！」と叫んだオリオンは、盾になりながら、何度地面に倒れてもゲリラ兵のように起き上がっては相手に体をぶつけていた。

地面に落っこちたオリオンの菅笠は、男に踏み潰され、無残な形で転がっている。

「死んじゃう！」

鞠がオリオンの腕を無理やり摑むと、男の鉄拳と蹴りが同時に直撃して鞠の体が吹っ飛び、顔から血が噴き出した。瞬間気を失った鞠は朦朧としながらも、血と土の匂いを嗅ぎとった。男たちに蹴飛ばされるオリオンの呻きと悲鳴、荒い息遣いが聞こえる。

その時、近くにいたフランス軍人の青年が、助けに入ろうとこちらへ駆け寄ってきた。白いヘルメットを被り、白い半ズボンを穿いた青年は、オリオンが死に物狂いでぶつかる男と、彼に背後から襲い掛かる別の二人の男を取り押さえようと割って入る。瞬く間に男たちは乱闘騒ぎになってしまった。すると別のフランス人の紳士も、その場を収めようと入ってきた。湖の方から、裸足のベトナム人巡査も走ってくる。

最初に手を出した男たちは怯み、なぜこのようなことになったのか自分たちの頭では理解できず、力を失いかけている。フランス語の罵り声が辺り一帯に響きわたる。フランス軍人が空に向かって放った拳銃の発砲音で、樹々から一斉に鳥たちが飛び立ち、突然乱闘の幕が閉じた。

銃声のあと、鞠は本当に気絶した。

あとで、怪我を負ってまで鞠を助けようとした若いフランス人将校の方は、おそらく総督府から口を噤まされたのだろう。一件の後、訴えを起こすことはなかった。オリオンは日本の「友好国」タイ人だが、人生にはこういうこともあると言って、やはり沈黙した。

鞠は眉の上から下にかけて、頭と顔を何針も縫う大けがをした。父がオリオンに問いただすと、首にほくろのある男だったので、特徴だけで犯人らはすぐに割り出せた。

一日中ふさぎの虫にやられ、ベッドの上で身体を丸めて、頭からつま先まで何もかも隠れるようにすっぽりと掛け布団に包まっている鞠に、父は真顔で告げた。

「鞠。聞いてるか」

返事はなかったが、大きな布団の塊がもぞもぞと動いている。

「あんまり思い詰めるもんじゃないぞ。仲見世で強盗に襲われたと思え」


事後、まず主犯だった男の上官である歩兵中尉が、滝口を訪ねた。治療費だけはお支払いしますという。前もって謝罪に来ると聞いていたのだが、謝罪の言葉はなかった。

結局のところ、この男は鞠の服装に問題があったといって、あくまで責任を鞠に転嫁して終わりにしようとするのだ。何事が起ころうとも、軍人という立場にある者がそうでない者より重んじられて当然であるという言い分は変わらなかった。それどころか、自分個人の体面が守られることが最重要課題で、それ以外はどうでもいいというような、傲慢な態度だった。どうやら、「治療費の精算」に来たのはこの将校の意思ではなかったらしい。

怒りを通り越して呆れになりつつあった頃、この件の捜査にあたっていた憲兵曹長までもが、個人的に詫びにやってくると申し入れてきた。

日曜の昼下がり。滝口が二階のバルコニーで、何年も前に日本から取り寄せた山茶花(さざんか)の盆栽の手入れをしていると、一台の軍用オートバイが家の前に停まったのが見えた。エンジンが止まったちょうどその時、二階の柱時計が約束の時を打っていた。ジャンダルム、と仏語の表記が入った腕章を巻いた憲兵は、フレンチコロニアル様式の家の前でおろおろしながら、やっと表玄関を見つけてベルを鳴らしている。

オリオンを下にやって中へ通すと、丸顔の憲兵は「前島です」と名乗った。一昨日来た歩兵中尉が、いかにも近頃の軍人といった、軍人でない者を頭から見下すような態度なら、この男はそれとは真逆で腰が据わっている。憲兵が来るというので警戒していたのだが、滝口は拍子抜けしてしまった。表情には欠けるが、大層やさしそうな面(おも)ざしである。声色もほんわかとして謙抑(けんよく)だった。まだ若いはずなのに、妙に泰然自若(たいぜんじじゃく)としている。

「あの、……お嬢さんのご容態は……」

「最悪だ。まだ外に出られる状態じゃない。人と口を利くのも嫌がっている」

「今回の件、衷心(ちゅうしん)よりお詫びする次第です」

滝口は最初、つよく抗議するつもりでいたのだ。だが相手のお地蔵のような丸い顔を見るとこちらも少しは譲らなければならない気がし、思わず声の調子を下げた。

「きみは単に捜査の担当者で、べつにあの暴漢本人でもなければ、その上官でもないことくらい、おれだって分かっている。だがね、先週の若僧は、約束の時間を一時間も遅れてやってきた上、娘が現地人の女郎とおなじ格好をしていたなどと言い、二十歳そこそこの中尉が、おれに説教を垂れる始末だったんだぞ。どういう育ち方をしたら、あの年頃であんなに傲慢になれるんだ。いいかね、あの装いは婦女子の正装であって、総督に聞こうが、そのへんで泥棒に聞こうが、国中の常識だ。だのに……こんな無理解と傲慢がまかり通っていいと思うか？」

「そんなことを言って帰ったんですか……？」

前島は目を伏せ「あのがきめ」と呟き、またぽつりと「申し訳ないことです」と詫びを重ねている。自分よりうんと年下の、世間知らずの将校をこちらに出向かせたのは、前島とやらの差し金だったのだろう。

「ハノイ領事まで心配して見舞いに来てくださった……だが、当のあんたらの対応は如何せん筋が通らない！　連中には厳重注意で終わりだというじゃないか、え？　おれの娘を襲った暴漢が皇軍（こうぐん）だったなんて体（てい）たらくを、どう理解せよというんだ？　今回、怪我を負ったフランス人将校ジャン＝ピエール何某（なにがし）は娘を助けに入ってはくれたが、それ以上の証言は拒んでいるそうじゃないか。きみたちが仏側に手を回して黙らせたんじゃないのか？」

と、滝口は怒りで顔を赤くしながら、思い出したように前島に告げた。

「うちのボーイまで襲われたんだ。この男の治療代をいただいていないね。こいつが怪我したせいで、おれの暮らしにどれだけ支障をきたしたと思っているんだ……」

「滝口商工会頭殿、ボーイの件でお怒りなのでしたらその分は私が弁償します」

「そういう話じゃないんだよ！……責任を負うつもりのない連中ばかりじゃないかと言っているんだ

……」

呟き込み、やっと口を閉じた滝口を、前島は正視していた。

「私は憲兵です」

先ほどとは打って変わって凄みのある声を出した男を、滝口は思わず睨んだ。

「軍規の粛正が私の本分である以上、この一件、私の落ち度であることに相違ありません」

そう告げられ、滝口の顔はまた赤くなった。

「うわべだけ粛正すればいいってもんじゃないんだ！　だいたいこの件は、きみが責任を負えば済む話ではないんだよ。そんなことよりも、不作法な小僧どもを無理やり召集してきて、こんなところでいつまでもぶらぶら遊ばせていないで、とっとと我が国の畑に帰して働かせるべきなんだ。そうすれば、他国の国民を飢えさせてまで、食糧や資源を横取りする必要はなくなる。うちに来た将校もそうだ。過剰な遊興のせいですっかり気が抜けて、若いのに耄碌（もうろく）しているかのような鈍感さだった。昼間からアヘンでも吸っているんじゃないのか。まったく、野戦での練度が思いやられるよ！……進駐前ここにいた邦人は、ごく少数の、それなりの人間たちだった。おれの仏印暮らしももう八年目に入るが、我々とフランス人はうまく手を取り合い、文化を尊敬しあって静かにやっていたんだ。ジャポンといえば、クローデル駐日大使が昔、大層美しい国だと言ってその文化を心底愛し、フランスともインドシナとも、ずいぶん通商関係を取り持ってもらった一時代があった。それが、わざわざ日本帝国（アンピール・ニッポン）と彼らに呼ばせている今はどうだ。あんたたち文化のない人間らのせいで、不平等条約を結ばされていた頃の、言葉の通じん未開国家のような見下され方をしていることを分かっているのかね！　まったく、これまでに築かれた日仏関係も台無し（だいな）しになった！」

と、滝口はいつもの長広舌（ちょうこうぜつ）で怒鳴らざるをえなかった。それは、もはや真っ当な商売の体をなさず、自らも国策による収奪者の一員となったこと、そして矛盾だらけになった己の職業人生に対する憤（いきどお）りそのものでもあった。この男に怒鳴り散らしても無意味なことは分かっている。だが、このいかにも大らかで善良そうな丸顔を前にすると、何故だか怒りの感情すらもそのままに吹き出してしまった。

　身に覚えのない怒声を受けても、前島は微動だにせず言った。

「私は下士ですから、上層部の政治方針など窺い知れぬ立場にあり、仰せの点について私からお答えはしかねます。少なくとも自分に申し上げられることは……」

　前島はこの手の軍人にしてはめずらしく、権柄尽（けんぺいづ）くな態度が見られず、心から詫びているようにさえ見える。私、私とやたら主語を連呼する、軍人らしからぬその口吻（こうふん）も耳についた。

「……じっさい私も農家の出ですが、皆がみなあの例に該当するわけではありません。が、いずれにしましても、皇軍兵士がこともあろうに嫁入り前の娘さんを傷つけるなど、許されるものではありません」

「当然だ。挙句、いつ終わるかもしれん戦争のせいで娘はどこへも嫁げず、帰国すらできず、おれと一緒にずっと仏印で暮らしているうちに二十三を数えた……。二十三だぞ！　おれはいつからか娘を世間並に扱うのは諦めたが、だからといって強盗紛（まが）いに指一本でも触れられて平気でいられるほどのろくでなしではない！　憲兵風情に何が分かる！」

「ええ……」前島は口を噤むと直立し、滝口に深々と腰を曲げて一礼した。

　こんな下っ端の詫びに任せて事を落着させようとするお上の下心を、滝口はすっかり理解してしまった。

オリオンは頑丈なのか、頭、腕、脚とあちこちに包帯を巻いたら、現地人病院で治療を受けた翌日から、もう父の家で働いていた。鞠のほうは、体中の打撲は相変わらずおどろおどろしいほど青黒く変色したままだった。顔の傷は縫合されたものの、そのせいで眉から額にかけて斜めに縫った跡があり、顔も歪んでしまって鏡を見たくなくなった。脚は気づかぬうちに骨折していてギプスまで嵌められていた。

それよりも、鞠はあの一件で受けたショック以降、それまではなかった気鬱に襲われるようになった。もう一度病院に行って抜糸してもらうと、薄い筋が残るばかりで、顔は想像していたよりも元に戻ってくれたみたいだ。少し元気が回復し、脚のギプスが外れると、気晴らしにと外へ散歩に出歩くようにもなった。なのに、突然高熱を出し、またもや長いこと臥せってしまった。鞠は自分の弱さ脆さに愕然とする。夕方になると訪れる気鬱も怖い。病が、自分の脆いと分かってしまった女の体が、そして恐れを恐れる自分の心が怖い。いったい、女は強いというのは誰の詭弁か。事件の後、鞠はカーキに近い色か、グレーのスーツしか着なくなった。

父の家の二階の寝室で臥せっている間、鞠の面倒を見ていたのはオリオンだった。

鏡で顔を見るたび、うっすら残った傷跡が、嫌でも目に入る。おいおいと泣きながら、鞠はオリオンの黒い瞳を覗き込んで尋ねた。

「あんたは殴られて哀しくないの?」

「痛かったし、腹は立ったけれど、哀しくは感じなかったよ。でもあんなのに捕まったときみを見ているのは辛かった」

鞠の目はみるみるうちに赤く潤んだ。

「きみは日本に帰りたいんじゃないのかい？」

日本に帰ろうとして船に乗れば、運が悪ければ、連合国側の水雷に撃沈される。もう一度帰りたいと思っても、孤立したインドシナに残るしかないのだ。

「そうなのよ、……もう七年目になるもの。でも帰りたくないわ。帰ったって、家も、あたしを待ってる人もいないもの。ぜんぶここにあるの」

オリオンは鞠のおでこにキスした。

「もっと近くに来て」と、鞠はオリオンにしがみついた。

「ダコー、コム・サ？（わかったよ、これでいい？）」オリオンは鞠の頭を抱えるようにして抱きしめた。

「ウァィ（うん）」

鞠は、熱いくらいの体温が自分に移るのを感じると、またわあわあと憚（はばか）りなく声を出して泣いた。オリオンは鞠の知らないシャムの子守歌を歌い、鞠の背中をさすりながら、ずっと抱きしめていた。

そういえば、いつもフランス語でやり取りする彼の口から直にシャム語を耳にする機会は少ない。何度か、日常会話の単語を教えてもらったことがあるくらいだ。

オリオンの微笑みと抱擁の暖かさに、朦朧（もうろう）とした、濃い怯えが少しずつ薄らぐ。彼が幼い頃過ごした、メコン川の西に広がる険しく雄大な山岳地帯。歌に織り込まれたその見知らぬ景色が、知らないうちに心の中で大きく腫れてしまった小さな恐れを、吹き飛ばしてくれたようだ。

鞠は素朴な声調の子守歌に落ち着き、ざわざわと煩（うるさ）かった頭の中が空っぽになって、すうっと眠りに落ちた。

翌日の昼下がり、かかりつけ医のフランソワ先生が帰ってから、見舞客だと言って父が鞠の部屋に入れたのは、白いリネンのスーツを着たあの紺野氏だった。彼はパイナップルの入ったバスケットをぶら下げていた。

「鞠さん、久しぶりだね」

紺野氏はベッドの横に立ち、籠を置くと、慈しむような笑顔になった。

「きみが大変な目に遭ったって耳に挟んだものだから、休みを取ってサイゴンから飛んできたよ……」

「東京に帰ったから会えなかったんじゃなかったの……？」

「東京にはいたさ。本社に戻されていたんだ。たかだか一年半でも老人になるかと思ったくらい気が滅入ったよ。今年からサイゴン勤務になってね。こっちに戻ってきた時まっさきに、きみの顔が思い浮かんだ。……そうくさくさするなよ、古い知り合いじゃないか」

「古すぎて、あなたのことなんか忘れていたわ。最後にタベルン・ロワイヤルで会って以来じゃない。五年ぶりかしら。あなたがあたしのこと覚えているほうが余っ程不思議だわ」

「忘れるわけないさ。きみのお父さんにとったら僕は婿の内定者だったんだから」

と、紺野氏は内ポケットから一枚の写真を取り出してひらりと晒すように鞠に見せ、そしてまたポケットにしまった。それは、鞠が女学校を卒業した十七の春に撮った日本髪の見合い写真だった。

「きみは昔こんなに可愛らしかった。忘れないさ」

無様な写真をいまさら見せつけられて、鞠は自分に自信が持てず自虐的だった時代に無理やり連れ戻された気分に陥った。紺野氏の透き通るサディズムに耐えきれず、鞠は胸の内で怒りに震えながらも、横になったまま啜り泣きだした。紺野氏は、鞠が泣き出し、嗚咽する理由をちっとも分かっていないようだった。むしろ嬉しそうにそれを眺め、相変わらず飄々とした顔に冷たい笑みを浮かべたまま、

「僕が一緒にいたら必ず助けたのに。きみの顔に傷をつけるなんて。殺してやったよ。馬鹿な憲兵が屑同然の兵をほったらかしにしているせいだ」と言った。

「出てって。怪我は顔だけじゃないの。顔よりもそっちの方が深刻だったんだから！　何にも知らないくせに……はやく、出てって！」

叫ぼうが、紺野氏にはまったく響かない。

「何かあったら、これからはいつでも呼んでくれ。必ず力になる」

「助けてくれたのはあなたじゃない、オリオンなのよ！」

「知っている」紺野氏は鞠の目を刺すように見る。そして顔の傷跡に手を伸ばし、何も断らずべたりと触れた。

「さわらないで！」

何年か見ない間に、紺野氏は青年の趣をほとんど失っていた。以前のままなのは、カンカン帽と白いリネンのスーツという装いだけだ。

かつてあった女のようなたおやかさが枯渇するかわりに、鞠には異質に思える獅子のようなむさくるしさが、爽やかなはずの服装からじわりと浸み出している。それが自分の前に朦々と立ち込め、馴

れ馴れしさを通り越して、迫りくる壁のようにどっしりと立ちはだかっているのだ。なぜだか襲われた日の記憶を引き摺りだすその気配が、鞠には気持ち悪くてたまらない。いつまでも手をどかさない紺野氏に、とうとう鞠は声を張り上げた。

「あなたは年寄りじゃないはずなのに、何でこんな時でも背広を着ていられるの。召集もされないなんて変じゃない。あたしの見舞いに来られるほど暇人なのね。はやく帰って！」

「鞠さん。僕は将来、きみをパリに連れてってあげる。アメリカがいいならアメリカでもいい。そしたらきみは、自分の好きな学問を飽きるまでやるといい。僕はそのためにいくらでも手伝ってあげるよ。変容した世界のあらゆる詳細について、その最新の地図を、きみが一番乗りで書いて残していけばいい。……きみの欲するものは、そんなことなんじゃないか？」

紺野氏の甘い眼差しの奥深くで、冷酷な破壊の意思がダイヤモンドの粒のように光っているのを、鞠は紛れもなく見出した。自分とは異質な魂に、欲望すれすれの好奇心を引き出され、有無も言わせず彼の方へと引き摺り込まれるそのつよい力に、鞠は怯えた。

「もう帰って！」

「また会いに来るよ」

紺野氏を追い出したあと、鞠はもういちど泣いた。本当は、見舞に来てくれたことを喜んでいたに違いない気持ちがあった。

一週間後、首にほくろのある日本兵が何者かに殺される事件が起きた――という。街中で飲み歩いていたところ、暗闇で煙草に火をつけるために、仲間から少し離れて立ち止まった。そのふとした隙に、背後から誰かに音もなく組みつかれて攫われ、行方が知れなくなった。翌朝、猿轡を嚙まされたこの男は、現地人街の路地裏で脳天を撃たれ絶命していたらしい。猟奇的なこの事件を滝口に伝えにきたのは、ボーイの治療費を改めて渡しにきた前島憲兵曹長である。むろん秘密裡に処理され、ニュースにはなっていないのだと前島は言い添えた。

「滝口商工会頭殿。まったく偶然に、誰かが仇を打ってくれたようです。最後の目撃情報によると、あたりには菅笠を被った年若い現地人をおいて、他には人気がなかったと……。これで、お恨みは晴れたでしょうか？　ハノイ保護領に於いて、現地人はフランス法で裁かれることになっているのはご存じかと……。犯人については私としても諸々想像しておったところなんですが、お宅のボーイを除くなら、お嬢さんと一緒に怪我を負ったフランス人将校、日本軍を狙う重慶の間諜、単なる強盗、そんなところでしょうか。当地では裁判権と行政権が仏側に残されていますからね、自国領のようには事を進められないんです。我々は、本件にかんしてわざわざ仏憲兵に連絡し、日仏双方の問題にしてまで揉めるつもりはありません」

前島は、忌々しげに聞いている滝口に対し、厳しい顔つきになった。

「したがって、仮にお宅のボーイによる犯行であったとしても、我々は立件せず、いかなる捜査も行いません」

「それが言いたくて、きみは今日わざわざ弁償にきたというのかね？　うちのボーイがいなければ娘は本当に傷物になっていたんだ。犯されるだけじゃ済まんで、殺されていたかもしれんのだぞ！」

「仰せのとおりです。しかしながら……気づけば、士官、兵卒問わず、じつは私のように継続して十年以上の軍歴がある者は見渡しても少なく、歩兵の主力部隊とて、津々浦々から寄せ集めた市井の男たちです。士官らにしても、私が彼らの年齢だった頃とは異なる、彼らなりの所存だの、己にしか分からぬ極論でもってこの市井の兵たちに接しており、もはや軍規の何たるかを理解していない手合いも相当数おります。付け焼刃の訓練中、あるいは実戦で不条理に遭遇した者ほど、今度は己の愚行をもって同じ不条理を繰り返します。我々にしてみたら仏印ほど平和なところもありませんが、兵の中には、何か月、いや何年にもわたり故郷を遠く離れた上、見知らぬ原住民や白人からの視線や、慣れぬ熱帯での駐屯に耐えかね、ノイローゼになる者までおります。上官に反抗できる者はまだ健康的だとはいえますが……近頃は粛正も追いつかぬほどで、私の手にも余っておるんです」

前島は顔色も変えず淡々と、そして正直にそう打ち明けた。

滝口は目を閉じ、じっと聞きながら、咳を我慢するかわりに低い唸り声を漏らした。

「そういえば、うちのボーイは鴨(かも)一匹仕留められんほど射撃が下手なんだがな。変な言いがかりはよしてくれ」

18

一九四二年二月　ハノイ

二月十一日、ハノイ日本大使府で紀元節(きげんせつ)の祝賀会が開催された。御真影(ごしんえい)に礼拝しに在留邦人がぞくぞくと集う。同じ日、ハノイの現地人街では旧暦の正月が祝われていた。通りでは爆竹(ばくちく)が鳴り響き、赤い紙があちこちに散らばっている。家々の窓からはフランスのトリコロールと仏印の国旗が掲げられ、華人街には、赤と濃藍(こいあい)の地に白い太陽が染め抜かれた国民政府の青天白日旗(せいてんはくじつき)も掛かっていた。祝いの爆竹と銅鑼の音に混じって、ときおり空襲警報も聞こえてくる。

　父の調子があまりよくないようなので、本当は家で安静に過ごしてもらいたかったが、総領事館から大使府に格上げされて初めての紀元節の祝賀会ともあって、商工会頭からの挨拶は欠くことができず、無理を押し出掛けることになった。

　戦前の祝賀会と違って、礼装といっても父が身に着けるものはブラック・タイではなく、カーキ色の国民服だった。たとえ儀礼章や綿の白手袋をつけたとしても、将校たちの軍服に比べればいかにも野暮ったく、彼らの前に出れば明らかに見劣りする。父は、カーキ色の上着でどうせ隠れるカフスに、エメラルドのボタンを装着し、オリオンに黒革の靴をいつもより入念に磨かせていた。

　日本の女は和服もしくはカーキ色の婦人標準服で出席せよとお達しがあったと、父から聞いていた。戦時ドレスコードだ。鞠は赤い錦紗の中振袖を着て、うぐいす色の総絞りの帯揚げに、金糸が織り込まれた亀甲柄の袋帯を、自分で文庫に結んだ。女学校を出たての少女時代、伯母に帯を立て矢に結ばれた日を思い出す。あれからもう六年も過ぎた。祝賀会にやってくる同じ年頃の女たちは、残らず誰かのご夫人であり、もうすでに母親になった者もいる。振袖なんか着てくる女などいないだろう。袖と上前に大柄の松竹梅が立ち現れるこの赤縮緬は、十七の鞠には似合っていた。だが、いま姿見の前に立つと、鞠は「ふふふ……」と自分に苦笑いしてしまう。

　父は、やっとこさっとこ着付けが終わった鞠を、微笑みながらじっと見ている。

「はは、やっぱりその縮緬は映えるな……見違えるよ。おれがこんな野暮な格好だから、せめておまえだけでも景気のいい格好で行ってくれると助かる」

「振袖なんて、あたしを除いたら、小っちゃい女の子しか着てこないわ」

「いいんだよ。その振袖をドーンと着て、マドモワゼルとして堂々としていなさい」

「ヴーゼット、トレ・ベル、マダム（マダム、とてもお綺麗です）」と、父の側に立つオリオンはほーっと見惚(と)れながら、思わずそう漏らした。

「オリオンには振袖でも奥様に見えるみたい」鞠はほころんだ。


自動車の中で、前もって用意しておいたスピーチ原稿を読み返している父を、鞠は不安げに眺めていた。

「途中で気分が悪くなったら、先においとましましょう。誰も咎(とが)めないわよ……」

戦時下の宴は、大使や方面軍幹部の挨拶ののち、シンガポール一部占領を祝う万歳三唱(ばんざいさんしょう)とともに幕を開けた。迎賓室(げいひんしつ)では日本式に鏡を抜き、升(ます)で日本酒を酌(く)み交わす。進駐前は、こんなに騒々しくなかった。日本人が皆集まってもたかが知れており、南洋や安南の文化を知った個性的な人々が、和気藹々(あいあい)と歓談していたものだ。

迎賓室の天井からは、旭日旗(きょくじつき)、真っ赤なナチの鉤(かぎ)十字、イタリアといった枢軸国の国旗と、それらの友好国である満洲国、タイ、インドシナ連邦とフランスの国旗が掲げられていた。ヨーロッパ人の客は、ヴィシー派の植民地官僚、そしてわずかにドイツ人将校の姿も見えた。その隣に、カーキ色の洋服にSSのワッペンをつけたベトナム人が立っている。鞠がフランス語で話し掛けると、ドイツ語で返事が返ってきた。

鞠もその先は苦手なドイツ語会話に切り替えた。何でも、大戦が始まる前、「敵（フランス）の敵（ドイツ）は味方」ということで、植民地の独立を願う学生が、ナチの宣伝相ゲッベルスから奨学金を得、反仏の立場でミュンヘン大学に留学していたと言った。

また、日本憲兵隊のほか、ハノイ日本文化センターなど、日本の諜報組織とコネのある大越（ダイ・ヴェット）の幹部も呼ばれていた。このグループの思想はベトナム民族主義で、目下、反仏と抗日を同時に掲げるホー・チ・ミンによるベトミンのパルチザンとは対立関係にある。日本とドイツ二つの枢軸の力を利用しつつ、独立の機会を探っているというわけだった。

日本の奥様方はみな鞠の方をジロジロと睨むように見ている。そのなかの一人が、鞠の耳元でコソコソと忠告してきた。

「そんな派手な格好をなさっては、非国民と呼ばれますよ。あなた、滝口商工会頭のお嬢さんじゃなかったかしら？　いやしくも大日本帝国女性の模範となるべきお嬢さんが……」

「あたしはお達しどおり和服を着てきました。和服か婦人標準服だって伺っています。ずっとハノイに住んでいるので、日本の婦人標準服を持っていないんです。それに、その商工会頭本人がこの格好でいいと言っていたんですから、問題はないはずです」

「和服といっても、絵羽模様（えばもよう）の訪問着が禁制品になったの、ご存じないの？　常識よ？」

「いつそれが常識になったんですか？　大使府からそんなお達しは正式に聞いていません。皆さんが着ていらっしゃるのは、無地でも絹でしょ？……今この場で、色柄だけ禁制にする意味は何なのでしょうか？」

フランス人のように、人に同調せず自分の考えを言葉にする文化が身に沁みついてしまった鞠は、思ったことをその通り言った。その若い奥様はサッと鞠から離れると、別の女のほうへ行ってしまった。見渡せば、色無地（いろむじ）や、絵羽模様を控えた付け下げ姿ばかりだった。

鞠は、日本で皆が着ているモンぺなどという田舎風ズボン（パンタロン・ア・ラ・カンパーニュ）の実物すら穿いたことがない。ベトナム人のお嬢さんたちは、フランス人のことも日本人のことも、どんな統治者のことも気にせず、今でも濃く鮮やかな色のアオザイを着て、裸足で道を闊歩している。

　父が駐仏印大使や財閥系商社の幹部と話し込んでいる時、鞠はある女に声を掛けられた。青竹色の付け下げがよく似合う、豊満な体つきの妖艶な女である。年の頃は四十の手前か。他の女たちと違って所帯じみたところがない。

「気にしなくていいのよ。その振袖、素敵だわ」

　女の目つきは優しく、いかにも親切な声色だった。

「ありがとうございます」鞠は味方が現れたと思って、一瞬気を抜いた。

「あたくしね、ちょいとこちらへ兵隊さんの慰問に来ているの」

　女流作家だというが、日本を離れてまる六年経つ鞠は、その人の名も作品もちっとも知らない。ハノイ総領事館が大使府に改組されたあと、仏印で広報文化事業にも協力しているという。耳を澄ましていると、女流作家の話す仏印体験談は、官側によって企画された精巧なエクスカーションだけあって、悪いところが一つもない。その旅程表によって順番に名所を見て来ただけのような話に、鞠は耳を傾けるのも嫌になってきた。

　すると女は、年のわりに鞠がはきはきしているだとか、裕福なお嬢さんで羨ましい、面倒見る男もいないから時間がたっぷりあっていいわね、などと、とつぜん風見鶏（かざみどり）のように表情を変え、見下すように冷笑し、やはり見捨てるように鞠から離れていった。人垣の中になよなよと伸びる青竹色の姿は、大使や軍の高官とお喋りするのに夢中になっている。

向こうでコホンコホンと咳き込んでいる父が気になってそちらに行くと、あの女は高級将校誰それの情婦で、日本にいる奥方にバレないように、公的な口実を貰ってわざわざこんなところに来ているのさ……と噂が聞こえてきた。いったい、来賓挨拶だけでどれほどの時間が流れていったことか。インドシナ総督代理のスピーチ、ドイツ人のスピーチ、タイ国王の祝電を披露しにきた大使と軍高官によるスピーチ……。そして、保身のために国威発揚小説ばかり書いている、男性従軍作家の退屈な談義。

額から汗が垂れ、眉のあたりの傷を隠すためにうっすらしてきた化粧が落ちてしまいそうだ。袂からハンカチを出し、額に当ててひと息ついていると、向こう側にいる軍人から無言で会釈されたのに気がついた。まったく見知らぬ人である。表情に動きがない。鞠が会釈を返そうかどうしようか戸惑っていると、その男はこちらに向かって今度は微笑んでいる。鞠はつられて、遠い所からようやく会釈を返した。

が、男は視線を逸らしたようでいて、まだ鞠のほうをしきりに気にしている。鞠はその視線を避けようとして、別の客の陰にそっと身を移した。壇上では、すでに鞠の父による仏語スピーチが始まっていた。

——メダム、メシュー（紳士淑女の皆さま）！

人間らしさを愛する心を忘れかけているこの時代、私たちは厳しい戦いを強いられています。今や、多くの会社が軍需産業に転換した。国家のために人間的なものを断念せねばならぬこの大きな逆説の時代、私たちはこの先も国益のため、生き延びるため、国家の存在感を世界で維持するため、祖国を守るため、個々人の人生の時間をそこに費やし、戦争を続けるしか方法がなくなった。服従に唯一の価値が認められる時代に至り、いつの間にか私たちは死への愛を愛することに慣れてしまった——この服従の結末が、万人に平等なものではないにもかかわらず。誰かが生き延び、誰かが死ぬ不平等は伝えられない。本来愛するべきものが他にもたくさんあったことを、人びとはこの忙しい戦時下で忘れ果ててしまったのかもしれない。だが不幸にも私は、忘れることが得意ではないようなのです。

私は、本年の祝賀の席で、思慮ぶかい皆さんに申し上げたい。本来の暮らしにいつか戻るのだということを、忘れてはならない。今の混沌に慣れてはいけません。日本の商工業者のハノイ代表として、私はまた自由な通商によって人々と繋がれる日々が戻ることを願っているのです。自由とは競争と戦いの横溢(おういつ)ではない、神話や迷信、偏見や猜疑(さいぎ)からの解放、あらゆる抑圧と強制的状況に対する抵抗(レジスタンス)の先にある個的な精神の勝利、暴力からの解放、人間の和解と連帯(ソリダリテ)、そして自分固有の時を生きられることだったはずだ、……自由と博愛に、ヴィーヴ・ル・ジャポン、ヴィーヴ・リュニオン・アンドシノワーズ、ヴィーヴ・ラ・フランス！（日本、インドシナ連邦、フランス万歳！）

鞠の父は、自由、博愛の次に平等のスローガンを口にしなかった。植民地では存在しえないものだからだ。フランス語のスピーチが終わると、日本に鬱憤(うっぷん)が溜まっているはずの仏側官僚たちから拍手喝采、日本大使だけはかなり眉をひそめている。大部分の軍人たちは、いったい何を喋っているのか理解してはいない。仏語を解する者でも細かいところまでは分からず、立派な軍服を着てぽかんとしている。

商人には、軍属か輜重(しちょう)兵と似たような仕事を担がされるようになった。通商ではなく、事実上の収奪と統制が彼らの日常になって久しい。青春の盛りに軍服を着ることでしか存在意義を証明できず、兵力として産み育てられ、肉弾としてしか生かされることのない若い世代の前で、父は、デモクラシーの時代に成長したモダンボーイの見得を切ったのだ。

気負ったスピーチだったせいか父は咳き込み、鞠を呼んだ。気分が悪いので待合の小さいサロンで休みたいという。

「おまえは、うちの会社の副所長に、ちょっと具合が悪いから先に帰らせてもらうと言ってきてくれるか。ただし騒ぎにならんよう、おれの後にはついてくるな、とな。大使秘書には副所長から伝言してもらってほしい」

「分かったわ……、一人で歩ける？」

「大丈夫だよ」答える父の首筋にはダラダラと汗が流れ、顔は青ざめ、まるで高山登山者のように息切れしている。銀縁の丸い眼鏡はずれ、目は混濁していた。

和洋綿花の副所長に事情を告げ、会場を離れた鞠は、人気のない廊下の壁に凭れて一人で咳き込んでいる父を見つけた。

「ちょっと、大丈夫じゃないじゃない！」

驚いて父の背をかばっていると、さっき大きなサロンで鞠に会釈してきた軍人が駆け寄ってきた。見知らぬその男は、「滝口さん、自分が杖になりましょう」と声を掛け、父の肩にぐるりと腕を回して、ほとんど抱きかかえるようにして階下の方へ歩き出した。将校という風情でもないが、革長靴に、刀を吊るしている。帽子の庇の影で顔はよく見えない。中肉中背で、一重まぶたの地味な丸顔の男だということは分かった。

鞠は振袖の袖を揺らしながら、朦朧としている父に呼びかけた。

「家に電話して、今すぐオリオンにフランソワ先生を呼びにいってもらうわ、ね？　あの先生、おじいちゃんなのに夜更かしだから……。まだ起きているはずよ」

一階の小さいサロンに辿り着くと、鞠は血相を変えて丸顔の軍人に頼んだ。

「すみません、そこのソファで、父を見ていていただけませんか？　あたし、ちょっと電話してきますから」

「もちろん」

「なあに、明日の朝まで安静にしていれば元通りさ。ん、ありがとう。もういいですよ……」父は青ざめた顔でその男に礼を言い、ソファに崩れるように横になった。

鞠が小走りに戻ってきた時、父はまたひどく咳き込んでいた。軍人は急いで父の国民服のボタンをはずし、中に着ているシャツのカラーを緩めた。そして自分のポケットから麻のチーフを抜いて口にあてがうと、咳のあとチーフは血で染まっていた。軍人はぎょっとしていたが、そばから離れず、むしろ咳の止まない父を抱き起して背中をさすっている。

「ゆっくり息をしてください。会場に軍医がおられたはずです。お呼びしてきましょう」

「いや、いい。銃創じゃないんだから。最近こういうことがよくあってね。平気ですよ」

「はやく家に帰りましょう、……いまオリオンが先生に往診を頼んでいるわ」と、鞠は声を震わせて言った。

軍人はまた父の肩に腕を回して立たせ、玄関に向かって歩を進めた。途中から父は、

「いや、すまなかったね。もう大丈夫ですよ……」

と、軍人の腕を振りほどくかわりに鞠の腕を摑み、よたよたと足を運んだ。

大使府の門から少し離れたところでベトナム人運転手が待っており、慌てて父を車に乗せる。鞠は走ったせいで着物の裾が乱れ、襦袢の中の足首が見えてしまったのに気づくと、裾を絞るようにして摘み、見知らぬ男にお辞儀した。

「父がお世話になりました。はじめてお目に掛かりますが、どちら様かお伺いしてもよろしいですか？」

「前島と申します」

それ以上は何も言わなかった。やはり、この男はその他大勢の男たちとは雰囲気がどうも違う。どころか、大いに浮いていると言わざるを得なかった。目つきは、他の若い軍人たちのぎらぎらと脂ぎった鋭い視線に比べると、淡泊で、虚ろなほど澄んでいる。

会場にいた時も、周りの軍人たちが徒党を組んでうろうろしていたのに対し、この男は、一人か二人の上官を除いてしじゅう誰ともつるまず、まるでその一団には友達がいないかのように、一人ぼっちでも平然としてその場に居続けていた。他の軍人たちは団体で動き回りながらも、この男には声も掛けず、目も合わせず、つうと避けるように通り過ぎていったのを鞠は目にしていた。

「今晩はたいへんご無礼を」鞠は目を落とし、沈んだ声で答えた。

見知らぬ男は表情を変えず、踵を合わせ挙手の礼をしたあと、車が見えなくなるまで親子を見送っていた。後ろを振り返ると、相変わらず直立した男の視線が、遠くからまだ鞠を捉えようとしているのだった。

半世紀も前にパリで医師免許を取ったという一般医（ジェネラリスト）のフランソワ先生は、真夜中でも家にやってきてくれた。自分もゲホゲホと咳き込みながら、父を診るや、肺尖（はいせん）カタルだからすぐにオピタルでレントゲンを撮らなければいかん！　と喚（わめ）くように言って帰っていった。

眠れぬ夜をやり過ごし、翌朝一番に、父は一人でオピタルへ出掛けていった。ガーゼマスクで口を覆い車に乗り込む父に、鞠は、

「あの人に、一応お礼しておいたほうがいいんじゃないかしら」と聞いた。

「あの人？」

「夕べの軍人さん」

「また大使府で何かの行事があった時にでも、陸軍幹部の何某（なにがし）かにおれから一言礼を伝えておくさ」

父は途端に不機嫌な顔になった。

「ご本人に直接言えばいいじゃない。あんなに親切にしてくれたのよ」

「おまえはしゃしゃり出ないでいい。憲兵の下士官なんぞに、わざわざこちらから接点を持つには及ばない」父は顰（しか）め面（つら）で告げた。「鞠。おれは大丈夫だ。心配せんでいい」

あとで鞠も担当医に会って病名を尋ねると、胸に黒い影が掛かったレントゲン写真を指しながら、肺結核だからすぐに隔離療養になると言われた。今しばらく精密検査の結果がでるまで待てという。

数日経ってもう一度病院に行くと、今度はボイムと名乗る別の医師が、肺結核ではないから家に戻ってもいいなどと言い出した。呆気（あっけ）に取られていると、咳に血が混じる原因は、鞠の母の命をも奪った肺結核ではなく、煙草の吸い過ぎによる肺がんだと言われた。

誰かに移す心配はないが、早々に肺葉（はいよう）を切除しないと、がんが広がって命が持たない。一番ショッ

クを受けていたのは、他ならぬ父である。新しく担当になったボイム医師は、ブレビエ総督が退任し、戦争が始まって仏印が孤立するぎりぎりのタイミングでアメリカから帰ってきた若い外科医だった。何でも、ボイム医師の父親はサイゴンで巨大プランテーションを経営する富豪だったが、その上がりで自分はニューヨークのカレッジに留学させてもらえ、ロンドンでも研究し、最新の外科を修業してきたのだという。

ボイム先生は、孤立した仏印にいるからこそ今こうして生きていられると言った。――ドゥクー総督は本国と同じ政策をやろうとしていますがね、実際、こんな極東の植民地ではうまくいかないんです。タイと戦争をやる時だって、ユダヤ系将校を抜いたら戦(いくさ)にならないからと本国に書簡を出して、そのまま戦地へ動員したのですし。私の方は、総督府から銀行口座を凍結されはしたが……病院では私がいないと同僚も患者も困りますからね、うやむやのまま、私はこのとおりやっているんです。――もしドイツなんかに行ったら私は「死の収容所」送りですよ……。だがインドシナの周辺は英米の爆撃機と魚雷だらけ、同国人が密告したところで、誰も私をドイツの収容所まで連れていけっこないんです。おまけに日本は枢軸でも、ユダヤ人を炙(あぶ)り出して逮捕したりしない。ドイツの言うなりで特別なことをやっていたら、日本は負担が増えるだけですからね。フランス人である私たちのことも放っておいてくれているようです――。

医師は鞠の目をまっすぐに見、同じ病気の手術をアメリカで何件も経験したから、腕に覚えがあると断言した。麻酔をかけるから怖くないと言われても、父は動揺を隠しきれず、手は少し震えている。

帰宅すると、父は青ざめた顔で、鞠にぽつりと尋ねた。

「おまえはどう思うかね……?」

「手術のこと？」

「温存療法では一年と持たないらしい。おまえは、どうしてほしいね」

「長生きしてほしいに決まってるじゃない……」

「そうだな、この戦時下におまえも食わせていかないといけないし。片肺を失うくらい、なんてことないか」

「父さん……」


父が手術の同意書に署名をしてきたその週、家に電話が掛かってきた。オリオンは納屋で何かやっていたので、かわりに鞠が取った。バルコニーの窓から覗くと、父は庭のデッキチェアの上で、眼を閉じている。

「アロー？　ボンジュール？」

相手は少し戸惑ってから、そのまま日本語で喋りだした。

「すみません、以前、大使府でお目に掛かったことがあると思いますが、……ハノイ憲兵隊の前島です。滝口鞠さんで間違いないでしょうか？」

電話の声に、聞き覚えがあった。まろやかで、少し高めの、やわらかな声色である。

「私です」

「よかった、……電話口で申し訳ないんですが、ちょっとご相談が」

「ああ……その節は父がお世話になりました。そういえば……紀元節に父がお借りしたハンカチですけど、うちのボーイが何度漂白しても、リンネルに滲んだ血はやっぱり落ちなかったんです。すみませんが、百貨店で新しいのを買って届けさせます」

鞠の声は、普段なら掛かってくるはずのない機関からの電話に、少し震えていた。

「そのことでしたら、お気遣いいただかなくて結構です」

「今日のご用件は何でしょうか……」

「我々のところで、じつはタイピストの求人があるんです。別の場所で、以前からお嬢さんのお噂を伺っておったんですが……。もし日中お時間がおありでしたら、来ていただけないかと思った次第でありまして」

「それは、軍のタイピストということですか」

「はい。その通りです。所在地はフランス人街の、旧アメリカ領事館です」

こちらからいろいろ問い返したいくらい、不審に思う点がたくさんある。だが、鞠は黙って耳を澄ましていた。男は続けた。

「いままで現地人の女性ばかり雇っておったんですが、仏語のできる日本のお嬢さんならなおいい。話はもっと簡単に理解していただけるし、それだけすれ違いも少なくてすむ。それと、……あなたの伯父上様のこともありますし。ですから、隊長にも身元の審査はいらないと言われているんです。これほど適任の方は、探したって他にはいません」

「なんで伯父が登場するんですか？　あたしはハノイにいる滝口の娘ですけど」

「ええ、そうでした」

鞠は相手の動じない声にイライラしはじめた。最近、気が滅入(めい)ることばかり起こるので、つまらないことですぐに腹が立ったり、怯えたりしてばかりだった。

「だいいち、あんなに乱暴な軍人さんたちの男所帯で、どうやって働くというんですか？」

鞠の胸中には、あの襲い掛かってきた歩兵の暴漢の姿が色濃く残存している。

「いいえ、我々はただの歩兵とは違います。軍警察つまり軍規を正す側ですから。ご想像の歩兵隊などと我々とでは、だいぶ違うと思います。仕事場はむしろ警察署に近いかもしれません。それでしたら思い浮かべやすいでしょうか」

ただの、という言葉にアクセントが置かれているのを鞠は聞き逃さなかった。

「タイピストは男たちとは別の部屋で仕事をやってもらっています。したがって同僚は若い女性しかおりません。彼女らの事務所には花瓶が置いてあり、常時、百合やジャスミンが香っています。また仕事さえ終えていただければ、お喋りして過ごしても構いません。すぐにお友達になれるでしょう」

鞠は、降ってわいた少女小説的な甘言（かんげん）を聞くなり、じっと息を潜めた。

「お勤めに出られたら、月給取りになります。いつまでもお父上に養ってもらう必要もなくなる。きっと、それだけでも、ご病気に苦しむお父上を安心させてあげられるでしょう」

前島の声は、同情のような、あるいは憐憫（れんびん）のような調子を含んでいる。鞠の父の体調については、紀元節にこの男が目撃したとおりである。常識を逸脱しない物言いに、いかにも取ってつけたようなその声色が、とどめをさそうとしている。

「いいんですか？　あなたは……お嫁にも行かれず、お仕事もなされないでおうちでブラブラなさっていては、お父上も、さぞかしご心配なさるでしょう」

しっとりしたいい声だが、逃げ場のない突き当りに誘導するその言い方が、鞠にはとてつもなく不快だった。そのうえ、ブラブラと言われたことにも腹が立つ。この男は、鞠がブラブラすることになった経緯を何も知らないではないか。

「そうやって毎日やることもなく、皆が戦時下で忙しくやっているのに、時をやり過ごしていてもいいんですか？」

　こう言われると、鞠のほうがいきり立った。戦争で皆が忙しくならなければ、逆に鞠は今頃忙しかったはずなのだ。

「あたしはあたしで考えていることがあるんです。あたし個人の人生について他人からつべこべ干渉される筋合いはないはずです。お嫁って何よ！　とんだお節介ね！　隣組のおばさんみたいだわ！」

　前島はなおも引き下がらない。

「そうですか。でも……。我々はいつでもお待ちしておりますから、気が変わったら、また私までご連絡ください」


　あの電話のあと、父の手術の日が近づいてくると、鞠はどうも将来が不安で仕方なくなってしまった。ボイム先生はかなり自信を持っている様子だったけれど、成功するかどうか、終わってみないと分からない。かりに成功しても、会社は辞めることになるに違いない父と、二人暮らしになるのだ。寝たきりになる可能性だってある。術前の検査のために入院する父を見送った日、仄暗い不安がやおら鞠の心を侵食していた。

　その宙ぶらりんな不安に耐えきれず、鞠は前島に折り返し連絡しようか迷い、とうとう電話の前に立った。前回教えられた番号に掛けると、おそらく通信関係の兵なのだろうが、男の電話交換手が出て、「曹長」に繋いだのだった。

「滝口です。お世話になっています」

「ああ、お嬢さん……ご無沙汰しております」以前と変わらぬ、柔らかい声である。

「タイピストのお仕事、お受けしたいと思います」

前島は少し沈黙してから、また同じ柔らかい声で答えた。

「承知しました」

約束の日の月曜の朝早く、鞠はフランス人街の一等地にある旧アメリカ領事館に向かった。地味な草色の開襟（かいきん）スーツは戦時下の仕立てで、ひざ下丈のスカートもきっちりタイトだ。ベルトも黒革。化粧品や美容用品が統制されているので、古くなった口紅をつけ、父親の鬢油（びんあぶら）で髪を整えた。

門で番兵に用件を告げると、すぐに白いレンガ庁舎から前島がやってきて、鞠を見つけると、「あ あどうも、ご苦労様です」と、にっこりした。

ひんやりした廊下で、鞠の靴音が妙に響く。ついていきながら、前島の腰に大型のホルスターがぶら下がっているのを間近で見ると、朝から背中に緊張が走る。

「滝口さん、タイピストの部屋へご案内します。今日は仕事の話を聞いてもらったら終わりにしますので、気楽になさっていて結構です。説明役には、私の部下の中でも特にやさしい男を選定しましたからご安心ください」

仕事の説明をしてくれたのは、山下伍長と名乗る男だった。この人の雰囲気は前島と似たところがあり、憲兵というよりは、たしかに町の商店で手代（てだい）でもしていそうな感じの純情な顔つきで、鞠はほっとした。

フランス語のキーボードは打ち慣れているから説明はいらない。他に、白い綿のアオザイを着たべトナム人の女性事務員が二人働いていた。どちらかというと日本語よりはフランス語の方が得意のようだった。鞠は、戦時下でも変わらず優雅なアオザイに、思わず見とれてしまった。

仕事が始まると、日中何かを考えることがなくなった。タイプライターの前に座って、ひたすら指を動かすだけ。仏語で電話応対したり、レターを打ったりする際に自分の語学力が使えるのは事実だが、単純な仕事に過ぎて非常にストレスが溜まり、きちんとやればやるほど、一日の終わりにはひどく肩が凝っている。鞠は、自分が織機（しょっき）の前に一日じゅう座って糸繰りする女工と何も変わらないと感じる。ただしオフィスでのタイピストの方は、今のところ世界中のどこに行っても、女の職のなかでは知的で花形だと思われているのだから仕方ない。

日中は、朝と午後の一回か二回程度、タイプを要する書類や、仏語に翻訳する書簡案をどっさり抱えて、一番下っ端の、眼鏡を掛けた庶務係の上等兵がやって来る。一定の時間が過ぎると、勤務時間中は開け放しにされているドアの向こうから、さっきの眼鏡が出来上がった書類を回収しにやって来るのだった。話どおり、ビューローには花瓶が置いてあり、いつも花がたくさん活けてある。だがそれは、男所帯の職場に漂う、何ともしがたい臭気に対する実際的な工夫らしい。

仕事に慣れたと思ったら、朝起きるのが経験したことがないほどつらくなり、家に帰るのが一番待ち遠しくなっていた。

19

一九四二年十月　ハノイ

十月は乾季へ移り変わる時期だ。日本の秋と違って、日中はまだ摂氏二十度から三十度ほどあり、湿気も多いのでじっとりと汗ばむ。俄雨が通り過ぎれば、またすぐ強い日射によって地面は乾く。外を出歩くときには帽子が欠かせない。インドシナではいつも菅笠を被って過ごしていた鞠だが、憲兵隊のオフィスに出勤する朝は、暗めのオリーブ色のワンピースか草色のスーツに、麦わら帽子を合わせていた。靴も黒か茶色。大雨の日は長靴にレインコート。もうエレガントなドレスや、派手な色の服は着られない。ひたすらタイプを打っていると、顔は引きつってくる。

思い出す。そういえば鞠は、ハノイに来る前は縁談があった。その前は、タイピストになる可能性もあったのだ。何だか人生を何年も寄り道して、元に戻された気分だ。

現実に圧し潰されていて、この頃は「もし何なにだったら……」などと、接続法で想像することもなくなっていた。新しい紙をタイプライターに差し込んでキーを叩き始めると、鞠の頭は思考を止め、また色褪せた現実に戻ってくる。

後悔はしていない。美鳳を押しのけてまで助手のポストについていたら、きっと後ろめたさだけでは済まなかったはずだ。人は人を押しのけて、あたかも何もなかったかのように振舞って、軽蔑や後悔を忘れながらのし上がり、代わりに何かを喪っていくのだ……。そして勝ち組だけが、人生の上がりにはよく出来た自伝を披露して自らの名を世に残し去ってゆく。美鳳にしたことは、友情で包んだ偽善でしかなかったのかも……と冷めた考えに襲われたこともあった。が、勝ち組の選択をしたら、きっと納得のいかないことをした自分が憎くてしょうがなくなる。

自分の無力感を自覚したのちは、鞠はもっと言いようのない大きな、落としどころのない不安に飲み込まれそうになるのを、堪えながら過ごすしかなかった。タイピストの仕事を辞めるときは、たぶん日本の進駐が何らかの形で終わりを迎える時なのだ。父が大方の稼ぎを失った以上は、もう辞めるわけにいかなくなった。

昼の休憩時間が来ると、鞠は中庭に降りていった。庭から見える他の部屋の窓はすべてカーテンで遮られていて、中の様子は見えない。鞠はよく中庭でお弁当を食べる。オリオンが作ってくれたサンドイッチを齧ると、隣に彼がいてくれるような心地がし、ほっと気が安らぐ。配給の小麦粉で焼いたパンに、薄切りにしたチーズと、家の庭の隅で育てている菜っ葉を挟んだだけのもの。手に入った時は、ハムの日もある。それで午後は乗り切れた。最近は月の障りもつらく、いつからか鞠にまとわりついて離れない気鬱もある。夢中でタイプしているときは忘れられても、それが終わると張っていた気が緩み、ときにはどっと泣き出したくなる。

最近はベンチで休んでいると、いつの間にやら前島がそばに来ていることがあった。

「お仕事はどうですか?」

日によっては厳しい表情のときもある。腕章を巻いた軍服姿も毎日見慣れると、彼らが日々やっている仕事の恐ろしい内容や、夜になったら決まって出掛けていく場所や、フランス人街にいるだけで耳に入ってくる嫌な噂の数々にも、疑念を覚えなくなってきた。

これが麻痺というものだろうか。親近感すら覚えるようになる。恐ろしい変化には違いない。でも疲れた心が、もうどうでもいいと無関心を装っている。

「あんまり無理をせんでください。あなたは人が一日かけてやることを半日で終わらせてしまうんだから。残念ですが、滝口さんが優秀であっても、ここでは昇進も昇給もないんです。隊長もあなたがどなたなのかご存じなので、もっと気楽になさっていいんですよ」

前島は言い終わると、半ズボンのポケットから煙草を取り出した。その時、誰にも気兼ねしない、疲れ切った男の、優しさの欠片もない渋い顔つきになっていた。

「あの……あたしにも一本いただけませんか？　そしたらあたしのサンドイッチを差し上げます。ひとつ残ったの」

前島は一瞬顔を顰めたように見えたが、鞠を見て笑みを浮かべると、

「いえ、自分たちは昼飯を十分与えられていますから」と、煙草を一本くれた。「滝口さんも、煙草を吸われるんですね」と、意外そうに言った。

「そんなにしょっちゅうは吸いません。大学でフランス人の友達に教わったの」

「なるほど……」前島は鞠の隣に腰掛けて、火をつけてくれた。

「ありがとうございます」

鞠は真顔で煙草をふかし、落ち着くと、前島に尋ねた。

「四年前、日本の進駐前に、ある外務書記生がランソンで消えたという話はご存じでしょうか？」

前島の顔が、限りなく無表情になる。

「日本でも新聞沙汰になった事件です」

「ええ、知っています。通り一遍のことなら……」

「こちらなら行方を知っている方がいるのではないかと」

「我々が仏印に到着したのは、事件の一年半以上後のことですからね……私に至っては、着任してまだ一年とちょっとですから、当時、邦字新聞で読んだくらいのネタしか知りません。我々軍人の場合、中共だろうが国民党だろうが、拉致、拷問、殺傷などは前提で動いているわけで、じっさい帰らぬ人

となった仲間は少なくない。優秀極まりないとされていた男の帰りが遅いなと思ったら、罠に掛かって夜明けには膾（なます）にされて戻ってきたということは一度じゃなかった。一人の救出のことで全体の動きが滞（とどこお）ることがあってはならぬので、あまり頭に残らなかったのも事実です。その方は、滝口さんのお知り合いですか？」

「はい。あたしがハノイ大学に入学するために、いろいろお世話してくれた方なんです」

「なるほど。恩がある人なら、さぞご心配なさったことでしょう」

「なぜか、日本は探索を打ち切りにしてしまったんです。事件の翌年も、まだ日本に帰りたがっていたのによ？」

「あの件、たしかまだ重慶側の捕虜になっているんでしたか……。ちょっと、手掛かりがないか調べてみましょう。でも本当に捜査を打ち切りにされていたとしたら、どうだろう？　その場合、誰がその捜査を打ち切ったかによって、手を出せるかどうかが決まるな」前島は正面を向いたまま呟く。「いずれにせよ、滝口さんは本件にあまり関心を持ちすぎないほうがいいかもしれません。私自身、来てみて初めて分かったのですが、ここは、前任地の新京（しんきょう）のほうがよっぽどマシだと思えるくらい、いろいろ難しそうなので」

前島は指に挟んだ煙草からもう一度だけ煙を吸い、ゆっくり吐き出してから、

「ところで滝口さんは……植田さんが捕虜になったあとの意向をご存じなんですね」と鞠の顔を見ずに尋ねた。鞠はすぐに答えた。

「いいえ。最後に新聞で知った情報を、そのまま信じているだけです」

「そうでしたか」前島は何でもない相槌を打ってから、ちらとだけ鞠の方を見た。「あと、もう一

つ」

「植田さんの話の続きですか？」

「いや違う。重慶絡みの話だが、あなたのお友達のことです」

鞠は前島の横顔を凝視する。

「ベトナム語だと、ティン・ミーフォンと読むそうなのですが、……姓は鄭、名は美しい鳳と綴ります」

「ああ、……たしかにあたしの親友です」

「この女の父親は、国民党の軍官学校に在籍し、かつては広東で、その後は雲南で反仏活動に従事していた咎で、仏側に睨まれている。そこまでは滝口さんもご存じでしょう……」

鞠は身の毛のよだつ思いがした。どこまで知られているのか。

「我々はこのベトナム人に身分証を発行し、不逮捕特権を与えました。しかしこの頃は、仏側機関が我々のやることなすことに干渉をしてきて仕方ない。当面は大丈夫だろうが、また難癖をつけて、そう遠くない将来、本当に捕まるかもしれない。こちらで匿ったベトナム人を何とかして逮捕しようと、彼らも必死なんです。自分たちの司法権と行政権を死守するために」

「何のための不逮捕特権ですか？」

「もちろん我々に協力いただくためです」

「美鳳のお父さんを、逆スパイにしてもう一度重慶に忍び込ませるためですか？」

「私はそこまで言っていませんよ」

「あたしの友達だから助けてくれたの？」鞠は必死で聞く。

「いいえ」

「前島さんは、あたしのことどこまで知っているんですか？」

「ほとんど何も知りません」

前島は眉根も動かさず、中庭のベンチから離れた。

20

一九四二年十月　サイゴン

紺野は、長逗留しているマジェスティック・ホテルの一室で着替えを始めた。ベッドの上には、今しがた終えた朝食の銀盆が置かれたままだった。開け放った窓の下にはフランス庭園が佇み、馥郁（ふくいく）とした庭の向こうにはサイゴン川が悠々と流れている。これから自分がやるいくつかの仕事を忘れさせるくらい、現実離れした優雅な景色だった。

衣装棚には、クリーニング係が昨夜のうちにプレスした白麻のスーツが掛かっている。

職務上彼に与えられていたのは、「南亜洋行」の印度支那（インドシナ）駐在員、紺野永介の名刺。これ以外に彼は実在してはならない。装いも同じだ。これまでも、流行の背広か現地人の服ばかり纏（まと）ってきた。

紺野はひとりロビーに降りていった。真昼のティールームは薄暗く、客もまばらだった。煙草を咥（くわ）えたはいいが火の点（つ）かない真鍮（しんちゅう）のオイルライターに舌打ちしていると、背後から、グレーのダブルのコットンスーツを着た男が火を点けてくれた。

「兵隊じゃない日本人と会うのは久しぶりです」

パナマ帽を被った丸顔の男はライターをポケットにしまい、紺野の真向いの籐椅子(とういす)にどっかりと腰を下ろした。

「旦那は、当地で何の商いをなさっているんです？」丸顔の男は紺野に人懐っこく尋ねた。

「貿易商事ですよ。ゴムの取引です」紺野は物憂(ものう)げに煙を吐き出した。

「それァいいですなぁ。エリートと違って私のような学のない下郎(げろう)は、苦力(クーリー)の元締めか、女郎屋のあるじになるしかありません。こんなご時世じゃ、人の不幸を寄せ集めた碌(ろく)でもない商いくらいしか、まともに稼げんでしょう。男どもの寿命がとんでもなく短いから、女たちが死ぬほど働くしかない。よその国に喰いつくされ、もう喰うところもない哀れな国の末路(まつろ)です」丸顔には下品な笑みが浮かんでいる。「名刺をいただけませんか」

容色の冴(さ)えない男はパナマ帽を取って紺野に頼んだ。長髪だが、じつにあか抜けない撫でつけ方だった。目を凝らしたが、やはり初めて見る顔である。

「およろしければ、一献(いっこん)。お近づきのしるしに」

「名刺はあいにく切らしているようです」紺野は煙草を咥え、胸ポケットを探っている。

丸顔はまだお喋りを続けるつもりらしい。

「私の方は、こんど物見遊山(ものみゆさん)でサイゴンまで来たんですが……。南方ならもっと金儲けできると聞いて、満洲からやってきたんです。常夏の楽園で地獄行の商売に手を染めようっていうんですから、罪滅ぼしのために、ついでにカンボジアまで足を運んで、アンコール詣(もう)でをしようと思っておったんですよ。……しかしお参りはやめにしました。はは。あっちはどうも、突然治安が悪くなったんだって小耳に挟んで。私は支那のあちこちも見て回ってきたんですが、どなたの思いつきなのか、どうも似たような騒ぎばかり起こる……」

動じない紺野に諦めたのか、丸顔は愛想よく微笑むと、やっと席から立ち上がった。紺野は、眼光だけは炯々としたその男を振り返らなかった。


宗主国による教育と政策に反抗した「秀才たち」は、巨大な植民地の官僚制と経済体制からはじき出され、大きくなると反植民地戦線のリクルートに呼応した。希望する二十一歳以上のアンディジェンにはフランス国籍が与えられるとか、果ては、アンディジェンにフランス市民権は与えないとする総督府令が出されては取り消されるということが、前世紀から繰り返されている。植民地連邦が崩壊に向かっているいま、宗主国の錆びついた文明に倣って生きていた者たちの将来もまた、統治者と運命を共にするかのように、終わりに巻き込まれようとしているのだ。

その裏側には、まるでいかなる世界の変動にも動じないほど強固に大地に根付き、何世紀にもわたって、あのマニ車のように回転しつづける民衆の暮らしがある。特に地方では教育の程度が低く、迷信もはびこる。

南部仏印進駐の翌年、四二年七月。完全独立を目標とするクーデター未遂が、仏保護領カンボジアの首都プノンペンで起こった。永遠に簡素な暮らしのなかで、小乗仏教の因習を打ち破ってまで、都市部で流行る独立運動に赴く野心を持ちえない農村人口が悠揚と国土を覆う。ここでも、フランス式の教育を受けた植民地知識人が日本に接近しつつ、独立の機を窺っていたのである。四〇年にインドシナ連邦すなわちフランスとタイとの間に起こった戦争ののち領土の一部を失ったことも、彼らの民族意識を刺激した。

クメールの独立運動家たちは、カンボジアにおけるＰＣＩ（インドシナ共産党）の活動の大半がベトナム人により主導されてきたこと、またしばしば中国人の手引きがあることに不満を抱いていた。互いに影響を及ぼし合いつつも全く異なる文化的土壌を持つラオス、ベトナム、カンボジアを、合金のように無理やり繋ぎ合わせた仏領インドシナ連邦の不協和音は、指揮者のいないオーケストラのように、高く響きわたっている。

マジェスティック・ホテルの夜の庭のテラスで、紺野は白いリネンのスーツを着て知人を出迎えた。庭園にはジャスミンの匂いが濃く漂い、ジャズの生演奏が客のお喋りを促す。ボーイが二杯の冷えたシェリーを運んできた。今晩の客は、プノンペンの日本憲兵分隊長である大内中尉だった。

「紺野さん、で、以前、仏側の軍法会議で偽証をさせられたとかいうカンボジア人運転手は、無事見つかりましたか……？」

「ああ、ショロンで華人の運転手になっていたが、新しい主人と合わなかったのか、すぐ辞めたらしい。何のことはない、その後、借金を抱えてゴム農園のクーリーに落ちぶれていたのさ。だからおれが、農園主に談判して無理やり引き取ってきた。先方は、まだ総督府に宗主権があるだの、クーリーがフランス籍だのと、あれやこれやの証書を出して取り合おうとしなかったが、駐留に必要な人材だと、こちらの主張を押し通した」

煙草に火をつける紺野に、大内中尉が声を抑えて聞いた。

「最近、タイ外務省から大東亜省設立にかんし、東郷外相宛てに照会があったそうですが」

「その話なら……こちらの真意を探りたいのさ。友好国だからといって文字通り信用してはならない。

みんなしたたかにやっているに過ぎないからな。この地域一帯で唯一主権を維持しているタイは、今のところ物事をどこの国よりも正しく理解している。ぎりぎりまで英米や蒋介石とのパイプを保っていたくらいだからな。駐日タイ大使は、大東亜会議を皮切りに、南方一帯が『満洲国』化されるのではないかと早いうちから警戒していた」

紺野はシェリーのグラスをぐいと空けた。

「満洲国建国時だって、彼らは日本の皇室とタイ王室とのつきあいもあるからと、国際連盟総会で日本が総スカンを食らった時でさえ、世界中で唯一、棄権票を投じて事態を静観しようとしていた。これぞ正しい態度だ。だが、我が国の頭だけ老人になった連中は夢想に終わりを告げることを恐れ、それがいつの間にか現実に置き換わっている。連合国は既に、お得意の黙示録（アポカリプス）に取り掛かっているじゃないか。我々の方では、自分たちが始めた戦争を誰か他人が終わらせてくれるとでも思っているのか、誰も終わりを描こうとはしない。もたもたしている間にアメリカまで東洋をかき混ぜにくる始末だ。最終戦争などというおためごかしの自己暗示をごり押す奴らの頭にも、最後の審判までは思い浮かばなかったらしい。今度の世界大戦の後、我々にもたらされるのは勝敗ではなく、お馴染みの、善悪の審判だ。最後ではなく最初のな。審判のあとは、負けた国の領土が差し押さえられ競売に掛けられる。今は傍（はた）で見ているだけだが、この極東での競売にだけは参加したいという国もあるだろう」

紺野の皮肉な声は、珍しく怒りを露わにしている。大内は理解しかねて、元の問いへと戻った。

「いったい誰が、よからぬことを吹き込んだのでしょうか……」

「イギリスの情報機関だ。例のタイの駐日大使は、若い頃ロンドン留学中にしかるべき友人を大勢得られただろうから。今でも筒抜けなんじゃないのか」

「すると、英外務省にでも知人が？」

「そうだ。去年までバンコックにいたクロスビー駐タイ大使なんかはその代表格だな。クロスビーは、満洲と同じ筋立てで、日本がベトナムとカンボジアの玉座を利用し独立運動を扇動するつもりだと、二年前から世界じゅうで吹聴（ふいちょう）してまわっている。だから何だというのだ。あとは我々が、いつ実行に移すか。彼らはそれが気になって仕方ないというわけだ。この期に及んでな」

「二か月前の一件については……」

「その話はもうやめろ。聞かれていいことと悪いことがある」

二か月前の「一件」は、結局不首尾に終わった。デモ指導者の実力を見誤ったからである。プノンペンの日本憲兵分隊長は、パク・チョーン及びソン・ゴク・タンらによるこの政治運動を静観していた。この時、クメール・ナショナリストたちは、反植民地思想の色濃い週刊新聞『ナガラヴァッタ（仏塔の国）』紙上で、独立運動への参加（アンガージュマン）をカンボジア保護領の人々に呼びかけていた。

流血事件に発展した時には、日本憲兵が仏印政府を抑え込む形で介入する手筈も整っていたが、植民地当局によるパクらの逮捕が始まったときには、ソンだけがすでに行方をくらましていた。事件後、在サイゴン日本総領事から東郷外相宛ての電報で、僧侶や民衆によるデモには、日本憲兵による介入があったとの報告があった。日本外務省側は憲兵の動静を薄々察知していたものの、その暗躍について全部把握しているわけではない。

紺野は、親日派クーデター主導者の東京への亡命を手助けする形で、間接的にこの独立運動に関与していた。ナガラヴァッタ創刊者であるパクだけでは運動の地盤が弱すぎると察知するとすぐに、紺野はソンを東京からカンボジアに戻し、改めて蜂起させる代案に舵を取り直した。ただしインドシナが、すでに煙の立つ独立運動の火薬庫であることに目を瞑ったまま、日本が事実上の搾取構造を維持する方針に変わりはない。

フランスによって一世紀半かけて造られ、終わりに向かって沈没しかかっている難破船のごとき植民地を、日本は抱え込んだ。紺野は当初、武力行使なき平和的な進駐を見ていたが、性急に実行された武力進駐の後は、この歴史的座礁(ざしょう)の後始末をもせねばならないようだった。

インドシナに潜伏するド・ゴール派は、約四万のフランス系のうち二千人いるかどうかだ。絶対数が少ない彼らの蜂起は不可能に近い。ド・ゴール率いる自由フランス軍は援蔣(えんしょう)ルートにも乗じつつ、シンガポールからインド、リビア、アルジェリアからロンドン、そしてニューヨークへと通ずる強固な〈大西洋の〉秘密連絡網を持っている。しかし、孤立、密告と弾圧を恐れるフランス人はみな息を潜めて、枢軸の顔色を窺(うかが)うしかなくなったドゥクー総督に追従している。

「噂じゃ、重慶にいるアーチボルド・カー英大使が反戦同盟メンバーをビルマとカルカッタへ派遣するというじゃないか。前線に出してマイクで投降を呼びかけるらしい。なかには特務将校だった奴もいれば、重慶に拉致された植田勇吉も含まれているそうだ。味方だっただけに、日本人の心理の機微を知り尽くしている。連中の武器は『言葉の弾』だ……」

「まだ実行には移されていないようですが……」

二杯目のアルコールが空になっていた。紺野は伏せていた目を大内に遣った。

「ところできみは、ハノイにいる前島という曹長を知っているか」

「優秀な男と評判ですな」

「おれがサイゴンにいる間じゅう、あの変な男はトンキンの『畑』を荒らしまわっているそうじゃないか。そのままでいいものを、いちいち掘り返している……」

「あの男の前任者があまりにも出来の悪い男だったとかで、もっと上層部からマシな奴をくれないかと、関東憲兵隊に要請があったそうです。そしたらあの男をポンと寄越したんだとか。少なくともランソン国境域でのスパイによる物資の往来は、これまでぼつぼつ抜け道があったらしいんですが、今はあの男一人で完全に遮断しているとかで……」

「北国の勤勉な男が、南国の怠惰（たいだ）さにやられるのもそう遠くない」

紺野の関心は、単に援蒋ルート遮断という差し迫った日本の軍事目的を超えて、民族の独立という人間集団の巨大なうねりに向かっていた。

21

一九四二年十一月　ハノイ

憲兵の前島が滝口商工会頭の家を訪ねたのは、夜更け、その日の夕食が終わってからだった。体調が優れなければ、断るつもりだったのだ。喰らいついたら最後、引き下がることをしない様子の男に手をこまねき、怒りにまかせて面会を断る力も残っていなかった。

露しとどな夜の庭に広がる熱帯の花の匂いが、俄雨の泥混じりの匂いと一緒に、室内にまで漂っている。

洋服を着たオリオンに案内され階段を上がってくる、前島の靴音が響いてきた。

前島は、薄いグレーの夏物の三つ揃いでやってきた。くすんだグレー自体はこの男によく似合っているが、軍服のようにきちんと着ようと肩肘を張ったせいか、逆に着崩れて見える。

自由、平等、博愛を謳うフランスのスローガンは、インドシナでは権威と責任、序列と義務、家族と祖国にとってかわった。公の場では何かとカーキ色の粗末な国民服着用を強いられるこの時代、滝口は、家の中でわざわざよそ行きの服を身に着けて過ごしていた。休日でも水色のチョッキをはおり、ロイヤルブルーやガーネット、縞柄のシルクのネクタイを締めることもある。今晩は光沢のある白麻の背広だ。南国暮らしだとこれが一番しっくりくる。野暮で粗悪な国民服を脱いで、シックに装えば、気持ちも前向きになり、寿命も延びる気がした。


二階のバルコニーに通された前島は、籐椅子に腰かける滝口の前で改めて直立した。ランタンの下、敬礼ではなく、ぎこちなく普通のお辞儀をする。

滝口にとって、鞠がハノイ憲兵隊のビューローでタイピストとして勤めだしたのは寝耳に水だった。ある日鞠が、フランス人街でタイピストの仕事を見つけたと、だしぬけに言ってきたのだ。例のジョーンズ夫人が経営するバナナ会社がやっぱり拾ってくれたのかと聞くと、「違うわ」と言うなり、朝っぱらからそそくさと出掛け夕方まで帰ってこない。その日だけではなかった。平日は毎日である。オリオンが困惑ぎみに「セ・ジャンダルム、ヴォワラ……（憲兵というわけなんでして）」と教えてくれた時、滝口の頭にすぐ浮かんだのはあの丸顔である。

自分自身は病で臥せりがちになり、養生しながら何とか勤めに耐えている身だ。物価が下がることも当分なさそうだし、いくつかの必需品は配給になった。外国植民地での医者代は、会社からの手当があっても高くつく。まだ四十半ばなのに、医者からは安静を、会社からは退職を勧められている。

手術はうまくいったが、余命を気にしながら、そろそろ預金を崩しながらの暮らしを覚悟しないといけない。

たまにオリオンの目を盗んで煙草を吸っているのを見破った鞠が、隠れて医者に相談したせいで、手術を担当したボイム医師からは、避暑地ダラットでの転地療養を勧められていた。あそこは気候もよいし、栄養も管理され、戦争で騒がしくなった都市部のストレスからも解放される――。こんな状況なればこそ、鞠が自分から職業婦人になってくれたのは正直ありがたかった。相変わらず、とこしえにマドモワゼルのままでいる気配を飄々と漂わせてはいるが……。この仕事を斡旋したのが前島だと後から聞いて、嫌な予感はしていたのだ。その前島がなんと、鞠を「貰いたい」と言ってきた。

今すぐに、でなくてもよい、自分の階級があと二つくらい上がり、何よりお嬢さんがその気になっていただけるのでしたら……。何でしたら、除隊後何か別の、静かな職に就きなおすことも可能です。上の方で斡旋もしてもらえますから……ただし除隊じたいが、予備役は言うまでもなく四十過ぎの国民まで召集されております今の戦況では、極めて難しいでしょうが……などと、思いの丈を語った。

「きみは、その気持ちを、娘に直接聞いてみたことはあるのかね？」

「いいえ。けっして。お父上にお願いに上がりもせぬ間に、不義密通まがいの真似は断じてできかねます。お嬢さんに私情を打ち明けるなど、とても……」

「密通……？」と反復した滝口は、渋面のまま吹き出していた。「きみは何でそんな、大時代なマニエールに拘っているんだ？　きみは娘が気に入ったんだろう。だったらそれは、恋愛というんだ。私情以外の何物でもない。愛情は相互に通じていないといけないからね。まず自分で、本人に聞いてみたまえ。あくまで個人の問題だ。これ以上簡単なことはない。悪いが、おれは娘の心のうちまでは不案内でね」

「違います。これは断じて色恋などではありません。私は、女と一時的に戯れることによって心身が昂(たかぶ)るのも、またそのような軽率な時の過ごし方をして己の人生を費やすことも、好みません」

職業柄とはいえ、取り調べのように淡々とした前島の口調に、滝口は次第に腹が立ってきた。兵隊からのたたき上げだというから、出世には限りがある。

「じゃあ何だというんだ。至急嫁が欲しいというなら、君の相手は娘じゃなくていいはずなんだがね。おれ自身、しきたりってものがどうも肌に合わんリベルタンだから、こういう風におれに照会されたところで窓口がちがうし、娘の心までは動かせん。まずおれに根回ししておいて、外堀を埋めようったって、無駄だよ」

前島はどう返事しようかと言葉を選んでいるのか、しばし口を噤んでいた。

「……もういい、分かった。まったく……若いのに、何できみはこうなっちゃったんだ……」

滝口は脚を組み、何食わぬ顔で、ひとまず雑談に切り替えることにした。煙草が吸いたくて仕方ない。

聞けば、青年はまだ二十代のうちに曹長になったという。なら大したものだ。地頭が良く、上司にすぐ引き上げてもらえるほど、要領のいい男なのかもしれない。自分の周囲に敵を作らないよう立ち回れる男であることも、薄々理解できた。あらかた現場を隅々まで掌握し、部下たちの面倒を見つつ、注文だけは多い血気盛んな将校たちをうまく説得してまわるおふくろ役か。平時なら、憲兵などより、商店の番頭にしておいたほうがよほど向いていそうである。この世には何とおりかの男がいる。頭は動いているが体が動いていない者。頭は動いていないか空っぽのどちらかだが、別の誰かに指示されれば体を動かせる者。そして、常に自分の頭が回転し続けていて、その動きと同時に体が動いている者。この男は、三番目のそれなのかもしれない。

「ハノイに来る前は、どこにいたんだね？」

「関東です」と、丸顔の青年は落ち着いた声で、ちょっと誇らしげに言った。

「満洲か。こっちに比べればひどいところだろう。冬は極寒だし、飯はマズそうだし、匪賊が出るかもしれんし……」

「ええ。短い夏が過ぎれば零下二十度などは当たり前、また乾燥した寒冷地で取れる農作物は、やはり質量ともに、温暖、湿潤な南支には敵いません。物価も高く、市中でも、じっさい豊かな暮らしをしているのは一握りの人間です。……ということは、こちらとさして変わりないのかもしれないですね」

声はいたって落ち着いているが、日頃どれだけ残忍な仕事をこなしているのか知れない男だ。滝口の目つきは、禍々しいものを見たときのそれに変わった。すると青年は弁解をしはじめた。顔色は変わっていない。

「ハノイに転属になってからは司法関係が自分の主な所掌です。新京におりました頃は、満洲国皇帝の護衛も仰せつかりました。それ以前は……哈爾濱や奉天、まあいろいろな街に転勤になりましたが、どれをとりましても地味な仕事ばかりです」

「どうせ特高みたいなこともやってきたんだろう。仏人の間じゃ、日本のケンペイといったらシニーストルと評判だからな。邪悪な連中という意味だ。進駐してきた日本軍一般に対する評価もそうだ。対日不信どころか、ここへきて端から外交交渉もできん野蛮人だと蔑まれている。もうおれは、毎日耳に入ってくる仏人のお喋りの内容を、いちいち口にしたくもない」

援蔣ルートの遮断は、日本の仏印進駐以降、表向きうまく行っているように見える。今後は長大なビルマ・ロードからの補給を阻止するため、兵はラングーンに向かって歩かされていた。ただし個々のパルチザンとなれば話はまた別である。いくら摘発しようが焼石に水と知りながら、前島のような関東軍のピンをいまさらハノイに持ってきて、こんどはスパイ狩りをさせようというのが上の方針なのだろうか。なるほどこの男は腰が低く、無用な緊張に張り詰めてもおらず、そのくせテキパキしている。若いが、私情や流行りの思想に動かされることなく、職務だけに忠実な証だ。そもそも関東軍などという謀略体質の所帯でうまくやってこられた男の本性など、見え透いている。

「きみは、中学は出たのかね？」と滝口は、相変わらず斜に構えたまま尋ねてみた。

「いえ、高等小学校です」前島は恥じ入らずに事実だけを述べた。それ以上、何か別の説明を付け加えもしなかった。滝口は、その一言だけで、この青年が置かれた境遇と、その半生を大方理解してしまった。

上官である将校たちの妻が、たいてい金の掛かった女学校出なのを身近で見てきたからだろうか。単に内助の功を求めるなら、この男にはもっと庶民的な娘のほうがよほど合いそうなものだ。今までだって、この男の階級にふさわしく、かつ私生活上もいかにも身の丈に合った縁談を周囲から世話されていてもおかしくないはずだが、今日までそれを拒んだのであろう。戦時下という火事場で、それも孤立した植民地でお嬢さん育ちを狙ってくるとはいかがなものか。まろやかな顔をしているように見えて、この男が内奥に抱える執念の凄まじさを思わずにはおれなかった。なるほど、この手の出自の低い男にとっては、ちょうど今が狙い時なのかもしれない。

だがはっきり言って、鞠が名のあるお嬢さん学校を出たわりには、あまりその甲斐もなく、おしとやかさなど何処(どこ)吹く風だし、男好きのする容姿に生まれつかなかった……ことを総合してみると、この男がそれほどまでにあの娘に執着する理由が分からない。

女学校出なら誰でもいいという上面(うわつら)だけの願望なら、なおさらお断りせねばならないところだ。これではまるで、野犬に狙われた老馬だ。器用さも度を過ぎると狡猾(こうかつ)というほかない。青年から目を逸らし、庭の方を見遣る。

「娘が世話になっているそうじゃないか」

「お嬢さんは……もう二十三歳になったとお伺いしています。日本行の商船に乗るのも危うい情勢とあっては、おひとりでのご帰国も困難かと。そうなると縁談も……。だからといって、お父上のおうちで、大きなお嬢さんが日がな一日過ごされるよりは、働きに出られたほうが良いのではと思ったんです……ご迷惑だったでしょうか？」

図星を言われた滝口には、返す刀もない。

「いや。体を動かすのは上等だ。ついでに給料も出る。何しろ組織が組織だ。これ以上の安全な勤務先はない。以前、娘はフランス人が経営するバナナ会社を、向こうの都合で突然解雇されたりしたんだ。これも例の、民間レベルにまで浸透した対日不信の煽りだ。それに比べれば、この先も安泰だろう」

と、皮肉を言った滝口の顔には、翳(かげ)りがさしたままだった。

「ええ。そういった解雇はありません。それと……彼女たちに打ってもらっている文書は、会計、被服、修繕関係、物品の発注といったことで、もっぱらお嬢さんの目に入っても差し支えないものばかりなんです。ですから……ご心配には及びません」

「そりゃそうだろうな。ぜひともそう願うよ」と滝口はぞんざいに返事する。

少し静かになった。オリオンが日本の漆塗の盆に、ポットとティーカップを二つ載せてやってきた。

「ボンジュール、ムッシュー」と抑揚のない挨拶をしつつ、オリオンはお客と主人の前にカップを置き、碧いポーセレンのティーポットから熱いミントのお茶を注いだ。

「ヴゥーレヴー・デュ・スゥクル？」オリオンは前島に微笑んでいる。

滝口がぶっきらぼうに「砂糖はいるかね？」と通訳してやる。

「お願いします」

オリオンは陶器の砂糖入れの蓋を開けると、その場から下がった。

「ベトナム人は、本当によくフランス語が喋れるんですね」

「うちのボーイはシャム人だ。あれはハノイ育ちだから、仏語は相当にベトナム訛りだ」

「タイ人でしたか……」呟きながら、前島はお茶を啜った。慣れない味に少し驚いたのか、砂糖をもうひと匙加えている。滝口もオリオンが淹れたミントのお茶を一口飲んだ。

「さっきの話に戻るが……本人たちの意思は置いとくとして、現実的にはだな……。まさか娘に将来、野良仕事をさせたいのかね？　きみは。実家が農家だと言っていたじゃないか。悪いが我が家には、貧しさに耐え慎ましく生きるという哲学は、一切ない。善人面して貧乏人に情けをかけていたら、うちの事業は成り立たんからな。育ちが違いすぎる」

滝口は呆れ顔で皮肉を言った。

「私は三男ですから家業に戻ることはありません。またお嬢さんには、お嬢さんのままでいていただけるよう、自分が何とかするつもりです」

「何とか……と言うが、おれにだって何とかならんもんを、きみは何をどうするつもりなんだ……。下士官ごときに娘をやれると思うのかい。こんなご時世なんだ、たとえ将校だってお断りだ。ましてや憲兵なんぞに……」

「このご時世だからこそ、自分ならお嬢さんを守れると思います。また自分は……私は憲兵ですから余程のことがないかぎり野戦には出ません。ですから、今の日本の結婚適齢の男の中では、文官を除くなら、いや、文官だって戦地へ駆り出されている今、誰よりもお嬢さんを未亡人にすることがない立場なんです……。私はいつか必ず、お嬢さんにふさわしい紳士になります。そのための努力は惜しみません。……世間には我々に対する噂はいろいろあります。しかしながら……お嬢さんの伯父上様からすれば、私もまたその方針に従う者どもの一人でしかないんです。お身内にはご理解いただける方がいらっしゃる」と、前島は自分なりに考えたらしい奇妙な切り札を出してきた。

「ばかを言え！　娘は内務省何某ではなく、おれの娘だ！」と息巻いた鞠の父であったが、こんなことを言われると、守りの姿勢を取るしかなくなった。「何はさておき、娘に人の世話ができるとは思えん。あれは外国の大学も出たし、女だてらに学士様なんだ。地理学の講座を優等で卒業した。娘は地図を書くことは得意だが、それ以外は何もできないといっても過言ではない……」

「お嬢さんの学問は、やはりお父上からの影響なんでしょうか？　先ほど、壁に掛かっている立派な地図をいくつか拝見いたしました」

滝口は少し得意顔になる。誂え（あつら）の額縁（がくぶち）に入れたインドシナの地図、日本の地図、そして世界地図、いろいろな縮図のものが家じゅうに飾ってあった。

「あれはすべて娘の自作なんだ」

「玄関先に飾ってあった、五十万分の一のタイの三角測量図も、ですか……？」無表情に近かった前島の顔に、すこし驚きの色が浮かんでいる。

「ああ。そうだ、これも見せてあげよう」

滝口は立ち上がり、前島を二階の書斎に誘った。

どっしりしたマホガニーの本棚には鞠の蔵書がびっしり入っている。地図学、製図学、幾何、代数、統計学、人類学、人口学。すべてフランス語かドイツ語の書籍だった。前島は表情を変えず、ただじっと書物の列を眺めながら、ふと漏らす。

「こんなにたくさん……」

「娘は好きなことなら、空腹も忘れて職人のごとく一日中打ち込むんだ……。このとおり家じゅう、娘の書いた地図だらけになった。おれは、娘がいつか間宮林蔵みたいになるんじゃないかと楽しみにしていたんだがね、嫌な時代に邪魔されて……」

本棚の抽斗(ひきだし)からもう一枚、畳まれた手製の世界地図を取り出し、広げようとする滝口の横で、前島は、本と本の間に置かれた茶色の地球儀をじっと眺めていた。

「ああ……その地球儀はな、あれが小さい頃ねだってきかんから、買ってやったんだ。はは。大きくなると、ねだった本人は、当時まだ薄給だったおれが頑張ってこんなもの買ってやったことすら忘れていたんだが、おれは仏印に赴任する時こいつを荷物に入れて持ってきたのさ。ガラクタでも何だか手放すに忍びなくてな……」

滝口は本棚のガラス扉を開けると、地球儀を回して東洋の方を手前にした。

「おっと、こいつは娘がまだ六つか七つの頃の地図だから、インドシナはすでに仏領でも、満洲はまだ軍閥時代、内乱に陥っていたわけだが、公式にはまるで何事もないかのように綺麗に民国と記載されている……だからって、没収すると言い出しはせんだろうな……」

訝し気に見られた前島は、にっこりして本棚から後ずさりした。

「私はその頃、十一か十二でした」

「おれが娘を甘やかしていると思うなよ」と、滝口は、隣にいることにそれほど違和感を抱かなくなってきた丸顔の男に呟いた。

「たいへん闊達（かったつ）なお嬢さんだと思います」

「おれは、償っているだけなんだ。娘にも、おれ自身にも」滝口は本棚の扉を閉じた。「こう見えて、あれが小さい頃はほんとに大変だったんだよ。おれは男やもめで娘を育て上げた。子どもの頃は、一時は娘と心中しようかと思ったくらい、ひどかったんだ……。ほんとだよ。母親はあれだ、悪所の女だ。器量よしの花魁（おいらん）なら他にいくらでもいたはずなんだがね。紅殻（べんがら）の張見世（はりみせ）の一番端っこで、白粉（おしろい）が浮くほど地黒のあの女と目が合っちゃったんだから仕方ない。最初は素通りしたんだが、やっぱり引き返したんだ。ちょうど欧州で大戦が終わった年で、パリに留学するんだと親に無心した金で身請けし、娘が生まれるまでの十月十日（とつきとおか）、おれは東京市中で居留守を使った。兄が間に立って戸籍上の勘当（かんどう）は免れたんだがね。……団子が大の好物だった娘には、団子屋の女中との自由恋愛だった、それはそれはしあわせなロマンスだったんだと毎夜物語ってきかせ、幼い心にヒビが入らんようおれはいつも神経を尖らせていたんだが、実際は……ノンセンスだ。おれは若い頃粋がってやらかしたたった一度の野暮を悔いた。勤めがあるから、昼間は女中に面倒を見させるんだが、他人にできる躾（しつけ）など高がしれている。近所のガキどもと遊びまわって体じゅうに怪我をこさえて帰ってくるし。親の言うことは聞かない、何で泣いているのかも男親には分からん。おしゃまなのか幼いのか分からん娘の、母親がわりになってくれる後添い(のちぞ)いを探したんだが……」

滝口は目に涙を浮かべ、一瞬何かを堪えたかと思うと息をつき、問わず語りに戻った。

「やもめ暮らしに腹を括っては撤回し、撤回してはまた腹を括るという日々を過ごしているうちに、いつの間にやら娘は大きくなっているだろう？　おれは途方にくれて、勤め先のご婦人方に尋ね回って、女学校だけは、お嬢さん学校で有名なところへ寄付までして入れてやったんだ……。男親のできないことを、ちゃんと教えてもらいたかったんだ。すると、おさげを左右均等に結えないというだけで虐(いじ)められて、春先から泣きじゃくって帰ってくる。時が過ぎると、もうひとりに慣れきったのか、泣くこともなく学校に通っていたがな。まったく女の世界というのは、厄介事が多いんだな」

「ええ……」と、前島は滝口のすぐ側に立ち、ひたすらに耳を澄ましている。

「仏印に来て娘は生き返った。フランス人の教育のほうが合っていたのかもしれん。まあさすがというか、こちらに来ると反発せずに自然に女らしくなった。あのとおり自己主張の激しいのは、フランス人にとっては当たり前だから、娘は別に浮きもしない。打ち解けられる友達もできた。あとは婿だが……」

と、滝口は苦しそうに、長く息をついた。

「おれは、婿はもう諦めたんだ。いや……娘は開戦前に、フランスの大学に行って本格的に地理学者になろうと思っていたんだ。リールにいる教授の招きで、研究免状を取りにいく計画だった。きみ、リールがどこか知っているか？　ベルギーの近くの、小さい綺麗な街だよ。つまりフランスの北だ。

必要な書類は整っていた。日本の婿なんてもういい、渡仏して何かに夢中で打ち込んでいる間に、ひょっこり仏人とできるのなら、それでもよかろうとおれも思うことにした。おれが色恋のために親を騙し神様についたフランス留学の嘘を、娘が自分の夢と努力で清算してくれるって言うんだからさ。考えてみりゃ、おれの命運が掛かった、重大な話だ。この機を失えば、人生をうっちゃらかしたまま、おれは地獄行だ。何としても行ってきてもらおうと思っていたよ。おれも娘と同じ夢を見ながら、マルセイユ行の切符を買ってやろうとしていたところで、欧州ではまた大戦だ」

この話題に対して、前島からは相槌も返事もなかった。

「おれは何できみにこんな辛気臭い話をしちゃったのかな……」

「いえ。ありがとうございました」

相変わらず、本心で何を考えているのか分からない応答だ。この男がそばにいると、どうも何かを自分からぶちまけてしまいたい気持ちになってくる。奇妙な男もいるものだと思う。

追い出すように前島を玄関まで見送りながら、ふとある男の顔が思い浮かんだ途端、滝口は早口でまくし立てた。

「たしかにこのご時世で保留になってしまったが、娘には先約があったんだ！　南亜洋行のハノイ支店に勤める男で、娘と一回りくらい年が違うが、まだ若い。フランス帰りの男だし。鞠にはぴったりだ。長男だからだろう、まだ召集も掛かっていない。おれはついその男の先約があったのを忘れていた！」と、滝口は吐き捨てるように言った。

前島の表情は、巌のように動じることがなかった。

「南亜洋行……ですか」

前島は、何か新しい獲物でも見つけたというような顔つきになっていた。

怪しい来客がいなくなったあと、オリオンは黒い大きな瞳を見開き、不安に怯(おび)えた顔をして鞠に尋ねた。

「マリ……チュ・ヴー・レプゼ（きみはあの人と結婚したいの）？」

「パ・ノン、ジャメ（まさか、絶対しない）。イレ・トレ・ビザール（ホントに変な男だもの）！」

オリオンは少しだけほっとしたみたいだが、またすぐ鞠を問い詰める。

「日本人だって、中国や僕らの国(シェ・ヌー)と同じで、結婚は義務(オブリガトワール)なんだろ？ 東洋の隅々まで、逃げ場がないくらい似たような伝統じゃないか。家族の取り決めと、男の先祖と身分、持参金が大事なんだろ？ フランス人のようにアムールで結婚しちゃいけないんだろう？」

「あたしはそうじゃないわ。あたしは、気に入った人と結婚しないんなら、未婚(ドゥモワゼル)で一生を終えるわ」

そう決然と告げたとき、鞠はオリオンが無邪気に微笑むのを認めた。

22

一九四二年十二月　ハノイ

鞠から植田拉致事件について尋ねられてからというもの、前島は事件の背後に、もっと暗くて大きな悪の臭いを嗅ぎとるようになっていた。

事件当時、前島は新京にいてまったく違う任についていた。重慶の反戦同盟に寝返った植田の動静など、所掌ではない彼には蚊帳（かや）の外だった。仏印進駐にだって居合わせてはいないのだ。知るすべもない。

外務省から大本営への探索要請を捩（ね）じり潰していたのは、やはり憲兵隊の誰かだと思えてならない。あるいはそれ以外の者にせよ、軍内部の誰かによる計画的な仕業ではなかったか。事件発生後、ハノイの日本総領事館は仏側からの連絡を待つばかりの受け身で、ただの一人も、植田の痕跡を拾いに現場に赴くことはなかった。フランス当局は支那側の発表を垂れ流すだけ、しかも仏側プレスは「植田が国境地帯で乗っていた車両には精密なカメラ、軍事地図数枚、拳銃数丁と数万ピアストルが隠されていた」などと、こけおどしの記事ばかり出していた。こんな風に関心の的をまんまと外されたのでは、行方を突き止めることなどできない。仏印が支那側の謀略に協力的であったとすら見えても仕方ない。

この件にだって、あまり関わりあいすぎると前島自身が間諜扱いされかねない。自分が同僚の手で軍法会議に掛けられる不祥事など、想像したくはなかった。それにも拘らず、前島は植田外務書記生の救出を決意していた。

当初念頭にあったのは捕虜交換をいくぶん捻った計画だった。ハノイ憲兵隊には、毎日のように摘発されてくる重慶のスパイが大勢捕らわれていた。前任者の残していった捜査記録の杜撰（ずさん）さに呆れつつ、古い資料の間違い、見にくい箇所などを、赤字で書き直していた時のことだった。

――ハイフォン在住の黄（ホワン）は、昭和十四（一九三九）年二月から十月頃、紺野永介・南亜洋行社員の依頼により植田外務書記生の動向を探るも、紺野氏の意図までは知らずと返答。なお紺野氏は昭和十三年頃から、仏当局によりスパイ容疑でたびたび軍法会議への出頭を命ぜられ、昭和十五年六月国外追放となる。紺野氏は再入国を図るも、仏側を慮（おもんぱか）る日本外務省が紺野氏への旅券発給に難色を示したところ、南部仏印進駐後の十二月、陸軍某中将の口利きによりサイゴン駐在所への再着任が可能となった由。なお、紺野氏が日本陸軍の軍事間諜であるとする仏側の主張は事実無根（むこん）なり、紺野永介なる陸軍将校は実在せず。

前任者が行った尋問の記録に、思わず釘付けになってしまった。残念ながら黄という男は前任者によって処刑されており、これ以上の追及はできない。前島はその資料を抽斗の中に置き、鍵を掛けた。

ガソリンや物資などの輸送ルートは、この辺りではほぼ遮断が達成されたといってもいい。夜陰に乗じての運搬にも目を光らせていた。だが、個々のスパイは、相変わらず山や森を抜けて侵入し、ハノイやハイフォンに長期潜伏する。逆スパイから情報を得つつ、誰がどこにいるか、何をやっているかを前島はコツコツと調べ続け、日頃からリストアップしている。この道一筋の勘で、織り交ざる虚実の実だけは逃さない見識がある。

南亜洋行が日本向けにトンキン産漆を買い付けていた華僑の黄が、ハノイに構える別宅に、植田が出入りしていたらしいことを、前島は華人街で耳にしていた。この商人には妻と息子が一人おり、息子のほうは戦前アメリカに移民し、仏印にはいない。

この黄なるブローカーと取引していた南亜洋行というのは、分からないことの多い新興商社で、東京に本社を置いてはいても法律上は仏印法人として独立している。国策会社とはむしろ距離を置く純地方資本を装ってはいるが、折しも南進に取られた国策の機微にいち早く触れられる人間が内部にいるからか、大統制の時代にも潰れずやっている。財閥の強大な資本力に打ち倒されるでもなく、その飄々たる経営ぶりはキツネのようだった。

この南亜洋行で雇われていた華人タイピストが、ちょうど植田拉致事件の頃会社を辞め、今も行方が知れない。しかもこの女を、ほとんど自分の秘書として使っていたのが例の紺野だった。さらに漆商人の黄には安南人の妾(めかけ)があり、自分のことを中国人だと思っている仏印現地人の「美しい」娘がいた。南亜洋行のタイピストがこの娘であったことまでは、前島も摑んでいる。

前島は特高班の山下伍長に、若い間諜を一人生け捕りにし、逆スパイに仕立てるつもりだから手伝ってほしいと頼んであった。

その夜、山下は英国紳士風のかっちりとしたグレーの背広を着てきた。下士官兵によくある農家出身ではなく、破産した小商人の息子である。家族に災難が降りかからなければ、中学を途中で辞めることもなく、零細商会とはいえ、親の稼業を継いで社長に収まっていたはずの男である。行き倒れを恐れて二十歳の徴兵検査を待たずに現役志願した経歴は、前島と同じだった。山下はハノイに転属になるまで、長らく、陸の孤島と化した上海共同租界から日本占領地へ通ずるチェック・ポイントで査証を検(あらた)め、民間人に成りすましたスパイを摘発するのが仕事だった。たまに反戦同盟に下った日本人居留民が連れてこられると、共産主義者の名目で、彼はこれらの処刑にもあたっていた。日本人に殺される日本人の、無抵抗の深く哀し気な表情の意味が分かりかね、時が過ぎても忘れられないという。

山下は二度目の上海事変にも居合わせており、まだ若く感じやすい目で、抗日ゲリラや有象無象(うぞうむぞう)の暴徒に日本人居留民が大勢虐殺され、居(い)た堪(たま)れぬ姿になった現場も見てきている。その後の凄惨な戦闘については、山下も前島にはあまり多くを語らなかった。ただ、これに先立って引き起こされた一度目の事変について、山下は前島に尋ねてくることがあった。事変のきっかけとなった日本人僧侶襲撃事件が、敵と味方のどちらによって引き起こされたのか、山下のような下っ端には分からない。にもかかわらず、深手を負った心は、いつもどこかで、全面戦争の発端となった事件の真相を知りたがっているものなのだ。

前島は顔色も変えず、どうせ関東軍で張作霖(ちょうさくりん)を爆殺した例の経験者か、あるいは彼らに近い高級軍人による謀略だったんだろうと山下に言った。

「何度、どこから切っても金太郎飴のような仕掛けだ。軍人の地味な裏方の人生に我慢できん連中が、偉くなったとたん慾を剝き出しにして、いつの間にやら代議士先生とも香具師(やし)ともつかんもんになっとる。なれの果てだ。地方人に群衆か子分役を演じさせ、自分らだけ偉人を演じる役者まがいか。軍人が人生に内容を求めるようになったら国は亡(ほろ)びる。まともに知っとるのは戦争のやり方くらいなもんだからな。和平のためと言いながら建てた南京政府もこのざまだ。いつも誰かの面子(めんつ)を立てるために本来の目的は途中で忘れ去られ、幕切れになるのを繰り返している。高級参謀は何万という兵隊から吸い取れるだけ吸い取ったら支那戦線から離任し、出世し内地に帰れる。下級将校以下、兵隊は激戦地でまる五年勤めても家に帰してはもらえん。死んでも帰れんのだ。だがおれたちがいるのは現実だ。人は一層貧しくさせられ血が流れている。惨殺された居留民と戦病死者の骸(むくろ)の山麓でグルの業者と宴会をやり、自分の国と人の国を賭けた博打(ばくち)に明け暮れとるのは誰だ。己の国を失うまでは連中も賭博中毒から抜け出せんのだろう。牌(パイ)にされたおれたちにはどうしようもできん」

山下はまずいことでも聞いたと言わんばかりに、前島のそばで瞠目した。

「おれはこの匪賊同然の戦の生贄(いけにえ)にされた人間にまだ助かる余地が残っとるなら、助けてやりたい」

沈黙を破れないでいる山下に、前島は毅然として告げた。


人気のなくなった真夜中の中華街、広東通りを一台のシトロエン・トラクシオン・アヴァンが走っている。赤い提灯(ちょうちん)が福建会館の山吹色の壁を照らし、赤銅(しゃくどう)色の瓦の下に木彫りの龍が威勢よく踊っている。車は華僑の古い社(やしろ)を過ぎたところで、狭い小路に入った。

前島の持ち物は小型拳銃一丁、薄い鼠色の長衫(チャンシャン)に、目深に被ったパナマ帽という、着慣れた華人の装いだった。あと手元にあるのは雨合羽(あまがっぱ)だけである。通りからは隠れるよう建物の死角に車を停め、暗闇で標的が来るのを待つ。助手席に乗せてきた山下が、先に車を降りる。「粤菜(ユエツァイ)」の紅い看板が掛かった広東料理店から、スーツ姿の若い男がふらふらと出てきた。今晩、青年が参加した会合のメニューの細部、供される酒の種類、同伴していた歌妓(かぎ)の素性に至るまで、スパイを通じて事前に把握している。他の店はすでに灯りを落としている。人通りはない。

酔った青年は悠然と店から離れ、煙草を咥えながら、一本向こうにある細い路地裏に向かって歩き出した。着古した長衫姿の前島が正面から歩み寄ってきても、青年は訝しがらない。暗闇ですれ違った瞬間、異変に気がついた青年は息を荒らげ、背後に回った一見同胞に見える前島に向かって発砲した。鼻の高い二重瞼(ふたえまぶた)の美青年である。恰幅(かっぷく)も良かった。だが前島が抱き込むようにして青年に組みついたのが早かった。闇に響く乾いた銃声に、前島はびくとしない。拳銃の銃把(じゅうは)で急所を打ち、青年を静かに地面へ押し倒す。山下が手錠を携えて忍び寄ってきた。そのまま気を失った青年を肩に担ぎ、建物の死角に停めてあるトラクシオン・アヴァンの後部座席に匿う。帰りは山下が運転席にもぐり込み、クラッチを入れた。憲兵でなければ、手練(てだ)れの強盗ならば同じことができただろう。諜者(ちょうじゃ)として過ごしてきた彼らと夜盗を分かつものは、倫理でも正義でもなく、職業的な掟の有無である。

夜の紅河(こうが)の畔を、車は走り続けている。

車の振動で青年は気がつき、うっすらと目を開けた。手錠が掛けられ、足も縛られている。前島はこの青年と後部座席でお喋りするために、猿轡はかけていない。

「私をどうするおつもりなんです」男ははじめフランス語で聞いてきた。だが前島は、自分にとってはあまりにも懐かしい中国訛りを認めた。声は水琴(すいきん)のように麗しい。

「処刑は免れない。おまえが軍事間諜である証拠は摑んでいる。しかしこちらの取引に応じるなら命だけは助けてやってもいい」

前島はこういう場面ではおきまりの低い声で告げた。

トラクシオン・アヴァンは紅河に沿ってドゥメール橋より北へと走り、城址も通り過ぎて、大湖(グラン・ラック)の北岸で一旦停車した。山下伍長は車のライトを落とした。湖は、墨色の渋い闇と深い静寂に包まれている。

「おまえの名は何だ」前島は、手錠を掛けた青年に低い声で尋ねた。

「董福(トンフク)」青年は広東語で名乗った。聞きなれない発音だった。

「什么(シェンマ)（何だって）？　トゥン、フゥ？」と前島は聞き返した。

「北京語だとそうなりますが……」青年の言葉には広東語の鼻音が混じる。「先生(シンサン)(ミスター)、あなたのお名前は?」

「王潔(ワンチィエ)」前島がいつも使う偽名だった。「とびきり綺麗な女みたいだろう」

「女のような清らかな名の男もいます。ところで、王先生はどうしてそんなに北京語がうまいんですか? てっきり、北平人(ほくへいじん)かと思いました。中国人なのでしょう? あなたは誰なんです?」

前島は質問には答えず、董の額に拳銃を突き付けながら、これから言うことを行うよう命じた。一回の命令が遂行されるたびに、すでにハノイに拘留されている仲間一名の生命と引き換える。ただしこちらの言う成果が得られなければ処刑は予定どおり執行される。そう告げた。山下伍長は、ここまで周到に用意して、こんなどうでもいい未熟な間諜のために時間を費やした前島の真意を計りかねた。が、次の質問で明らかになった。

「重慶で日本人がやっている反戦ラジオ、おまえはあれを聞いたことがあるか?」

董福(とうふく)を仲介人とすることで、植田の近況はある程度分かってきた。董が植田から、直接、間接に贋物ではない伝言を預かってきた場合、約束どおり拘留中の間諜の容疑者を釈放した。それでも植田から届くのは、帰還の拒絶を表明した文書と、反戦を呼びかける冊子ばかりである。帰ることに怯えているのか。

前島は、自分は日本人であるが、間諜扱いはしない、同胞として生命は守る旨伝言していた。だが、

――あなたが何者かはあらかた想像がつく。あなたがたのやっていることは〈白色帝国主義者〉と何ら変わりないんです。悔い改めてください。

というような返答しか来なかった。

一般の邦人には所持が禁じられている短波ラジオを使えば、植田の肉声による反戦ラジオも聴取できる。植田がどんな人間なのかは、過去の日本の報道記事を読んだだけで大体察しがついた。生来情熱的であり、忠実な男のようだが、反面、単に熱しやすいだけの単純な男なのかもしれない。

植田は苦労人だった。決して裕福ではない出自から、苦学して大阪外語学校の仏語科を卒業したが、フランス語を使える会社は少ない。財閥系の貿易商事に至っては帝大か名門私立を出た学生でポストが埋まってしまう。植田は仏語圏での勤務に拘り、書記生よりランクが上の外務留学生試験に挑戦し、落ちた。それでも諦めず、二度目の受験では書記生に合格した。書記生というのは軍隊でいう下士官候補者のようなもので、在外生活を割り切るならいいが、本省の序列には数えられないし、出世も望めない。

鎮南関(ちんなんかん)の手前の仏印領で重慶軍に植田が拉致されたのは三八年十二月。翌年十一月、彼は日本政府に宛て、自分が国民政府によって国際法上の捕虜として正しい扱いを受けていること、「支那人は残忍で捕虜を殺害する」という事実はないこと、そして、日本外交官としての心境に関する声明文を送っていた。

「日本を愛するがゆえに、大日本帝国政府の対外政策に資するよう全力を尽くし、一身を奉じてきた。しかしいざ捕まってみると、今般の支那事変は防共戦でも、東洋救国のための膺懲(ようちょう)戦でも断じてない。これは侵略戦争であり、東亜新秩序ならぬ、東亜奴隷連邦の造作である」

植田はまた、時の有田八郎(ありたはちろう)外相に宛て「大日本帝国政府とは絶縁する」旨の書簡を送付し公的に辞職したことになっているが、日本外務省側はいまだそのような願いを受理してはいない。単に捨て置かれたか、意図的に在籍させたまま風化するのを待っているのか。なるほど公的に受理すれば、敵方の反戦思想による辞職を認めるということになる。対日経済制裁に出たアメリカとまで開戦しても、支那との戦争を続行するつもりでいる日本政府に、そのような辞職理由は断じて認められまい。

援蔣ルート遮断に熱を上げていた男が、今度は熱烈な反戦主義者となっている――。

だが植田を反戦に転向させる説得にあたったのは支那人ではなく、同国人の感性をもって、より彼の心の機微に踏み込める反戦同盟の日本人捕虜、あるいは重慶に潜伏する鹿地亘であったはずだ。ほどなくして、植田による例の断交声明と同じ内容のパンフレットが、四〇年五月、『抗日論説』として何故か台湾拓殖(たくしょく)会社から公刊されていた。

前島がこの冊子の存在を知ったのは、まだ新京にいた頃だ。当時彼は通信にくわえ、支那語による書籍や戯曲の検閲も一部担当していた。台湾の防諜が破られた危機感は、転電で満洲にも伝わっていた。

スパイは入稿前に原稿を修正し検閲をかいくぐることがあるため、日本の占領都市では、映画や舞台、ラジオ放送など、一度に多くの大衆の耳目に触れる内容については特に厳重に検閲を行っている。入稿前や上演前はもちろん、放送中、上演中にも及ぶ。役者にスパイがいれば、原稿とは異なるセリフが舞台上で当日挿入され、演じられるからだ。

満洲国内や北京の劇場や映画館には観客席にも私服憲兵が座っており、俳優だけでなく、戯曲作家も上演後によく逮捕された。前島も、支那服で劇場に潜り込む常連だった。

その点、満映は、アナーキスト大杉栄と伊藤野枝をおそらく上の意向も汲みつつ絞殺の上、井戸に遺棄した、あの元憲兵大尉の甘粕理事長が、台本はいうまでもなく経営全般を牛耳っているから、変なことは起こらない。かわりに、満洲国から民心が離れていきそうなほど詰まらない台本ばかり量産されていた。

仏印進駐の四か月前、元日本外交官が来るべき日本の南進に抗議する『抗日論説』が植民地で公刊された裏には、重慶側スパイが台湾拓殖内部にいることを仄めかしていた。しかもこの論説では、南亜洋行の紺野永介なる社員が、「安南への経済及び領土侵略を画策する日本の軍事間諜」であると、名指しで告発されていたのである。

前島はあらためて、『抗日論説』を叩きつけるように机に置いた。「あくまでおれの勘なんだが、植田は鹿地の反戦活動とはどうも気色が違う」

「植田さんもこんな形で外交官人生を捨てることになるなんて、気の毒でしたね」もともと軍人街道を歩むつもりのなかった山下は、植田には端から同情的だった。

一九三八年十二月十八日、重慶を脱出した汪兆銘は日中和平を重慶側に訴えるも、国民党執行委員会から絶縁され、ハノイに潜伏していた。さらに翌年三月、ハノイの寓居で暗殺未遂に遭い、部下を失っている。運よく手傷を負わなかった汪兆銘はハノイに身を隠しながら、日本海軍の影佐大佐の手引きを待ち、四月、ハイフォン港で日本船に乗って台湾経由で上海へ向かった。この作戦に紺野が一枚嚙んでいたと前島は考えている。

植田が拉致されたのも同じ年の十二月二十八日。つまり汪兆銘が重慶を出たわずか十日後。植田が国境調査に出発したその日、汪兆銘はすでにハノイにいた。汪による対日和平案――通称、「艶電(えんでん)」が発出されたのも二十九日。

日本軍によって秘匿された「和平工作」の子細を知らなかったからこそ、植田はこの日調査に出掛けても平気だったのであろうか。あるいは、汪兆銘の重慶脱出の情報をどこかで嗅(か)ぎつけて、手柄を立てようと出来心で出掛けたのか。――秘密工作と拉致事件、それぞれの時期の奇妙な一致には、誰かの誘導と、植田の無知の両方が作用しているように思われてならない。事件から一か月も経たないうちに、つまり汪兆銘がハノイを脱する二か月前から、日本の通信社は事件についてまったく報じなくなった。

やはり、植田への接触と捜索をすみやかに打ち切るよう大本営へ上申したのも、紺野ではなかったか。陸軍における身分を韜晦(とうかい)し、貿易商事の社員を名乗りながら、同時に高級軍人に伝手(つて)がある男。あるいは本人がその類(たぐい)なのか……。

前島は董福に、目下、日本じゅう見渡しても、植田を救い出し、その後の安全について力添えできるのは自分しかいない、という旨を伝達させた。匿名の通信である。

帰還希望について、なかなか返事はこなかった。山下伍長は、今度も相変わらず反戦ビラと、植田が編集に携わっているらしい反戦同盟による和文機関紙『国際』しか届かなかったと前島に報告した。だが二重特務である董が、植田の言葉の通りには伝えてないことも想定のうちに入っている。

「植田を敵の陣中から引っこ抜いて目ぇ覚まさせたら、敵の工作活動からも足を洗わせる。そうすりゃ、ついでに蔣介石の出方まで知れるというわけだ。鹿地の反戦劇団で傾(かぶ)いとるならまだしも、どこでどうズッコケたのか知れんが、あいつが深入りしたのは正真正銘の敵の特務の方だ……。台湾であんなとんでもない本を実名で出しやがって。反ファッショ戦線の日本人に弟子入りしてくれたほうが、こちらとしてはやりやすかったんだがなあ。植田を直に雇い入れたボスがC・C団のどいつじゃ、もううかつには進められんくなった。あの世界は一歩間違えりゃどうなるか。植田は熱血漢だから怖さも分からんのだろう。こっちに来たら来たで、普通なら断固厳重処分だが、おれがいるうちは、どこかで現地人のフリでもして生き延びてもらえるだろう。時は流れるものだ。何とかなるだろう」

はたして董に騙されているかもしれないと思いはじめたころ、前島は山下伍長を呼んだ。こちらの提示する交換条件を頭で理解できないなら、董にも相応の目に遭ってもらわないといけないという指示だった。が、久々に姿を見せた董は、一通の手紙を前島に手渡したのだった。

——親愛なる友人へ。お元気ですか？　僕は元気です。フランスの学士（リサンス）は三年ですから、ご無沙汰している間にもうご卒業なさったでしょうか。あなただったら、きっと最優秀（トレ・オノラブル）でご卒業なさったのではないでしょうか？　今まできちんとお返事できず申し訳ありません。僕を助けようとするなんて、一体誰だろうと、誰も、何も信用できなかったんです。でも、考えてみたら、こんなことするのは、僕の存在を無かったことにしている陸軍や、所詮僕なんかどうでもいいと思っている外務省の元同僚たちの誰かではなくて、あなた一人しかいないことに気がついたんです。

あなたがインドシナ大学に入学したいというので、僕がちょっとお手伝いに上がった日のことを覚えておいででしょうか？　初めてお会いした時に、ココナッツ味の餅を僕に一つ下さったでしょう。餅のお礼もまだ言っていませんでしたね。あの頃あなたはまだ十七か十八で、元気な少女だった。

今は、きっと素敵な淑女におなりでしょうか。

僕は、一人の女性の人生に訪れるトランジションの季節を見ることはならなかった。それは乾季が雨季に変わるよりももっと穏やかで、目立たない流れのなかにうつくしい瞬きがあって、徐々に育っていくものなのでしょう。僕は残念ながら、あなたがめげずに、自分の意志で学問を究めようとなさった姿の、最初の取り掛かりの部分にしか立ち会えなかった。しかしあの瞬間の明るさを僕はしかと見ました。今でも記憶にあざやかです。

あなたとの一度目の出会いは、惟(おも)うに偶然与えられた出来事でした。僕は、上の人からの指示であなたに会いにいっただけです。でも二度目があるなら、僕は自分から、あなたの力になりにいきたい。

それから、僕はあなたにもっとお礼したいことがある。*Licht, mehr Licht!* ゲーテが死の間際に言った『もっと光を!』という言葉です。老いたゲーテは、僕を一人きりの暗闇から連れ出して、もう少し生きるように言ってくれたのです。僕は、その言葉を貰うためにあなたと出会ったのかもしれないと、思っています。あなたはドイツ語が苦手でしたね。

でも、ゲーテという人の魂は、きっと、自分の言葉をまた誰か別の人間に伝えるために、あなたの精神を選んだとしか思えないのです。

僕は生きることはできるが、残念ながら帰ることはできない。僕を赦してください。今、生きるために、そして良心のために自分ができることは、こちら側で働くことなんです。あなたは、どうぞお体を大事に、これからも学問への意志を持ち続け、末永くご活躍なさいますようお祈りしています。あなたの友人より。

受取人の身の安全を慮ってか、その手紙に署名はなかった。日本大使府に照会し、植田がかつて書いた本省宛て公電の草案などと比べ筆跡を鑑定したところ、それと一致した。なりすましではなかったらしい。

「いいんでしょうか……本当に、タイピストの滝口女史を騙（かた）っても……」

「構わん。やれ」

彼女の内面が完全に再現されていなければ、植田を信用させることはできない。前島は、タイピストたちが書いた文書のうち、鞠の手書きによる一枚を山下に手渡した。在ハノイの日系商店に宛て、隊員の弁当を発注した日本語の文書だった。

「まあこんな具合だ。意外にチマチマとして心もとない字だ。これに似せられるか？」

「やってみます」

前島は山下の背後に立ち、まず口述で書簡案を走り書きさせた。

——植田さん。お元気ですか？　お手紙ありがとう。私は戦争が終わったら絶対にフランスに留学するつもりです。最近フランス人の友達がド・ゴール将軍の召集に応じたの。私も自由のために、彼女と一緒に戦おうと思ったくらいです。でも、私には私の戦い方ってもんがあると思うの。今のところそれは、友達のように銃を人に向ける戦いではないのだと思います。私は、私なりに、戦争を終わらせる別の道を追求しているところです。その探求の一つに、あなたにこちらへ帰ってきてもらうことがありました。だってあなたのラジオも言葉も、今こちらでこそ必要なんです。あなたも知っている私の親しい人たちが、みんな孤立して困っているので、なるべく早くしないといけません。国境移動は知り合いが手伝ってくれます。私の思いを理解してくれる人に、この手紙を託しました。私はあなたがこちらへ戻ってくる決断をしてくれることを望んでいます。次の連絡をお待ちしています。M

「こちらはもう少しばかり、娘らしくおしとやかな文面にしたほうがよろしいのでは」

「いや、そのままでいい。おしとやかにしたら、偽文書だと露呈する。ハッキリした物言いでないと本人のようにならん。断固とした文言を、心を込めて不器用に書け」

「は、はい」

山下は首をかしげながら、ペンを握る手に力を込め直した。

「しかし前島曹長殿、滝口女史の交友関係が……これが本当なら、うちでタイピストをやっていただくどころか、とっくに偵諜（ていちょう）の対象者かと思われますが……」

「無論、方便だ。植田は重慶の反戦主義に洗脳されている。ならばこれくらいの思想でもないと仲間からの手紙だと信じてもらうことはならんだろう。この手紙の滝口嬢というのは、あくまで架空の女だ。我が隊のタイピストであるお嬢とは別人と考えてくれ。そもそも文面にいちども実名は出しちゃおらんのだ……。何も騙ってはおらん」

山下は書き終えると、ペンを置いてふと漏らした。

「そういえば実在の滝口嬢は、お嫁にはもう行かれないつもりなんですかね。世のインテリ女の例に漏れず婚期を逃されたのか、それともどなたか思い人でもおられるのか……大学出といっても、ホラ女高師出の……世間の女史のようには高踏なところもないですし。昼飯に大きな餅をうまそうにむしゃむしゃ喰っているところをよく見かけるんですが、あの浅黒い顔もわりと愛嬌がありませんか……」

「山下、貴様は滝口さんに気があるのか？　余計なお節介だぞ！　まるで隣組の大年増のような物言いだ」

言葉を荒らげ憤然とする前島に、山下は不審な顔をした。

「いえ……」

「どう跳ね返ったところで、所詮はお嬢さんだからな。ああ見えて、自分の脆さを必死で隠しているだけだ……」

手紙が出来上がると、山下は前島をなだめるように言った。

「大丈夫だと思います。文面から察するに、この植田という男はほんとに滝口さんに色気がなかった頃のポンユーだったんでしょう」

「何でそんなことが言いきれる」

「何ていうんですかねえ……私なら、そういう間柄の人にはこんな風に書かないなあ……」

山下は、睨むように手紙を見下ろす前島がふっと息を漏らしたのを耳にした。どうやらそれは、堪えきれなかった安堵の笑いだったらしい。前島はめずらしく紅潮した面容で、植田が鞠に宛てた手紙をグシャグシャに握りつぶし、火を点けてしまった。

ところがこれ以降、植田からの連絡は、菫福をもってしても途絶えてしまった。これだけのやり取りをして、植田には、滝口鞠が彼を救い出そうと考えているその本心は伝わったはずである。だがそれに対して沈黙したのである。国家に対する罪の意識と恥の感情とが名状しがたい苦しみとなって、脱出を断念させたのか。

　植田救出にかかる工作のため、前島は董福を料理屋に連れていき、飲み食いさせ、よくお喋りもした。

　董福も民国の国語でお喋りできたが、ふつう、ハノイの華人街では広東語か福建語しか聞こえてこない。たまに上海語も聞こえてくる。前島は広東語をまったく解さなかったので、ハノイに赴任してから覚えはじめたのだ。仏語のほうは、耳で聞く分なら何とか趣意を摑めるようになってきたが、気が乗らないせいか、カタコトで勉強が止まっている。ヨーロッパ人との付き合いも、ヨーロッパ言語もどうも苦手らしい。仕事では通訳を同行させることにしているが、仏憲兵との折衝はとくに憂鬱だった。

　逆に、口から滑らかに飛び出る官話寄りの北京語には、鋭敏な仕事の感覚が伴っている。心の底では、前島は支那文化と支那語を愛していた。ハノイでも自然と足が華人街に向く。

　支那人のように一度にどっさりと何品もの料理を注文する癖も消えてはいない。テーブルには鴨の蒸し焼き、雛鶏の肝臓料理、雉（きじ）料理、鼈（スッポン）のスープと、大皿がどんどん運ばれてくる。酒も何種類もあった。もう三十路近い前島はそれほどの食い気も起こらずに、少しの白酒で赤くなりながら、羽振りのいい支那のあるじのように客人の喰う姿をにこにこと眺めているのが常だ。宴に呼ばれるよりは、人を知り、人をもてなす方が好きだった。

　李白と老酒に酔う一夜が、自らの疚（やま）しく惨虐（ざんぎゃく）な記憶をやわらげてくれる。その心地よさが消えてなくなるまえに、董福から『鞠歌行』という詩を教わった。偽物が蔓延る世の中では賢者の価値が見失われる。前島は少し赤くなりながら、とろとろと耳を潤す古い曲を反芻していた。

玉不自言如桃李　　玉は自ら物言わず　桃李の如し
楚國青蠅何太多　　楚国の青蠅何ぞ太だ多き

価値ある者は桃や李のように主張しない。楚の国には、青蠅のような愚物が何と溢れていることか――。やがて戦乱を迎える春秋時代を描いた詩は、まさに自分たちが生きる悪しき総力戦の時代のための歌でもある。

董福には正体も身分も教えてはいないが、相手が何者であるかは、言わずと分かっていよう。これまでも数々の支那の男たちが王潔青年の敵から友人になったように、董福もまた広東訛りの標準語でこう言った。

「王先生、蔣介石将軍の側近が、あなたを今すぐ上校（大佐）か高官で雇うから、来ないかと仰っています。蔣将軍は若い頃に日本の軍隊を経験しましたから、あなたの気持ちはわかります。先生は優秀なのに、日本ではまだ下士官だ。信じられない。私たちは先生と一緒に働きたいです。あなたの心は私たちと似ています。あなたは中国の書物を愛し、中国で生きてきたでしょう。あなたに英知と学識を与えたのは中国の先人、偉人です。親と国だけは自分で選べません。人生は自分で選択し、生き直すことができます。我々の国と人々は、あなたの人生から奪いません。その代わり、多くが与えられます」

満洲にいた時は、八路（はちろ）の間諜はおろか、赤匪（せきひ）の頭目からもスカウトに遭ったことがある。かつては関東軍の上官も、敵までもが本気でヘッドハンティングに来る前島の能力を知っており、長い間自分たちの手元に置いたまま、支那に駐屯する他の部隊に、彼をそう簡単にくれてはやらなかった。また前島もこれまで、秘密の協力関係を逸脱するリクルートを持ちかけてきた連中は、そのたびに容赦なく息の根を止めてきた。が、今回は違った。

「董福、ありがとうよ。だが重慶に帰るのはおまえだけでいい。それと……」前島は煙草を咥えたまま付け足した。「時代が良くなったら、おまえは軍人なんかやめて役者になったほうが成功しそうだ。本物の役者より顔も声もいい。表情もたくさん持ってる。だから、いつか映画に出てくれないかな。その身を戦で消耗するなよ。戦争の時代に戦って出世することだけが貢献じゃない。おまえはきっと大物になる。おれには分かる」

「王潔、もうお会いできないんですか？」

董福の目には、いかにも純情な、気に入った人間と別れる哀しみが浮かんでいた。こういう人間とも敵としてしかつきあえない、不幸な時代だった。

「おまえはおれには会えない。だが、おまえが映画に出たら、遠くにいてもおれはおまえに会える。いつになるかは知らんが、その日を待ってることにしよう」

前島は、植田と似たような青年の情熱から、敵方での諜報に身を投じた董福を国境の向こう側に逃がした。

植田を連れ戻せるかどうかはまだ分からない。人を信じられなくなった自分自身の心を、植田は恐れているのかもしれない。

23

一九四三年五月　ハノイ

ダラットに旅立つ前日も、鞠の父は自分で部屋の片付けをしたり、大晦日(おおみそか)のように天井まではしごを掛けてランプを磨いたりしていた。お気に入りの盆栽は、サナトリウムまで別送する予定だ。玄関の前に積み重なった行李(こうり)を、オリオンがリヤカーに積み直している。

「鞠」

階段のほうから聞こえてきた父の声に、鞠は後ろを振り返った。

「どうしたの」

「ちょっとこっちへ来なさい」父は木製の小箱を持って、自分の書斎に鞠を呼んだ。

「何これ……リボルバーじゃない。どこで手にいれたのよ？　また何の思いつき？」

「おれがいないあいだ、オリオンに留守を頼むしかないが、女一人だとやはり心配でね。フランス人街ですら、昔のような治安は期待できない。現地人は食糧難で、鬱憤がどんな反乱になって現れるかしれんし、このあいだの一件だってあるんだ。日本軍だからって、碌(ろく)に訓練もしとらんやくざな連中まで根こそぎ徴兵されている今は、誰も彼も信用していいわけじゃない。兵隊なんぞまとまっているように見えても、民間人を守るために送られてきた訳じゃないんだ。これからは、おまえは自分の身を、自分で守らないといけない」

「父さん、やり方知っているの？　こんなもの……いらないわよ」

「知らんから、知っている人間に指南してもらうことになっている」

「誰よ……」

「五時に来てくれることになっている」

「一体誰なの……？」

聞いても、父は教えてくれなかった。

約束の時間ぴったりになって家の玄関に現れたグレーの背広姿の男の前で、鞠は息が止まりそうになった。

「前島さん……」

「今晩は」

客間に通された前島は父への挨拶はそこそこに、出されたお茶も飲まず、愛想笑いすら浮かべず、すぐに依頼された用事にだけ取り掛かろうとした。この奇妙（ビザール）なソワレで、鞠は空気のように存在していなかった。

「これからお父上が転地療養なさるにあたり、お嬢さんが警備もない広いお家でお一人暮らしなさるのですから、ご懸念は察して余りあります」

と、前島は父の方だけに何やら鋭い視線を向けて言った。

「もう他にはこんなことを気軽に頼める知人もいないんだよ。それにおれは、若い頃大学に行ったものだから、兵役を免除、そのせいで銃の扱いはからきしだ」

「お安い御用です。で、得物はこのフランス軍の古道具であると」

前島は椅子から立ち上がると背筋を伸ばし、銀色のシリンダーを開け、実弾が入っていないことを一応確かめていた。それから父にもよく見えるように、テーブルの上でリボルバーを瞬く間に分解し、そしてまた組み立て直しながら、それぞれの部品の名と、その機能をていねいに説明しはじめた。前島の視線はむしろ、絶えず父に注がれていて、鞆はほとんど蚊帳(かや)の外である。

三人は庭に出た。前島は脱いだ上着をベンチに掛けている。それからこなれた手つきで弾を装塡しながら、狙うのは敵の頭だとか、暴発させない扱いだとか、また父の方を向いて、ていねいに説明する素振りをみせた。

「目標は……」前島が呟くと、

「ボーイが買ってきた鶏を使うがいい。どうせ明日絞めさせる予定だった。今日喰うか明日喰うかだ」父は納屋の前で放し飼いにされていた鶏を指さした。

「あたしは使わないわよ、銃なんて。もうやめましょう。鶏もそんな殺され方したら可哀そうよ」

「あの鶏は、今日撃たないんなら、ボーイに手で首を絞めさせて殺すんでしょう」

前島は庭の前でうろうろと歩き回る鶏から離れたところで立ち止まると、

「持ってみてください」と、鞆にリボルバーを手渡す。

金属の重みに、ずしりと手が沈む。

「引き金をちょっとだけ指で触れてみてください。引かないで、触れる程度でいいです」

と言われ、触ってみる。ここも堅くて重く、冷たい。もし引いたら、どんな衝撃が自分に跳ね返ってくるのだろうと恐ろしくなる。

「では目標に向かって腕を伸ばして」

鞆は、緊張と重みとでふらふら揺れる腕をやっとのことで伸ばす。前島は鞆の後ろに立って、代わりに狙いを見定めていた。鶏は同じ所で土をつついている。

「このあたりでいいでしょう。ためしに一度、引いてみましょうか。反動に気をつけて」

鞠の手は止まり、腕が下がった。

「やっぱりできないわ……」

「おいおい、ただの護身用だぞ……」と父は呆れて息をついている。

「じゃあ、私がお手伝いしましょう。現実には、使うことがないよう祈るほかありませんが……」

前島は背後に立ったまま、鞠の手に自分の手を被せるようにしてリボルバーを支えた。引き金に掛かった鞠の指に前島の骨ばった指が重なると、自分の腕でなくなったような、不思議な感覚に陥った。鞠は、いまこの瞬間だけは、周囲にある一切の生命を自分から遠ざけようとする、恐ろしく索漠とした空気がこの男から漂っているのを感じてしまった。鞠は指を引き金から遠ざけていたが、前島はすかさず鞠の手ごと狙いを定め直し、代わりに引き金を絞って、羽をぱたぱたさせながら動き回る鶏を瞬時に撃ち殺した。腹にまで響くような発砲音が庭じゅうに轟き、樹々から鳥が一斉に逃げ去る。

リボルバーの衝撃は前島の腕の方に吸い取られたのか、強い力で押し潰された指が痛かったことを除けば、ほとんど何も感じなかった。一人なら手首がぶれて、余計な惨事が起こったに違いない。そして、これ以上はもう撃たせたくないとばかりに、前島は鞠の手から拳銃を奪った。そんな素振りに、鞠はむしろほっとした。

小さな首をふっ飛ばされ、地面にくたりと血を流して倒れた鶏が、鶏のむくろには見えなかった。驚き、怯えて後ずさりすると、後ろにいた前島にぶつかった。処刑。ふと浮かびあがるおぞましい言葉。前島は納屋の前に置いてあったバケツを摑むと、その中へ、血がどくどくと流れ出る鶏の死骸を無造作に放り込んだ。

「あなたも銃声にはもう慣れましたね。以前なら、これとまったく同じ銃声で気を失っていたはずですが、今は平気だ」

鞆は男を警戒するように見る。撃つ時、前島の顔がどんなだったか鞆には見えていない。彼女の目をじっと見据えて言った男の表情は、凄まじく厳しかった。

「滝口さん。これが野戦だと、人が人をただ殺すだけのために銃を撃つんです。そして、じきに慣れます」

それは、まるで野戦に際して自分自身を説き伏せているかのような言い方だった。


「今日は世話になったね。おれはハノイを発つ前に、大事な宿題を終えた気分だよ」

父から親し気に声を掛けられた前島は、ベンチに掛けた背広を羽織ってから、立ち止まり、無言で頭を下げている。父は彼を家の中に再び招いた。すでに台所でコメを炊き始めていたオリオンは、鶏の血抜きも頼むと言われ、慌てて庭に走っていった。

前島は父の少し後ろから歩き、そして「お嬢さん」とはっきりした声で鞆に呼びかけると、「ご不快な思いをさせてしまったでしょう。申し訳ありません」と弁解するように言った。鳥撃ちについて言っているのではないのを、鞆はその奇妙な詫びから感じ取った。きっと銃を撃った瞬間、鞆には隠しておきたかったはずの彼のある姿が、滲み出てしまったことに対する詫びに違いなかった。そう言った時の前島の声は救いを求めるように柔らかく、優しげだったからだ。

「いいえ」鞆は、いつになったらこの只ならぬソワレが終わってくれるのかと、気がかりでならなかった。

夕食が出来上がるまでのあいだ、男二人は立ったまましばらく沈黙したり、低い声でお喋りしたりしていた。そして父は前島に食卓につくよう言った。

天井の高いダイニングルームに料理が運ばれてくると、父に勧められてから、前島は合掌だけし、箸を取って、おそらく普段のように、背筋を伸ばして黙々と食事を取っていた。長い軍隊生活のせいか、味わっている風などない。というよりは、味を感じているのだろうか？　というような食べ方だった。ブイヨンで煮た魚と海老に、付け合わせの温野菜、あとはトンキン米のご飯と蓮のお茶だけだが、食糧が統制されている今は、大変なご馳走だ。なのに、客が黙っているので、父も口を噤むし、もうこの通夜のような食卓で、鞠は食欲を失いそうだった。

「うちは父一人娘一人の家族なんだ。そんなに黙々とされていちゃ娘の喉に食事も通らんじゃないか。賑やかにやってくれ。いつもなら、おれたち二人きりでもお互いお喋りが終わらんで、時間が足りないくらいなんだ」

前島はただ微笑んだ。お喋りといっても、何も思い浮かばかない様子だったが、「まいったな……」と呟き箸を置いてから、「そうだな、お嬢さんは、李香蘭(りこうらん)という女優をご存じですか？」と、鞠に唐突に質問した。

「ええ。名前を聞いたことくらいは。でもずっと仏印暮らしだから詳しくはないわ。映画をよくご覧になるんですか」

「はい……。私は満洲にいたころ、休みの度に、主には満映が作った映画を見て過ごしていたんです。李香蘭の出る映画と、日本の映画と。でも正直言って、満映の映画は見ていて筋が予想できてしまいますし、つまらないですよ……。おもしろかったのは、パール・バックの『大地』と、コナン・ドイルのラジオドラマでした」

そういえば、前島の日本語からは、出身地方を推測させるどんな訛りも聞こえてはこなかった。といって、東京の人の、軽やかでござっぱりした喋り方ではない。敢えていうなら、官製の日本語とでもいうべき堅い響きだった。そういえば彼の出身はどこなのだろうと興味がわいたが、自分から聞くといかにも関心を抱いていると思われそうだったので、聞かなかった。

「もの静かな暮らしがお好きなんですか……」

「私はそうだと思います。何せ軍隊ですから、自分一人の時間を持つことに憧れていました。もっとも私は営外居住を許されておるんですが、あまり長くなると、こんどはそれも身に堪えます」

「人生にも自己検閲が求められているようだね。今のは、子どもに聞かせても大丈夫な内容だったじゃないか」と父が皮肉を込めて言うと、

「どう繕ったところで私もただの若僧ですよ。一通りの欲もあります」と、前島はくっくっと笑った。

「本当かね？」

父から訝しげに問い返されると、前島は笑いながらも、少しばかり口を噤んでしまった。が、賑やかにやってくれと一度言われたことを気にしているからか、会話が途切れないように、今度は自分から口を開いたのだった。

「お嬢さんにお伺いしたいことがあります」

「何でしょう」鞠は身構えた。

「ハノイにいらっしゃったのは、日本では女のひとが大学へは上がれませんから、こちらで学問をな

さりたかったがためですか？」

鞠は苦笑いして父を一瞥したあと、じっと鞠ばかり眺めている前島をきっと見た。

「違います。あたしには、最初はどんな野心だってなかったの。野心どころか、何にも思い描いていなかったの。だから人並みに、お嫁に行くつもりだったわ。手筈も整っていました」

すると前島の顔が、微かに強張ったように見えた。

「あたしは伯父さんと同じ部署に勤める内務省のお役人に嫁ぐはずだったんです。あたしより六つか七つ年上だったはずだから、もう三十くらいだわ。今頃は偉くなっているかしら。お顔は、眼鏡を掛けていて、しゃんとしていて、あたしには覚えているのが難しいくらい、尋常極まりないという感じ」

そこまで言うと、前島の顔はすっかり渋面になっていた。

「そういや、あの見合いで、おまえは何て言って先方に愛想をつかされたんだっけ？」父はふと、懐かしそうな顔つきになった。

「何て言ったのかしら。裁縫が苦手だとか、何とか……。もう覚えてないわ」

「おまえはなんであんな上玉との縁談をひっくり返すような真似をしたんだ……伯父さんじゃなきゃ、あれほどの縁談は持って来られなかったんだぞ。おまえは当時その意味が分かっていなかったんだ……」と、父も未練がましく文句を言う。

「意味なんて知りっこないわ。意味っていったら、お陰さまで、あたしが思い切りよく仏印に来られただけ。その点では、あの方はあたしの人生において本当にいい機会を与えてくださったんだと、今では感謝してもしたりないくらい。でなけりゃ、あたしは東京でダラダラとタイピストをやりながら、おあとの悪い暮らしを送っていたでしょう」

　父はぼそりと呟く。

「今の暮らしも『おあとが宜しい』とは言えないとおれは思うんだがね……」

　すると、過ぎし日の談義でシニカルに盛り上がっている父子を静かに眺めていた前島が、

「お嬢さんは、男の家柄や条件の良し悪しにかかわらず、あくまで御自身に忠実な男がお望みなのですね……」と、藪から棒に、鞠に念を押すように尋ねてきた。

「そんなこと一言も言っていないわ。あたしは、自分自身に忠実でありたいだけよ。こっちに来て、ようやくそれが手に入ったと思ったら、戦争のせいで台無しになったの。でも、あたしは諦めないわ。今のような時代がいつまでも続くはずないもの。歴史が証明しているじゃないの。だから世の中がちょっと良くなったら、あたしはマルセイユ経由で、また地理学を究めに、多少年を取っていようが、旅行鞄にお気にいりの服とノートだけ詰めたら、リールという街に渡るつもりなんです」

　そのことをはっきりと言い終えた鞠は、心だけはもうマルセイユ港に降り立ったかのように、顔じゅう向日葵になって、にこにこと笑いだした。これを見た前島の顔も、つられて、一緒にほっこりと緩んでいた。

「はて。……己に対してもっぱら忠実であろうとする人が、自分に最も近しい人間にそれを求めないはずがない……」前島は独り言のように呟いている。「私には、その求めは容易いもののように思われます」

　途端に鞠は、女ギャングのように薄目になり、変なことを言い出した前島をきっと見つめた。

「そういえば……お嬢さんは裁縫が苦手とのことですが、我々は一兵卒の頃、内務班で一通りの繕い

物は自分たちでできるよう仕込まれています。私も、簡単なものであれば衣服の修繕ができます。よって私は、将来伴侶を得る機会に恵まれましたら、裁縫を妻に強いることはしないでしょう」と、青年はしっかりした口調で鞠に告げた。

父がプッ！　と吹出したのを見て、鞠も「何よ！」と戸惑い、笑って誤魔化した。

「聞いたか？　今日は、リボルバーの使い方じゃなくて、おまえは縫い物を習えばよかったんだなあ！」

前島は決まり悪そうに俯くと、顔を上げ、無言で〈すみません〉と、赤くなった鞠に目で謝っていた。気まずい裁縫の話題を退けようと、鞠は別の質問を投げかけた。

「あなたこそ。どうして軍人さんになろうと思ったんですか？」

「はい？」

「他の道にはなさらなかったのね」

「ああ……」前島は少し考えると、思い出したように淡々と説明を始めた。父ではなく、鞠の方だけを見て話そうとしていた。

「ほんとは師範学校に行って、英語やら漢文やらを勉強したかったんです。べつに先生になりたかったわけじゃないんですが」

表情は柔らかく、声色も彼らしく落ち着いていた。鞠の目にまっすぐ注ぎ込まれた視線は、喋りながら様子を窺っているようだったが、やがて無防備になり、最後には飾らない声だけが鞠の耳に届いた。

「私の生家は小作でした。地主に会いますと、私たちは家族で頭を地面に擦りつけるようなお辞儀をしていたものです。そのような家柄です」

質問への答えになっているような、いないような話に、父は途端に真剣な顔つきになり、この丸顔の男を射抜くように眺めている。こんな話は、前島の身近にいる男たちや、友人にだって語られたことのない過去だったのではないか。そんなことが自分たちに語られた訳を、鞠は否が応でも想像せざるを得なかった。けれどその話を聞いたあとは、見えなかったものが見えてきたせいか、鞠のこの男に対する不可解な緊張がほどけていた。

24

一九三一－四一年　満洲国

街頭には失業者が溢れかえり、農村が困窮していたあの時代ですら、志願してまで十七で入営する者はほとんどいなかった。そのわりに、二年の期間満了後も下士官の地位を得たい者だけは多く、年上の連中とは思い出したくないほどの競争に揉まれたものだ。

前島は下士だろうが、衣食に困らなかろうが、多少良い給料が貰えようが、もう歩兵には残る気がしなかった。気の荒んだ身内からの暴力よりは、内務班の上官によるビンタのほうがマシだと思えたのは最初だけで、どう品を変えたところで暴力はやはり暴力でしかなく、事前にせよ事後にせよ、またやった方もやられた方も、そこに悪辣な感情が混じらないことはない。軍隊生活では自分で自分の居場所を決められないし、人生で最も力の漲る時期を、こんな不条理な合宿生活にこれ以上費やしてたまるか――。これからは、自分のために生きたかった。

少年時代、村の篤志家の支援で、学費のかかる高等小学校には通わしてもらえた。尋常小学校を出た後の二年間は、田植えも手伝わず学校に通ったので親や兄たちからも罵られ、少ない食餌で、頭に血が廻らないながらも学んだのだ。成績も一番か二番で通し、級長だったから虐められないで済んだが、いつも野良着で薄汚いと陰口を言われているのは嫌でも耳に入る。家では、いつも空腹でいらいらしていて、まだ学校に行っている一番下の弟に平気で手を出す兄たちと、喰う物もないのに借金してまで酒に浸る父からの無意味な罵声と殴打が待っていた。

教科書を家に持ち帰ると、身体の大きい粗暴な兄たちに隠されたり、破かれたりするかもしれない。本や教科書は教室に置きっぱなしにするか、先生に預かってもらうしかないので、習ったことはその日のうちに一発で覚えてしまわなければならなかった。にもかかわらず、高等小学校の勉強は彼には簡単で物足りなかった。中学に行きたいという想いに囚われると、少年は夜眠れなくなったものだ。

だが中学は町の勤め人や、地主の息子たちが通うところだ。先生には師範学校なら官費で学べ、寮に入れてもらえるから食事も出ると言われて目の前がらんらんと輝いて見えたものだが、この道は早々に塞がれてしまった。自分が教員になり仕送りすると説明しても、家族の誰もが理解しない。師範学校の存在くらいは知っている兄などは、勉強のできる弟だけがいい身なりをして官舎に住み、月給取りになって先生として権威を得て帰ってくることが許せないらしく、父に根も葉もない悪いことを吹き込んでこの道を潰してしまった。そうでなくとも高齢の父と、いい年の兄がこさえる酒代、そして積年の借金返済のために、田んぼの仕事のみならず家族の誰かが内職も負わねば、家計はもとよりいのちも続かない。この、いつまでも汚い言葉や酒や暴力としか付き合えない、愚かで貧しい家族から逃れることは許されなかった。

少年には、全力で彼らの無理解に抗(あらが)う勇気も、粗暴な男親や兄に逆らう腕力も、性格的な激しさもなかった。こんなどうしようもない宿命に鬱々とさせられたが、それだけに少年は諦めも早かった。成績の上では首席だった少年をさておき、卒業式の総代に選ばれたのが野良着ではない子どもだったとしても、彼は哀しいとも思わなかった。

豊作のせいで米価が暴落し、凶作より酷い結末を迎えたその年の秋、飢えと借金取りが家をますます荒らした。少年は十六歳になった。兄たちは弟や妹たちのわずかな食餌をも奪い、彼らには変えようのない不運と世の中への恨みを、素直で物静かな弟を殴り、蹴り、そのときどきの感情まかせに口汚く罵ることで発散していた。そうやって自分たちが毎日のように吐く汚い言葉の意味に囚われ、弟固有の性格や素行を捻(ね)じ曲げようとし、自分らの口からついて出た言葉どおり、悪く理解していた。あらゆる問題と生活の苦痛の原因がこの弟にあると自己暗示にかかった兄たちからの虐げと、兄たちの言い分を聞く父からの、身に覚えのない制裁が止むことはない。

ある日、弟は死ぬのも厭(いと)わず兄に反撃し、けがを負わせたのだ。その件の後、少年は家からあっけなく追い出された。一人で泣きながら、草鞋(わらじ)だけで一晩じゅう、真っ白になった屋外を、村の外に向かって彷徨(さまよ)うも、凍え、行きつくべき処を知らない。

結局、世話になった先生の顔が思い浮かび、辿り着いた母校の前で倒れていたところを、この先生に助け起こされたのだ。数日間は先生が匿ってくれ、また無一文で家に戻らねばならなくなると、その前に少年に会いにきたのが老いた髭面(ひげづら)の在郷軍人だった。少年を自分のお屋敷に引き取ると、老退役軍人は教師に告げた。教師はこう返事していた。

「この子はどうも頭がいい。アカや労農党の残党は、こういう子に目をつけるでしょう。我が村からも、三・一五事件の検挙者を出してしまったものですから。二度とあってはならぬことです」
退役軍人の家で働く代わりに本も読ませてもらえるし、食事も与えられる。だが十七歳になったら——つまり来年には現役志願兵となることが条件だと言われた。その家に連れてゆかれると、毎日、朝晩は必ず白米の飯を装った碗に一汁一菜を与えられ、風呂にも入れてもらえる。御一新の前は奉公人が住いしていたという三畳か四畳の板の間に火鉢が置かれ、温まった部屋に敷いた布団の上で眠りにつく。そんな新しい暮らしは少年にとってなかなか現実味を帯びてはこなかった。古武士のように厳しい養父の躾さえなければ、ひょっとしたら極楽だったかもしれない。

町の連隊に入営して半年後、一番年少でもくじけず、すぐに一等兵に上がれたのは養父の訓育のおかげだったか。あるいは、その養父が奉天会戦の英雄だったことも影響していたのかもしれない。軍隊内で目上に好まれる態度が身についていたのが功を奏したのは、間違いない。まだ少年じみた青年は一年後には滞りなく上等兵になり、すぐに、建国されて間もない満洲辺境の守備隊にやられた。

内地を去る前に一度だけ、残り少ない休暇を割いて実家に帰ったのは、親や兄に別れを告げるためではない。一番親しかったすぐ上の姉にもう一度会っておきたかったのだ。このまま頑張れば判任官の下士官になれそうだから、あと一年くらいしたら、姉を「王道楽土」満洲に呼び寄せて、自分の金で喰わせることを伝えるつもりでいた。呪われたこの家から、姉を連れ出したかった。

ところが姉の姿はどこにもない。尋ねると、母親は忌々しそうに、まるで他人を家から追い出したかのごとき素気なさで、あの役立たずの四女は去年のうちに奉公に出したと告げ、十八歳になった青年を絶望の底に叩き落とした。どこの商家かと聞いても教えてはくれない。それで父と兄がこさえた酒の借金だけは返済できたという。

軍服を着、背筋を伸ばし、口を真一文字に結んで正座する末の息子の前で、父も長兄も嫂（あによめ）も、卑屈な笑みを浮かべるだけだった。村長がわざわざ、連隊長から褒められたことを報告しにやってきて、祝儀をいただいたのだという。体格、物腰ともに見違え、落ち着き払う三男を、もう誰も罵ったり殴ったりはしなかった。弟をさんざ苦しめてきた次兄は、去年、逃れようのない二十歳の徴兵検査に合格し、今年から入営すると聞いていた。放縦（ほうじゅう）だが意気地のない次兄は、弟とはろくに目を合わせなかったが、姉の「奉公先」のことだけは、厭らしい声で教えてくれた。

前島は満期で除隊したら、内地に戻り、わずかな貯金と、役場の給仕（きゅうじ）か何かをして生計を立てながら、師範学校を受験するつもりだと周囲には伝えていた。すると、彼を息子のように気に掛けてくれたさる年配の将校から、醇々（じゅんじゅん）と諭され、引き留められたのだ。素直に従ったことが果たしてよかったのかどうか、少年から青年への激しい転換期にあった彼には分かりかねた。師範学校への未練を口にしていると、年配の将校から、報国だ、護国だ、何だのと、最後には怒られたような記憶がある。高等小学校を篤志家の金で出たという引け目もあり、そのことが再び、罪悪感のように胸を覆った。身が萎縮した後には甘言が続いて青年に夢を見させた。これからおまえにも学は与えられるのだと。

満洲に来て最初に迎えた夏に送られた新京の憲兵教習隊には、高等文官や法科大学の先生がやってきた。大日本帝国憲法、刑事訴訟法、陸海軍刑法など、一日じゅう講義漬けの三か月を過ごしたあと、修了試験に通って憲兵を拝命した。丸覚えの勉強ではあったが、何か大事なことが欠けていると彼が疑問を抱いたとおり、憧憬（しょうけい）した学にはほど遠い代物（しろもの）だった。その後待っていたのは、おそらく彼の生涯にわたって、単に満洲に暮らしたという地理的な事実よりももっと深刻な影響を及ぼした支那語研修である。十九歳だった。

歩兵の訓練などとは打ってかわり、軍服姿の男しかいない教室で、語学の出来不出来は残酷なほどはっきり分かれた。語学の成績は、軍隊における一般的な男の序列というものを転倒させる。ロシア語や支那語に特に長けた者は、関東憲兵隊では虎の子扱いを受ける。ここへきて前島の将来は一気に開けたのだった。

しばらく後にハルピン学院（ロシア語教育を行った満洲の旧制専門学校）へ派遣されて、週十八時間もあるロシア語の速習講座も受けたが、気性に合わなかったのか、支那語に比べると、身を立てるほどの武器になるまでは練達しなかった。支那語だけは、通訳の免許を取り、間諜の通信に対応できるまでは勉強しようと、文学、政治経済、実用書から新聞、町の人びとのお喋りに至るまで、膨大な量の文書と書物を毎日読み、聞き取り、書き留めるのを日課としていた。

支那語による凄まじい読書量は、そのまま諜報の足腰を鍛えた。高等小学校しか出ていない彼が通訳の勉強で苦労したのは、支那語よりも日本語の水準を上げることだった。彼が人知れず日本の書物に回帰していることを、同僚の誰も知らなかった。憲兵の同期の中では、通訳翻訳や防諜関係の仕事が半端なく前島に偏るようになっていた。

李白も杜甫も水滸伝も、現代の新聞も、共産党の抗日ビラも、孫逸仙も、そして毛沢東の『持久戦論』といった赤い本も、支那人の大学生のように読んで理解できるようになった。それでもなお前島は、日本の中学で習う「漢文」への未練をどうしても断ち切ることができなくて、士官学校出の年少の少尉から、返り点を打ち和文に書き下す術を習ったことがある。うまい方法だと感心しながらも二度と使うことはなかったが、日本の男としては、嗜みとして覚えておきたかった。

この頃に至ると、日々ラッパの音で起床し、公私ともに団体での動きしかなく、上からは朝昼晩とビンタを張られ、訓練につぐ訓練でじっとしている暇などなかった少年時代の歩兵の日常は、もう記憶の底に沈んでいる。軍人には合っていないのかもしれないという強烈な自覚がいつ芽生えたかは覚えていない。これが今なお尾を引いているのは確かだった。同時に、十七歳から今日までついに軍人としてのみ生きてきた誇りもある。この誇りは、どんな熱した精神をも冷ます諦念に似た心だった。それが単なる意地だと言われても、彼は否定できなかっただろう。

一九三四年に治安維持法にかかって逮捕された元日本共産党員の鹿地（かじ）が、二年後に偽装転向し、剣劇一座の団員に扮（ふん）して上海へ渡ったことは内務・治安関係者にとって重大な事件であった。鹿地というのはペンネームで、東京帝大国文科で近松門左衛門をはじめ江戸文学を研究したのち、プロレタリア文士となった赤色（せきしょく）の学者先生である。

青年時代は、心は江戸を彷徨い、男女の情死や不義密通の物語に夢中だったらしい。ところが廓（くるわ）の女とのロマンスののち、心中をもって人生を棒に振る――と前島が考える――物語からは遠ざかり、鹿地の関心の矛先（ほこさき）は農村――つまり廓の女の故郷であるはずの場所へと向かった。労農党の結成に一役買い、特高の拷問により死んだ小林多喜二らとともに、プロレタリア作家同盟を創ったこの男の名と経歴を、憲兵になりたてだった頃、前島も丸暗記したものだ。まだ二十歳である。

関東軍高官の庇護（ひご）下にある事業者が開く宴会で、内地から売られてきた女たちをぞろりと侍（はべ）らせ、一通りの勲章とモールをつけて派手に遊ぶ将校らの姿が嫌でも目に入る日常の裏で、現実的に江戸の粋（いき）どころではなくなったらしい赤い先生の心境に、彼は軍の犬でありながら内心つよい関心を持った。

その鹿地が、支那事変後は重慶側で反戦同盟を結成し、日本兵捕虜を集め教育に当たっていた。

内務省警保局は、かねてよりマークしていた共産主義者のうち、鹿地をはじめとする国民政府協力者とその指導を受けた反戦同盟による通信への警戒を強めていた。その活動は、国民政府軍機による本土への反戦ビラのばら撒き、支那在住の邦人が投函した郵便に、重慶側による宣伝ビラが同封されて内地に配達されたこと、そして反戦ラジオであった。これに対し日本側は、軍、憲兵および隣組の連絡網を使い、民心の動揺を人海戦術で防ぐしかない。関東憲兵隊に勤めているかぎり、前島が「反戦同盟」対策に直接関わり合うことはなかったが、警保局作成の機密マニュアルにこのような但し書きがついて回覧されるほど、すでに支那派遣軍から多くの捕虜が出ていたのだった。誰も直視したくはないことであろうし、ましてやこの事実に基づいて、「支那事変」の悪い結末を想定しようとする人間など、軍の上層部にかぎって万が一にもいやしない。

だが前島は、若者らしい柔らかい頭で、その裏側で起こっているに違いないことを想像し理解していた。ようするに、自分と同じ年くらいの友軍兵士が今、どこか奥地の集中営（収容所）に入れられている。終わりの見えない戦争に抗するいま一つの戦いに投じられるべく、彼らが再教育を受けているということだった。またこの捕虜と自分の運命とは、紙一重で違っているにすぎない。やがて支那事変が泥沼化すると、反戦同盟による『言葉の弾』の録音を、前島は上官から資料として聞かされていた。こういう言葉に遭遇したら郵便でも学生芝居でも茶館でのお喋りでも、片っ端から取り締まれというのである。印刷された宣伝スローガンもあり、検閲マニュアルとして事前に読まされた。

「大失敗の戦争を起こして国民を苦しめた近衛、板垣、閑院を国民裁判にかけろ」

「戦争はいつ終わるか明示せよ」

「兵隊の給料を五倍に上げよ。八円八十銭とは何ごとか！　勝手な命令をしている将校の給料を下げろ」

「傷病兵の手当も将校と同じにしろ、手当の順番は階級上下によらず、収容順、または重病の者を先にしろ」

「小包、慰問袋、手紙の開封反対！　憲兵は将校行李を検査しろ！」

　スローガンというよりは、同胞による切実な抗議には、前島も本心では頷かざるを得なかった。だが次の文言には少なからず衝撃を受け、のちのちも折に触れて憶(おも)い出すほど、頭に焼きついてしまった。

「憲兵の腰の刀はだてか！　第一線にひっぱり出して戦争させろ！」

　これはまぎれもなく、兵舎では憲兵に小言を言われ、前線では真っ先に酷い目に遭う歩兵あたりからしか出てこない怒りの肉声だった。そして言葉の弾は、次のように締めくくられていた。

「犬死にするな！」


　黒龍江(アムール)、烏蘇里江(ウスリー)と松花江(スンガリー)の河川を使えばソ連のハバロフスクへも簡単に通ずる佳木斯(ジャムス)で、人と物資の往来を監視すること、牡丹江(ぼたんこう)方面へ一日二百キロほどの区間を列車に乗り込んで書類を検め、不正入国者や間諜を検挙し、武器や密輸品を押収すること。郵便検閲もやった。それがこの辺境における前島軍曹の任務である。数日おきには近隣の兵営へ巡察にも出掛ける。丸い顔つきのせいで、軍規違反を見逃してくれと兵はいつも手まで合わせてくるが、陸軍刑法以外には聞く耳を持たぬ前島に、仏の顔は一度目もない。

　遊興に入れあげる性質(たち)ではないから、辺境での暮らしは一向構わない。奉天から左遷された憂さを忘れるためにも、ここでの仕事に没頭すべきなのだ──。そう、奉天にいたからといって、彼の暮らしは今と同じかそれより地味だったではないか。

すなわち前島軍曹は、立派な歓楽街と官庁が建ち並び、日本の猥雑さとその場かぎりの夢想を力技で凝縮したような奉天にいながら、暗い盗聴室に閉じ籠る。人が仕事を終え帰宅し、眠りにつくまでのあいだ、彼は専用のプラグをジャックに挿し込み、じっと耳を澄ませて見ず知らずの人々のお喋りを聴いている。最新のヘッドホンが装備された冷たい椅子は、支那語通話の盗聴のため、彼に用意された特等席だった。軍服さえ着ていなければ、彼は生真面目な電話交換手にしか見えないだろう。日付が変わってから眠りにつき、人が仕事を始める頃に目を覚ます。屋台へゆき、粥か饅頭で簡単に食事を済ませたら、昼すぎに裏口から郵便局へ入って手紙の検閲に取り掛かる。終わると夜は私服に着かえて、奉天市内の小劇場に芝居か歌劇を一本観に行く。女たちが裸になるきわどい見世物の日もあるが、余暇を楽しむためではない。舞台検閲と、観客を監視するためである。観劇後はまた夜中の電話盗聴。そしてコウモリのような一日の終わりには報告書を書く。

そんな、黒の襟章と星の数以外に彼が何者であるかを証明する物がない──ばかりでなく、日々彼を何者でもなくさせる内容空虚な暮らしにも、三百日ものあいだ耐えたではないか。

そう、通信の自由は特権階級にのみ与えられるものだ。一日何十通、時に何百通という他人の通信を検閲する前島ですら、私信には軍事郵便しか使えない。地方（普通）郵便で誰かに物を送ったことなど、十七で入営してからただの一度もなかった。駅の売店で綺麗な柄の便箋が売られているのを目にすると、今はまだいないが、自分の人生で一番大事な人に送ってみたいと、思わず立ち止まってしまう。だが、どんな綺麗な手紙も彼の手になると軍事郵便になり、見知らぬ男に──自分のような検閲係に開けられることが分かっているので、買う気までは起こらない。

郵便検閲で高級軍人の夫人の手紙を開けたがために佳木斯に左遷された自分の、青いご高説になど今では呆れかえるしかない。

「これも国家安泰のためにはやむをえぬお勤め……治安維持のためには誰が誰を優遇するということがあってはなりません。その逆もまたしかりです。罪のない市井の者たちを監視するのであれば高官に対しても同様。高官関係者の一挙手一投足は常に狙われています。彼らの通信こそ、厳重なる検索は免れえません」

夫人側の使者を名乗る将校はそれを聞いて激昂し、前島軍曹を張り倒したのだった。


今朝も、凍結したスンガリーが朝の陽に照り返す。外では毛皮の帽子を被り、分厚い外套で身をくるんで革手袋をし、脚にも革脚絆を巻いていた。子どもの頃は、木綿の野良着一枚の上に蓑を身に巻きつけただけでも厳冬を生き延びていたはずだが、今は立派な防寒具で着ぶくれしてもなお、凍えるように寒かった。それが境遇に対する慣れというものなのだろう。列車の中に入ると、眉毛についていた氷が解け、頬はリンゴのように赤くなる。間諜の摘発といったところで、辺境での日常は偽れないほどに単調で平凡だった。さてもこんなところには、軍権力にぶら下がって恣に暮らす西太后のごとき高級将校夫人や、上層部へのごますりだの己の沽券だのを目下の職務にことごとく優先させる手合いもいない。

軍装でも、前島のまん丸く優しそうな顔を認めるなり、たいていの乗客は、緊張を緩めて身分証を手渡してきた。隣に立ついかにも憲兵風な顔をした部下には後生見せない笑みまで浮かぶ。話しかけてもいないのに向こうからお喋りもしだす。それを前島はにこにこと聞いて、「對呀（トゥイヤー）（そうだね）」などと相槌をうち、おそらくは日本語より口達者になってしまった支那語でお喋りしながら、書類を検めていた。すると驚いて、「ひょっとして先生（だんな）は中国人ですか？」と尋ねる者もいた。

　関東軍の事実上の配下に軍閥くずれをかき集めた満洲国軍があり、日本式の軍官学校で養成した満（中国）人による軍官（将校）や憲兵も存在する。おおざっぱで開放的な笑顔に、堂に入った発音、大仰な身振り手振り――人の雰囲気がどことなく大陸の尺（スケール）に合っていると、このように聞かれることもある。

　前島はたまに、乗客相手に支那人にしか通じない冗談を支那語で飛ばして笑わせ、自らも笑っていることがあった。同僚はこの場で官憲の威厳を等閑（なおざり）にしてまで笑わねばならぬ訳も分からず、その不快なやり取りをいつも苦々しく、時にはこれを蔑むように見守っていた。「手加減しすぎじゃありませんか？」年上の部下がそうぼやくと、前島は一等のコンパートメントの前で、「五族協和（ごぞくきょうわ）を忘れたのか」と、日本人の誰も実践していない官製のハッタリを真顔で言った。部下は、たちの悪い冗談に納得できぬという顔を隠さなかった。

　検査にくる憲兵で、そんな人間じみた顔をする男など他にはいなかった。前任の年のいった上官の影響からか、日夜スパイありきの厳しい顔つきだった部下も、前島のそばでは自然な表情で仕事するようになっていた。

　一日中汽車に乗っては降りを繰り返したところで、単なる帰省者や旅行者、行商人にしか出会わない。一週間後に同じ路線で、同じ乗客と乗り合わせることもある。

誰かが床に吐き捨てたサトウキビの茎や痰、落花生の殻、齧（かじ）り尽くされた茹（ゆ）でトウモロコシの芯や紙くずが散らばる薄暗い三等車を抜け、多少はまともな身なりの人々が座る二等車に入っても、貧しさの臭いは抜きがたく漂っていた。ごった煮のような人々の臭気と息づかいの中を通り抜けてきた後は、一等車の綺麗な空気で窒息しそうになる。政府上層部の人事権をも牛耳る関東軍の高級将校や、日本人官僚、財閥の社員と彼らの家族の排他的な雰囲気に晒されると、いつもある種の嘔吐の感覚にやられそうになる。

憲法すらないこの国で四千三百万の民衆の暮らしを物のように制御する、あの支配者特有の優越感が人間一般に対する厳しさとなって、人としての善良な感情をそぎ落とすのだ、と彼は理解していた。

車内巡検をやっていた期間に、たった一度だけ、手配中のソ連内通者である支那人を逮捕したことがある。スーツケースの下に何丁も隠された新品の拳銃を押収したこともあった。こんな淡々とした捕り物を除けば、氷を張ったスンガリーに沿って曠野をひた走る列車の中で、人の旅券を捲りスーツケースを開けているだけの仕事に、前島の頭は鈍くなり、憂鬱が深まるだけだった。大陸の乾燥した闇が紫苑に染まる朝焼けや、白い草原に燃えさかるような日没に遭遇すると、いったい自分がどこの世に、何のために、そして誰のために生きているのか、ふと分からなくなる。

車窓から灰一色の荒涼とした大地を眺めながら、少年時代の自分に、おまえは大人になったら毎日汽車に乗っているぞと言ってやったら、どれだけ喜ぶだろうなどとよく想像した。謀略の地に敷衍された満鉄の技術は世界最高水準だと言われた。日本軍人である彼が暮らしに困ることはないが、どこか生気を欠いた人々の虚ろな顔つきが目に入らない日はない。満洲国では日本人が支那人への軽蔑を隠すことはなく、対等に付き合おうとする者も稀である。この頃からだろうか、今までにはなかった、あざやかな虚無感に襲われることがたまにあった。

最終列車から降りると、ぐったりして佳木斯駅近くの宿舎に帰り、夢のない眠りに落ちる。混濁したまどろみからようやく目を覚ますと、権威の具体的な徴(しるし)である軍服に着替え、再び職務上従わなければならない振舞いに戻る。燃えるばかりに紅(あか)い広大な雪原が来る日も来る日もまぶたの裏に射影されると、危険に晒す物から自分を守ってくれる羅針盤が狂い、人生の磁場が混沌となる。日中、起きながらに夢を見ているようなその路線で、貧血の娘のようにぐらりと重心を失い、同僚に支えられることが幾度かあった。同僚は言った。「今晩、治しましょう、その気鬱」真剣に言われても、前島は同僚の余計な助言を聞かなかったことにした。

深夜、氷点下十五度の市街地に人気はない。寂寞(せきばく)とした大通りで、同僚はダットサンのタクシーを捕まえ、前島を無理やり乗せた。「おれは晩飯だけ喰ったら先に帰るぞ。酒はほんの少しでいいが、温かい物が喰いたい」裏通りにゆけば、極寒の夜更(ふ)けでも、蒙古(もうこ)人がやっている麺(めん)料理屋があったはずだった。その店で、羊肉と野菜を一緒に煮込んだうどんを頼み、一気に啜(すす)る。食事のあと、同僚は予告どおり前島を茶館に連れてゆこうとした。

一階のテーブルでは、胡弓(こきゅう)の奏でと血の気のない女たちの歌を聞きながら飲食ができ、余計に金を払って二階に上がれば、歌妓(かぎ)は一部屋にかび臭い赤い寝具を敷いて、もののついでに客と寝た。こんな辺境には、哈爾濱(ハルピン)や奉天の歓楽街を賑わすキャバレーやカフェー、楼台のある娼館の類はない。前島は闇の中で叫んだ。「やめろ。単なるビタミン不足だ。明日から肉を減量するか抜かせて野菜を増やし、おからと……飯には雑穀を混ぜてもらうことにする。肝油(かんゆ)ドロップと、……ウコギ（強壮効果のある生薬）でも煎じて飲もう。あとおれに必要なのは休養だ」

鄙(ひな)びた茶館のぼんぼりが、凍(い)てつく闇に赤い光を放っている。

「ビタミン不足なんかじゃないでしょう。……しっかりしてください」この年上の部下とは、普段、軍隊語で喋ることはない。

「やめろと言っとるのが聞こえんのか貴様は！」前島は絶叫し、まるで古参兵が聞き分けのわるい初年兵にお見舞いするような拳固(げんこ)を同僚に喰らわせた。そして氷の上でひっくり返って伸びている同僚を、また慈しむように自分で抱え起こして謝るのだった。毛皮の帽子のおかげで、頭は守られていたことに前島はほっとしていた。

「すまん。おれはそういう場所にゆくと、事後、悪い夢を見る。……年の近い姉が売り飛ばされとるのだ。匪賊相手に武功抜群と褒められれば出世できる。歩兵の頃はそのためだけに何でもやった。一生面倒見てやるつもりで、身請(みう)けのために所詮(しょせん)無駄な貯金もしようとした。だがあとで行方を捜しても見つからんかった。本当に今でも、こんなところまで流れてきていやせんかと……だがおれはもう、姉を探すのはやめたんだ。もう死んだのだ。そういうことにした。いい加減昔のことに引き摺(ず)られとらんで、己が生きることだけ考えたほうが報いになると……」

呟きながら、氷点下の闇のなかで前島は吐くように嗚咽し、リンゴのように赤い頬が涙で凍りついていたのを部下は見た。

前島は日の出前から長靴の踵(かかと)に拍車(はくしゃ)をつけ、大型自動拳銃に、普段は携行しない銃剣を腰に下げ小銃も背負っていた。アラブ種の軍馬に鞍(くら)をつけ腹帯(はらおび)を締めると、暁闇(ぎょうあん)をついて同僚たちと共に出発した。市街地から数十キロ離れて暮らす開拓団が、また匪賊に襲撃されたという。雪解けの頃など、警備が手薄になった季節の変わり目に、わずかな食糧の備蓄やなけなしの家財を狙い襲ってくる匪賊もある。

　零下、耳をぴんと立て興奮する馬は汗ばみ、視界に湯気が立った。道なき原野を襲歩(しゅうほ)で横切り、ぬかるんだ雪原に立つ白樺林のあいだを進んでゆくと、青ざめた友軍の屍(しかばね)がそこかしこに転がり、血が白い大地を染めている。このような事件が起こるたび現場を検めに出掛ける前島の胸が、すぐ醒めた諦念に覆われるのは、この新しい国では正義の種はいっこう芽を出さず、人から生気を奪う不正義だけがしっかりと根を張っていることを、末端で見て理解しつつあったからだった。単に、略奪のためなら誰かれ構わず襲撃を繰り返す匪賊のような武装強盗集団の野蛮さに、慣れたということもあろう。

　政府の宣伝に煽られ、新天地で一攫千金(いっかくせんきん)を夢見ながら、飢えと闘いようやく開拓した村は一夜にして打ち壊され、死に絶えた開拓民の遺体が裸で、血塗れのまま、あちこちに散らばっていた。若い女と子どもはほとんど生け捕りにされたのか、男と老いた女の骸ばかりだった。盗める物はすべて盗まれ、剝(は)がされたあとだった。

　昨日巡察で顔を確かめたばかりの友軍の亡骸(なきがら)を確かめると、最後の巡察くらいは大目に見てやればよかったと、耐えがたい感情に襲われる。あるいは軍人なら本来、毎日が最後と思わねばならぬのかもしれないが、その気も緩むと、要らぬ人情に心が乱れるのである。

　もとより新京の司令部にいる上層部は、今日あったことを、広げた地図に赤丸か何かで印をつけるだけだ。それすらもしていないかもしれない。対ソとか対支とか、国相手の大きな戦略ばかりを考えていることだろう。ある開拓団や守備隊があれやこれやの匪賊にやられようが、心を痛めるのは、関東軍でも現状を知るごく一部の下っ端と、今後も引き続き襲撃に怯える他の開拓民だけであろう。上に報告書が上がれば、この世から跡形もなく消えた兵が、いなくなった分だけ充塡（じゅうてん）されるだけである。
将校はともかくとして、下士官兵まで降りると、その多くが全然豊かとはいえない家の倅（せがれ）であり、とくに貧農出身で出世欲に支えられている者にかぎって、出自の低さを挽回しようとして、職業的に得た権威が人生のすべてにとってかわる愚かさと虚しさを、前島は知っていた。だがその点では中流家庭出身の将校もひとしく愚かだった。一般人には計り知れない機密を知っているだとか、自分が市井の人々とは違っていることが重要になり、己が一般人ではないことに快感を覚えるようになる。そうやって次第に偏執的な権威愛好者になると、一生涯、そこへ寄生して生きるのである。あらゆる一般的なものが軽視され、守るべきものは自分自身を特異にさせる権威か、機密に触れる権限だけになっているのだ。

　前島は自分の心に苔生（こけむ）したやさしさも自覚しており、この性格が災いして、右も左も分からぬうちから、在郷軍人だの、高齢の将校だのといった人々の言うことに素直に折れてきた。あろうことか人の愚かさにまで耳を傾けたこともあった。良心が咎めると自浄作用が働くからか、残忍な行いも平気になった同僚などは、自分の性格が変わったことに気がついてもいない。

　これまでの経歴において志願以外の道を通ったことがない前島は、軍歴の一行目から志願兵であることによって、二十歳の徴兵検査で入隊してきた同期の兵より、上の方で大事にされてきた。しかしよく考えてみれば、節目（ふしめ）節目で、誰かしら力のある人々の助言に対して受動的に振舞った結果がこれなのである。前島は生きれば生きるほど、職業軍人も警察官も自分の性格には合わないと確信した。したがって何年やろうと天職にはなりえず、その内面的な齟齬（そご）と、この道で生きることによって作られてしまう職業的な性格への忌諱（きい）は、日に日に膨らむばかりだった。といって、文化的な家庭に生まれなかったその不運を悔いることは人の道に外れるという自戒が、彼をこの道に踏みとどまらせていただけである。青年時代の始まりに除隊を決断できなかった自分の弱さを後悔したが、もう後戻りできないほど遅かった。

奉天時代にかわいがってくれた分隊長が、何事もなく新京の司令部の内局に栄転した折、前島のことを心配し、休暇を使って佳木斯まではるばる訪ねてきてくれた。

「あの件のことなんだが……奥方のいいなりになる男も男だ。まだ今しばらくは罰せられているフリをしてもらわにゃならんが、いかんせん貴様がそばにおらんとおれは仕事にもならん。必要なのは正気の下士ひとりだ。もし希望の任地があれば、少しは計らってやるが……どうだ。あの時は誰も貴様のことを守れなかった、ほんとにすまんかった、前島」

「滅相もありません」彼は即座にそう言った。

古い馴染みの上官が救いの手を差し伸べてくれたことは頭では理解できるものの、わずか半年の間にすっかり気が落ちている。前島はこの上官のことも、別に心から信用しているわけではない。いまさら自分に急遽お呼びがかかったのは、上官自身が成果を上げ出世したいからで、そのためには下できちんと作業できる部下が要るというだけなのだ。必要なのは勤勉と正義ではなく、懶惰と欺瞞であることを、身をもって知った。

皇尊の軍人である以上、どんなに人の道に悖ると彼個人が思った仕事でも、直属の上官からの命はすなわち勅に等しく、護国のために疑いを持ってはならず、正しい行いであると信じてやらねばならない。このところは逮捕した抗日ゲリラを、傷つけず殺さず、哈爾濱の防疫給水部隊に移送せよとの不可解な命令が下ることが多くなっていた。そこで何をされるのか、前島には予想がついた。悪魔の実験場への移送の日、手錠を掛けられた囚人を貨物車に乗せるほんのわずかの隙に、前島はまだ若いこの囚人の身に何気なく隙を与えた。逃がすためではない。囚人が逃走したという口実が欲しかっただけである。

囚人は間髪を容れず線路を越え、一目散に駆けていく。追いかける部下たちを前島は制止し、囚人を自らの拳銃で撃ち殺してしまった。

「ですが……他にもできる者ならいくらでもおりましょう。自分はこちらでのお勤めに何ら不満はないんです」

唐突に、憲兵大尉は厳しい顔つきになったのを前島は見逃さなかった。

「この頃は、隊内の誰がいつ裏切るかも分からん時代になった」

「……貴様は、どんな甘言にも色仕掛けにも籠絡される懸念はない。近頃は真面目で優秀な将校もどんどん敵に取られている。うまい話を持ち掛けられて、外国政府に取り込まれた者。挙句、寝台の上で素人女に弱音と一緒に軍機を漏らしたことにも気がつかんほどボケておる奴の後始末もある。間諜に機密が渡っても、今度は敵の金庫の中に隠されるからまだマシだ。だが素人女に渡れば軍機は近いうち世間話のタネになるだけじゃ済まん。公然の事実として世界じゅうに知れ渡るのも時間の問題だ。これが、謀略で何とでもなる満洲暮らしの、なれの果てだ。若い尉官だけじゃない。高級軍人もそうだ。正直に言うとな、おれはもう、上も下も信用がならんのだ。まったく、定員の埋め合わせにしかならんコンマ以下の連中も何とかならんもんか……。阿呆者は目が覚め頭も冷めたら、自分がたった一度でドブに捨てた物が多すぎて、愕然となるものだ。女の捨て時に気がついたならまだいい。だが大抵は、後戻りしようとのらくら腰を上げた頃には自分が膾（なます）になっている。ところが貴様がくつろげるほどの大年増（おおどしま）を用意するゆとりまでは、敵にもないらしい」と、上官は怒声になっているのにも気がつかず、鬱憤をぜんぶ吐き出していた。

　前島はこういう場合いつもそうするように、余計なことを言わず微笑むばかりだった。

「おれは貴様を褒（ほ）めている」と、憲兵大尉は真顔で前島に詰め寄った。

　すると前島はやっと口を開き、自分の希望を包み隠さず伝えた。

「北京の近くの分遣隊（ぶんけんたい）か分駐所を希望いたします。あるいは、皆さんとお別れにはなりますが、いっそ北京か上海へ――」

　臨時政権下の北京に行くと、文化や芸術に優れた面白い人間は重慶など奥地に逃れたあとで、日本占領下ではがらんどうだった。反ファシズム戦線は極東のマドリードと呼ばれる武漢へ移っている。ヨーロッパの平和主義者（パシフィスト）、アジアの独立運動家、コミンテルンが雑然と寄り集まり、国際運動の渦が巻いていた。だが支那屋にとって北京は、フランスかぶれにとってのパリに近い。変わる風景、変わらぬ風景がある。

「おい、腑（ふ）抜けたことを言うな……。今は対ソ関係の任務が最重要課題なのに、そんなところへ行ってどうする。貴様はいちおうロシア語も解するはずだろう。なら十分だ」

「ロシア語はできません」と前島は即答した。

「嘘をつけ！　おれは司令部で貴様のロシア語能力の査定をこの目で確かめてきたんだ」

「もう忘れて使い物になりません」

　前島が小声で弁解すると、大尉は声を張り上げた。

「国境の分遣隊なんぞ……ド田舎に行けば、正直いって隊員もボケっとしていて質も劣るから、切磋琢磨することもなくなり、年だけ取るぞ――」

大尉は、前島に希望の任地を聴取しにきたのではなかったのだ。

年を取るというのなら、言われずとも、心はすでに老いるところまで老いてしまった。

その心の老いに怯え、前島は転属となった古北口で、辮髪の古老に未を占ってもらったことがある。

線香が朦々と焚かれた部屋で、前島は易者に王潔と名乗り、生年を告げた。

青い絹の長衫を着た前島はどこからどうみても漢人の青年で、西洋のスーツを着たがる近頃の支那青年より立襟の長衣が似合いだった。

易者は、それ以上何も聞いてこなかった。

「妹が病気で亡くなっているのかな？」

「そうです」前島はぎくりとしながらも、一番聞きたかったことを聞いた。

「私の妻はどんな女でしょう。いつ現れますか」

「妻は現れるから安心しなさい。ただし今すぐではない。じっと我慢して待ちなさい。生涯一度だけ結婚する。その女が一人目で最後だ」

それを聞いただけで、前島は思わずホッと息をついた。

「私の寿命は？」

「長生きする」

「子どもは何人でしょうか」

「生涯で一人。娘がいる」

易者は、前島の顔を見ただけでほとんど何もかも占いを終えてしまった。

子宝が娘一人きりというのは、いくらなんでも何かの間違いじゃないかと思った。内心、子福者になるとか、男の子を授かるとかそういう月並みな答えを期待していたのかもしれない。八人もいる子のせいで生涯貧しく、年中飢えていた親の姿を知っているからか、易者の揺るぎない答えには胸を撫で下ろしたのだ。

自分が三男に生まれ、この世に生まれようが育とうが、石潰し扱いしかされなかった辛さもある。間引きされなかった幸運を嚙みしめる前に、兵力として使い倒されるほかはこれといって生きる意味もない自分には、もともと後世に取らせるべき跡目など特にない。

といって、どんなに少なくてもせめて二人、いや三人くらいは子どもがいて、そのうち一人は男の子をもち、幼少の頃から惣領息子のように大らかに育てて、自分には与えられなかったいい人生を送ってほしいと夢想することがあった。

それにしても娘一人という易者の予言は、これまでも自分があたかもたった一本の道に追いつめられ歩んできたことと同じで、まことしやかに感じられてならない。自分の現世での行いを思えば、この先、人としての幸福を天命によって取り上げられてしまっても受け入れる他ないという、諦念もすでにあった。

しかし一人は生まれるというその娘のことを想像すると、もうしあわせになってくる。満ち足りた気持ちになった前島の丸顔には微笑みが溢れ、未来を想って涙を落とした。

「先生、ありがとうございました」

四〇年夏になり、新京の関東憲兵隊司令部に戻された前島が配属されたのは、特別高等警察課の外事係である。今後は支那語の諜報要員として内局勤務になるとの発令に、彼はほっと安堵した。それまでも支那側に近い辺境で八路軍のゲリラに襲われ、小型拳銃の弾があっという間に切れるほどの格闘を経た彼の体は、軍医に言わせれば死なないほうがおかしい状態に陥っていたのだ。血に塗れた腕で橋の欄干をよじ登り、真夜中の水路に飛び込んでからの記憶が抜け落ちている。いつぞやの占い師の言葉をお守りのように大事に覚えており、娘が一人いるという未来のためにいま死んではならぬという執念が、窮地でも彼を生かしたのかもしれない。しかし恢復したのち彼の心は一段と冷酷になるかわりに、その奥深くでは弱さだけが根を張っていた。

前島は上官からの口利きで、このへんで東京にやってやろうかと打診された。いい話には聞こえた。下層出身の彼にしては悪くない縁談までついていたからだ。東京の大きなデパートの慰問袋売り場に立つ職業婦人だという。目がぱっちりとしていて、小顔で鼻筋が通っているが、輪郭がはっきりしている。近頃の大陸の女優のように華やかな顔つきである。が、彼はこの話を突き返していた。

どこからか前島の見合い話の委細を知り得た同僚は、酒席で真っ赤になりながら、大声で罵ってきた。――下士官兵の自分たちには本物のお嬢は手に入らないが、こうやって、街中で仕込まれたもどき令嬢にならなら手が届くこともある。本物のお嬢より上玉だ。いいか、陸士を出たエリート将校の嫁さんのように、女学校で花嫁修業しかしてない御令嬢はおれたちの手には負えない。嫁本人だけじゃない。親兄弟ひっくるめて、みんな違うご身分だ。

だのに、この李香蘭似の、傾城の美女を断る資格がどこにあるんだ？

同僚が人の見合い話を気にするのは決して親切からではなく、前島が仕事のできる男でも、女運にまでは恵まれないことを確認したいだけなのだ。前島は文句を言った。

「貴様ら、お嬢には様か、せめて、さん、をつけろ。男の殿と同じだ」

たくあんを咀嚼していた前島は飯茶碗（めしぢゃわん）を膳の上に置いた。上座にいる隊長や尉官の将校も酩酊（めいてい）状態で芸者と戯（たわむ）れており、こちらを気にもしていない。そのことを確かめると、前島は酒で喉の詰まりをなおしてから、独り言のようにこう言った。

「しょせんおれたちは、綺麗に盛り付けされた雁（がん）もどきで我慢しろというわけだろう。中身は豆腐かおからだ」

前島は酔ってはいなかった。それからしばらくして、一連の非難に対する反論を思いついた。

「あの娘が似ているのは李香蘭じゃない。重慶スパイの鄭蘋如（ていひんじょ）だ。縁起が悪い」

男たちの淫蕩（いんとう）で脈絡のない夜の哄笑（こうしょう）のなかで、膳の物を米粒一つ残らず平らげてしまった前島は、ひとりだけ、徳利（とっくり）を持って近寄ってきた酌婦に飯のおかわりを頼んでいた。

いつどんな宴席に出ても、芸者も酌婦もみんな、何故か彼に酌をするふりをしてふと疲れたような素顔になり、人様の家の軒下で雨宿りする娘のごとく、彼の物影でほうっとため息をついてしばし一休みする。気が済むと、わざとだらしなく着た着物の乱れた裾を摑んで、意を決したようにまた別の男に酒を注（つ）ぎに戻っていく。宴も尽きると酌婦を抱きに上の部屋に去る同僚たちを横目に、彼はとっとと外套（がいとう）を着て帽子を被りなおし、気分の悪い満腹感とともに階下へ降りていった。

前島は騒々しく無意味なお座敷遊びも、酒盛りも、濃い白粉の匂いも好きではなかったし、自分のそばに来るなり、芸者が心から科（しな）を作るどころか、ただの職業的媚態（びたい）すら演じなくなることにもうんざりしていた。男女の天然自然の摂理に晒されるのに疲れると、いつの日からか、階級にかかわらずいち早く末席を陣取るのが彼の習性になっていた。

思えば、このミス百貨店の件以前にも、同じ仲人(なこうど)が縁談を持ってきたことがあった。この夫人が「顔は十人並みの方ですけれど」と断りつつ見せてくれた写真の相手に、彼は好感を持った。「昔と違って、いまどき職業軍人さんは写真を送れば申し込みが殺到します。下士官の方でも、女学校出のお嬢さんがたくらいにあか抜けていらっしゃって、お裁縫やお料理にも達者な娘さんたちとご結婚された実例をいくつも見てまいりました……」

軍人の縁談に経験豊富な仲人で有名なこの夫人は、前島の顔を見ただけでズバリそう告げた。彼はきまり悪そうに、顔を赤らめてにこにこと慇懃に微笑むだけだった。こうして彼は、娘に伝達する見合い写真を撮りに、晴れの休日、風呂敷(ふろしき)に礼装を包んで、明るく、半ばしあわせな気持ちで写真館へ出掛けたのだった。

あの日はただ素直な気持ちで、カメラマンに言われたとおりの笑みを浮かべ、二通りのポーズで撮った。直立したものと、椅子に腰かけたもの。憲兵なので下士官でも佩刀(はいとう)でき、長靴を履くことも許されているので、ぱっとみたところは将校風にも見えるから役得だと思っていた。満洲在勤者が見合いのために内地までわざわざ行くことなどできないので、相手は写真と、簡単な身上書(しんじょうしょ)だけで嫁ぐかどうかを決める。

前島のほうは相手の身上や容姿にあれやこれやと注文をつけることもなく、官給品を受け取るがごとくの素直さで、この方をお迎えすることに異論はありません、終生お守りいたします、と即、返事してあった。満洲に来てくれる覚悟があるならどんな容姿でもよかったし、生まれ育ちにしたって、自分の身の上を思えば、そこに拘りを持つつもりもなかった。夫が「敵」を意識しない日が一日たりとも無い日常では、妻子が強いられる我慢も尋常ではない。軍隊では階級が命の値段である。本人の人格は問題でなく、階級が下の者ほど安く死に近い。そういう事情も仲人は話してくれただろうか。あとは、娘が荷物を纏めてこちらにやって来るのを待つばかりになった。

ところが、ちょっと前まではそのつもりでいたという娘が、来られないという。音沙汰のない期間を辛抱強く待ってようやく、例の夫人から今回は縁がなかったと伝えられた。理由は教えてくれなかった。きっと、それを言えば激怒されると踏んでの沈黙なのであろう。同じ夫人を通じて結婚した同僚を見ていると、白皙（はくせき）でなくとも、少し引き締まって厳（おごそ）かに見える顔の男は、すぐに伴侶を得ていた。彼との結婚を希望する娘は何人かおり、その中から選択するゆとりまであったと聞いて、愕然とした。

人より昇進が早かった自分の軍歴について十分理解してもらえなかったとしても、同じ軍装、同じ待遇、同じ任地だから、違いは容姿だけである。やはり問題は、自分の、ホカホカとしたおにぎりのような丸顔にあるとしか思えなかった。その顔が、若い女からしたら心もとなく見えるらしいことは、もう一般論として、自分でもよくよく承知している。

爾来（じらい）、嫁をもらうことを一大事に考え、無邪気で甘美な夢想にまで身を委（ゆだ）ねた己の軟弱さと女々しさとに、嫌気がさしてしまったのだ。

前島は実際、丸い見かけにもかかわらず、ふだん頭の中はそれほどホカホカしてもおらず、淡々と冷たいくらいなのである。さりとて見かけは変えようもなく、年とともに醜さだけが増すのであろう夫に、日々の習慣として抱かれることが生理的に受け入れがたい場合、女のほうは心の中で気に入らない容姿の夫を軽蔑しながら抱かれるしかない。そして軽蔑の念と、満たされない気持ちとから生まれた子を育てるふしあわせに、忍従するだけの生涯を送るのであろうか。

このように人生の終盤まで待ち構える多くのことを一通り想像すると、前島はすぐに気分が悪くなった。仕事ではそんなに気弱になることはない。だがその美貌の娘の写真を見た途端、またもや孤独に突き落とされたかのように感じてしまったのだ。前島は上官に、今しばらく独り身でいたいと伝えた。それから例の慰問袋売り場の店員に宛て淡々と詫び状を認めているうちに、気持ちも整頓され落ち着いてきた。

「こんなにしていただいたのに、本当に申し訳ないことをしました」

前島はもう一度仲人を訪れ、頭を垂れた。が、仲人からの返事はあっけなかった。

「何もそんなに深刻にお詫びになることはございませんわ、その娘さんには、じつは別の方からもお話がございましてね、ちょうど入れ違いに、満洲重工にお勤めの、一流大学出のエリート社員の方に嫁ぐこととなりましたの」

「つまり……その方は、やっぱりご自分の持てるものをよくご存じだったんでしょう。このつらいご時世生き延びるには、何を選ぶべきか、どこに行くべきか。いただいた写真の方は、十手先くらいまで冷静に読んでおられた。そういうことですか」

前島の表情はやさしげでも一向変わらず、声は穏便でも、いつもの尋問のように淡々としていた。

すると仲人はむっとしたような顔つきになり、

「いいえとんでもない。そんな女狐みたいな言い方なさらなくたって。女はもっと深いところで勘が働くものでございます。さっきのお相手なら、サラリーマンの肩書のことよりも、あまり厳しい考えをなさる方ではなさそうでしたから。明るくてさっぱりした方だったのですわ。それだけなんです」

と、言った。

それだけではなかろう——と、前島は胸の内で呟いていた。

「せっかく憲兵隊のお偉い方が、東京のお知り合いを通じて、またとない器量のうえ、心根も優しい娘さんを差し押さえておられましたのに。今だからほんとのこと申しますけどね、内地から花嫁を貰うのは、大変なことなんですの。何ならそのへんの開拓団の娘さんなら、満洲暮らしにも慣れていなさるし、すぐに来てもらえますかしらね。前島曹長さんなら、引く手あまたですわよ」と反論するように弁解した。

「まあそうかもしれません」

前島は、普段なら決してつかないため息をついた。おそらくは前島に褒美を取らせようという上官のお節介にくわえ、話を拗(こじ)らせてしまった原因が自分にあることを分かっている彼は、

「開拓団なら、どこにどんな村があるかも私はよく知っているんです。だが開拓団だって、嫁の来手がなくて、少しの安泰を手に入れるにもみんな苦労している。未婚の女が余っているんなら、私は直接訪ねていって、団長にどなたか貰えないかお願いに上がればいいだけなんです」と、静かに答えた。


以前から胸に巣食(すく)っていた虚無感が、霧のようにぼんやりと前島の未来を見えなくさせていた頃、前島は思いもよらなかった仏印への転属を命じられたのだった。すでにサイゴンまで日本軍が進駐している頃である。寝耳に水だったが、すぐに荷造りをはじめ、革行李二つに全財産を纏めた前島は、

「これでよし」と独りごちた。

新京から中国大陸に点々と所在する日本占領地を縦断(じゅうだん)し、途中、上海から見ず知らずの男たちと陸

軍機に乗り合った。そういえば職業軍人といったところで、己の職業人生において得られる知己は、全体のうちごく限られた人間たちでしかない。そのくせ戦線は拡大するばかりで、同じ国の人間というだけで、面識ひとつ無い男たちとその時どき集合させられながら、自分個人には縁もゆかりもない土地に押しかけ、この戦争を東西南北全方位へと続けていくことの奇妙さ、不快さ、そして今後、自分個人の人生がよからぬところに向かって粉々になり散逸させられるのかもしれないという不安が掠めた。

その日は何故か、乗り合った男たちと共有するはずの職業的に似通った事大的な顔つきや、全体ありきの空気に違和感を覚え、悪酔いしそうだった。古い仲間たちと別れた物哀しさもある。同じ兵科とはいえ全員が赤の他人であり、そちらはそちらですでにまとまっているのであろう異動先に馴染めるかどうかは、未知数だ。

出発前には次兄の戦死の報を受けていた。兄弟というよりも、友軍の一兵卒の死を、その他大勢の戦死者とともに平等に悼む気持ちしか起こらなかった。万年一等兵である。この次兄は所属部隊の内務班で、ことあるごとに憲兵となった弟の名を出し、自慢げにその威を借りて上等兵や下士官から虐められないよう、あれこれと吹聴していたらしい。

その甲斐あって、次兄の死は皮肉にも、本籍地に戦死公報が届くより先に、陸軍内部で、弟の前島へ伝えられたというわけだった。あの次兄が生まれ、生きた意味は何だったのかと思う。貧しさが勇気を挫き、草木のように受け身になった兄が、何事かをなそうと意志を持ったことはついぞなかった。いつも目に見えないものに怯え、怒るままに怒り、当座の矮小な欲求を満たすことのほかはおそらく何も具体的には見えていなかった次兄は、自分を守るせめてもの権威を弟に見出して、餓鬼のように死ぬまで必死にそれに縋（すが）っていた。それでも戦闘に駆り出された時、彼を守ってくれるものなど何もなかったのである。子ども時代に次兄に抱いていた怒りも恨みも、今となっては灰となって、胸からさらさらと零（こぼ）れ落ちるだけだった。

プロペラとエンジンの騒音に耳が壊れそうな移動時間を過ごすうち、満洲で暮らした十年余りの歳月が、自分の記憶からたちどころに実体を失ってしまったのが、前島には不思議でならなかった。

25

一九四三年六月　ハノイ

──オーイ、ニホンノキョウダイ、キイテクレ……

鞠は書斎に籠って短波ラジオのダイヤルを注意深く回していた。わずかに聞こえてきた日本語には、波を被（かぶ）ったかのような雑音が絶え間なく入る。このところずっとそうだった。

ラジオの声は時には力強く、時には哀愁漂うバラードさながらに、こちらにまで届こうとして何かと闘っているようだった。

──そうだ、美鳳のお父さんが雲南（うんなん）から帰ってきたんだった。あのこ、と、も、知っているかもしれない……

美鳳の家に米粉と大豆の袋を届けにいったその日、鞠ははじめて、中国から帰ってきたという彼女の父親に会った。今日の目的は食糧を届けることだけではなかった。

「鄭思海（ていしかい）さん、あなたはどうして中国に行かれたのですか？」

鞠の最初の質問に、思海は澱みなく答えた。

「大南国（だいなんこく）の科挙に受かって、官吏をしていたが、中国の軍官学校で学びたくて、国を離れたのです。妻も、子も、親も捨てて。それは、私の次の世代には、独立した祖国で生まれ育つ喜びを知っていてほしかったからです。そのためには、まだ国の豊かさを求める段階ではない。若い頃の私は、たとえ貧しい時代が長く続こうとも、犠牲を伴ったとしても、生まれた時から外国人にへりくだり、奴隷でなければ召使としてしか扱ってもらえず、植民地政府に重い税を収めるためだけに生きねばならないような国を、変えなければと思っていた……」

その先の言葉が見つからないのか、どこからも目を逸らした美鳳の父の前に、重苦しい沈黙の帳（とばり）が下りた。鞠は切り出した。

「鄭さん、たぶん重慶に私の探している日本人捕虜がいるんです。あなたは長く国民政府にいたと伺っています。ウエダ、という日本人の噂を聞かなかったでしょうか」

長い仏印での暮らしで、鞠はベトナム語を聞くだけなら大体理解できる。難しい言葉が出てくると、美鳳がフランス語で助け船を出してくれた。

「重慶で、いや、重慶でなくても、彼は向こう側ではかなりの有名人だった。中国人の間でも、捕虜の間でも。外務省員だった日本人が、自らの名と声で、同胞に向けて反戦ラジオ放送をしていたのですから。そうか、短波ラジオの所持はこちらで禁じられているから、日本人のあなたが聞けるはずもないか……」

「仮に所持していたとしても、日本人による反戦放送は、軍当局から通信妨害にあって聴き取れないでしょう」

鞠は、短波ラジオを持っていることは打ち明けなかった。

「彼は、なんで重慶軍に捕まったのでしょうか？」

「国境調査に出掛けて、誤って中国側に踏み込んだのでしょう。……彼は捕まってすぐ、重慶で軍法会議に掛けられることになっていたんです。香港や上海から、日本外務省が植田を釈放させるため、フランス人記者を仲介人として桂林の広西(こうせい)政府と交渉していたことも知っている。だが実際に彼を救出できる者も、その知らせもなかった。龍州(りゅうしゅう)で行われた最初の尋問のあと、国民政府外交部は、上海のフランス領事館からの照会に対して、軍事間諜だから即刻銃殺刑に処すと返答するのみだった。こうして彼は孤立無援となった」

処刑の日が近づくと、ある日植田が収監されている軍刑務所に別の訊問官がやってきた。植田は仮釈放され、桂林に護送されることになった。それは、「反戦捕虜」政策を進めていた蔣介石による直々の命令だった。国民政府で宣伝活動に従事していた日本人が植田を迎えに来た。カジという名の活動家を通じ、国民政府への協力を要請されたが、植田は最初、その要請を拒絶した。他の捕虜たちと一緒に日本の侵略戦争を批判することに引け目があり、反戦運動に参加するかどうかで迷っていた。

「私は桂林で彼と出会った。彼は独学で中国語を覚えていたが、まだ上手く喋れず、私とは仏語でいろいろなお喋りをした。この聡明な日本の青年と落ち着いて話がしたくなった私は、茶を飲みに彼を誘った。彼は、自分は特別な任務を与えられた重要な人間で、日本の諜報機関に依頼され国境調査に出掛けたのだと、周囲にも私にも、堂々と触れ回っていた。私はしだいに、彼に特務が与えられていたというのは、簡単に見捨てられた自分を守るための虚言だったのでは、と疑うようになった。植田は置かれた状況にたいして、そこに自分がいる何らかの意味を求めてやまない、平凡な若者の一人だったからだ。

『鄭さん。私はこれまで日本人に生まれたことを誇りとし、その幸福を疑ったことはなかった。なのに、インドシナにいる日本人は、平時にはフランス人と同じように民衆を経済的資源として利用しているだけなんです。有色人種の解放と言い、現地人の民族独立を唱える勢力もあるが、結局は、彼らから奪うための建前でしかないとすれば、私には何ができるだろうか？』

私の目には、植田にとって転向の決断はただ事ではなかっただろうと思えてならなかった。彼は外交官だ。これまで日本政府の考え方が彼の思考そのものだった。それを裏切ることなど、彼のような忠実な青年が直ちに出来るとは思えない。私がバオダイ王朝を裏切った時のように。往々にして、外から植えつけられた反戦思想もまた、何かの建前でしかないからだ。しかし彼は自らその意味を考えようとして、苦しんでいた」

思海は少し口を噤んでから、また意を決したように話を続けた。

「植田の首筋には恐ろしい傷跡があった。尋ねると、彼は何でもないと言って、傷を手で撫でながら笑っていた。私はあとで、別の男から傷の訳を聞いたのだ。捕虜になって間もない頃、彼は独房の中で自殺を図った。自分が国のために行ったことが、すべて裏目に出てしまったその償いに、死をあてがおうとしたのだ」

小さな鉄屑で動脈を切ろうと試みた植田は、血の海となった狭い独房の中で青ざめ、息も絶え絶えになりながら、うつ伏せになって気絶していた。だが国民党軍は植田を治療し、生きることをしつこく提案した。反戦教育は間もなく開始された。植田は日本人向け反戦ラジオを放送し、日本語の宣伝雑誌の作成にもあたるようになった。

「彼が祖国から裏切り者と見做(みな)される行動を決意するまでには、相当の時を要したのだろう。以来、祖国が彼を助けにくることも、彼を自国民と見做すことも、すっかりなくなったのだ。彼は、ハノイにいるコンノという日本商人がじつは軍事探偵で、その男の仕業に他ならないと周囲には訴えていた。だから、自分が日本領事館員の植田に間違いなく、印刷物は偽物ではなく、ラジオの声の主もまた彼本人であることを、皆に伝えてほしいと頼んでいた。植田はいつも、『自分は正しい決断をしたので今はしあわせなんです』と、か細い声で繰り返していた。私は彼にこう返事した。『宣伝工作のことではなく、きみは日本に帰りたいんだろう？』すると植田は首を横に振った。絶対にそうではないという風に。何度もだ。すると彼の目には涙がとめどもなく流れ、ついには嗚咽が止まらなくなった」

　街路の雑駁(ざっぱく)な物音が遮られた仄暗い部屋で、美鳳の父は薄明りの下にいる鞠の顔を見た。

「あなたは日本人だ。私は彼の言葉を確かに伝えた。いまは彼を助け出す勇気があり、実際にそれが出来る者など、当の日本人も含め、どこにも、誰もいやしないだろう。だが彼が生きていることを、あなたは同胞として覚えていてはくれないだろうか？」

「当然です。教えてくれてありがとうございました」鞠は礼を言った。

　植田は泣いている。自分のやっていることが、自分の辿り着きたくはない結末しかもたらさないから泣くのだ。裏切られ、利用された良心が泣いているのだ。彼はまぎれもなく俘虜(ふりょ)だ。彼はそれを嘆いている。

　美鳳の父の報告は中国における植田の動静に限られている。それはかつて紺野が調べて知った事実に変わりはなかろう。そう、紺野は植田を探していた。しかし植田の生存を把握しているにもかかわらず、紺野は探すだけだった。あることが、助けるために探すという一方通行のロジックのせいで見えなくなっていた。それこそが、植田が帰れないでいる事情ではなかったか。

26

一九四三年七月　ハノイ

サナトリウムに入れば、これからは食事も運動も何もかも管理される。会社を辞めたとしても、仏印では古参である鞆の父は商工会の役職には据え置きとなった。戦況が戦況だけに、若い社員はみんな軍隊に取られている。年配の邦人といっても埋め合わせる人もないし、内地の本社も支店もどこも人手不足で、商工会の定例会に出席できる日本商店の社員も、日々減る一方だった。

父が南部のダラットに旅立つ前に、鞆は古書店でようやく買い求めた仏語版のトーマス・マンの『魔の山（ラ・モンターニュ・マジック）』を父に手渡した。タイピストとして勤めた給料で買ったプレゼントだったので、たとえ安い買い物だったとしても、これを贈るのは嬉しかった。サナトリウムでは暇が増えるからと、父が本の主人公のハンス・カストルプ気分を味わいたいと呟いていたので、鞆はハノイの書店でマンの本を探しまわった。本に出てくるカストルプ青年は肺結核を患って、スイスのサナトリウムで哲学的省察に身を委ねる。父は、カストルプ青年と同じ暮らしを自分も送るのだと、鞆にジョークを飛ばしていたのだ。

父はもう勤めに出ていて文学青年ではなくなっていたが、書いた小説のせいでナチスドイツを逃れなければならなくなり、アメリカに暮らすドイツ人作家の存在をどこかで知って、いずれ読みたいとは思っていたらしい。

その父が旅立って二か月ほど経った頃、鞠に手紙が届いた。

「……スイスのダヴォスならともかく、こんな地中海の避暑地を模倣したような街では毎日がバカンスです。さすが東洋の〈極西〉と呼ばれるだけはある。総督の別荘もあるようです。父さんもお国のために、そして、わけてもおまえのために、今日まで頑張ってきました。人生の休暇だと思って享楽的に過ごしております。一応、学生時代からの持ち物であるカントとヘーゲルも持参したが、このような楽園気分では一ページも読み進みません。若き日、なぜカントをあんなにも夢中で読もうとしていたのか。二十歳の自分には理解に苦しみます。でもおまえが買ってくれたトーマス・マンだけは、就寝前に少しずつ読んでおります。ありがとう。

それから一つご報告があります。この頃、サナトリウムで出会ったコルシカ出身の未亡人と知り合いになり、一緒に散歩するのが日課です。ヴィクトワールという名のまだ年若い婦人です。こちらでは日々、白麻の三つ揃いで過ごしておりますが、近々、開戦以来御蔵入りになっている水色の背広も送ってもらえないでしょうか？　あと絹の靴下とこげ茶のズボン吊もお願いします。このご時世なのに、私などに心を寄せてくれる女性があるとは、天からの贈り物以外の何物でもありません。先週は医者に許可を得、気分転換にその女ともだちと一緒に街の景勝地をガソリンカーで周遊し、パレスホテルで過ごしてきました。彼女と輝く湖の上でボートに揺られているのも格別です。こういう点については、フランス人は非常に理解があります。で、一人で部屋に閉じ籠っての哲学などやめて、ヴィクトワールと共に今を生きることにしました。やはり人を愛することに残りの人生の一分でも多く費やしたいと思うのです。

おまえも家の戸締りには気をつけるように。夜更けの外出は控え、昼間であっても警戒を怠らず、また危険な目に遭わぬように。オリオンはボーイでしかないから、いざとなれば頼りにはできない。もし、何か急な助けを要することがあれば、おまえの職場の前島曹長は少しは信用してもいい男のようだから、彼に頼ってみるといいかもしれない（だからといって、不用意に親しくならないに越したことはない。あのやさし気な面をその通り受け取らないほうがいいよ。人の心や命が木の葉よりも軽い環境で生きてきた人間に、おまえや、僕の望むやさしさなんて期待できないからね。僕にはあの男の裏がいまいち読み取れない）。くれぐれも体を大事にするように。父より」

手紙を握りしめたまま、鞠は青ざめていた。色気を出したことはいざしらず、本当は容態が悪くなっているのではないか。何でいざという時の話まで書いてあるのか……。

サナトリウムなら、日課が管理されているからこっそり煙草を吸うこともないだろうけれど。今度、休暇を貰えたら、この手紙が出鱈目じゃないのか、ちゃんと新しいコピーヌと元気でやっているか、頼まれた背広一式を包んだら、鞠は自分の目で父の様子を窺いにいこうと思った。

週明けの月曜日、終業時刻が過ぎてから、オフィスを出ようとすると、

「滝口さん」と、よく知ったやさしげな声に引き留められた。

振り返ると、声の主はやはり前島だった。

「ああ……お疲れ様です」

「ちょっと、お話したいことが」と、彼は内庭の棕櫚の下に鞠をいざなった。

「じつは支那に転属になったんです。ですから滝口さんともお別れです」

「支那……？　あたしにそんなこと打ち明けてもよかったんですか？　けど、ビルマじゃないんです

か」

「ビルマか。滝口さんならきっと、今この時期に転属といったらどこらへんに送られるのか、ご自身で推理できてしまうのでしょうね。なんせ物知りでいらっしゃるから……」と、前島は淡々と言い、目を落とした。

「物知りって……何をよ」

「私はもう憲兵ではなくただの歩兵になります。ただの……」

よほどエリート意識があったのだろうか、この男には珍しく、怯えたような声になった。

「歩兵時代に何度か匪賊討伐に出た経験がありますが、それ以降はただの一度も野戦には出ていませんからね。……どうなることやら」

「ビルマならともかく、なんでいまさら支那に遣られるの？」鞠は声を殺した。

「発令ですから仕方ありません。でも、これでよかったと思っています」

それ以上のことを、鞠は尋ねなかった。左遷に遭ったのか、とは聞けなかった。誰かが聞いているかもしれない。

「出発はいつですか？」

「それは……内緒です」と前島はばつが悪そうに笑った。

「そうよね、内緒よね」

「またこちらからご連絡を差し上げてもいいでしょうか？　その、ご挨拶に……」

「ええ……」だが鞠はその連絡をもらうことを少し恐れていた。お断りするかもしれない。すでにそう思っている。

翌々日はフランスの革命記念日だった。タイピストたちに休暇が与えられていた七月十四日の昼すぎ、予告どおり前島から電話があり、鞠はすぐに受話器を取った。

「滝口さん、急で恐縮なんですが……今晩おつきあいいただけないでしょうか」

出発は明日の朝なのだろう。

「今晩？　今晩は無理だわ……」鞠は反射的にそう答えてしまった。

「今生のお名残に。どうせ死ぬ身です」

電話口に沈鬱な声が響くと、自分のことでもないのに悪いような気持ちになる。

「……あんまり夜更けはダメなの」

「私がお家まで送ってさしあげますよ。ならいかがですか？」

「それでもダメなの。約束があるから……」

「では夕方はいかがでしょう」それは、聞いたこともないくらい必死な声だった。

「十七時から一時間ほどなら空いています。それ以外は、もう約束があるの」

鞠も必死で嘘をつく。人情で言いなりになったら、最悪の結末が待っているに決まっている。電話の主の声には、単なる面会の欲求すらも逸脱する生々しい何かが滲み出ていて、こちらまで低く響いてきた。

「分かりました。では十七時に、そうだな……。小湖の畔に料理屋があるでしょう。あすこにしましょう」

「プチ・ラックのタベルン・ロワイヤルで、十七時に集合ね？」と鞠はわざと、低めの無機質な声で聞き返した。

「それでお願いします」


夕暮れのプチ・ラックから少し離れたところで自動車を降り、オリオンと並んで歩いた。

「マリ、どうしてあの人の誘いに乗ったのさ」と、オリオンは不満げに聞く。「あの人はとっくに人間らしい心を失っている。だから、善良だった頃の自分が懐かしくて、心にもないくせに、いつも善良な人間のフリをして本当に善良な心を持った人びとに近寄ろうとするんだ。あんな風にさ。僕には何となく分かるんだ」

「オリオン、あたしもよ。あの人は道を間違えなければ、心から善良な人になれたかもしれないというだけよ。今よりずっと若かった頃、何かに怯えていて、本当に自分が行きたい道に進むだけの勇気がなかったのよ。ねえ、お願い。あんたは、あたしの見えるところにいるのよ。ほんとはお断りしたかったんだけど、死ぬなんて言われたら、行くしかなくなっちゃったのよ……！」

「あの人が可哀そうだから、わざわざ会いにいってあげるということ？」

鞠はその質問には答えられなかった。質問に答えてくれない鞠を横目に、オリオンも黙ってしまった。

レストランの入り口付近に、パナマ帽を被り、グレーの夏の背広をマネキンのように、きちんと三つ揃いで着た男が立っている。帽子を取って日本式に腰を曲げる挨拶をされた時、それと分かった。

「ただの歩兵」になるにあたり、無理に撫でつけていた長髪をすっかり丸刈りにしてしまった前島は、何だかそちらのほうがしっくりきていた。髪があったときよりも若返って見える。恬淡（てんたん）とした顔つきに、達観（たっかん）したような目つきなどは、現地人街で超然と托鉢（たくはつ）する若い僧侶のようだった。出掛ける前に髭をあたってきたのか、夕方なのに鼻の下がつるっとしていた。

「ボーイを連れてきたんですね……」と、ぽつりと不満そうに言う。

「夜だもの」

「帰りは私がお送りします」

「いいえ。うちの自動車で来ました。運転手も待たせてありますから」

「そうですか」前島は悔しそうに息をついた。

テラス席に着くと、ベトナム人のウエイターがやってきて、マダム、お食事ですかカフェですか？と聞いてきた。

鞠がひとまずワインを一杯だけ頼むと、前島も同じものを、と言った。

「滝口さん……遠慮せず、どうぞ何でもお好きなものを頼んでください」

鞠は下がろうとするベトナム人ウエイターを引き留めた。

「ちょっと待って」

「あたしはあとで父と一緒に家で夕食を取らないといけないんです。でも、よかったらこちらで何か召し上がっていってください。メニューもご説明します。お肉かお魚かお野菜か、何がいいですか？ここは蒸魚料理とか、牛肉入りフォー（スープ・トンキノワーズ）とかならダシがあっさりしていておいしいんですけど、お肉料理はあんまり……」

「いいえ、どうぞお気になさらず。でも、お父さんは今、ダラットにおられるはずですよね……」前島は微笑んでいる。

鞠も上目遣い（うわめづか）いに苦笑いした。

最初にお冷（キャラフ・ドー）が来ると、前島はグラスに注いだ水を一気に飲み干した。きつくネクタイを締めた首すじに、汗がつうっと垂れている。

「すみません、今日はお時間をいただいてしまって」

前島は何かを言おうとしていたが、なかなか表情が動かず、お喋りも始まらない。鞠は呆れ、同じように黙ったまま、夕暮れの湖に浮かぶ睡蓮を眺めた。その無意味な沈黙には耐えられそうにない。

「ひょっとして、あたしなんかに会ってないで、内地から出店してる妓楼（ぎろう）にでも行ったほうがよかったんじゃないですか。同僚の方がたの送別会みたいに。それとも遊び放題だからもう飽きたの？　そっちに飽きたんなら、フランス人街のホテルのロビーには、高級娼婦もうろうろしてますけど……」

と、鞠は言い放った。

「お嬢さんにまでそんなこと言わせてしまって恐縮ですが、私は少なくとも……その例には当てはまりませんので、ご心配は一切いりません」前島は、表情も声調もあまり変えないで、やや抗議するようにはっきり言った。「私に必要なのは、見知らぬ女相手に当座の欲望を満たすことではなく、大事な人に与えることによって得る生涯的な喜びなんです。さもなければ私はこの先も一人で行くと決めた」

前島はふっと一息ついてから、身じろぎもせず耳を澄ましている鞠に目を遣ると、少し上ずった声でこう言った。

「お父さんに、あなたのことでお話しに上がったのはご存じかもしれませんが……。その、私は生きて帰ってきて、あなたの将来を何とかしますから、心配しないで待っていてくれますか？」

夜更けに彼が家にやってきたのは知っている。あの時父は、あえてろくな返事をせずに帰したのだ。爾来、父はこの男を静観するつもりでいたはずだが、結局は持ちつ持たれつの間柄（あいだがら）になってしまった。

鞠はすかさず言った。

「あたしの将来はあたしのなんだから、自分自身にしか何とかできないわよ……。どこまでいってもあたしなのよ。わざわざ自分から思考停止でもしないかぎり、誰かに自分の将来を何とかしてもらおうなんて横着な考えは起こらないはずよ」

「自分もそう思います。あなたは確かに出好きな性分でいらっしゃる。ですが……」

前島の声はいつになく明瞭だ。鞠はそれを遮って言った。

「ただでさえ戦争に時間を奪われているのよ？　おかげであたしの残り人生には、人を待つだけに費やせる時間なんてもうないのよ……。それに、あたしが何を心配しているというの？」

「自分の目にはあなたはそれほど強い女には見えません」

前島が唐突に断言すると、鞠は息が詰まりそうになった。

「あなただってもっと並みの女みたいに横着になったほうがいい。世の中の屈強な女は、自分に最も力が漲っている時に、最もか弱く振舞い、媚びを売ることができる。自分がやがて衰えることを最初に知っているからだ。そうやって、みんな、自分が生きていくにあたり必要な物、欲しい物を取れるだけ取って、今のうち自分に都合のいい条件を整えているんです。でもあなたは……そんな生き方を続けていたら、いつか本当に、後悔もできないほど折れてしまう」

瞬間、心を滅多打ちにされたような衝撃を覚えた鞠は赤ワインを呷り、息を吐き出すと、叫ぶように言った。

「さっきは死ぬって言ってあたしを呼び出したんじゃない……『今生の別れ』の意味、ちゃんと知っているわよね……？」

「知っています。自分は、そうなるかもしれない、とは言いました。でも必ず帰ってきます」
前島が心のどこかで、鞠が彼に対して心理的に降参しないなら、せめて受動的になる瞬間を巧妙に探っているらしいことは鞠にも分かっていた。彼があくまで自分のやり方を通そうとしていることに気づいていながらも、この男の意思に結局は巻き込まれているらしい自分が、鞠はもう不愉快で仕方なかった。前島はピアストル紙幣と硬貨をこなれぬ手つきで確かめ、ソーサーの上に置いてから立ち上がった。

「滝口さん、ちょっとその辺りを散歩しましょう。やはり店の敷地内だと、ろくにお喋りもできませんから」

もう決定事項であるとでも言いたげな足取りで、前島はレストランのテラスから下りていき、湖畔の遊歩道へ向かって大股(おおまた)で歩きだす。

鞠は向こうで待っているオリオンに合図を送った。鞠と距離が離れてしまったことに気がついた前島は、鞠がやって来るまで、じっと立ち止まって待っている。無言の命令のような一方的な待機に、鞠は心の中で反発した。

プチ・ラックの人気がなくなったところで、前島は鞠の隣にぴったりと張り付くように立っていた。

「滝口さん。紺野という人をご存じですね？」

「何の話ですか」

厳しい顔つきに変わった前島は「立ち止まらないでください。そのまま歩き続けて」と、鞠を促した。「紺野永介。今はサイゴンに一人で駐在しているとかいう、南亜洋行の社員です」

「もともと商工会で父と仲が良かった人なんです」

「出発する前に、一つだけあなたに忠告しておきたかったんです」

「何を……？」鞠は呆れたような、低めの声で聞き返す。

「……滝口さんが、紺野と名乗る架空の男と今までどういう風に付き合っていたのかは知りませんが、もうあの男とはいかなる形であれ関わりあわんほうがいいです」

「どういうことですか？」

「あの男が勤めている南亜洋行という会社が何だか、滝口さんはご存じですか？」

「インドシナに取引を特化した、専門商事でしょう……」

「少なくとも私が知るかぎり、東京本社の役員は、フランスとかスイスとか、欧州で駐在経験がある陸軍高官の天下り先として、有名です。私の周囲では、『南亜機関』なんて揶揄（やゆ）する人もいるくらいです」

「紺野さんが陸軍の人だというの？　あの人、役員どころか、まだヒラ社員だったはずよ？」

「ええ。仮にそうだったら、私にとっても身近な人だった可能性があったということですがね。公の肩書なんてどうにでもなりますよ。紺野というのも偽名でしょう。私も聞いたことくらいはあります。ある部隊の参謀に附き、華人や現地人になりすまして扇動や破壊工作を専門にやる、語学堪能な輩（やから）がいるらしい。中には将官級の息子までいるとか。乳母日傘（おんばひがさ）で育った色白の大学出を訓練しておいて、彼らを外国の上流階級に忍び込ませるって噂ですよ。だからスパイには、鳶（とんび）も、鷹も必要だってことです」

「……やっぱり彼は軍事間諜だったの？」

「なんだ、滝口さんもとっくに勘づいておいでだったのか」

前島は歩くのが早い。わざとそうしているのだろうか。

「以前ご相談した件ですけど、その、植田外務書記生の探索を邪魔していたのは、あの人だったんじゃないかって、疑ってたのよ……」

「私の考えでも、そうです。重慶の目を欺き、情報網を攪乱するため、時間稼ぎのため、植田さんは作戦の囮にされた。敵は、植田さんを尋問している間にも時間を浪費しますからね。最初から計略に入っていたと思います」

「どうして……植田さんは国に仕える人なのよ？ 見捨てられたというの？」

「進駐前夜に、日本の外政機関に逆スパイを潜り込ませたくなかったのか。一旦、重慶の捕虜になった植田さんが次に戻ってくるときには、それ相応のことが起こると覚悟しなければいけない。捜索を中止するよう、上に進言したのも紺野でしょう」

黙り込んだ鞠に、前島は切り捨てるように言った。

「ああいう男に誠実さを求めたって無駄です。紺野のやろうとしていることは、満洲建国と同じ筋立てだ。瀕死の玉座を担ぎだし、独立運動を煽り、そこへ便乗する。……この手の筋の奸智によって作られた国の維持など……私はもう疲れたし、言いたくもないくらいだ。謀略も博打も諜報も、そのどれもが同じくらい碌でもないことだ。軍人である以上、私は個人の意思にかかわらず、上の指示には従わねばなりませんが」

「近い将来、フランス革命と逆のことを、日本はやろうとしているわけね……紺野氏も」

「王や皇帝を担ぎ出すなら、そういうことになりますね。だが、仏印には同時に越盟がいる。このパルチザンは、人民による独立国家を目指しているでしょう。二千五百万の現地人だって、民族も文化も、目下支配者に対する考え方も、バラバラだ。それを束ねられるのは、他国の力添えなしには返り咲くこともできないほど衰弱した玉座では、決してないはずです」

「日本がバオダイ朝やクメールの王政復古を謀ったところで、じき内戦は避けられないということね……。フランスも植民地の領土を失いたくないから、黙ってはいない……。それだけで済むかしら。ひとたび戦争が起これば、もっといろんな国が、いろんな都合で介入してくる……」

「いずれにせよ、紺野の賭博に、あなたがた親子が巻き込まれる必要はないはずです。滝口さん、架空の男と一緒になったって、しあわせにはなれません」

前島ははっきり言うことはしなかったが、鞆は彼がそういう結末を見ているのだと理解した。

「あたしは紺野氏とは何の関係もないわ……」

「くれぐれもそう願います」

前島はふと、鞆の後ろからついてくるオリオンに視線を投げた。

「あのボーイは、たしかタイ人でしたね。日本語を解しますか?」

「コンニチワとアリガトウしか知らないわ」

「本当にそうなんでしょうか。大概、ホテルや外国人宅で働いているボーイは残らず、総督府でなければ、英米か、支那か、ベトミンか、その他諸々の……挙げたらキリがないですが、内通者だと見なければいけませんからね」

「オリオンはそうじゃないわ……進駐よりだいぶ前から父に雇われているもの。それに、シャム人じゃない。日本の友好国民よ」

「なるほど、そうですね。まあ、どっちにしたって、私はもう野戦に出されるだけの、ただの歩兵ですから、そんなことといちいち気にする必要もないんですが」

「もう投げ槍なの？」呟くように鞠は聞く。

「投げ槍ではなく、捨て駒です」

そう言うなり、前島はようやく歩みを緩め、立ち止まって鞠に向かい合った。

「滝口さん。残念ですが、植田さんのこともそうだ。もう忘れたほうがいい」

鞠は睨むように前島を見た。

「あなたからこの一件について相談を受けた時、私も、敵に捕らわれた日本人を、せめてこちら側に連れてはこられないかと真剣に考えてみました。ですがやっぱり難しい。私の考えはこうです。仮に今無理に帰国が叶ったとして、どうなる？　日本側で捜査対象になりながら、敵に寝返った奴だと後ろ指をさされ息を詰めて暮らすのと、敵側で客人待遇を受け、将校として生きる今一つの道と、どっちがマシだろうか。きっと、どっちも地獄に違いないですよ。敵情を探りに、あの男も一時は覚悟を決めたはずだが、国民党の捕虜になって、何とか生き延びている。私もこの十三年というもの憲兵一筋で、満洲であったことも支那事変も、その始まりから自分の目で、残らず見てきた。この間、いったい何人首相が替わり、自分の上官が入れ替わったかしれないが、人間の悪は、程度の差こそあれ何も変わっていない。私は彼らには見えず、見ようともしないものを、毎日毎日、彼らにかわって十年以上も見てきた。その間に、一番汚れていたのは私自身の手です。私は何を守ってきたというのか。だがもうそろそろ、自分のような者にすら、いったい何故こんな……」

言いかけた時、睡蓮の湖から水鳥が飛び立った。背後の物音に前島は気を取られていたが、鞠のほうに向きなおった時には、もうその先を喋らなかった。鞠も、途切れたお喋りを聞き返したりしなかった。それは、言わない方が身のためかもしれない内容だと、聞こえなくても知っていたからだ。

――私に人生の別の選択肢があれば、軍人には決してなっていなかったんだ。だが目に見えない、抗いようのない力が働いて、私はいつも追いつめられるように、それ以外には無い一つの道をのみ歩んできた。

そういう言葉が、口に出されずとも、鞆の胸にじかに響いてきたのは何故だろう。

鞆は自動車の方へと歩いていった。前島は、弱った鹿のようにトボトボと、今度は鞆の後ろからついてきた。

前島のお喋りは決して短くないし、言葉も多い。でも頭の中では、口には出されなかったたくさんの考えが、まだ渦を巻いて詰まりを起こしているのかもしれないと思う。

鞆の父は、前島のように自分の頭で物を考えられる男が、もし小作の三男なぞに生まれず、もしうちの息子だったら、帝大の法科にまでやって、外国にも遊学させたし、検事だの外交官だのを目指させた。商科大学にやって、商人にして、世界中飛び回らせてもいい。軍人なら士官学校だ――などと独りごちていたものだ。――人生というくじ引きに外れたのはあの男の災難だったな。恐慌が少年時代と重なって、まだ純粋な目で、一体どんな生き地獄を見てきたのかね。今のあの福々しい丸顔からは想像もつかんが、あの時代の小作人なんて、骨と皮になって、破けた野良着で、ふき晒しの家で、虚ろな顔をしていた。もう食う物もないのに借金取りだけは来るからね。うちの会社の工場に雇い入れる娘たちだって、そんなのばかりだった。姉や妹がいたとは聞いていないが、いたら、年季奉公に出られるのはまだましなほうで、身売りもあとを絶たなかった。あの男だって、さしずめ餓死の手前で在郷軍人に拾われたというわけだ。男の身売りだ。その後は満洲で、こんどは蜃気楼のような植民地で、郷里どころか日本ですら味わえない一通りの贅沢も、愉しみも、いかがわしい国策の先兵となることも、謀略もそして悪も知ったら、若い間に心がすっかり老いて、あとは哀しむだけになってしまったんだ……そんな顔つきだ。

あの男はね、自分が得られなかったものを、おまえの中に見て、憧れているだけなんだよ。その憧れが強すぎて、おまえ個人への愛情と取り違えている。この戦時下だから、平時より気が昂っているということもあろう。時が経てば、あの男も、おまえを貰いにこようとしたことすらも、すっかり忘れるよ――。

父がそう言うのを聞いて、鞠は少しほっとしていたのだ。これで本当にお別れかと思うと哀しみすらわいてきて、ふと最後まで知らなかったことを聞いた。

「前島さん、あなたのお名前は何というの？」

すると前島は目を伏せ、恥ずかしそうに笑みを浮かべた。

「そういえばまだご存じなかったですか。キヨシです」

「清らかのきよし？」

「いいえ。いさぎよい方の」

「潔さん」

はじめて名前で呼びかけると、前島の相好（そうごう）が崩れた。

「あたしの名前は知っていますか？」何故か鞠は、目の前の男にそう必死で訊いていた。

「もちろん。鞠さん。『鞠歌行』の鞠。あなたの名だけは、生涯忘れることはない」

「キクカコウって、何ですか……？」

「李白の詩です。玉は自らもの言わず。……いかんぞ今の人。優れたひとは自分で己の価値を語ることができない。今の時代の誰かがその真価を見かけによって理解できずとも、私はあなたの価値を知っている。でも私は、しばらくはあなたのことを他人(ひと)には言いふらさないことにします」

前島は鞠の手を奪うように取り、固く握りしめた。手を放してはくれない。

「鞠さん、私はまたあなたにお会いします。必ず。自分たちは似た者同士です」

鞠は眉をつり上げた。湖の方へ眼を逸らし、無理やり踵を返そうとしたほんのわずかな瞬間に、背を抱き寄せられている。鞠は驚き慄(おのの)いて、反射的に右手でパチッ！　と思い切り男の頬を打っていた。

唐突な抱擁に吸収されなかった衝撃の残りが体に響く。前島は打たれた瞬間、目を皿のように見開いていたが、鞠が赤くなった目できっと自分を見つめているのを認めると、場違いなほど穏やかな顔つきになって、今度は本当に鞠を腕で絡めとってしまった。まるで樫の木にでも無理やり縛りつけられたような、ごつごつとした、不快だが素朴な抱擁に鞠は目を瞬(しばた)いた。寒くもないのに体じゅう波打った。男の息がだんだん荒くなるのが分かる。肩が痛くなるほど抱いてくる。鞠の肌の下から何かをじっと吸い取っているような沈黙に、どうしていいか分からない。女学校時代の鞠は、男の人に抱きしめられたら身ごもると本気で思っていた。少女時代の歪んだ無知が愛おしい。

父の考えとは裏腹に、鞠は思う。この男は人生のくじに当たったのではなかったか。自分の強運を知っている男ではないのか。だから幸運だけでなく、自分の身に降りかかるあらゆる不条理すらも、そのすべてを、人生のどんな破片だって残さず、何か不都合なものを除外したりせず、愛しているのではないのか。鞠はこれまでずっと、運命の裏切りだけでなく、人の愛情の、割り切れないほどに不気味なその包容力に怯えてきた。

今日だって、鞠は夕方になると決まって訪れる気鬱を我慢して来たのだ。泣きたいわけでも、哀しいわけでもない。ただその気鬱のせいで、ちょっと何事かをして疲れた時、あるいは驚いたことに対して神経が過敏になり、反射的にぽたりと涙がこぼれることがある。

「パルドン、ムッシュー？」

駆け寄ってきたのはオリオンだった。菅笠の下で、黒い瞳が前島を睨んでいる。

「もう満足したでしょう。……あたしを放していただけますか？」鞠が眩暈を堪えながら伝えると、

「すみません」と前島は詫び、腕の力を抜いた。

鞠は俯いたまま両手で男の胸を押し出すようにして後ずさりした。胸はまだどくどくと打っている。

「くれぐれもお体を大事になさってください、どんな時でも……」前島は声を張り上げた。

「あなたこそ……」鞠はしばらく目をごしごしと擦ったあと、額を押さえながら前島から離れた。

「今日は疲れすぎてくらくらする。夕方に散歩するもんじゃないわね……」鞠が憚らず不満を伝えると、

「鞠さん、帰ってきたら私と一緒になってもらえますか？」と、男は口走った。

「声が裏返しになっているわ」

眩暈に耐えられず、鞠は咄嗟にオリオンの腕を掴む。激しい動揺のなかで思い出したのは、カンカン帽を被った紺野氏が、カラッと笑っている姿だったのだ。

湖畔の道路に停まるグリーンのフィアットに乗り込む鞠に、前島は最後に一度だけ深々とお辞儀をした。そして直立したまま、無言で見送っている。車の窓がスコールで濡れはじめた。鞠は、もう前島を振り返らなかった。自動車が動きだすと、鞠は紀元節の日を思い出した。大使府で開催された祝賀晩餐会が、鞠が最初にこの男を見た日だった。何の表情も浮かべず、何も喋らず、直立したまま、

ただあの日は敬礼だけして、いつまでもこちらを見送っていた。

自動車が走り出し、ほっと安堵のため息を漏らした時、スコールが窓を打つ音と一緒に、男の呼び声が途切れ途切れに聞こえてきた。一瞬で水溜まりだらけになった道を、男は襲い掛かるような血相で走っている。まるで持てる生命力のすべてを振り絞るかのように、あるいは二度とは失敗の許されない捕り物のように、自動車を追いかけている。男は、のろのろと走る車の後部座席からすぐ見えるところまで、もう追いついていた。

鞠はあっと声を上げ、目を見張った。

「マドモワゼル？」運転手は怪訝そうに鞠に尋ねる。鞠は叫んだ。

「走って、走って！止めちゃだめ。逃げるの。捕まっちゃだめ。今降りたら、本当に何もかも終わりになってしまう。あたしもあの人も、死んじゃうだけ！早く、早く！」

運転手はついに男が追いつけなくなるまで、一気にスピードを上げた。


モンスーンの夜だった。雨が降っていても、寝室の窓は少しだけ開けてあった。濡れたジャスミンの匂いが漂ってくる。でも雨はすぐに止み、湿った重い風に雲が流されていった。暗闇の隙間から差し込む月影が、ベッドの上で横になっている鞠の脚を朧げに照らしている。暑くてたまらないので、あキャラコのシュミーズだけで横になっていた。夕方、あんな風にやにわに抱きしめられたせいで、あの熱波のような体温を身体はまだ生々しく覚えている。物理的に熱かっただけじゃない。肌をぞくりと震わせるような、未確認の恐ろしい甘さが伴っていたのだ。そのせいで体がむずむずし、一晩中眠れなくなってしまった。

あの時もし車を停めて降りていたら、何が起こっただろうと考える。起こるべきこと以外は何も起こらない。たぶん、戦時下の別れなどという非日常の切迫感に悪い意味で後押しされ、火花が散ったようなどうしようもない精神状態のまま、来た道を無理やり引き返していたかもしれない。鞠は自分の身体を大概信用ならなくなっている。

朝がやって来た頃には、これまで脱走兵を捕まえる側にいたはずの前島の心が、すっかり脱走兵のそれになってしまうことも分かり切っていた。逃亡の罪は重く、連れ戻されて銃殺刑に処せられることぐらい鞠も知っている。予期せぬ左遷で、どうにか持ち続けていた気がすっかり折れた脱走兵の心に、鞠の身体が道連れにされることも見えていた。しかも、興奮と衝動とに支配されたおそろしいひと晩のあとは、逃げるべき新天地などもうこの世にはないのに、夜明けとともに本当に逃亡を決意していたかもしれない。

鞠は、追いつけないと諦めて、最後には肩で息をしながら立ち止まった男の顔も覚えていた。それにしても、あの勝ち誇ったような、落ち着いた微笑は一体何だったのだろうか？

その時、前島の飾らない地声までが鞠の内側で響いていたのだ。

——これは別れじゃないぞ。おれは今日あんたに、いましばらく好きなところに根を張って咲いている時間をやっただけだ。すぐに摘みにいくから待っていろよ。

「マリ、もう寝たの？」

ドアの向こうから、オリオンの声が聞こえた。朝晩、父の世話をしなくてよくなったかわりに、オリオンは父から夜警を命じられていた。使い物にならない錆びついた猟銃を抱いたオリオンは、ドアの向こうで膝を立てて、うとうとしながら座っているはずだった。立っているのかもしれない。

「眠れないわ。こっちに来て」

オリオンが廊下に銃を置く音が聞こえた。そっとドアが開き、寝室にひたひたと裸足で入ってきた。

「マリ、あの人と結婚するなら、その時には、僕はマリの前からいなくなるよ」

「なんでそんなこと言うの?」

「ジュ・トゥルーヴ・ク……(思うんだけど……)」

鞠はベッドに横になったまま、オリオンの方に向きを変えた。

「あの人はマリのところに帰ってくると思う。戦争で死なないとすれば、ほかにあの人が死ぬのは、マリがあの人の人生からいなくなってしまった時だ」

鞠は黙っていた。

「マリはもうあの人を愛していると思う。マリがあの人を愛しているかもしれない気持ちに疑い深くなったって、だれもしあわせにはなれない。僕もだ」

それにも何も返事しなかった。

「オリオン、……あんたはあたしの兄(フレール)よ。あんたのことを一番愛しているの。だからあたしから離れるなんて言わないで。ずっと近くにいて。家族じゃない」

「ノン……セ・ノン……(だめだ。それはできない)」

「プルコワ? (どうしてよ)」鞠の目は少し赤くなる。

「僕はこの家ではボーイなんだ。マリとこれ以上近くはなれない。ボーイをやめたら、マリは僕のことをじきに忘れると思う。いまさら僕に媚びたって何にもならない」

鞠は答えなかった。

「ボン・ニュイ（おやすみ）、マドモワゼル」

そっと寝室を後にしたオリオンに背中を向けると、鞠はベッドの上でぎゅっと目を瞑ったまま涙を流していた。

27

一九四三年八月　ハノイ

日が暮れる頃、美鳳から不穏な電報が届いた。フランス語で一言「来てほしい」と。鞠はさっそく身支度をして、美鳳の家に出掛けた。

「どう、近頃は。助手の仕事はうまく行ってるかしら……」

「今はそれだけが生きる希望よ……。こんな時代でも、仕事は生きている気にさせてくれるわ。いいえ、わたしはその時間しか、生きている気がしない」

「どうしたの、そんな哀しい顔して」

美鳳は、薄暗い家屋の奥に鞠を呼んで、目を赤くして打ち明けた。

「家から一歩も出ずにいた父が、出歩きはじめた途端フランスの刑事に連れてゆかれたの。その前日には、街中(まちなか)で父が何者かに暴行されて帰ってきたの。怪我もして……」

あっ、と鞠は声を出しそうになった。

「誰に襲われたの……」

「暗くてよく見えなかったそうだけど、同じベトナム人よ。四人くらいに取り囲まれたのだと。……

ペイがくれた身分証明書を奪われたの……。このところ尾行されていたみたいだけど、こんなことにまでなってしまったわ。私たち家族は、もうこの国には留まってはいられないかもしれない」

茶色く薄汚れたアオババを着た美鳳は、もう涙も流さずに、茫然と告げた。

「やっぱり彼らは最初から狙っていたのよ。どうしたらいいの、わたしたち……」

「落ち着いて……、お願い」

思いがけず前島の顔が浮かぶ。だがもう彼はいない。内地から新しくやって来た後任の曹長は、身持ちも悪く、何か語学が出来るというわけでもなく、事あるごとに大声を上げ、捜査といっても碌なことができないと噂が立っている。

この人は、嫌疑のある者は片っ端から処刑の名で虐殺して己の点数を稼ぐかわりに、きちんと情報を取らず、自国軍が置かれた情況をさらなる混迷に陥れることに一役買っている手合いだった。むしろそれが近頃の憲兵の紋切り型なのかもしれないと思うが、こんな男とその配下には、決して身分証の再発給について相談できそうもない。ただでさえ陰気な職場の雰囲気は一層殺気立ち、タイピストの部屋に書類を取りに現れる眼鏡の上等兵の顔つきも、剣呑(けんのん)になってしまった。

昇進して軍曹になっていた山下はこれまで何かとやさしくしてくれたが、彼もまた恐怖政治が取り柄の曹長に何事か怒鳴られているのを、遠くで耳にすることがある。やはり何も頼めなかった。

美鳳は鞠から一歩後ずさりすると、とつぜん冷淡な顔つきになった。

「マリ、わたし、こないだ独立運動家から誘いを受けたのよ」

鞠は睨むように美鳳を見つめていた。

「あんたは、……どうしたいの？」

「これに加わることが、今の自分が進むべき道なのではないかと思う。どうせ捕まって、家族まで拷問されるなら、独立の理想に敗れた父のかわりに、もう一度わたしが闘いに参加しなければならないと思うのよ！」

鞠は声を振り絞るようにして答えた。

「落ち着いて。動顚した頭で行動にでないほうがいいわ。領土だって、仮に独立派が暴動で奪い返したところで、賢い人間がどこかで生き残ってなきゃ、またすぐよその傀儡にされてしまうだけ。危険に晒されてさえいなければあんたは自己実現できたの。闘いにはいろいろ道があるはずだわ……。周りの動きが騒々しくても、今は逃げて、あんたは孤独に感じてもじっと我慢して自己実現するの」

美鳳は涙を流しながら、じっと耳を傾けていた。

「あたし、ちょっと助け出せないか、動いてみるわ。保証はできないけれど。……ね？　あんたはお母さんと、妹たちと今までどおり、何とか正気で暮らして」

鞠は顔を強張らせたまま、表情すら失っている美鳳の耳元でそう囁いた。


鞠はまだハノイにいるはずのクララに電話を掛けた。

「ちょっと、今晩中に会えないかしら」

「何の用。今から寝ようと思ってたとこなのよ……」

いまどき、電話は盗聴されている。誰に聴かれているか分からない。

「クッキー焼きすぎちゃって食べきれないの。だから今日中に食べに来てちょうだい。今すぐ。焼きたてのうちに来てほしいわ……」

その低い声に、クララは気づいてくれただろうか。少しの間を置いて、返事があった。

「……分かった。すぐ食べにいく」

夜中に家の玄関のチャイムが鳴ると、鞠はクララと二人で自室に閉じ籠り、ドアに鍵を掛けた。

「友達を連合国側に脱出させたいの。今すぐ。あんたは自由フランスなんでしょ……何とか伝手はない？」

「友達って誰」クララはベッドに腰掛けてゴロワーズを吸いながら、さして驚きもせずに鞠を見た。

「美鳳っていうの。ハノイ大学を出たベトナム人よ。お父さんが中国に行って帰ってきちゃったせいで、ホー・チ・ミンの手下だと疑われてドゥクーの警察に連れていかれちゃったの。ほっといたら殺されちゃうわ。クララ、あんたなら、サンガプール（シンガポール）とかシャム湾とかラングーンとか……どっかに隠してあるド・ゴール派の密航船とか知ってるんじゃないの……。自由と博愛、それに……この件で助けてくれたら平等（エガリテ）を実践することになるじゃない……美鳳はアンディジェンだけど、彼女にだって人生に自由が与えられるべきよ」

「そんな危険なルートは知らない。どこもかしこも日本軍が占領済みじゃない。何言ってるの。……でも、そういうことだったら、助けてくれそうな知り合いはいるわ」

「誰？」

「インドシナ・バナナ商会社長のマダム・ジョーンズ。ケベック出身のカナダ人。両親のどちらかがイギリス人で、もう片方はコルシカ人。でも今はフランス人」

「あたし、そのマダム知ってるわ……シャネルの黒いスーツ着てる」

「ちなみに夫のムッシュー・ジョーンズは、下手なフランス語なら一応喋れるけれど、フランス人のフリしてるアメリカ人。北部の別荘に隠れて住んでる」

「夫もバナナ会社手伝ってるの？」

「戦前はテキサス石油会社ハイフォン事務所長だったのよ……オフィスは今閉鎖しているけれど、ちょっと前まで中国の昆明と桂林にいる日系アメリカ人と、日本軍の動静について無電で連絡しあっていた」

「クララ……あたしは日本人よ。そんなことあたしに言ってよかったの？」

クララはゴロワーズの煙を吐き出した。青少年期のほとんどを、本国の植民地政策によって望みもしない方向に歪められてしまったクララは、自己実現のために、いま自由という理念を追うことで埋め合わせようとしている。搾取で成り立つ世界の上層で生きるのは孤独だ。それは植民地主義との闘いによってしか存在の意味を見出せなくなっている美鳳と同じくらい、心に根を張ってしまった苦しみだったのかもしれない。

「マリ。わたしはあんたの性格も、意思も知ってる」

「あたしはあたしを止めることができないのよ、クララ」

「ジョーンズ夫人に相談するなら、前もって連絡しといたげる。でもマリ、今わたしが言ったこと日本側にちょっとでもお喋りしたら、あんたの友達の美鳳とやらは、家族ごと助からない。わたしたちにとってアンディジェンが何人犠牲になろうと大したことじゃない。これが、植民地における現実よ。これは、あんたが何を選択するかという問題でしかないわ」

「クララ……」

日が昇るとクララから電話があり、鞠は着替えてから、絹通（リュ・ド・ラ・ソア）りにあるジョーンズ夫人の『インドシナ・バナナ商会』のオフィスのベルを鳴らした。最近、鞠はまたアオザイを着るようになった。真夜中のように黒い、シックな絹のアオザイだ。未婚の女はふつう黒を着ないけれど、威厳があってもどこか柔らかな東洋の黒で身を飾ってみたかった。応接間に通されると、ジョーンズ夫人はあまり多くを語らなかった。

「あなたの要求はよく分かったわ……。中国帰りのアンディジェンを刑務所から解放し、その家族をどこか安全な国へ亡命させる」

「早くしてほしいんです。早くしないと、鄭さんはスパイ容疑で殺されてしまう。ドゥクーが総督になってから、現地人に対する監視がほんとに厳しいんです。もう拷問されているかもしれない……」

「彼らをカナダにお連れすることはできるわ……ただ亡命後は、農園で働くとか、ボーイになるとか、そういう生き方に甘んじてもらわないといけないけれど。でも、ミス・タキグシ……」

「タキグチです」

「彼らを助けてあげてもいいけど、あなたは私のお手伝いをやってもらわないといけないわ。何事もタダじゃないのよ」

「分かっています」

「あなたは、日本人グループとの付き合いが悪いようだけど、これからはちゃんといろんな会合に参加して、日本軍に関する情報を得て私に報告してほしいの」

「大日本婦人会のことですか？　そんなところへ行っても、雑談しか聞こえないと思いますけど……」

「それでいいのよ。雑談の内容を聞いてきてちょうだい」

俯いてじっと聞いているだけだった鞠は、マダムの方へ眼を上げた。

「もし私が、あなたと、あなたの夫がじつは連合国のスパイだったと誰かに密告したらどうなりますか？」

「その時は、ミス・タキグシ、あなたのお友達のティン・ミーフォンとその家族全員までもが逮捕されます。今は、たとえ一分でも現地人が反政府集会の前で立ち止まれば、懲役十年は下りません。父親のほうは、ご存じのとおり、もはや政治犯としては重罪人です。でも、それでは済まないわよ」

「ミセス」

鞠はジョーンズ夫人をきっと見据えた。

「じゃあこうしましょう。私があなたにご協力したあと、美鳳が本当に助かっていなかったら、私はすぐに密告します。どちらかがどちらかを騙すのではなく、取引は最後までやってください」

「ミス・タキグシ、私は既に、あなたに密告される危険を冒してあなたと取引しているのよ。ご心配には及ばないわ。ただしあなたが、まず私の言う期限までに情報を収集する必要があるの。サービスの提供は、支払いが完了してからよ。サ・マルシュ（それでいい）？」

「サ・マルシュ、ミセス」

鞠はシャネルNo.5の匂いがうっとうしく漂う廊下を抜けると、オフィスのらせん階段を下りて絹通りに出た。雨が降り出したので、路傍でリキシャを拾って乗り込んだ。

家に帰りついてから、鞠はじっと机に座ったまま、何にも手がつかないでいた。ヴェランダはもう真っ暗で、オリオンがランタンを一つだけ灯したところだった。

鞠は机の上で手紙を一通書きはじめた。宛名は紺野永介氏。

――あたしの越南(ベトナム)人の友達が窮地に陥っているんです。鄭美鳳という子のお父さんが刑務所に入れられてしまいました。家族もフランスの刑事に監視されています。今までは前島さんという憲兵の曹長が不逮捕特権状を出してくれていました。でもこの人が支那に行ってしまってから、あたしは誰に相談していいか分かりません。どうしようもないので自分で何とかしているところです。でも、この試みが果たしてうまくいくかどうか、はっきり言って、あたしには確信が持てないんです。あたしは自分に出来ることをやったつもり。紺野さん、あなたはひょっとすると今までサイゴンにいながら越南人やカンボジア人の独立運動に手を貸していたのではありませんか？　もちろんそれは今の日本軍の暗い意図と関連していると思いますけど――

と、ここまで書いたが、鞠は筆を止めてしまった。いくら何でも脈絡が無さすぎる。でもこう書くしかできなかった。紺野氏が軍事間諜なら何とかしてほしい。

鞠は書きかけの便箋をくしゃくしゃに丸め、屑籠に放り込んだが、ふともう一度拾い、便箋を読めないように細かく千切ってから捨てた。

翌朝、屑籠はオリオンによっていつものように空っぽにされていた。

「オリオン、屑籠の中身はどうしたの？」

「落ち葉と一緒に燃やしました」

やっぱり手紙を紺野氏に出さなくてよかったと思う。味方になってくれる保証などどこにもない。間違えれば、ジョーンズ夫妻に協力していることがばれて、鞠自身が憲兵に逮捕されるかもしれないのだ。

鞠はさっそく、南方方面軍高官の愛人だという噂が立つ女流作家に連絡した。まだハノイに住んでいるはずだ。嘱託（しょくたく）の報道班員としての彼女の名刺が抽斗に入っていたのが幸いだった。メトロポールホテルのラウンジに誘うと、女流作家はすぐにやってきた。彼女は鞠に関心があるのではない。商工業の世界では、財閥を含め潤沢なコネのある鞠の父と関係を持っておくことが、今の彼女にとっては大事だと鞠にはよく分かっていた。

簡単な挨拶をしただけで、女流作家は以前とは打って変わって親し気に喋りかけてきた。

「来週、軍用機に乗せてもらって日本に帰ることになったわ。報道班員としての仕事が終わったのよ。でも本当は、もうここにいる意味がなくなっただけ」

「どうしてですか……」

「大事な人とお別れしちゃったのよ」

「そうだったんですか……」

人間関係、日常生活や家計の変化。耳に入ることは何でも。ジョーンズ夫人からは、分析はこちらでするから、どんなに下らないお喋り内容でも、あなたに意味が分からなくても、議事録のようにていねいにまとめてきてと指示されている。家に帰ったら、フランス語に訳してタイプライターで打ち出し、出来上がると、郵便局員の格好をした男の子が回収しに来るのを待つ。その文書はまるでシュルレアリスムの脚本みたいで、まだ意味をなさない台詞（せりふ）の連なりでしかない。でもあたしが裏切って、これに意味のある嘘を書いたらどうなるのだろう？　きっと意味のある情報は端（はな）から疑われるんだろう。玄関先や街角で、毎回違う連絡員（レポ）は挨拶のかわりに合言葉を使った。不思議とこの作業には、誰かへの裏切りであるか貢献であるかにかかわらず、没頭してしまう麻薬性の何かがあると鞠は薄々感じていた。単純な仕事では満足しない脳を、充足させる快感がある。

鞠は、小さい頃から、納屋とか納戸の抽斗をこっそり開けずにはおれない子どもだった。家じゅうの抽斗と襖をあけ、障子を破る。開けちゃいけないと注意されたらなおのこと開けたくなる。毎日仕事から帰ってきた父親のポケットに手を突っ込んで、何か新しい物が入っていないか確かめずにはおれなかった。

ある日、いつまで待っても父が帰宅しない。鞠を寝かしつけようとする女中の手を振り払い、お土産を楽しみに、父が現れるまで玄関で張り込んでいた。酔っ払い、普段と違って何やら獣のような顔つきで帰ってきた父は、いつものようには鞠を抱き上げず、何もお喋りせず、他人のような態度で、洋服を脱ぎ捨てふんどしだけになると、すぐ寝床にもぐり込んでしまった。その晩、お土産がないかわりに父のポケットには綺麗な牡丹柄のマッチ箱が入っており、背広からは濃いお香に汗が混ざり合った、嗅いだこともない生臭さが漂っていた。翌朝、女中は鞠が盗んだ牡丹柄のマッチ箱を取り上げてしまった。箱の裏の紅い文字を、鞠は読めなかった。女中は鞠にそれを持って外に遊びにいってはならないと窘めた。でも父が吉原から持ち帰ってきたマッチ箱を、鞠は女中が台所にいる隙にこっそり探し出し、大きくなっても隠し持っていた。何の意味もないというのに、いつかその文字を自分で読み、父が見せたあの不可解な表情の意味を解読するために。

尋常小学校に上がる直前までは、近所の男の子たちとシロツメクサの咲く土の上で匍匐前進するか、穴掘りばかりしていた。学校の無い日、女の子がおままごとに鞠を誘ってくることも皆無だった。父が本所に借りていた小さな庭つきの家の納屋には、子どもたちの参謀本部が置かれ、伝令役の男の子しか鞠を訪ねてこない。

土を掘り返せばきっと千両箱が出ると信じて一日中庭を掘って大きな穴をあけ、鞠を家の中へ戻そうとする女中にミミズを投げつけたりしていたので、二十五とか六とか、とにかく若かった色白の父からも雷が落ちたものだ。自分の居場所といったら納屋だった。けっして、冷たくなったがらんどうの部屋じゃない。そこには青い目の人形が置いてあった。

戦争ごっこと穴掘りに没頭するまでは、その白いレースのカーテンが掛かった部屋で、変な訛りでしか鞠に話しかけることもできない母と、何事かやっていたかもしれない。幼い鞠が不機嫌になるほどたどたどしくしか絵本が読めない人だった。その部屋は、鞠にとってもう戻りたくない過去だった。家事の心得がなく、父に怒られている場面の記憶ならいくらでもある。母は袖で涙を拭ってばかりいて、鞠はその涙の意味を知らなかった。

女学校に上がると、周りの女の子たちはみんな分別がついて男の子たちに夢中になるかわりに、卒業とともに冒険を失っていった。いや違う、自分で冒険を棄てるか、やがてはみすみす夫に譲るかして、彼らに冒険に連れていってもらう側に回るのが彼女たちの習い性のようだった。結局、鞠が地理学に惹（ひ）かれ没頭したのは何だったのだろうか。冒険を棲家（すみか）にするためだ。

青春は暗黒時代に重なった。戦争企画者たちは国防と歴史は切り離して考えろというし、「敵」の嫌がることをしろという。その結果、沈黙がこれほど悪の栄養になり、今や誰もこの世界大戦の本当の意味を個人では説明できなくなってしまった。時の経過とともに最初の図式は崩れ、夥（おびただ）しい人間の敵愾心と猜疑的な大きな仮想が絡み合って、そうたくさんあるわけではない穏やかな現実を駆逐してしまった。皆が戦いに陥り、その最中に報いを受けているのだ。銃を撃ったら、自分の手がその衝撃から逃れられないと分かってしまったように。でもどんな怒りに駆られても、撃たないでほしいと望んでいる人がいるかぎり、自分はこれを撃つことはないのだ。

夜メトロポールから帰った鞠は、抽斗の中から拳銃を取り出して机の上に置き、ランプの下で冷たく光る銀色の武器を見下ろしていた。

鞠は女流作家が初めてハノイにやってきた日や、ここでどう過ごしたか、そして帰国の日などについてメモを作ったあと、次は慰問袋を作る会合にも顔を出した。夫人たちは怪訝な顔をしつつも、自分たちの傘下に入って大人しく「大日本帝国婦人」になることに決めたらしい鞠を招き入れ、裁縫が下手な鞠には、千人針の代わりに、同じ文言で慰問カードを何百枚と書く用務を申し渡した。皆に煙たがられている鞠が、部屋の隅に置かれた机の上を埋め尽くすほどの慰問カードの下で、女たちのお喋りを記録していたとしても、誰も気がついていなかった。

夜まで作業した手は棒のように凝っていたが、帰宅するなり鞠は女たちの散漫な世間話や愚痴、毀誉褒貶(きよほうへん)の内容を地図の上で整理しなおしてみた。すると輜重や作戦の動きが、点々とではあるが線になって浮き出たので驚いた。お喋りから分かってきた戦力は明らかに違う。慰問カードの数。それはまだ生きている兵隊の数だ。死者と病院船の噂。それに仮定(イポテーズ)を補いながら回帰分析(レグレッシオン)のグラフを作ってみると、戦況は年内にもかなり悲惨になる。そういえば女たちのお喋りはいつも新鮮きわまりないのだ。というよりも、皆が熱病のように、逃げ場のない、巨大な蜷局(とぐろ)を巻いた一つの現在時制に巻き込まれ、磔(はりつけ)にされている。

絹通り(リュ・ド・ラ・ソア)のオフィスを訪ねたその日、ジョーンズ夫人は、まだ完全じゃない図表をじっと眺め、「パ・マル！(結構よ！)」と鞠に告げた。

「ミス・タキグシ。脱獄と渡航とはセットよ。明朝五時に間に合うようにミス・ティンの家族を約束の場所に集合させなさい。そこで彼女たちは、父親と合流する手筈です」

決行がいつになるかは知らされていなかったが、やっぱり直前だったか。鄭思海氏をどうやって刑務所から脱獄させるのか説明はなかった。ジョーンズ夫人が鞠に渡した紙切れには、南にある現地人街の外れ、寺院の裏口の住所が書かれていた。

「ただし、今日から明朝にかけて、別れのためにあなたがその集合場所に現れてはならないの。いかなる面会も禁じておきます。あなたが動いたらばれてしまうわ。さもなければ、これまでの取引は水の泡。しばらくの間、刑事の目を逸らすための準備もしてあるのよ」

「分かりました」

鞠は家に着くなり、ピアストル紙幣と少しのフラン、そして、いつだか美鳳と一緒にアオザイ姿で撮ったセピア色の写真と小さな手紙を新聞紙に包んだ。哀しいけれど、自分は表に出られない。彼女の顔をもう一度見ることもできない。もう一生会えないだろう。最後に美鳳と会ったのはいつだろう。涙がぽろぽろと落ちて机を濡らし、指で涙の雫を拭いながら鞠はオリオンを呼んだ。

でも、カナダに行ったら新しい未来が手に入る。美鳳はフランス語が堪能だからケベックでは生きていけるだろう。バンクーバーには、サンフランシスコのように、大きな東洋人街があると聞いた。きっとこれからの暮らしを助けてくれる人もそこにいるだろう。今は敵性とされているけれど、かつては日本人街もあったらしい。中華街もある。少数すぎて、ベトナム人街なんてないだろう。でも今ここで身の危険を感じながら暮らすよりは、移民の国に渡って、追跡と弾圧の不安から逃れられることの意味は、何よりも大きいはずだ。

アオババを着たオリオンは鞠から新聞紙の包みを受け取ると、菅笠を被り、薄暮のフランス人街を裸足で駆け出し、現地人街に向かった。

28

一九四三年九月　ダラット／ハノイ

頼まれていた父のスーツ一式をモロッコ革のスーツケース（ヴァリーズ）に詰めた鞠は、ガール・ド・ハノイから夜行列車に乗った。満鉄の特急『あじあ』は八十キロで走るというが、こちらは列車の内装が豪華でも速度はひと昔前の技術のままで、三十キロとか四十キロでのんびり走る。まる一日半を車中で過ごしたあと、鞠はファンランでダラット行の汽車に乗り換えた。

到着した日の夜は、パレスホテルのレストランで父と久しぶりに夕食を取った。父の血色は改善している。戦時下であることを感じさせない優雅なバンケットルームにはベートーベンのピアノソナタ第八番第二楽章の生演奏が流れ、着飾ったフランス人たちの談笑が響いていた。物資が統制されているので、ほとんどのメニューに「お問い合わせください」との但し書きがある。すぐに出てくるのは、日持ちするマリネや、ゼリーで固めた料理くらいだった。

「この調子なら、予定より早く退院できそうなんだ……」と、父はぽつりと告げた。

「そうなの。よかったわ」鞠は冷たい鶏のテリーヌにナイフを入れた。

「家で変わったことはなかったかね？」

「ないわ。何もかも平生（へいぜい）どおり」

「おまえ、何かあったんじゃないのか？」

「何が？」

「何かあったって顔に書いてあるぞ」

鞠は黙って皿に目を落としたまま、唇を曲げた。

「あの人ならもう転属になったの。どこに行ったのかも知らないけど」

父は吐息をつくと、何も返事せず、カチャッと冷たい音を立てて銀のナイフを皿の上に置いた。

あまり会話もなく、何だかよそよそしい団らんは過ぎ去った。新しいコピーヌが二人だけの家族に闖入（ちんにゅう）してきたからだろうか。でも彼女のことを尋ねる気にはならなかった。

父をタクシーでサナトリウムまで送ってから、ホテルの部屋でひとり過ごす夜の長さに鞠は耐えられなかった。最近、身辺が騒々しいのに、妙に孤独を感じる。そう感じるのは、きっと人生の目標が見失われかけているから。気弱になって、問題を時代の責任にしたい自分をひた隠しにしているだけだ……。でも本当に、この時代は自分から、一番大事なものを奪おうとしている。皆が何らかの形で、自分の意志による行動を奪われている。だから個々人では今この情況に反発できないほど重く、沈鬱で、高圧的で同調を強いる空気が漂っている。それに従えば従うほど、一度きりしかない生命の砂時計の砂が、不可逆的に、どんどん落ちてゆく。

翌朝も鞠はサナトリウムへ出掛けた。父は朝食を終え、バルコニーでぼうっとしている。

「どう、ダラット暮らしは。行ったことないけど、本家ニースより素敵なとこなんじゃないの。元気ださなきゃ……」

父は黙って笑うばかりだった。頭の中は血も繋がらないコピーヌのことで一杯で、鞠などはもう邪魔な小姑にしか見えないのかもしれない。

二日目になって、ヴィクトワールという名のコピーヌの姿を見かけた。ブルネットの女だが、鞆には見覚えがある気がしてならない。フランス人にはブルネットなんてたくさんいるし、父のコピーヌというだけで気にしすぎなのかもしれないが……。夕方になると、父を散歩に誘いにくる。父の部屋はバルコニーつきで狭くはなく、窓を開ければ、紺碧に輝く湖水が視界に入って開放感がある。

「もうじき先生が診察にいらっしゃるわ。それまでに身支度を……」

「鞆」

「どうしたの?」

「おれは後妻を娶らなくてよかったとつくづく思っている」

鞆は動きを止め、父のほうを薄目で見た。

「やめてそんな辛気臭い話。子どもの頃なんて、あたしのせいで、新しいお母さんの候補が何度も逃げ出して破談になったんだって、よく分かっているんだから。ほんとに悪かったと思ってるわ。だからいいのよ、コピーヌと再婚してハノイの家に連れてきても。そしたらあたしは、仕事だってあるんだもの、またアパルトマンでも探して一人暮らしするわ。恐れていたほどの空襲なんてないんだもの」

「違うんだ」

母は鞆が数え五歳の時亡くなったが、いまその実感はない。冬の日、見知らぬ山深い里に隠されたサナトリウムに、父に手を引かれ見舞いに行った記憶が朧げに残っている。

もう想い起こすのが難しいくらい、灰褐色の病室の光景はつめたい雪景色に埋もれている。季節が巡って景色が流れるたび、親子は汽車に何時間も揺られながらサナトリウムへ出掛けた。命日は震災があった日で、早朝、がらんどうになった病室の窓から見える山肌が、大火災を起こしたかのように色づいていた。正午を過ぎて、父が鞠の手を引きひとまず切符の払い戻しに行くと、いつもは人のまばらな木造駅舎に何故か村人が溢れかえっている。東京が壊滅して上りの汽車がすべて中止になったと聞いた時、親子は、死んだ女のある大きな祈りに護(まも)られたのだと知った。ひと月の間、親子は隔離の山里でじっと過ごした。東京に戻ると、本所区の被害は凄まじく、鞠が育った借家も庭ごと全焼し、燃え残った瓦礫(がれき)がまだ敷地に散らばっていた。

父がダラットに持参し、ベッドサイドに置いてある家族写真に写る女は浅黒い。どうやら薄化粧をし、綺麗な洋服を着ているが、肉付きが悪く妙に素朴な顔つきで、お世辞にも美しくない。眼鏡を掛け、背広をきりりと着た色白の青年には全く似つかわしくない妻に見える。椅子に腰かけたその女は、わざと可笑しな顔をしている二歳の鞠を膝にのせ、嬉しそうに、口を開けて無邪気に笑っていた。

「新しいお母さんがきていたら、きっと別の子どもが生まれてそっちに気を取られていただろう。そうなっていたら、おまえは今のようには育っていなかったと思っている」

「やめてよ。もし何々だったとしたら、なんて話。たしかにうちは大文字の家族じゃなかったかもしれない。でも家族を語るのに接続法(スブジョンクティフ)はいらないわ。この一通り以外ありようがないんだもの。それに、まだこれからがあるじゃない。はやく元気になるのよ」

バルコニーのアームチェアで脚を組んだ父が、無言で笑っている。

「あたしもこれからは、思うがままにやろうと思うの」

夕方の散歩から帰ってきた父は、食堂に向かった。今日は、どこにもヴィクトワールの姿が見えない。彼女の個室にも、見当たらなかった。

鞠は赤いハンドバッグを持って、湖を望む夕暮れのテラスに降りて行った。この時間になると、サナトリウムの入所者はもう中に入っていて、外には人気がない。いつもなら父と夕食を取るらしいが、今日は椰子(やし)がそよぐ庭の奥のほうに、つば広の帽子を被り、薄紫のローブを着たヴィクトワールの姿が見えた。その隣には、スーツ姿の男が立っている。ヨーロッパ人に見えるが、二人の会話はフランス語ではなかった。英語らしい。

まさか……と思って物陰から耳を澄ませる。アルファベットを一つの鍋で煮込んだ、あのミックスジャムのようなドロドロとした音。短波ラジオでよく聞く、アメリカ英語のそれだった。男はヴィクトワールと別れる時、別の名前で呼んでいた。ルーシィとか何とか。

鞠は身を隠したまま、サナトリウムの壁伝いに裏口へと向かった。

——やっぱり父さんは利用されていたんだ。

アメリカ帰りの医師に世話になった時に、こういうことになると覚悟はしていたのだ。実質的な事務は彼がやるわけではないし、この戦時下では他に仏語堪能な適任者も見当たらないということで、父はまだ商工会の役職には留任されたままだ。ハノイ在住の日本の役人たちや商人、日本関係の組織とは相変わらず交流があるし、何かあればサナトリウムの個室に引き込んだ電話が鳴り、電報でやり取りしていた。

どの陣営にいようとも、何かと何かを引き換えに、みんな必死に自分たちの生命と利害を守ろうとしているだけ……。さしたる驚きもなかった。

鞠はリネン係がカーゴから離れた隙に、じゃらじゃらとぶら下がる部屋のスペアキーの中から、ヴィクトワールの部屋番号が刻印された鍵を見つけ、取ってバッグにしまった。ハンドバッグには、普仏戦争後ベルギーで製造されたアンティーク拳銃が入っているので、ずっしりと感じる。でも弾は込めてこなかった。

三階にあるヴィクトワールのバルコニーつきの部屋に、スペアキーで忍び込んだ。机の上は綺麗に整頓されている。シャネルの香水、金のイヤリング、口紅とクリーム。化粧箱の中に、抽斗の鍵が入っていた。今日は持っていくのを忘れたのだろうか？

抽斗を開けると、茶封筒が一通。手書きの文書が何枚か。また英語だ。ジャパニーズ、チェンバー、オブ、コメルス・アンド・インダストリィ、イン、インドチャイナ。…ミスター・コウヘイ・タキグチ。英語の読めない鞠でも、それが諜報資料であることくらいは分かった。フランス語と似た単語の意味しか摑めない。鞠は封書を抽斗に戻し、鍵を掛けた。

廊下からハイヒールの音がしたので、鞠は鍵の掛かったドアの裏側で息を潜めた。女が鍵を開け、入ってくる。

「ミセス」

と、鞠はブルネットの女に呼びかけた。英語は女学校時代に挫折しているので、それ以上英語では喋れない。あとは仏語だ。ヴィクトワールははっと驚いたみたいだった。

「どうしてあなたがここにいるの？　マドモワゼル？」

鞠は外したサングラスをしまうフリをして、深紅のハンドバッグを開けた。手縫いレースのついた手袋をしたまま、銀色のリボルバーをさっと抜き出した。意地悪そうに片眉をつり上げて腕を伸ばし、ヴィクトワールの額に冷たい銃口を当てる。そして、鞠はヴィクトワールをあんた呼ばわり(チュトワイェ)して言った。

「父さん(モン・ペール)からあんたのことで手紙を貰ったときから、何か変だと思ってたのよ。……あんた、ジョーンズ夫人のとこにいた秘書じゃないの。ほんとの名前はルーシィなんでしょ？　ねえ、取引きしよう」

「私のことを誰かに密告しようというのね？」

「あたしの言うこと聞いてくれたら黙っててあげる。でも言うこと聞かなかったら、あんたはジョーンズ夫人ごと、即、日本軍にとっつかまって、拷問される。どうなるかは噂のとおりだから、あたしはいちいち説明しない」

「お望みは何？」

「あたしの父さんの容態を知ってるでしょ？　ハノイのボイム先生が、五年は生かすと言ってくれたけど、……たまに医者の目を盗んで煙草吸ったりしているから、こんなとこで一年も余計に頑張る必要がでてきたのよ」

　鞠は引き金に力を込める素振りを見せた。

「彼を待ち受けているのは不条理劇の結末。コルネイユの悲劇だったらまだマシだったけど、それですらない。でもあんたが現れて、彼は未来を夢見るようになった。やっと元気になってきたのよ。あんたがアメリカ人なら話は早いわ。いい？　あんたは、父さんの前で、最後まで真剣に、完璧な愛人(メック)を演じるのよ。それもハリウッド式の、ハッピーエンドのロマンスじゃなきゃだめ。まるで安っぽいけどしょうがないわ。途中で勝手にこの芝居降りたら、許さないわよ、ミセス。オーケイ？」

　フランス語のルールに引き摺られた鞠は、ハリウッドの語頭からH(アッシュ)の音が抜けてオリウッドと言い、ハッピーエンドもアッピーエンドとしか発音できなかったが、気にせず堂々と言った。

ヴィクトワールは一度だけ、唇を曲げニヤリとほくそ笑んだ。意地悪な女だ。

鞆はリボルバーをバッグに片付けた。

「ボンソワレ（よい夜を）、ミセス、オーヴォワール（さよなら）！」

入口に立つと、ドアの向こうに人の気配がし、その人が急いで立ち去る音と、手で押さえながら咳き込む音がする。ドアを開けて部屋を出た時、廊下にはもう誰もいなかった。


鞆は、四〇年にリールの先生から貰った手紙を今でも大事に持っている。

――航路が復活する時が来たら、いらっしゃい。

ヴィシー政権に交代してからも、この地理学の先生とはまだ文通が続いていたのだ。

だが、さすがに、以前のようには簡単に手紙も届かなくなってしまった。最後のやり取りでは、アメリカ軍が使っているような、最新鋭で高性能の解析機器を使えば、近い将来、昔ながらの地理学者はお払い箱になるだろうと書いてあった。――でも、あなたの数学と人類学に裏打ちされた古典的な地理学の知識は、決して捨ててはならないとも。私たちにとって、夢想は時として有害だ――それによって本当に見るべき物が歪められてしまうからだ。けれど、空想は知を更新するためのエンジンになる。だから、この情勢で、あまりリアリストになり過ぎてもいけない、と。

この孤立したインドシナでは、自分の持てる知識を更新することもできない。鞆は、老いた学者や、定説に安住する教授などになりたいわけではない。新しい所に向かう学生に戻りたい気持ちが、どこにも渡航できない今、鞆を虚しく感じさせていた。

――そうだ、ハノイに戻ったら、リールにいる先生に手紙を書こう。

ダラット滞在最終日の夕暮れ、父の部屋のバルコニーからオペラグラスで確認すると、ヴィクトワールは父とちゃんとデートしていた。以前より仲良さそうに見えるのは偶然だろうか？　湖畔を彩るブーゲンビリヤの並木道を、腕を組んで歩いている。白麻の三つ揃い、パナマ帽の父が、こちらを向いて笑い、合図したような気がした。

ここに来る前に比べて、父がお喋りしながら息切れすることは少なくなっていた。やはり思い切って転地療養してよかったのだ。

ステッキに摑まりながら、父は駅舎のベンチに腰掛けた。もうそろそろ汽車の時間だ。

「前島という、おまえにまとわりつく野暮（ビザール）な男もいなくなったことだし……」

呆れたように、でもどこか寂しげに笑っている。

「良心のある男は、悪が蔓延る世の中では変な奴に見えるものだ。どうせ良心のある人間は、どんな情況でも生き延びるものさ。ひょっとしたらああいう男もおまえには案外合うのかもしれないが、あの仕事は満洲でもこっちでも、人の恨みと無念を背負わないでは務まらんものだ。おまえが他人の厄まで背負う義理なんてない。……おまえには保留になっている道があるんだ。固有なこの道を、まだ自分で潰しちゃいけないいし、誰かに邪魔されるのも許すな。おまえの夢はおれの夢だ。迷わずその道を行ってくれ。約束だ」

鞠は父と、小さい頃のように指切りをして、ダラットからハノイへと発った。

父の家は、一人で暮らすには広すぎる。がらんどうの家が宵の静けさに包まれると、鞠はランプの下で手紙を書いた。平時なら手紙は秋の暮れまでには届くはずだが、今はフランス本国行の航路が完全遮断されているので、届く目途は立たない。またジョーンズ夫人経由で、ド・ゴール派の誰かにでも託そうかしらと考えを巡らしてみる。

――ムッシュー・ル・プロフェスール（拝啓、先生）

リールではいかがお過ごしですか？　フランドルはもうとても寒くて、フェルトのコートが手放せないと思います。ストーブを焚く薪が皆さんの手元に足りているか心配です。

私はまだ地理学者になるという夢をあきらめてはいません。戦争が終わるのがいつになるか分かりませんが、私は今ここで出来ることを進めるつもりです。いつかきっと先生と、自由を取り戻したフランスで再会できますように。どうか先生もお元気で。トレ・コーディアルモン（めでたくかしこ）マリ。

結局、書いた手紙に封をして抽斗の奥にしまってから眠りについた。日が昇ると、鞠は久しぶりに紅河の畔へと出た。風に乗って漂う濁った水の匂いを嗅ぐ。太古の昔から人々の歴史的な戦いと暮らしを見守り続けてきた、決して流れを変えぬ東洋の大河の優しさと強さにしばし慰められた。

市街地に戻ると、優雅なハノイの風景を完膚なきまでに変えてしまった、あのカーキ色の、個性を奪われた全体のうちの誰かが、今日も変わらず自分の目の前を通りすぎてゆく。こういう風景が日常になってから、人間の顔を識別するのも面倒になっていた。

鞠は巻き上がった砂埃の中で立ち止まり、風に攫（さら）われそうになった麦わら帽子を押さえた。

鞠から美鳳への最後のメッセージを託（あず）けたオリオンは、あの日以来姿を消したままだった。鞠は、今までのことはすべて罠で全員が逮捕され、オリオンまでも巻き添えをくったのではと眠れない日々を送っていた。ジョーンズ夫人からは契約は履行したとだけ返事があり、それ以上の説明はもらえなかった。最後の知らせから一週間があっという間に過ぎた。

ジョーンズ夫人は鞠に、フランス人刑務所長に伝手があるから、非合法的に脱獄させるよう話をしておくと言ったが、末端の刑務官がそのような作業を怠ったんじゃないのか？　つまり契約は履行されなかったのだ。

昨日、心配になった鞠がもう一度『インドシナ・バナナ商会』を訪ねると、案の定、家宅捜索された会社は締め切られていた。まだ敷地内の跡片付けをしていたベトナム人に聞くと、ジョーンズ夫人はヴィシー派のフランス刑事に連行された後だという。

日本のサイゴン憲兵隊から鞠に電話が掛かってきたのも同じ日だった。

「お嬢さん、ダラットで大変な思いをされたでしょう。ルーシィと名乗る間諜、こちらで取調べの上、処分しておきましたからもうご安心ください。お父上の相手をするようあなたに拳銃で脅迫されたんだと訴えていたんですがね……。親孝行は感心なんですが、相手が相手ですから、見つけた時点で我々に通報すべきでしたな」

——終わった……。あたしの軽率な行動のせいで、美鳳は家族ごと国外脱出に失敗した。

深夜、家のベルを鳴らす者があった。来客ではなく、ボロボロの格好をしたオリオンだった。菅笠を被ったタイ人の青年は、裸足のまま立っている。木綿の立襟服は汗まみれで、どこかで膝を擦りむいたのか、血がどくどくと流れている。

「マドモワゼル……ボンソワール」

青年は息を切らしながら、大きな黒い瞳で鞠に微笑んでいる。

「オリオン！」

呆気に取られながら、鞠は慌ててオリオンを家の中へ入れた。ふらふらと壁に凭れかかる彼を座らせる。飲まず食わずで、どこかから逃げてきたような風体だった。水をやると、がぶがぶと飲み干す。脚の傷を洗ってやり、常備薬と一緒に残っていた包帯を巻く。オリオンの呼吸は荒いままだった。鞠の胸もざわざわしている。

ラジオはつけっぱなしになっていた。サイゴンのラジオ局『ボーイ・ランドリー』によるベトナム語放送が終わり、フランス語番組が始まる。日本軍による宣伝工作の番組だった。主要都市のラジオ放送局は日本当局が掌握して久しい。鞠はいらいらしながら、ラジオを切った。前触れもなく現れたオリオンが届けてくれた茶色の紙を、乱暴に開く。読みはじめた途端、涙が溢れてきた。

——愛(シェール)、マリ！　とうとうシャムで仲介人と会うことができたわ。ジョーンズ夫人が言っていたとおりよ。カルカッタに着いたら、わたしたち家族はカナダ行きの船に乗り継ぐつもりよ。

「オリオン、もしかして美鳳たちに付き添ってくれていたの？」

「そうすることになっていたんだ」

「ねえ、あんたに、美鳳を手助けするよう指示を出したのは、誰？」

「マリ。コンノさんがきみに伝えてほしいと言っていたんだ。あの人のことは、知っているでしょう？」

「どういうことなの」

オリオンはまだ落ち着かない様子で、美鳳のお父さんを釈放させたのが、じつはジョーンズ夫人ではなかったと打ち明けた。

ジョーンズ夫人のかわりに、自由フランスのスパイである総督府の役人を使って、鄭氏を当面釈放させたのは紺野氏だった。美鳳の家族はそれ以上追手もなく堂々と旅ができた。けれど、また捕まるのも時間の問題だから、できるだけ早く国境を越えないといけない。彼らは紺野氏が用意したタイを通過するための書類と、連合国側へ渡航するための自由フランスによる書類の二通をオリオンから受け取っていた。美鳳がシャム湾から英領インドへ密航する約束の船に乗り込むまでは送り届けるよう、紺野氏はオリオンに命じたという。出航の日は晴れ渡り、美鳳は鞠に最後の手紙を書いていた。

「あたしが紺野氏に書いた手紙、破いたのに、あんたが彼に渡したのね？　どうして彼は美鳳を助けてくれようとしたの？」

「今回のことは、あなたへのプレゼント（カード）なのだと……」

「そうだったの。分かったわ。ありがとう、オリオン。あんたの本当のパトロンは、あたしの父さんじゃなくて紺野氏だったわけね……。あんた、ほんとは誰なの？　ボーイじゃないんでしょ？」

オリオンはその問いには答えようとしない。

鞠は、大きな目を自分から逸らさないオリオンを抱きしめた。すると彼の力が体じゅうから抜けて、鞠の背に腕を回して目を閉じ、穏やかに呼吸しはじめた。

「ジュテーム・トレフォール、マリ（きみを深く愛している、鞠）……」

鞠にはオリオンの囁きが聞こえた。声はいつもより高く、掠れている。いつぞやの紺野氏の笑みがまた思い浮かんだとき、オリオンの腕は抗えないほど強く鞠を抱きしめていた。雨季と乾季が突如交代するように、友愛を侵犯する抱擁を、間歇的（かんけつ）な甘い息づかいを、鞠は拒まなかった。

鞠は今日も、草色のスーツを着て、タイプライターに向かう。

今週はいい知らせ(ボンヌーヴェル)があった。タイで仲介人に合流した美鳳が、カルカッタまで辿りついたこと。連絡はカルカッタにいる仲介人からオリオンが受け、鞠も知った。

来週には、父が久しぶりにダラットから家に帰ってくる。それまでに、鞠は箪笥(たんす)にしまいっぱなしだったシーツを、庭で真っ白になるまで洗濯しようと思っている。

よく晴れた日曜日、ラジオをつける。ニューデリーの放送局から朧げに流れてくるベニー・グッドマンを聴きながら、鞠はいつもならオリオンが使う大きなタライに水を張り、古くなったマルセイユ石鹸をごしごしと削り入れていた。

——それではニュースの時間です……マウントバッテン卿の指揮下、ビルマ、タイ、マレーの各地で敵を攪乱し大いに戦果を挙げている模様……

短波ラジオには雑音が入ってきた。

おとつい、別の便りもあった。見知らぬ歩兵大尉による検閲印が押された軍事郵便の葉書には、宛名と、送信人の住所のかわりに、支那派遣軍、誰それの部隊とざっくり書いてあるだけだ。裏返すと、もう一つの東洋のパリに目を奪われた。鞠がハノイに初めてやってくる前に見たいと思っていた、上海租界の色つきの絵葉書。いったい何年前に買ったものなのだろうか。いつか誰かに送ることを夢見ながらも送る相手もなく、ずっと行李の底にでも仕舞われていたのか、新しいまま色褪せている。その人はいま上海にはいないはずだった。本文には、いやに綺麗な字で「私のことはどうぞ心配なさらないでください。次にお会いする時には団子をごちそうしますから」とだけ書かれていた。もしまた会える日が訪れるなら、その時には返事をしようと鞠は思っている。

居場所の分からない男からの便りは、まだテーブルの端に置きっぱなしになっていた。

29

一九四五年三月　ハノイ

サナトリウムの孤独で張り合いのない暮らしに一年と我慢できなかった父は、ハノイの家で療養を続けると言い張り、二度とはプチ・ラックの畔の家から出てゆかなかった。

父の面倒を見るはずのオリオンは、もういない。父にはどうしても辞めるといってきかなかったらしい。鞠が仕事から帰ってきたその晩、オリオンが台所にも使用人部屋にも見当たらなかった。夜のラジオハノイから流れる『白鳥の湖』のオーケストラ演奏は、索漠（さくばく）とした時を潤（うるお）すどころか、得体のしれない焦燥を掻（か）きたてるだけだった。

「どうして何も言わずにやめちゃったのよ？」

「おまえのことを心配しながら出ていったんだがね。前もって言ったりしたら、おまえが反対して辞められなくなるからだろう。雇った時はほんの小僧だったのにな。もう年もいったことだし、結婚もしないといけないんだろう。人は年を取れば、若い頃かっこつけていたのと同じくらいの情熱で、伝統に回帰したがるものさ……」

「父さんは今でもかっこつけているじゃない」

「おれは無茶を貫いた結果、こんな年で、このざまじゃないか。若い頃、流れに従えばよかったと思っているよ！」父は鞠を横目に、新聞に読みふける素振りだ。

「じゃオリオンは、本当は誰だったの？」鞠は、ソファにごろりと寝転がった父の前に立ちはだかった。

「誰も彼も、うちのボーイだった男だろう」

父も、もっと他にできる仕事があるはずの彼を引きとめなかったのだ。影のように家を去ったオリオンのかわりにベトナム人のメイドがやってきて、よそよそしく働いていた。

「ほんとにボーイでしかなかったの？」

「だから辞めたんだと、おれも推測しているじゃないか。そろそろ何かが起こるかもしれんとな……。タイは列強の領土と国境を接していながら、これまで独立を保っていた国なんだ、日本に協力しているように見えて腹の底では何を考えているものやら……。日本の戦況がこうも悪くなった以上、タイがどう舵を取るか。おれには一通りの見方(ヴィジョン)しか思いつかんのだがね。オリオンだって、自分の将来を考え直したくもなるさ」

同盟国というのは外交上の取り決めに過ぎない。条約が結ばれているという意味でしかないのに、危機の時には、お互いが心からの友達だという願望と取り違えてしまいそうだ。各国のスパイたちが、白昼夢にゆらめく「大東亜共栄圏」なる怪しげな企画の中身を探りに、早い段階からあちこちに放たれていたはずだった。戦時下にわいた遊園地的発想の危うさを測りに。王室を持つタイから来たとはいっても、オリオンはインドシナとのボーダーで生まれている。彼の本当の故郷がどこにあるのか、誰を支持していたのか、これから彼自身が何をしたいのか、鞠が証明することはできない。

三月に入り、憲兵の山下からしばらくは出勤せず家で待機していてくれ、また民間人は北部には絶対に立ち寄ってはならないとの指示を〈親切に〉受けた訳を、鞠は知る由もなかった。隊の庁舎でも別段変わった気配など漂っていなかったし、街路で見かける日本兵の様子もいつもどおりだ。日本軍による支那から仏印への打通（だつう）が実現したいま、仏印との国境地帯は日本側が押さえているから、そこで支那軍との戦闘が起こるはずはない。

今回の作戦の「敵」が誰か知ったのは、鞠がクララからＳＯＳの連絡を受けた時である。北部で日本軍によるフランス軍の虐殺があった。

「クララ、あんた今どこにいるの？」

「それは言えない。知り合いのマダムの別荘（ヴィラ）にも怒り狂った日本兵が乗り込んできて、マダムが食事や酒を用意してやったり好き放題やらせたりして、何とか辛抱しているだけ」

「あんたは、その知り合いの別荘にいるのね……？」

「だからそれは言えないったら」クララの声に苛立ちが滲んでいる。

「あたしは日本人よ、クララ……」

鞠は、美鳳の件でクララを呼び出した時に発したのと同じ言葉を繰り返していた。以前と違うのは、自分の無力さを白状していることだった。

「クララ、あんたはあたしの友達のために手を貸してくれたんだもの。今度はあたしがあんたを助ける番だわ」考えるよりも先に言葉が先に飛び出す。

「マリ、わたしはあんたがどんな人間か知っているつもりよ……」それは、極限までに深まった怯えと猜疑の反動で、鞠がこの状況を打開してくれると極端に信じ込んでいる声色だった。

「大丈夫……。クララ、大丈夫だから」

何が大丈夫だというの？　では武器を持ち、これを使いこなせば何かを守れたと言えたのだろうか？　一者に対してだけでは済まない暴力と、百年の憎悪が狂い咲きするこの時この場で、危機の渦中にあたし自身が小さな銃を携え飛び込みさえすれば？

「クララ、もう電話は切るわ。伝言は誰か別の人に手渡してほしいの。信頼できる人に……」

ラジオがベトナム最後の皇帝バオダイの復位を報じた日、ハノイ現地人街ではトリコロールが燃やされ、ユエの乾成宮では、官吏たちが龍や牡丹柄の絹の礼服に身を包み、地方の飢饉を忘れさせるほど盛大な儀式が執り行われようとしていた。

鞠は恐怖と怒りに震えながらハノイ駅にゆき、雑踏に紛れた駅構内の電話ボックスから南亜洋行の番号に掛けた。家からだと父に聞かれるかもしれないし、自分がスパイだと当局に名前を知らせているようなものだ。突如として混沌に陥った国内を、鉄道がまだ通っているうちに移動しようという乗客の苛立った熱気が、瀟洒なホールに立ち込めている。

皇帝の復活を一目拝もうとユエに向かおうとするベトナム人。混乱を商機にしようと、食糧をぎっしり詰めた頭陀袋を背負うブローカーが早くもうろついているかと思えば、港のない田舎町に点々と住むフランス人を満載にした機関車が、臨時の錆びついた車輛から乗客をどっと吐き出している。縦貫鉄道はすでに切断されており、終点は中部アンナン地方の手前だと、駅員が興奮する群衆を説得していた。

祝賀めいてはいるが怒声の混じるベトナム語と、意味も分からないその他もろもろの現地人の言葉、そして緊迫していてもなお整って聞こえるフランス語の断片が、電話ボックスの中にまでうるさく侵入してくる。最初、交換手らしき男が仏語で応対し、数分待つと紺野が出た。

「紺野さん、あたしのフランス人の友達が北部で孤立しているみたいなんです。ちょっと問題が起こって……あなたはあたしのベトナム人の友達まで救ってくれたんだもの、彼女のことも助けてくれるわよね？　だってあなたは……」

連合国にも伝手があるんでしょう、と言いかけた時、紺野が鞠を遮った。

「いちど深呼吸するといい。鞠さん、今どこにいるの？」

紺野はゆっくりと、低めの落ち着いた声で問いかけた。そうだ、電話局も交換台も日本軍が掌握しているはずなのだ。

「駅（ガール）です」

「そちらへ向かおう。待っていてくれる？」

乾季なのに人いきれで蒸すホールの片隅に立ち尽くしていると、人だかりの中に白い装いの紺野が現れた。白い背広姿があちこちにいるせいで、すぐには見分けがつかなかった。紺野はしっかりと鞠の腕を摑むと密着するように身体を寄せ、耳元で尋ねた。「その友達の名は？」

聞き覚えのある爽やかな声に、鞠の緊張は解けた。

「クララ。逃げ延びたフランス人をランソンの或るバンガローにまだ匿っているんです。地下室に隠れていても、相変わらず日本軍の捜索があるから今は動けないと。何とか雲南に逃がしてあげたいの」

「ありがとう。すぐ助けに向かおう、でもよかった、憲兵隊の誘いに乗っていたら捕まっていただろうから。居場所を教えてくれるかな」

答えた瞬間、鞠は直感的に自分が紺野を呼び寄せたことを後悔した。御礼を言うべきは自分ではなかったか。どうして彼が？　ランソン――そこは植田が拉致され、忘却された土地の名だった。紺野は鞠の腕を解き、雑踏に溶け込みながらまた姿を消した。

二日後、クララから家に連絡があった。――ケンペイにヴィラを取り囲まれたの！　恋人が殺された、コンノに。脳天をやられたの！　鞠、あんたはわたしまで罠にかけたのね。悪魔！　あんたも殺人鬼よ！　クララは鞠にそう喚いて電話を切ったかにみえたが、まだ切れてはいなかった。

鞠はクララの叫びの意味を理解できなかった。駅の雑踏で感じたあの不気味なまでに深い後悔の念が、クララに糾弾されている今この慄然とした状況に混ざりながら迫ってくると、あの紺野が何をやったのかをさとった。それでもクララが電話を切らないでいるのは、まだ心のどこかで鞠を信じているからだ。そうではなかったと、鞠に言ってほしいのだ。

鞠はこう答えたかったが、とても声にならなかった。――クララ、違うわ、罠にかけられたのはあたしの方よ。あの男はおととし、自分を味方だと信じ込ませるために、敵にも通じて美鳳の家族を脱出させてくれたの。おととしから仕組まれた罠だったの。おととしじゃない、もっと昔から。たぶん彼と出会った日から――。

鞠は膝から床に崩れおち、受話器から甲高く響くクララの泣き声を聞きながら自らも嗚咽していた。修復不能なほど憎悪に血塗られ、失われた友情――。すべてが一度に決壊し、心がついていけない。

あとで南亜洋行を探しても、綿通り(リュ・ドウ・コットン)にあるはずの事務所は知らぬ間に撤退していた。見知らぬ別のルートから、このところ駐在所を事実上仕切っていた紺野がいよいよ陸軍に現地召集されたのだと模糊(もこ)たる理由を告げられても、鞠の父を除いては商工会員の誰も気に留めなかった。直近の軍による動乱と、拡大すればするほど白骨の山と化す南方戦線にあらゆる人間と経済活動が丸ごと呑みこまれつつある絶望感の中では、一商社が消えたことに誰も思いを致してなどいられないのだ。

紺野が商工会で活動報告をしているあいだは、皆が実在の商社だと信じて仲間うちに入れていた。

だがあの会社が真っ当な商業に従事していたかどうか、そういえば会社の内部にまで入って確かめてきた人もいない。日本商工会の名簿から「紺野永介」の名を消すことになった父も、その存在自体を撤去しようとするかのように、ただ彼の名を黒塗りして名簿を閉じたのだった。

何が起こったか。現地人街にはすっかり噂が広がっていた。この一週間に起こったことは、予想よりもはるかに大がかりな謀りごとだった。フランス軍が武装解除され、フランスの主権に固執した高級武官らがケンペイタイに逮捕され、皆殺しにされた。ドゥクー総督が追い出されたのだ——。「バンザイ！」通りすがりのベトナム人は、フランス軍が降参した当時の日本軍を真似してみせた。殺されたクララの恋人は、日本に譲歩したくなかった軍人の一人だったのだ。だからどこへも逃げることを許されなかった。生き残れば、どこかでまた紺野の計画の邪魔になるかもしれない。今ここでフランス軍を屈服させることができたとしても、南方の日本軍はどこも悲惨な状態に陥っている。日本にとってこの謀逆は、死を避けられない者に対するモルヒネにしかならないだろう。

これからは現地人街とフランス人街の敷居が取り払われて、一等地にひしめくフランス的な事物——本国の模倣でしかない古くなった物の一切が取り壊されるのだろうか。昔は中国から安南人と呼ばれ、西洋からは東洋のアンティーク扱いされたベトナム人は、十九世紀末に見たこともない最新文明と武器に圧倒され、彼らの一等地を奪われた。何の革新もなされぬまま東洋に半世紀以上維持された西洋の都市遺跡を前に、今、自分たちがベトナム人であることを見い出しつつある彼らは、新しい時の中ですっかり若返り、怒濤の情熱を解き放ちたがっている。

「あなたたちはこれから自由になるのね？」鞠は見ず知らずのベトナム人に確かめた。

「ちっともですよ（コン・メーム）。バオダイはあのとおり無力ですし、総督が日本人に入れ替わっただけで、植民地政府の機構はそのままなんですから」

大不作だった去年の秋からハノイの街中でも米価が狂騰し、倉庫の裏や線路沿いに餓死者の遺体がいくつも転がり腐敗している光景に、鞠も何度も遭遇した。少しの米を求めて、南部からやってきた食糧の貨物車に潜り込んだものの見つかってつまみ出されたか、空っぽの貨車に乗り、やっとのことで地方まで旅して米を手に入れてきたのに、追い剝（は）ぎに遭ったまままこと切れた人たちだった。痩せこけた骸は近郊でも野晒しになっていた。

それ以前からも仏印当局は、日本軍の言うなりになってあらゆる手段を使い、北部トンキン米の徴発はもちろん南部から大量のコーチシナ米を北部へ輸送させていた。しかし米空軍が鉄道を爆撃して北部と南部を繫ぐ大量輸送路が遮断されている今、米という米が現地人の手の届くところから消え、伝染病もぶりかえして、コレラが流行った時代のように農村地帯では葬送が間に合わないほど人が死んでいる。人口過密のトンキン地方は阿鼻叫喚（あびきょうかん）の様相を呈していた。

フランス人街に戻ると、日章旗が掲げられた市民劇場（テアトル・ミュニシパル）の裏口から、日本人の軍人総督と共にスーツ姿の男が現れた。紺野氏、そしてもう一人は見覚えのある松本大使だった。一番いいバルコニー席で、日本の芸舞子の踊りでも観てきたのだろう。ネオクラシックの舞台で見る日本舞踊のグロテスクさは想像しただけでも吐気がする。

「待ってください」

紺野は珍しくグレーのスーツを着ていたが、この男にその色はぞっとするほど似合わない。パテックフィリップの腕時計、白じらしく漂うオードパルファン、磨きすぎの黒革靴。鞠が呼び止めると、紺野は新しい総督と大使を先に車に乗せ、ドアを閉めた。野良猫でも追い返すような目で鞠を睨んでいる。鞠は、紺野がもう一度会った自分に微塵も関心がないのを見てとった。

「オリオンをどこへやったの……？」

「国に帰った」

「彼が自由タイだから殺したというの？」鞠は毒突くように聞いた。もはや、地下で連合国と連絡しあい、抗日運動を行う『自由タイ』にオリオンが参加したとしか、考えられなかった。

「ちがう。自分から逃げ出した。ほとほと嫌になっただけなんだ、搾取者の側にいるお嬢さんの召使として人生が終わることに、我慢できる男がいると思うのか？」

「それが、……あなたの正義なの？」鞠はありったけの声を出した。「オリオンは気配を察知したから、あなたに殺される前に逃げるしかなくなったんだわ……」

紺野は踵を返した。

「あんまりよ！　あたしたちは人間なの！　どこまでやるつもりなの。あんまりだわ！」

「さようなら、お嬢さん」

紺野は、叫ぶ鞠とは目も合わせず車に乗り込み、碌でもない人々と走り去っていった。

鞠の片頬には大粒の涙が伝った。まっすぐに人の愛を信じた自分。そして愛されることへの憧れと渇望までもが、紺野という架空の男に利用されていたのだ。そんな男との未来をひそかに思い描いて得た甘い感覚は屈辱に変わり、鞠は喉の奥からどろっとこみ上げてきた物を路上に吐き出してしまった。

この地に一人やってきた時から、ある一点の目標のためには虐殺も犠牲も厭わなかった男。歴史の加速度をこんなにも上げて、短くともあと半世紀はかかりそうな、老いた白い列強の追放を一夜にしてやらねばならなかった真意は何だったのか。この謀略の百年後の帰結を、彼は知っているとでもいうのだろうか？

連合国軍（アリエ）は結局、このクー・デタにほとんど手出ししてこなかった。アメリカは支援のポーズを見せるだけで、多少の援護爆撃で輸送を妨害することはしても、終始腰が重かった。ワシントンは誰かと誰かが戦って血を流し、現状が変わりゆく様を注意深く眺めてはいたが、国全体では日本が劣勢にあることを把握していながら、抗戦した仏印軍に対しても、潜伏中の自由フランス勢力に対しても、まとまった援助を与えなかった。あたかもこれがまだプロローグでしかなく、クライマックス・シーンの筋書きを自分たちの都合がいいように書き換えようと狙っている人たちのように。インドシナは孤立させられており、東洋を舞台にした惨劇は加速していった。太平洋のはるか向こう側にある〈バルコニー席〉から観ていれば、喜劇に見えただろう。

音信が途絶えたクララの居場所が摑めるかもと、彼女が通っていた極東学院に足を運んだその日、ベトナム帝国建立の裏で日本軍政が敷かれたことや、食糧収奪に抗議する人々の行進に巻き込まれた。アオザイを着ていたせいで、誰かに腕を摑まれたのだ。濁流。南の郊外からアンリ・リヴィエール通りにまで黒ぐろと渦巻いて押し寄せる民衆の奔流に、いつの間にか脚を掬われていた。

「オリオン！」

鞠は大声で呼ぶ。――力いっぱいに。それは渇望の声でもあり、救いを求める声だった。

オリオンが当たり前のように側にいて、以前のように助けてくれると信じている。そう、彼は現れた。二発の銃声が轟き、黒だかりがざっと引いた瞬間、鞠を安全なところへ導いた男があった。雑踏で倒れ、踏み潰され、死の方へ押し流された鞠を掴みだし、助けたのはやっぱりオリオンだった。だが彼の姿は消えた。

それはオリオンではなく山下だった。前島との約束なのだと怒鳴るように言った。山下は鞠の腕をぐいと引き上げた。――お嬢さんに何も起こらないように、何かあれば力になるようにと言づかっているんです。――しばらく外出は控えてくださいと言ったのに、何で出たりしたんです！　山下の怒声が耳から遠ざかって急に視界が濁ると、鞠は地面に倒れ込んだ。

ベトミンは、日本が仏軍を一旦武装解除させたはいいが、相変わらずフランス人が前世紀に作った総督府の機構を維持していることに反発し、各地で小さなゲリラ戦を展開しつつあった。だが彼らは近代的な武器も戦術も欠いており、厳重な治安維持を行う日本軍の前には、効果的な反抗は叶わなかった。庁舎に籠って仕事していることの多かった山下が、街中なのに重々しく武装して大通りを巡回していたのも、市街戦を想定しての新たな任に駆り出されたからだった。

睡蓮の湖の畔にも、ふたたび戦いの時代がやってきた。彼らが去ったあと、次にこの古く美しい国を自分たちの勢力圏に入れようと戦争をしかけてくるのは、どこの国なのだろう？　古色蒼然とした馴染みぶかい文化だけでのんびりと生きることを許さないのは、いつも遠くから来る国だ。よその国の人々に戦争を押し売りする忌まわしい者たち。

武器がベトミンに流れないように、武装解除された仏軍の武器を、日本軍は厳しく管理している。だが日本軍の中には、もう違うことを考えはじめている人たちが現れていた。

ホー・チ・ミンのビラがブーゲンビリヤの花びらのように宙を舞い、どこからか耳をつんざくほどの爆竹が鳴り響く。海潮音のように、遠くの街で起こった暴動の唸りがこちらにまで聞こえてくる。

燃え残った爆竹の臭いと赤いビラの花が、新たな戦いを予感させた。

再び婦人軍属の仕事に戻った時、山下に前島の消息を尋ねても教えてはもらえなかった。本当に知らないのかもしれない。ビルマ方面からあまりにも酷い話しか伝わってこないとなると、その裏側の戦場である支那側にいれば生存率が上がる、と仮定することも難しい。

表情を失っている鞠に、山下は宥めるように言った。

「あちらで何とかやっているでしょう。私も前島兄さんも、支那での暮らしのほうが日本より長いんですから」

「似た者どうしだったのね」

「私なんかは天津の日本租界で生まれて向こうで育ちましたからね、ほとんど支那人みたいなものです。親が居留民向けの商売を広げて成功したんですが、もとが小商いですから日貨排斥運動で打ち壊されるとひとたまりもない。滝口さんのお父さんのような大手と違って、商工会議所なんかにも入れてもらえないし、国からの補償もない。親の羽振りがよかった頃は、私も内地で中学に行かしてもらっていたんです。お嬢さんみたいな女学生に付け文したこともあった。そのあとは……」山下は、自分のみじまいをする老人のように、胸中隠されていたものをすっかり吐露した。

「むごたらしいだけの人生だった。人の恨みを買わない生き方をしたかった」

「きっとおできになりますよ、あきらめなければ――」

「しかしこうなった以上は、私もこの国の独立のために戦おうかと思っているんです。ベトナム人は新しい戦術を知らないから、誰かが教えてあげないといけません」

「また戦争ですか」

「本当のことを言うと、私はもう平時の暮らしに戻る力がないんです。だから戦う。でも前島さんは、この戦争が終わったら軍人はさっぱりやめて絶対に地方に戻ると言っていました。そのために力を振り絞るんだと」

「どうして？」

「少年時代に意志薄弱だったがために間違えた道を、今度こそは断固として引き返し、やり直すためです。……あなたのために、そして自分のために」


ダイニングテーブルには、新しいメイドが備蓄用の古い米に雑穀を混ぜて作った蒸し米料理と濁った川魚スープが置いてあったが、父は二階のバルコニーに出たまま、このうしろめたい夕食におりてこない。オリオンがいなくなってから父が出された物を残すようになったので、鞠も気が気でなかった。あのテーブルで一緒に食事したことのあるもう一人の男のぎこちない表情を思い浮かべながら階段を上がり、人影の伸びる方へと入る。鞠の足音を聞いただけで、父は返事を寄越した。

「おまえは先に食っていていいぞ」

鞠は、大きくなった山茶花の手入れをする父の背中に語り掛けた。

「あのひと、まだ元気かしら」

「あの丸顔か」父の返事は早かった。「さあな。最後の便りは去年の秋だったから。忙しいのかもしれん」

ぱちん、と枝を切る音が響いた。

「もし帰ってきたら、あたし会いにいってあげることに決めたの」

ぱちん、ともう一度枝を落とす音が響いた。夕方のバルコニーで、父はこちらを振り返りもしなかった。

「もうとっくに決めてたんだろう」

変わってしまった世界の前で、古い地図の見え方はとっくに違っている。東洋はあまりにも多くの破壊と戦争に晒されて、元の植民地帝国は、見るも無残なスクラップに変わった。

新しい地図が書かれなければならないのだ。その国の人々と、自然と歴史の真実を伝える地図、そして人々に開かれた、新しい地誌。自分の使命は未来に預けっぱなしになっている。鞠はそれを自分で取り戻しに、また旅に出ないといけない。

あかね色の陽が射すダイニングに戻ると、窓を開け放った。湿ったやわらかな風が肌を撫でてゆく。凪(なぎ)のように穏やかな気分だった。

鞠の人生には、いろいろな赤があった。それは紅河の赤であり、睡蓮の花の赤であり、前島と出会った日に着た赤縮緬の赤である。トリコロールの赤であり、ベトミン旗の赤であり、日の丸の赤であった。

30

一九四五年春－夏　重慶

湖南の常徳城(じょうとくじょう)を占領した日本軍は、南寧(なんねい)へと進軍し、最終的には北京から仏印への打通を目指していた。一九四四年春以降、この「一号作戦」の途上で占領された村や街、鉄道は、一度占領したらそれで落着とはならない。便衣兵はどこからともなく、虻のようにいつの間にか群がってくる。これらの占領地に、武器弾薬、食糧、医薬品すら欠く部隊を置くだけ置いて、何とか警備させるのである。補給が途絶えているから、必要な物資は現地調達、つまりは公然の略奪に依った。前線の部隊が占領した街や村では、親日派の首長を据え直して地方傀儡政府を置く政務工作の他、民衆のゲリラ化を防ぐための宣撫工作も並行して行っていた。

　自分がいまさら支那派遣軍に引っ張りだされたのは、左遷ではなく、誰にでも出来るわけではないこの仕事のためだった――と考えて、前島は動揺する気持ちを落ち着かせようとした。支那語能力と諜報の経験を、派遣軍の歩兵隊で急遽必要とされたのだという表向きの自分の立ち位置を理解し、――誰に疎まれたかはしらぬが、不可解な転属も宿命として受け入れるしかなかった。

　前線が伸びれば、後方へ点々と連なる村落の警備の任もまた終わらない。地上では、ひっきりなしに便衣隊が農民や商人に扮して城内に潜伏し、空からは国民党の戦闘機が奇襲してくる有様だった。補給も届かず、補充兵がいても弾がなく、伝染病と栄養失調で絶命する友軍を後目に、とっくに正常ではなくなった精神が一層の狂いをきたしそうだった。他方、占領地、前線問わず、かなり多くの友軍が国民革命軍の捕虜となり、反戦宣伝に従事している。蔣介石主導でそのような捕虜政策が実施されていることは、満洲にいた頃から知っている。すでに傀儡を立て平定したはずの街にいる警備隊のうち、ちょうど弾薬を欠いているところを便衣隊にやられ、前線とは別に壊滅に瀕している部隊が点在していた。目下、兵は虚ろな顔で、補給もないところで我慢している。

　中隊長は、おまえが行って立て直してこいと言う。この戦地で、前島は自分が昇進していることすらも忘れ果てている。准尉だとしても、実戦では少尉から軍曹までの任務を当座、全面的に担ってほしいという乱暴な命令だった。こんな命令を、十分な食事を取り安全な後方にいる将校に言われることに怒りを覚えた自分に、前島は軍人としての自分がすでに死んでいることを悟った。補給線が伸びきっては個々の部隊ごとに崩れてゆく彼らは、戦うために戦っていた。

昔の兵に比べて体力が劣ると悪評が立つ十代や二十歳そこそこの兵たちの中で、すぐに肩で息をしている三十路の准尉はたしかに浮いていた。歩兵としての動作は二十二とか三の中隊長などより余程きちんと標準に則っており、古風なところすらある。皆からは老兵扱いされ、畏怖の念すら抱かれていた。

前島は、短い歩兵時代に匪賊退治に駆り出されて以後、野戦にはただの一度も出ていない。満洲時代、果てしない雪原で自分の撃った小銃の弾で匪賊が倒れた瞬間だけは、今でも鮮やかに覚えている。それから恐ろしく古式ゆかしい銃剣突撃があった。どれだけ忘れたと信じていても、悪い夢に混じって時々見るのは、腹の底から気合の一滴まで振り絞り、銃剣で刺した敵を地に押し倒すあの場面だ。匪賊だから、という建前が忘却の潤滑油になってくれたようでいて、腹から血を流したその骸の顔が自分そっくりに見えたことが、一方で忘却を妨げていた。その男が正規軍であったかどうかは大した問題ではない。この悪夢は一生涯見続けるであろう。それが歩兵としての最後の野戦の記憶である。

他の大人たちより疲れを知らなかった十八歳の兵は、元気がいいというだけで年のいった中隊長に褒められると、まるで勲章をもらったかのように無邪気に喜んでいた。実際に、下士になった前島は二十代半ばにはもう勲章を持っていた。若かったこともあり、自分の人生がとつぜん有意義になったように感じ、ありがたさが骨身に刻み込まれるような喜びに舞い上がった。

——天祐ヲ保有シ万世一系ノ帝祚ヲ践メル大日本帝國天皇ハ勲八等前島潔ヲ明治勲章ノ勲七等ニ叙

シ青色桐葉章ヲ授與ス即チ此位ニ属スル待遇及ヒ特権ヲ有セシム
八等まである等級の、下から二番目である。今上陛下と皇后陛下の御真影を合わせた叙勲証書は筒に入れたまま実家に送り、小さな勲章は礼装の際に胸に下げる。両親は証書を神棚の一番奥に置いたと書いてきた。陛下から勲章をもらった者など一族始まって以来、誰もいない。自分の生命の価値が、下士官であれば誰かれ構わず発送される、この量産された勲章の軽さと同じだと哀しむことなど、決してなかった。そしてこの勲章は、満洲国であるいは戦場でなされた不都合な任務を正当化こそすれ、これによって背負った人の怨嗟まで晴らしてはくれないようだった。こればかりは、誰が水に流してくれることもなく、自らのこととして終生心を蝕んでゆくのであろうか。

記録にも参謀たちの頭にも残っているはずのない、あの辺境での小さな戦闘で彼が生き残った理由は知らない。そんな戦いが、今の今まで、南方のあちこちでも繰り返されている。あのやり方だと戦死しても、勇壮だからという理由で遺族が納得してくれるからだろうか。単に武器も有効な戦術も欠いているだけだというのに。自分の生命とはかくも軽いものだと信じ込ませるあの哀しみの勲章を胸に、自分は皆よりも十年ばかり早くその無残を経験しただけなのだ。あの小隊でも匪賊相手にただ死んだ人間のほうが多く、誰が死んだのか、その名と日時を正確に覚えている者などいない。歴史は概算で伝えられ、時とともに完全に消え去る。自分だって、生きたというよりは、その時々の偶然に生かされてきただけの人生だった。だが実際に捕虜になって生き延びた事実をどうするか、考えることを拒もうとする力の意外な強さに自分自身が驚いている。捕虜になる可能性を思わなかったといえば嘘になる。

日露役で将校だった養父には、捕虜となることを恥じ直ちに自決を強要する教えはなかった。極限に追いつめられると、ふとそういう記憶が蘇った。子どもの頃叩き込まれたのは、軍人勅諭と、捕虜に関する戦時国際法を少々である。日本が一等国であるかぎり捕虜は人間的に扱い、決して野蛮な扱いをしてはならない。また国際法の基本原則は相互主義であり、相手国にも同じことを要求できる。養父は、彼のような水呑の子どもにも「武士道」について語り聞かせることもあった。ところが、時が過ぎると、戦陣訓が全軍に通達されるよりも前から、捕虜イコール辱めであると、自分なりに考える将校が幾人も現れていた。そういう熱血漢らの、曖昧で飛躍した考え方の典拠となった典籍や偉人伝はてんでバラバラだった。そのたびに前島には、ある将校個人の沽券維持にまたもや付き合わされているのかという俗世的嫌気と、彼らの、自分の沽券を公のこととして主張し始めていることに気がつきもしない莫迦さ加減には、深い疑念しか覚えなかったものだ。

前島は、この期に及んで歩兵隊に遣られた以上は、中隊も小隊も散り散りになり分隊の全員がこと切れたのちも、自分がその生命の数に報いるまでは野戦の持ち場から離れてはならないという決意だけに支えられていた。そうすると敢えて自決せずとも、脱走でもしないかぎり、生き残る可能性が限りなくゼロになるだけなのだ。負傷した兵をどう救うかは、捕虜になるならない以前に、補給が途絶えている今はこと絶望的である。ここでは弾が減るたびに時の経過を知る。弾が減れば寿命もまた枯渇に向かうということだった。

もし生きて帰れるなら、自分で本棚を作ろうと思った。うんと背の高い本棚を。そこに、いつスクラップになるかもしれない蜃気楼のごとき国家の条文集ではなく、どんな時代にも生き延びる本を、自分の命より長く生きる本をたくさん集めて、堂々と並べるのだ。これからは自分のために時間を遣おう。だが、夢想する力もそこで途切れてしまった。

もういい、もう終わりにしよう。破壊と哀しみの冷たい金属製の勲章だけが残り、草の根ほどに無意味だった人生を。ここまで辿り着くのに、一体何回、野戦で死んだ兵たちの告別式を陣中でやったか。このところはそれすらも出来ずに、皇軍といいながら実際には匪賊同然の衆になり果て、先へ先へと出たのだ。

しかし、いったい誰のために、何のために、自分ばかりではなく夥しい人間の生命が吸い取られていたのか、考えるのはやめにしておこう。皆がそれぞれに手を貸した戦なのだから。藪（やぶ）の中に掘った狭い壕に漂う味方の死臭に耐えかね、新しい空気を吸おうと、壕から彷徨い出、大地に立ち尽くして深呼吸した。清々しい空気は臨終（りんじゅう）の水のように肺を潤し、新しい空気を吸った喜びが、流れ弾が右脚にあたり倒れたことにもしばらく気づかせなかった。

——優待、優待！

何人かの兵による怒声が聞こえて、前島がうっすら目を開けると、担架に乗せられ運ばれているところだった。脚から血が流れるまま、大地に転がって何時間経過したのか覚えがない。もう寒さも痛みも遠のいていた。

次に目が覚めた時、温かい民家のようなところに寝かされており、脚には包帯が巻かれていた。夢の間に感じていた激しい痛みは引いていたが、身体は鉛のように重くて起き上がれない。なるほど助かったのかと自覚した時、そばにいた男が流暢な日本語で話しかけてきた。

「目が覚めましたか」

「どこですか、ここは」

「我々の領土です」

「ええ、あなた方の領土に違いありません。いえ……そうではなく、どこの街でしょうか」

「桂林より西です」

どこかから犬の遠吠えが聞こえる。前島は大きく息をついて土間のほうを凝視していた。

「昨夜のうちに切開して弾を抜いておきました。もう峠は越えましたから安心なさい」

軍医は鍋で沸かした湯を茶碗に注いでいる。

「日本人は無責任によく自殺する。だがそのような思想は中国にはありません」

「あなたはどうしてそんなに日本語がお出来になるのですか」

「奉天(ほうてん)の医科大で勉強していましたが、在学中に日本憲兵に睨まれ、長城(ちょうじょう)を越え重慶に逃れたのです」

「……」前島は目を見開き、起き上がろうとして呻き声を漏らしたが、冷たい床の上に倒れた。「貴官のお名前は……」

「軍医殿、あなたは董福と言われましたか?」

「もうお話しにならなくていい。董福中校があなたを待っていますから、明後日、そこにある松葉杖(まつばづえ)をついて、司令部へくるように。監視兵が迎えにきます」

「ええ。董です。ご存じではなかったですか。あなたをここまで連れてきたのも彼です」

前島は「是吗(シィマ)?(本当ですか)」と、与えられた一杯の白湯(さゆ)の横でまた呻くように答えた。

「王潔(ワンチィエ)、王潔!」

朝が来ると、前島は与えられた松葉杖をついて、指示どおり司令部にのろのろと向かった。董はこの司令部の参謀の一人だった。だが、こんな姿で彼に会いたいとは思わなかった。董は前島を見つけると、じっと目を凝らし、立ち止まった。

「お元気ですか……」と前島は朗らかを装い尋ねた。

「こんなに早く再会できるなんて思っていませんでしたよ……ハノイにいればあなたは安全だったはずなのに、どうして……」

「私は軍人ですから、自分の意思では動けません」

「王潔、私ならあなたをこんな目には遭わせない。こんな無駄な作戦には投じない！」

前島は忘れないうちに質問した。

「次郎……いえ、中国語でツーランという捕虜がこちらにおりますか？　上着の裏側に、あいつの親が名前を書いた白い布を縫い付けてあったはずです」

「ああ。今あなたとは別の場所に収容されていますが、同じ重慶市内の収容所に送られます。あなたが書いたお手紙も、あとで読みました」

「次郎も、ちゃんと飯は食えていますか？」

「与えられています。大事な方なのですか？」

「同じ部隊におった私の部下なんです」

「そうでしたか。王潔、あなたの本当の名前は何ですか？」

董に恭しく尋ねられると、教えるかどうか逡巡したが、董の他意の無い関心に応えてやろうと思って、「前島、潔」と結局教えてやった。

それから「私が憎くはありませんか？」と聞いた前島を、董はただ哀しそうに見つめていた。それは、大らかさに濁りが混じった長江のような哀れみだった。彼は控えめにだが、毅然とした声で言った。

「私たちはこの戦争で国民意識を得ました」

「再見(ジョイギン)」まだこちらを凝視する董を振り切るように、前島は董にとって親しい広東語で挨拶すると、目を伏せ、また松葉杖をついて立ち去った。

……………………

次郎とは、徴兵検査では軍医に「魯鈍(ろどん)」との注意書きが付けられていた十九歳の青年だった。親は北京で日本人居留民向けの商店を開いていた。誰からも不堪(ふかん)だの魯鈍だのと厳しく言われることなく、店の簡単な手伝いをやりながら、家族と一緒に静かに暮らしていたのである。戦況が悪化すると例に洩れず現地で召集され、兵の頭数を埋め合わせるためだけに、碌な訓練も受けぬまま、丙種(へいしゅ)の病弱な男たちもろとも戦場に投入されていた。

次郎を受領した前島に聞こえるように、何でこんな奴が押し付けられたんだとあからさまに呟く兵もいたが、前島が弟のようにかわいがっているうちに、皆もそう接するようになっていた。彼が別の部隊に引き取られていたら、どうなっていたかは知れない。

計算や読み書きがきちんとできない男だが、自分が育った北京の街の様子と家族の名前、生活の様子などについてはかなりはっきりした言葉で、詳(つまび)らかに説明ができる。こちらで育ったので、挨拶程度なら支那語まで覚えている。みんなと世間話くらいのお喋りはできるし、動作は遅いが教えればまったくその通りに真似をし、銃を撃ち、体を動かすこともできた。結局、この青年は補充されて以来戦闘には出さないで、炊事の手伝いや荷運び、洗濯をやらせ、軍属の傭員のような役柄でついてこさせていた。

前島が水にあたり腹を下したのがもとで危篤状態に陥ったときも、薬があったわけでも特別何かしたというわけでもないが、一番人間らしく看病し、生死の境から引っ張り戻してくれたのは次郎だった。殺伐とした日常でも、おひさまが出ていて空がいつもより青い時、野に花が咲き乱れているのを見つけた時、皆の人生から笑顔が枯渇した今でも、次郎はにこにこと笑ってそれを喜んでいた。戦争が終わらなくても季節は必ずめぐる。それでも去年の死者が今年蘇ることはなかった。

前島は次郎に尋ねた。

「おい次郎、ひとつ教えてくれ。おれたちは何でここにいると思う」

次郎はきょとんとしていたが、「はやくうちにかえりたい」と、口ごもりながら答えた。そしてその辺に生えている柔らかそうな草をむしると口に入れ、喰えないと分かると、べっと吐き出していた。

「……もう次郎は足手まといだな」

前島は、すこし後方の村落へ向かう道端に、次郎を置き去りにする案を皆に説明したばかりだった。おそらく味方に拾われるより敵に遭遇するのが早いだろうと確信しての対策である。あとは天命まかせだった。暗に彼を捕虜にしたいということを言いたかったのだが、あまり深く説明されずとも、理解してくれた者もいた。支那兵に捕まっても、連れてゆかれる集中営にいるのは大勢の日本人なのである。そこへ辿り着いて欲しかった。

「この先はもう後がない。行くも引くも同じだ」

制空権はほぼ重慶軍に押さえられたままである。昨日のグラマンによる機銃掃射で、ほとんど村と言ってもいいくらいの小さな街を警備していた小隊が崩れ、全滅といわないまでも、郊外で街道を押さえていた分隊の数名を残すばかりになった。息がある者も、担架に乗せたまま壕に隠してあるだけだ。包帯は足りず、医薬品はない。城内から逃げ延びてきた伝令が、前島が少し前に担ぎだした傀儡村長の姿がどこにも見えないと伝えてきた。街はすでに米製の最新武器を装備した敵の第四戦区（広東・広西）軍に包囲されているという。街道の先でも一昨日から遊撃隊による反攻があり、容易には突破できない。反転（退却）するにも夜中に敵の眼をかい潜れるかどうかは怪しい。

　このような現実に直面して、玉砕などという茫漠とした言葉は使う気にもならなかった。かわりに、頭にがんがん響いていたのは、いつぞや内務省警保局の機密資料で読んだ、反戦同盟の『言葉の弾』である。それは、捕虜として今もどこかで生きているはずの、友軍の叫び声だ。

――憲兵の腰の刀はだてか！　第一線にひっぱり出して戦争させろ！

「おれは弾が尽きれば刀を抜き、それが折れれば徒手空拳でも戦うつもりでいる」と、前島は生き残った部下たちの前で最初に宣言した。誰かが自決と言い出すのを封じたかった。

――犬死にするな！

「ついては次郎に保護者がついてもいいと思うが、誰か付き添ってもいいという者はあるか」この質問も、実質戦闘力がなく、この先は敵弾に倒れるのを待つしかないので、生き伸びたい者がいればもう引き留めないという意味なのを、皆理解していた。彼がもし生粋の歩兵だったら、ひょっとすると何も疑わずに、生き残り全員に自決を強要していたかもしれない。日本兵は、支那兵に捕まると眼をくりぬかれるとか、とかく残虐な殺され方をすると強迫的に信じていた。だから捕虜になってはならないという理屈である。確かに支那兵のうちとりわけ新兵は、復讐心から、日本兵捕虜を殺してしまうこともあった。しかし、蔣介石による捕虜優待政策は、確実に前線まで浸透していた。やがて捕虜による反戦活動に遭遇した日本兵は、動揺しながらも、かつての友軍に銃を向けていた。
日本側は、戦死するのでなければ、「生き恥」を晒さないよう、自決が最も正しい行いであると骨の髄まで教育されている。しかし蔣介石は、捕虜の人権と扱いについて規定したジュネーブ条約を参考に「俘虜処理規則」を起案、戦後を見据え、国民政府の国際的地位向上を図り、日本兵には「優待」政策を取って自軍に徹底させていた。

つまり蔣介石は、西洋法の精神に、東洋の仁愛のカバーを被せて実践していたのである。それは、日本軍が日露戦争までは徹底させていたが、この時代には忘却された行いであった。日本は第二次ハーグ条約（陸戦法規）を批准していたが、ジュネーブ条約には当時入っていない。敵愾心と蔑視の前では、敵の俘虜の保護や、戦傷兵の手当など一顧だにされなかった。いつの日からか、日本は国際法の枠内ではなく、ひたすらに狭く厳しい精神世界に閉じ籠る一方、地理的には戦線を拡大しつづけていた。

もし自分が捕虜になった場合は、現今の日本に帰されても、国際法は無視されているから、例の戦陣訓という名の精神規則を根拠に殺されるだけである。捕虜になってもなお生き残る道は、日本が一国を挙げて連合国に投降するか、あるいは終わらない戦争のなかで、支那に個人として土着する——つまり逃亡するしかなさそうだった。

「誰かついて行ってやってはくれんか。でないと次郎は一人きりで、通りすがりの村人に嬲り殺されるかもしれん」

前島はわざと皆に分かりやすい言い方をして、手を上げやすいよう計らったつもりだった。誰一人応じる者はなかった。聞いてみると、曖昧に大和魂を根拠にする者、内地に残してきた家族を思えば、具体的には天皇の軍の裏切り者と後ろ指をさされ、村八分になるのだけは避けたいという者。あとは、戦線離脱する気力すらも残っていない、つまり単に惰性に引き摺られて、死に向かうこの団体から個人では出てゆく勇気すら持てない者——という内訳だった。

ほとんど水のような麦かすの粥にしても、食糧はあと二日で尽きるという。その後はどこか集落を狙ってまた略奪を決行するか、銃弾の雨を潜り抜け輜重と巡り会うまで後方に下がるか、あるいはこの場で餓死するかの、いずれかしかなかった。

——匪賊だ……。よその村々へ押し入り家や収穫物を奪う。抗う者は殺す。一番上の首領がこの戦の上がりを安全なねぐらで待っている。こりゃア、匪賊に間違いない。若い頃おれはてっきり連中を討伐していたつもりだったが、いつの間に討伐される側にまで落ちたのか……。

二日以内に決断しなければいけなかった。飯盒(はんごう)の飯は、階級順に多くなる。すると、部隊では雑用のほかほとんど何もさせていない補充の二等卒である次郎が一番少なくなる。前島は、味気ない粥をいつも次郎と、まだ子どもじみている十八の一等兵に分け与えていた。自分のほうは、一度、水あたりしてから胃腸が弱りっぱなしなのか、飢餓状態にもかかわらず、それほど物を口にしたいとも感じない。最前線の部隊はかえって略奪の一番乗りだから、食糧は足りているらしい。後から警備のためにやってきた部隊には奪う物すらない。村人も大方逃げ出したあとだった。

「おれには自分の家族がないんだ。人はこういう状況にいると、誰かに気を遣っておらんと、生きている気がせんものらしい。兄が戦地で碌な死に方をしておらんのでな……。その償いに、こいつには一日でも長く、少しでも多く食わしてやりたいんだ」

炊事を担っていた上等兵は怪訝な顔をしながら、ふと憐れむようなまなざしを向けた。

「おれの言っとることの訳が分からんか……。まあいいさ、分かってもらえんでも。勘弁してくれ……」

城外から警備に当たっていた分隊には、学校を切り上げて入隊してきた近眼の青年に、生花店の店主、職人、小学校の教師、在支の商人に農家や漁師の息子がいた。平時であれば一つの団体を形成しようのないほど、バラバラな出自だ。一般大学出の中尉は、城内にある司令部の窓から手りゅう弾を投げ込まれて死に、予備士官上がりの少尉は負傷してもまだ生きていたはずだが、機銃掃射にやられ、担架の上でこと切れている。

ごく数分前には呼吸していた若者の魂が、突如幕切れにされた自分の命を撒き取ろうとしてまだこの世に伸び漂うかのように、死相は青ざめ、怨念めいて現れていた。それでも前島は、生き残った次郎や、十八の少年兵、それに花屋のおやじと一緒に、そこから這いつくばって逃げるしかできなかった。別の場所でかろうじて生きていた他の下士官も、海の物とも山の物ともつかなかった。そして士気は、もはや誰にも残っていない。単に生き延びるためだけに、よその国で、団体で身を寄せ合っているに過ぎなかった。

その晩、前島は陣営として接収していた古民家に灯りをともし、残っていた何かの包み紙を伸ばして便箋の形に切った。短くなった鉛筆を小刀で削ると、支那語で次のように書いた。余計なことは一切書かなかった。

——先生、この男は白痴にて戦闘能わざる者、すなわち本来なら非戦闘員です。ついては助命嘆願致したく本書状を認めた次第であります。敬礼。王潔。

このような手紙を書くあさましさを思わないでもなかったが、とにかく手紙を次郎の上着の前のポケットへ、見えるように差し込んだのである。

…………………………


軍医から右脚下腿部の弾を取り出す外科治療を施されてすぐ、前島は他の見知らぬ若干名の捕虜とともに、そのまま幌つきのトラックで重慶へと移送されることになった。

武漢にいた第十三師団が独山占領へ向かうとの情報を得た国民政府軍政部は、四四年冬のうちに、鎮遠収容所の捕虜を緊急に重慶へと移送しはじめた。実のところ第十三師団はそのような戦闘力を欠いていたのだが、捕虜移送は強行軍で行われた。前島が四五年春に捕虜となったときには、鎮遠収容所はすでに重慶へ移転したあとだった。

揺れが激しく、何時間もトラックの上で耐えていたが、閉じた傷口が開いて、ゲートルの上から血が滲みだしていた。六時間ほど揺られたあと、燃料の木炭をくべるため、トラックは鎮遠で停車した。古鎮は霧に覆われ、小舟の浮かぶ運河は青磁色に輝いている。意識が朦朧とするなか、前島は、護送兵に止血用の布をくれと掠れ声で言った。


重慶・鹿角郷集中営（収容所）に着いてから、前島はすぐに病棟へ移された。病棟といっても衛生状態が悪く、じっとしているとますます衰弱してしまいそうなタコ部屋である。病棟で弱り、蹲っている捕虜たちを見ていると、自軍の放った毒ガスに、防毒マスクも持たずにばたばたと倒れていった最末端の友軍兵士、そして敵兵の姿が蘇ってつらかった。

この集中営では耕せる畑もなく、自分たちが飲むための水を汲み、天秤に担いでくる労役を除いては、労働も課されない。食事は固い麦飯に塩気のないモヤシのスープだけだが、たまに豚肉のかけらが浮くことがあり、その日を肉デーと呼んでみな楽しみにしていた。粗食に見えても、収容所勤務の支那兵も同じ物を与えられていた。支那国内が戦争で窮乏しているのだから、捕虜は十分に優待されていると言ってよかった。かつて集中営が鎮遠に置かれていたころは、収容所敷地内に畑も運動場もあり、みな自主的に手仕事や畑仕事をして汗を流し、自作の麻雀や野球に興じるなどしてそれなりに発散できていたという。初期の支那事変や上海事変で捕虜になった古参によれば、最初の頃は白米の飯に甘味(かんみ)も配給されていたらしい。

この収容所には畑も運動場もなく、食べては寝ての暮らしで体力を落とし、それがもとであっけなく亡くなる捕虜があとを絶たない。食べるといっても粗食だし、相変わらず疫病も流行っている。戦場の終わりなき忙しさから俄かに解放された心の空白を、みな蚤潰(のみつぶ)しの日課で埋めている。

まったく衛生的とは言えない病棟で寝起きしながら、前島は日中、手工芸のグループに交じって縄を綯(な)い、竹籠を編むか、自主勉強会に出るかして時間を潰していた。籠は、少年時代内職で作らされていたから、身体が編み方を覚えている。日本人が作った工芸品や細工は丈夫で品質がよく、収容所で即売会が開かれると、町の人々が買い求めに行列を作った。しかし収容所の所員が上がりをいつもピンハネしていくので、みな鬱憤を我慢していた。捕虜になってから、ボロボロになった日本の軍服や編上靴(へんじょうか)がとうとう使い物にならなくなると、前島には囚人服のような粗末な服が与えられた。革靴までは与えられないので、結局、履物といったら自分で布靴を縫うか、駒下駄を作るか、草鞋を編むしかない。自分用の草鞋を作り終えると、他にも履物に困っている捕虜を見つけ、編み方を教えつつ、また何足かストックを編み始めていた。手を動かしながら、前島は靴というものを履いたのも、そういえば軍隊に入ってからだったのを思い出していた。

入所した月早々、支那語訳の『資本論』と蔣介石の『中国の命運』のリーディングがあった。あとは支那語、中国史、ニュース解説のグループがあった。が、『資本論』で主張されていることは、資本家が労働者を搾取しているという、あのお決まりのお説教にとどまらないはずなのに、捕虜の講師が作った和訳はひどかった。

支那語訳をもらい、こつこつと読んでみると、やはりとってつけたような浅はかな説教文の類ではなく、まともなことがちゃんと書かれている。なまじ支那語を知っているという小学校卒の俄か講師による翻訳には、誤訳もしくは和文の可笑(おか)しなところが多く、とても読めたものではない。訂正を求めたかったが、そんな要求をするほど『資本論』を勉強する気力、意欲、体力、すべてがない。前島の経歴を知らない他の捕虜が、『貧乏物語』と『蟹工船(かにこうせん)』をどこからか手に入れてきて、読むよう親切に勧めてきた。しかし、何を今さら……と読み返す気にもならない。収容所には、支那語その他の外国語の書籍を読みまともに理解できる者、通訳に耐える者はわずかしかいなかった。かといって自分が講師や翻訳者を買って出るつもりは毛頭ない。これに懲りてからは、たいした勉強にもならない輪読会にはもう出ていない。反戦同盟の鹿地なら、もともと帝大まで出た国文学者なのだから、それこそ『資本論』解説には適任だと思うのだが、彼は収容所には姿を見せなかった。

前島は鹿地亘と直接会ってみたい気持ちがあったが、古参の捕虜に聞いてみると、周恩来(しゅうおんらい)など中共の要人とも接触があるとして、いまは国民革命軍右派の妨害を受け、引っ込んでいるという。かつて反戦同盟内部では、鹿地のリーダーシップに疲れ反抗する捕虜もあったというから、結束しているようでいて、だいぶ紆余曲折(うよきょくせつ)があったらしい。ひとたび兵隊から軍服と皇軍のレーベルを剝がせばただの市井の人であり、戦陣訓の轡(くつわ)から解放された群衆を束ね上げるのは、戦陣訓でもってこれを無理に束ねるのと同じくらい、容易ではない。仏印進駐前年までは、英米側の支持も取り付け支那各所で行われていた前線での反戦運動はことごとく中止となっており、収容所内でも、ひさしく表立った活動は控えられている。

ただ、鹿地は相変わらず国民政府軍事委員会政治部第三庁にポストを維持していた。ここは、芸術文化を道具として国民政府側の宣伝活動を行う情報機関である。この第三庁長官は、かつて日本へ留学し、九州帝大医学部まで卒業したものの医道は極めず、結局文学の道を歩んだ郭沫若である。中国での革命が失敗に終わると、郭は盧溝橋事件が起こるまでは日本で亡命生活を送っていた。憲兵と刑事に睨まれながらも日本人の妻と子らを養うために、青銅器や甲骨文などの古代研究書を出して稼ぎ、それが元老・西園寺公望のお気に召して一躍、日本の学界と新聞の寵児となった。二・二六事件の際は、同国人により西園寺が郭の寓に逃げ込んだなどというデマが流され、郭は国では漢奸扱いされかけたが、蔣介石は逆に西園寺との関係を利用するつもりで、南京で郭逮捕令を取り消させた。

この文学者は鹿地と共に反戦演劇を捕虜に指導したり、YMCA国際戦争捕虜福利事業を招聘したりしながら、反戦捕虜教育を試行錯誤しつつ、第三庁で捕虜に対する文化政策を統括していた。かつて日本兵捕虜によって桂林、貴陽、重慶など各地で公演された反戦芝居『三兄弟』のラジオドラマ版なら、前島も聴取したことがあった。

捕虜は、この収容所だけでも六百人はいると言われている。収容所は、依然として既に解散させられた反戦同盟の影響下にある「表」と、日本軍の立場を固守する「裏」グループに分かれており、入所後どちらに加わるか選択できた。しかし絶対数では、「裏」に所属する捕虜が多かった。「裏」の捕虜らは日本不敗論者たちであって、宮城遥拝を日課にし、地主・小作関係もしくは軍隊での序列を収容所でもそのまま維持している。だが思考はいつも後ろ向きで、ただでさえ衰えている人間がいっそう荒んでいた。

「表」グループでは、鹿地等の指導者をそこまで敬愛しない者たちでも、多くがその反戦思想にだけは共感していた。戦陣訓や聖旨に従って家業を失い妻子を路頭に迷わせ、その命に従って飲まず食わずの野戦で人を殺し、自らもまた簡単に生命を捧げる。このような規範よりは、誰もその最終的な意味を説明できないでいる殺戮の命に抗い、命助かる方についたほうがよっぽどマシだと考える人々が、こちら側に寄り集まっていただけだった。

　脚を怪我して病棟暮らしのため、ここまで前島が表・裏の対立に巻き込まれることはなかったが、体力が恢復したら、表か裏か、身の振り方をはっきり決めないといけないらしいことを、気に揉み始めていたのだった。「裏」なら、最近の若い兵隊よりは余程熟知している内務班の生活に戻るだけだ。「表」に行く分にも問題は無かろう。彼らの考え方もよく理解している。

　前島は、たまに「表」の様子を覗いてくることがあった。病棟で横になっているだけの辛い時間を、何とか潰したかったのだ。捕虜向け文化プログラムの一環として、郭沫若の歴史劇『屈原』の舞台フィルムを鑑賞する機会があり、まだ不自由な脚を引き摺ってでも観に行った。主人公・屈原の台詞がこだまして離れない。

――私は誰の顔もみたくない。人間の顔というものが私はこわい。

　春秋戦国時代の楚国の詩人・屈原が、懐王の寵姫による謀略で国から追放されながらも失われることのなかった愛国心を描いたこの芝居は、抗日戦下の重慶で公演され大ヒットを飛ばした。史劇ではあるが、あきらかに劇中の秦は同時代の日本に、斉は中共の延安に例えられていた。言い伝えによると、秦の大軍に押し寄せられ国土を失った祖国・楚の惨状に絶望した屈原が汨羅江に入水した日が五月五日である。楚の人々は詩人の死を悼んで水にちまきを投げ入れるようになった。この風習が日本に伝わり、端午の節句にちまきを食べるようになったという。

俘虜としてやり過ごす日常では、歴史的に死すべき詩人の悲劇には何故か身に浸みるものがあり、演じられた主人公の命運に自分と共通の悲惨を感じて、前島はだくだくと涙を流しながら映像に没入していた。同じ頃、捕虜の「裏」グループでは、外に鯉のぼりを飾りたいと騒ぎになっていた。それが「日本軍国主義」の象徴ではないと、捕虜たちは所長に説明しに出掛けていたが、日本人のほうは屈原の悲劇を知らないようだった。

あれは十八の春頃だったか。憲兵候補者となるには、適性試験に通らねばならなかった。一般的な軍人精神や軍規についての説明、軍事情勢理解、高等小学校卒程度の算数の問題を解いたあと、第三インターナショナル、プロレタリアート、ソーシャリズム、ミリタリズム、デモクラシー、レーニン、ムッソリーニ、スローガン、パンフレット、ユートピア、デカダン、ナンセンス、エロ……などの簡単な用語解説を延々とさせられた挙句、

――反軍運動とは何を目的とするか。

と問われれば、

「資本主義の発達に依りて帝国主義となった軍国主義に反対し反帝国主義並びに戦争反対運動を目的とする」と回答し、陸軍きっての胡散臭い試験で満点近く取って「素養大いに有」と判断された。それが、何色にも染まらぬ、憲兵の襟章のように真っ黒な、十余年の内面生活の始まりだった。仕事が

始まると、取り締まりのために、封切り前の映画や芝居、新劇を大量に観（み）に行った。真面目だった彼は、ラジオの支那語放送を目覚ましがわりに聞き、夜は流しっぱなしにして勤務時間外も注意して聞き取っていたのだ。事前には無かったセリフが挿入されていたりして、放送後に改めて検閲しなおし、シナリオを葬ることもあった。国策ドラマにも多少の粒が混じっていることはある。満映（まんえい）がラジオドラマ化した、全篇支那語の検事ドラマ『国法無私（こくほうむし）』。あれは決して悪くなかったのではないか……。満洲国で初めて司法が題材に用いられ、大々的に宣伝がなされた。登場人物は全員「満洲人」、青年検察官・馮振鐸（ふしんたく）を主人公に、法の正義を描いていても、他の国策ドラマのように過剰に説教臭くはなかったはずだ。だから今でも記憶に残っている。だがあれもいずれは忘却されるのか。

　次の時代には絶対に残らない駄作だけが、検閲に掛からない。消えゆく作品とともに、そのような検閲をし文化を荒廃させることに一役（ひとやく）買った自らもまた、跡形もなく消えるような気はしていたのだ。歴史によって突然漂白されたこの黒の精神は、いまだ白くなりきれずに、薄い灰色のまま染まるべき色を決めかねていた。その灰色の魂は彼を漠然と休息させるかわりに、何らかの行動に対して意欲的になることをも拒絶させていた。

「表」の人たちと付き合うにあたっては、彼らが支持する思想をよく知らないフリをしていないと面倒なことになりそうだし、かといって捕虜であるかぎり「裏」の軍規と聖戦論に後戻りする気力は起こらない。今は、十八歳で書いた模範解答の間違いを知っている。あれに正答するには、西と東、北と南を巻き込んだ今度の破壊的事件の巨大さを明るみに出し、夥しい人間の顔を書かなければいけなかった。あれはそんな途方もない問題だったのだ。役人であるはずの出題者もそこまでは理解していなかっただろう。

夏の日、前島は病棟の一角で反戦同盟が作成した色褪（あ）せたビラを拾った。

——テキハウシロダ……！

収容所内では重慶の新聞を読むことができるので、連合国側と国民党側の発表については情報が入ってくる。日本空襲のニュースも毎日得ていた。収容所に来てひと月半ほど経った五月、ナチスドイツ降伏のニュースに触れると、前島もそろそろ日本にも終わりが——そして予想もつかない始まりが迫っていると感じた。これまで敗戦の可能性を思考から意図的に除外していた捕虜たちも、徐々に連合国側の発表を信じるようになっていた。

今月はポツダム宣言の全文が公表され、支那語に訳されたその条文に、前島は釘付（くぎづ）けになっていた。帰国ももう少しで叶うかもしれない。そういう希望がわきはじめていた。ポツダム宣言が受諾されれば、軍人は武装解除ののち、「各自の家庭に帰り、平和的、生産的に生活出来る機会が与えられる」とあるから、「生きて辱めを受けた」軍人として、少なくとも同胞によって銃殺刑に処されることはないらしい。日本が本土決戦を決意せず「総玉砕」せずに終われば、という但し書きつきである。

前島は、一瞬期待した結末の可能性を、胸の中で一旦もみ消した。

右脚の痛みがなくなってからは、前島は水汲（く）みに出て身体を動かすようになっていた。戦傷と栄養失調で衰弱した身体は、思い通りに恢復してはくれない。強制労働もなければ、捕虜虐待もないが、不潔で沈鬱（ちんうつ）な病棟から出たほうが、心身のためにはよかった。

水汲みの仕事の最中に、表と裏の捕虜はよく出会った。思想的な対立があっても、大抵の捕虜たちはお喋りしたり、一緒に体操をやったりして交流を続けている。そこに、前島が「表」グループの人たちに世話を頼んでいた次郎の姿を見つけることもあった。しかし、あいかわらず殺気立っている一部の人間に運悪く鉢合わせることもある。男は将校を名乗っていた。自分より五つか六つは年下に見えた。表情はむしろあどけないくらいである。

「見ない顔だな。いつ来たんだ」

「三月か、四月だったでしょうか」天秤を担ぐ前島は、まだ少し傾く右脚を押し出し、地を擦るように歩きながら返事した。編み笠を被り、収容所で支給された茶色い木綿のクーリーシャツに褲子（クーツ）、そして足元は自分で編んだ草鞋である。この辺の小作人のような形だった。

「貴様は表の人間か？　裏切り者か。原隊と階級を言え」

自分のことはあまりお喋りしたくなかった。

「私は病棟です。脚が悪いのであります。日本を裏切ってはおりません。捕虜になっただけです」

「生きて辱めを受けてなお、表に行ってアカに染まるな。日本は負けると宣伝する売国奴ばかりだ。早く裏に来い」

「お言葉ですが、国民党は中共の浸透を恐れていまアカ狩りをやっている。鹿地も表には姿を見せません。たぶん内部には元共産党員も混じっておるのでしょうが、弾圧を恐れて息を潜めておるようです。表で習うのはせいぜい唯物論（ゆいぶつろん）と、三民主義くらいです。ようするに、民国を建てた孫文（そんぶん）の考え方ですな……。だいたい、あんたは表の人間をそんなに憎まなくていい。みんな同じ日本人です。あいつらも、皆ひとしく、あんたら将校の指示の下、身を粉（こ）にしてよく戦った」

元将校は前島を敵だと決めつけ、睨んだままだ。

「貴様は何者だ？　やっぱりアカなんだろう？　なんでそんなに詳しい」

「私が何者か？　あんたはそんなくだらんことまで知りたいのか？」

前島はついに、担いでいた水桶を置いた。

「あんたたちがピカピカの詰襟服を着て中学へ行っている時に、私の家は豊作不況のせいで餓死の手前を味わったんだ。身が窶れるより家族の心が荒んだことのほうが酷かった。軍隊に入るまでは、私は木綿の着物しか着たことがない。あんたたちは、十五、六の時に真っ白な飯を食った記憶をお忘れですか？　飯の心配もなく学校へ行き、士官学校へも行かれたのでしょう。恩賜の軍刀やら時計に憧れておったんでしょうが。聖旨が、あんたがたの生きる意味なんでしょう。私らは、あんたたちの逆で、あの時分に夢はおろか飯まで取り上げられてどん底に叩き落とされたおぼえがある。私の一切の努力も人生も、自分には見えないところへと吸い上げられるだけだった。その後は十七から軍隊に入ってついぞ軍隊しか知らぬ人生を歩んだんです。軍歴ならあんたがたより長いんだ。自分は捕虜になって一命だけは得た。だが、すべて失ったら、人殺しをやった事実の他に何が残る……」

「貴様らの人間性はさすが劣っている。いや腐っている。表に行く人間の大半は食事の分配にしか目がない卑しい連中だ。皇軍の名誉を踏みにじり、捕虜になる生き恥を晒しても食い意地を重んじる人種らしい」

「あんたもとっくに捕虜でしょうが。往生際が悪すぎる！　むかし苦労した報いを、この場で多少の麦飯と、肉のひとかけらとして受け取って何が悪い。この飯だって、どこで穫れたもんか知らんはずはないでしょう。私らの今日明日の命を誰に生かされておるのか。捕虜になるということはそういうことだ。あんたがたはこの期に及んで、裏に行くと決めたのになんで静かに耐え忍ぶということができないんですか」

見知らぬ捕虜たちから大福餅とあだ名がつけられていた前島が怒声を上げ、また天秤を担いで踵を返したとき、その辺りにいた烏合の衆がぞろぞろと、元将校ではなく前島の後ろに漫然とついてきた。前島は傾いたほうの右脚で休めの姿勢になると、後ろを振り返らずに怒鳴った。

「貴様らも訳もなくおれについてくるなッ！」

騒ぎのあと、前島は収容所の所長に呼び出され、内陸の訛りで、誰あるいはどんな思想が喧嘩の原因なのかと聞かれた。前島は一言、原因は自分の食い意地にあると答えていた。

その晩は怒っただけで体力を消耗したせいか、すぐ眠りについたが、初めてここへやってきた日のことが脳裡に去来し、そのあまりの鮮明さに夜半目が覚めてしまった。

……………………

収容所へ送られる前夜、日本の士官学校と陸大を出たという参謀に呼ばれた。スパイ活動を行っていた董福をみすみす逃した敵がどんな男なのか、見ておきたかったのだろう。董は九龍の財閥の息子で、父親が早くから蔣介石を資金面で援助していた。一九四一年のクリスマスに日本が掌握した香港から脱出した董福は、大口の資金援助者というだけで、国民党からしかるべき地位を与えられていた。名誉だけの階級を持つ彼は、根っからの軍人でも間諜でもなかったのである。そのことを、前島はハノイにいた頃すでに知っていた。

その日会った年配の将校の、まるで大本営の参謀のような日本語の言葉遣いと物腰に驚愕した。蔣介石が高田の連隊で扱かれたことは有名だが、国民革命軍には、日本で軍事教育を受けた将校が少なからずいる。なかなか退かない敵部隊と遭遇すると、きっと日本軍の傾向がすぐ頭に浮かぶ元留学生が指揮を執っているのでは、と頭をよぎることもしばしばあった。欧米のロビーに働きかけを行う裕福な広東出身者には、米国のウェスト・ポイントを卒業した将官もいて、それらの留学組が、今では広西の第七戦区を指揮していた。

この日本留学組の参謀は、昔の軍閥の頭目（とうもく）さながらにどしりとした居住まいだが、言葉遣いは知的で穏和だった。だが前島は意地で支那語を喋った。日本語で返すと、捕虜になったことがかえって身に浸みて感じられ、不快だったのだ。若い頃は、怖いものなどなかった。どんな不条理な目に遭おうが、絶命すれすれの状況に居合わせようが、動じずに身を投じられるほどの、心の硬さがあった。それが二十代の熱量というものだったのかもしれないが、今は目の前の敵の参謀にも、滲み出る怯懦（きょうだ）を隠そうとする自分がいる。

「王潔、と名乗っていたそうだな。友軍に同姓同名の女兵士がおったから、てっきりその兵の進言かと思っておったが、ちがった。わが軍は日本兵については『優待』を行っている。殺さず、生かす方針だ」

「……」前島は言葉に詰まっていた。何かを話したかった。

「おまえは美しい言葉を遣うな。董中校（ちゅうこう）が祖父の代の官話を聞いているようだというが、まったくそのとおりだ。どうも、軍服より昔の朝袍（チャンパオ）のほうが似合いそうな顔をしている。言葉はどこで習ったのだ」

「自分で本を読み、人々の中で覚えました」

「おまえは生きる時代と国を間違えたようだ」

「いいえ。どの時代、どの国に生まれようと同じことです」

「そうか。いずれにしても……我々はおまえを裁くつもりはない。何故ならハノイで我々の若者を釈放し、菫を逃がした。おまえはその当然の酬(むく)いを受けるだけだ。東北地方ではおまえの首に懸賞金を掛け探し回っている奴がいるらしいが、おまえのことは我々が最後まで守り抜く」

探し回っているのは、満洲時代に古北口で「友達」になった男たちのいずれかに違いなかった。国民党軍ではなく新四軍(しんしぐん)や八路軍につかまっていれば、共産党の反戦キャンプに連行されただけだ。その結末までは想像できない。

重慶へ送られる朝は、まだしばらくは生きていられることを実感した時でもあり、気分はこれまでの人生で一番清々しかったかもしれない。

ライフルを抱え持った支那人の下士官は、丸腰の日本兵捕虜を次々にトラックの前で鈴なりに並ばせていた。布靴を履き、枯れ草色の軍衣を着た女性兵士である。気の抜けた若い捕虜などはこの南支の美人に目を奪われていた。女下士官は、動きの鈍(にぶ)い捕虜をライフルで小突いてどんどん歩かせていた。捕虜は三メートルの間隔をあけてロープで腰を繋ぎ合わされ、後ろ手に縛られている。前列には次郎がいて、クシャミをしていた。

利き脚(きあし)を悪くした前島は、のろまたちの後列に入れられている。今年の夏三十一を迎える前島は、捕虜の二列横隊のなかで、四十過ぎらしいゴマ塩頭の第二乙種(おつしゅ)補充兵に次ぐ年長者だった。衰弱が酷く護送の日まで命が持たなかった兵もあり、総数はここに集められた時よりも減っている。遠くは北支から連れてこられた見知らぬ捕虜もいて、今日までに誰がいなくなったのか、前島も全部覚えているわけではない。

捕虜が出揃うと、もうひとり、年の頃三十半ばに見える支那人の男の軍官がさっと歩みよってきて、捕虜の列の前で、各々の顔をざっと検めていた。前島は一目で、その将校が文民だと見抜いた。まったく支那人の雰囲気を醸し出しているが、貝のように閉ざされた心の持ち主なのではないかと思わせる、内省がちな、繊細な性格が見え隠れしていた。前島はまた、この軍官が女下士官と支那語で話すのを聞いて、支那人ではないと確信した。発音には明らかに日本語のアクセントが混じっていたのである。それに聞き覚えのある声だった。

　この軍官の胸に国民政府の少校（少佐）の階級章を認めた前島は、彼が自分の前にやってくると、げっそり窶れた丸顔に人好きのする笑みを浮かべて、すかさず話し掛けた。

「少　校、今天是個好天氣呢（いいお日和ですね）！」

　臆面もなく話し掛ける前島に、他の捕虜たちはぎょっとした顔つきになり、悪いことに巻き込まれないよう皆いっせいに目を伏せ、息すらも漏らさぬようにと堅く口を閉じた。

「少校、我有聽過對外反戰廣播（少佐殿、私は外国向け反戦ラジオ放送を聴いたことがあります）」

　革靴を履いてゲートルを巻いた少校は立ち止まり、前島を睨んでいる。軍人待遇であるはずだが、武器の類は携行していない。許されていないのだろうか。これからどこかに移送され、トラックから降ろされた時には、この男ともう一度会える保証はない。前島はこの奇遇を喜んでいた。「你也是日本人吧？（あなたも日本人でしょう？）」

　前島は少校の沈黙を自ら打ち破り、日本語で聞いた。

「あなたも日本へ帰りたくありませんか」

　返事はない。大半の捕虜たちは、悪びれもせずお喋りする前島をトチ狂った男だと決め込んでいるのか、相変わらず目を伏せたままだった。中には支那語を解する捕虜もいるのかもしれないが、みんな息を凝らしている。

「私は十八で内地を離れ、それから十年以上支那の大地で暮らした。途中、仏印のハノイにも二年ほどおりました。そういうわけで、帰ったところで私には帰る所もないんですなァ。いや、今の私は国のない人間だ。でも私はこの国からは出てゆかねばなりません。私の中には、日本の軍人と支那の庶民の二人が住みついておったんですが、もうじき素寒貧の日本の水呑百姓に戻るわけだ。だがどんな結果が待っていようとも、私はもう恐れません。何も恐れる必要がなくなったからです。今は私が餓鬼だった頃にも増して国は荒廃しておるでしょうが、まあやり直せるものなら、自分の国で、ほんとうの人生をやり直したいものです」

少校の目つきは鋭くなっていた。そして、日本語で返してきた。

「ハノイですか。じゃあなたはご存じでしょう。仏印から、自分に同じことを尋ねてくる人がありました。日本に帰りたいだろう、助けてやるから、返事を寄越せというんです。ずっと、古い知り合いの女性が手を差し伸べてくれたと思っていたんだが、どうも違った。憲兵の仕業だったらしいと後で知りました。あなたは、そうまでして私を逮捕したかったんですか」

前島はからりと笑った。

「この戦況で、誰がそんな七面倒なことしますか。私は自分の心に始末をつけたかっただけだ」

春はたけなわだった。前島はやわらかな風に混じって李の匂いをかいだ。内ポケットの奥には、泥水を吸ってもう読めなくなった鞠からの返信を小さく折り畳んで詰めた、ぼろぼろのお守り袋が入っていた。青天の下、捕虜たちが乗せられたトラックは羊飼いを追い越し、黒い瓦の家々も通りすぎて、いつ終わるとも知れない山道を、土埃を巻き上げながら走り続けていた。

付記

本作に登場する「植田勇吉」は、スメドレーと大屋による叙述および、菊池と湯山による研究（敬称略・各著書は以下に掲げる）に取り上げられた実在の外務書記生・塩見聖策を参考に、これらについては不明であった諸点のほか、生い立ち、行動、歴史的背景について作者が虚構の記述を加え創作した人物であり、実在の塩見氏とは関係がない。その他、実在人物の名も登場するが事実として表現したものではなく、作中起こる出来事はすべて、私の想像の産物の域を出ない。一例を挙げれば、汪兆銘がハノイで刺客に襲われたのは事実だが、その展開は創作である。また「支那」「支那人」等の用語を用いているが、このような用例が横行していた当時の時代背景に鑑みたものであり、差別助長の意図はない。

参考文献

＊引用箇所

・郭沫若（須田禎一訳）『郭沫若史劇全集第1巻　屈原・虎符』講談社、昭和四七年、六〇頁より、屈原の台詞を本作30章に引用。（その他、右本文中の須田氏による「解説二 二『屈原』について」を参考にした。三〇四-三〇九頁）
・プルースト、マルセル（鈴木道彦訳）『失われた時を求めて5　第三篇　ゲルマントの方I』集英社文庫ヘリテージシリーズ、二〇一七年、二三七頁から訳文の一部を作品冒頭に引用。
・本作第一部1章における范師孟によるベトナム詩は、Lê Thành Khôi による仏語訳（著書は一覧に掲げる。二二五頁）から筆者が重訳の上、引用。
・22章に引用した漢詩「鞠歌行」の訓読文は以下の公庄博氏による。

＊文献一覧（五十音・アルファベット順、著者名記載なしの場合は記載せず）

『アジア写真集10　インドシナ写真集』大空社、二〇〇八年
イスラエル、ジョナサン（森村敏己訳）『精神の革命　急進的啓蒙と近代民主主義の知的起源』みすず書房、二〇一七年
一ノ瀬俊也『皇軍兵士の日常生活』講談社現代新書、二〇〇九年

内田静枝編『女學生手帖　大正・昭和 乙女らいふ』河出書房新社、二〇〇五年
海野芳郎「インドシナをめぐる日仏抗争―ベトナム・ナショナリズムの奔流に水門を開いた日本軍の武力行使を中心に―」『法政理論』二六巻第一号、一九九三年、一‐七八頁
ヴォ ミン ヴ『第二次世界大戦期の仏領インドシナにおける日本の華僑政策』東京大学総合文化研究科、博士論文 二〇一五年
遠藤芳信「1900年前後における陸軍下士制度改革と教育観」『教育学研究』四三巻第一号、一九七六年、四五‐五五頁
大井篤『統帥乱れて』中公文庫、二〇二二年
大屋久寿雄『戦争巡歴――同盟通信記者が見た日中戦争、欧州戦争、太平洋戦争』柘植書房新社、二〇一六年
岡田友和「植民地期ハノイにおける街区の住民―1930年代の小商工業者層を中心に―」『アジア経済』五六巻第一号、二〇一五年、八七‐一一四頁
大佛次郎『ドレフュス事件』朝日選書、一九七四年
郭沫若（小野忍、丸山昇訳）『抗日戦回想録　郭沫若自伝6』平凡社、昭和四八年
郭沫若（大高順雄、藤田梨那、武継平訳）『桜花書簡　中国人留学生が見た大正時代』東京図書出版会、二〇〇五年
加藤陽子『徴兵制と近代日本1868‐1945』吉川弘文館、一九九六年
菊池一隆『日本人反戦兵士と日中戦争――重慶国民政府地域の捕虜収容所と関連させて』御茶の水書房、二〇〇三年
菊池一隆『中国国民党特務と抗日戦争―「C・C」系・「藍衣社」・三民主義青年団―』汲古書院、二〇二二年

公庄博『李白詩全訳注　第二冊』ユニプラン、二〇二〇年
河野美奈子「『フランス植民地帝国』におけるデュラスとインドシナ」『立教大学フランス文学』四三巻、二〇一四年、八九-一一〇頁
河野美奈子『マルグリット・デュラスと仏領インドシナ――自伝的作品における仏領インドシナ表象とその書き換え』立教大学文学研究科、博士論文　二〇一六年
小林英夫・張志強共編『検閲された手紙が語る満洲国の実態』小学館、二〇〇六年
小林英夫『〈満洲〉の歴史』講談社現代新書、二〇〇八年
宍戸寛ほか著『中国八路軍、新四軍史』河出書房新社、一九八九年
篠永宣孝「駐日大使クローデルとフランスの極東政策」『早稲田政治經濟學雜誌』第三六八号、二〇〇七年、二-二〇頁
スメドレー、アグネス（高杉一郎訳）『中国の歌ごえ』みすず書房、昭和三二年
代珂『満洲国のラジオ放送』論創社、二〇二〇年
高嶋航「近代中国における女性兵士の創出―武漢中央軍事政治学校女生隊―」『人文學報九〇巻、二〇〇四年、七九-一一一頁
髙田洋子「フランス領インドシナの植民地都市研究序説：ハノイとサイゴン・チョロン」『JCAS連携研究成果報告8植民地都市の研究』国立民族学博物館・地域研究企画交流センター、二〇〇五年、四二三-四四三頁
髙田洋子「仏領インドシナのゴム農園開発と労働力：紅河デルタ農村における契約苦力の『募集』を中心に（1）」『敬愛大学国際研究』第二九号、二〇一六年、二九-六一頁
髙田洋子「仏領インドシナのゴム農園開発と労働力：紅河デルタ農村における契約苦力の『募集』を中心に（2）」『敬愛大学国際研究』第三一号、二〇一八年、一-三六頁

立川京一「第二次世界大戦期のベトナム独立運動と日本」『防衛研究所紀要』第三巻第二号、二〇〇〇年、六七-八八頁
立川京一『第二次世界大戦とフランス領インドシナ――「日仏協力」の研究』彩流社、二〇〇〇年
立川京一「日本陸軍の仏印進駐に係る諸問題」『戦史研究年報』第二一号、二〇一八年、二〇-四四頁
丹野勲「戦前日本企業の東南アジアへの事業進出の歴史と戦略―ゴム栽培、農業栽培、水産業の進出を中心として―」『国際経営論集』第五一号、二〇一六年、一五-四一頁
中薗英助『北京飯店旧館にて』講談社文芸文庫、二〇〇七年
波形昭一編著『近代アジアの日本人経済団体』同文舘出版、一九九七年
難波ちづる「ヴィシー期・フランスのインドシナ統治をめぐる本国政府と植民地政府」『三田学会雑誌』九一巻第二号、一九九八年、三〇三-三二八頁
難波ちづる「第二次大戦下の仏領インドシナへの社会史的アプローチ：日仏の文化的攻防をめぐって」『三田学会雑誌』九九巻第三号、二〇〇六年、五四一-五五六頁
乗松佳代子「清末・民国期における男子服装―長袍と中山服を中心に―」『愛知県立大学大学院国際文化研究科論集』第十六号、二〇一五年、二六一-二八八頁
畠中敏郎『仏印風物誌』生活社、昭和十八年
広中一成『ニセチャイナ――中国傀儡政権 満洲・蒙疆・冀東・臨時・維新・南京（20世紀中国政権総覧）』社会評論社、二〇一三年
広中一成『傀儡政権 日中戦争、対日協力政権史』角川新書、二〇一九年
広中一成『後期日中戦争 太平洋戦争下の中国戦線』角川新書、二〇二一年
ペイン、S・C・M（荒川憲一監訳・江戸伸禎訳）『アジアの多重戦争1911-1949 日本・中国・ロシア』みすず書房、二〇二一年

細川呉港『草原のラーゲリ』文藝春秋、二〇〇七年
宮下雄一郎『フランス再興と国際秩序の構想　第二次世界大戦期の政治と外交』勁草書房、二〇一六年
三輪公忠・戸部良一共編『日本の岐路と松岡外交――１９４０-４１年』南窓社、一九九三年
メッツィーニ、メロン（水内龍太訳）『日章旗のもとでユダヤ人はいかに生き延びたか　ユダヤ人から見た日本のユダヤ政策』勉誠出版、二〇二〇年
森三千代『晴れ渡る仏印』ゆまに書房、二〇〇五年
山本武利『日本のインテリジェンス工作』新曜社、二〇一六年
山本有造『大東亜共栄圏経済史研究』名古屋大学出版会、二〇一一年
湯山英子「仏領インドシナにおける日本商の活動：１９１０年代から１９４０年代はじめの三井物産と三菱商事の人員配置から考察」『經濟學研究』六二巻第三号、二〇一三年、一〇七-一二一頁
湯山英子「台湾の『南方協力』と仏領インドシナ――黄麻栽培を中心に」『アジア太平洋討究』第三一巻、二〇一八年、一五三-一七〇頁
湯山英子「日中戦争下の仏領インドシナと中国：外務書記生のアジア体験から」『文明21』第四二号、二〇一九年、一-二〇頁
吉沢南『私たちの中のアジアの戦争　仏領インドシナの「日本人」』朝日新聞社、一九八六年
L'Administration des colonies, L'Empire d'Annam et le peuple annamite. Aperçu sur la géographie, les productions, l'industrie, les mœurs et les coutumes de l'Annam (Paris: Félix Alcan, 1889)
Ageron, Charles-Robert et al., *Histoire de la France coloniale. 1914-1990* (Paris: Armand Colin, 2016)
Antonini, Paul *L'Annam, le Tonkin et l'intervention de la France en Extrême Orient* (Paris: Bloud et Barral, 1889)
Aymonier, Étienne, *La langue française en Indo-Chine* (Paris: Imprimerie Nationale, Administration des

Deux revues, 1881)
Betts, Raymond F., *France and decolonisation : 1900-1960* (London: Macmillan, 1991)
Billot, Albert, *L'affaire du Tonkin: histoire diplomatique de l'établissement de notre protectorat sur l'Annam et de notre conflit avec la Chine: 1882-1885* (Paris: J. Hetzel, 1888)
Blazy, Adrien, *L'organisation judiciaire en Indochine française 1858-1945. Tome I : Le temps de la construction 1858-1898* (Toulouse: Presses de l'Université Toulouse 1, 2014)
Blazy, Adrien, *L'organisation judiciaire en Indochine française 1858-1945. Tome II : Le temps de la gestion 1898-1945* (Toulouse: Presses de l'Université Toulouse 1, 2014)
Bouault, J., *Géographie de l'Indochine: Tonkin, Annam, Cochinchine, Cambodge & Laos* (Hanoi: Impr. d'Extrême-Orient, 1927-1932)
Brocheux, Pierre and Daniel Hémery, *Indochine : la colonisation ambiguë, 1858-1954* (Paris: Editions la Découverte, 1995)
Brocheux, Pierre, *Une histoire économique du Viet Nam 1850-2007* (Paris: Les Indes Savantes, 2009)
Bureau du tourisme de Hué, Notice touristique sur l'Annam (Hanoi: Impr. d'Extrême-Orient, 1926)
Dartigues, Laurent, *L'orientalisme français en pays d'Annam, 1862-1939. Essai sur l'idée français du Viêt Nam* (Paris: les Indes savantes, 2005)
Denécé, Eric and Gérald Arboit, "Intelligence Studies in France", *International Journal of Intelligence and Counter Intelligence* 23, no.4(2010), pp.725-747.
Diguet, Édouard, *Les Annamites : société, coutumes, religions* (Paris: Augustin Challamel, 1906)
Diguet, Édouard, *Les montagnards du Tonkin* (Paris: Augustin Challamel, 1908)
Duras, Marguerite, *L'Amant de la Chine nord* (Paris: Gallimard, 1991)

Duras, Marguerite, *Cahiers de la guerre et autres textes* (Paris: P.O.L/Imec, 2006)

Duras, Marguerite, *Un Barrage contre le Pacifique* (Paris: Gallimard, 2019)

Duras, Marguerite, *L'Amant* (Paris: Les Éditions de Minuit, 2021)

Godart, Justin, *Rapport de mission en Indochine : 1er janvier-14 mars 1937* (Paris: L'Harmattan, 1994)

Grandjean, Philippe, *L'Indochine face au Japon, 1940-1945, Decoux-de Gaulle, un malentendu fatal* (Paris: L'Harmattan, 2004)

Guillement, François, *Dai Viêt, indépendance et révolution au Viêt-Nam. L'échec de la troisième voie (1938)* (Paris: Les Indes savantes, 2012)

Héduy, Philippe, *Histoire de l'Indochine: la perle de l'Empire, 1624-1954* (Paris: Albin Michel,1998)

Hoàng Nam, *An overview of traditional cultures of 53 ethnic groups in Vietnam* (Hanoi: Thê Gioi Publishers, 2019)

Hoang Van Tuan, "L'Université de Hanoi (1906-1945). Un outil de renouvellement des élites et de la culture vietnamiennes ? " *Outre-mers* 105, no.394-395(2017), pp. 61-84.

Jayanama, Direk, *Thailand and World War II* (Chiang Mai: Silkworm Books, 2008)

Jennings, Eric T., "From Indochine to Indochic: The Lang Bian/Dalat Palace Hotel and French Colonial Leisure, Power and Culture", *Modern Asian Studies* 37, no.1 (2003), pp. 159–194.

Klein Jean-François et al., *Atlas des empires coloniaux XIXe-XXe siècles* (Paris: Autrement, 2018)

Koenig, Pierre, *Bir Hakeim* (Paris: Nouveau monde, 2022)

Lamant, Pierre, "Le Cambodge et la décolonisation de l'Indochine : les caractères particuliers du nationalisme Khmer de 1936 à 1945" in Charles-Robert Ageron, *Les chemins de la décolonisation de l'empire colonial français, 1936-1956 : Colloque organisé par l'IHTP les 4 et 5 octobre 1984* (Paris:

CNRS Éditions, 1986), pp. 189-199.

Ministère des Armées, *La guerre d'Indochine. Dictionnaire* (Paris: Perrin, 2021)

Morlat, Patrice, "L'Indochine à l'époque d'Albert Sarraut", *Outre-mers* 99, no.376-377(2012), pp. 179-195.

Nguyen Van Phong, *La société vietnamienne de 1882 à 1902 : d'après les écrits des auteurs français* (Paris: Presses universitaires de France, 1971)

Pasquier, Pierre, *Conseil de gouvernement de l'Indochine : session ordinaire de 1933 : discours prononcé, le 27 novembre 1933* (Hanoï: Imprimerie Le-Van-Tan, 1933)

Phan Van Truong, *Une histoire de conspirateurs annamites à Paris, ou la vérité sur l'Indochine* (Montreuil: L'insomniaque, 2003)

Pinto, Roger, *Aspects de l'évolution gouvernementale de l'Indochine française: accès aux fonctions publiques, institutions représentatives, libertés individuelles, Constitution, lois, règlement* (Saigon: SILIP ; Paris: Librairie du recueil Sirey, 1946)

Protectorat de l'Annam, *Rapport d'ensemble sur la situation du protectorat de l'Annam. Fasc. 1. Pendant la période comprise entre le 1er juin 1929 et le 31 mai 1930* (Hué: Impr. Dac-Lap, 1930)

Robequain, Charles ; Préface de Pierre Pasquier, *L'Indochine française* (Paris: Horizons de France, 1930)

Roynette-Gland, Odile, "Les conseils de guerre en temps de paix entre réforme et suppression(1898-1928)", *Vingtième Siècle. Revue d'histoire* 73(2002/1), pp.51-66.

Singaravélou, Pierre, *L'Ecole française d'extrême-orient* (Paris : CNRS Édition, 2019)

Tavernier, Emile, *La famille annamite* (Saigon: Editions Nguyen Van Cua, 1927)

Lê Thânh Khôi, *Histoire et anthologie de la littérature viêtnamienne. Des origines à nos jours* (Paris: Les Indes savantes, 2008)

Trần Văn Tùng ; Préface du Gouverneur général Jules Brévié, *Rêves d'un campagnard annamite* (Paris: Mercure de France, 1940)
Turpin, Frédéric, *De Gaulle, les gaullistes et l'Indochine : 1940-1956* (Paris: Les Indes savantes, 2005)
Vanlande, René, *La Situation en Chine : l'avis du général Chen-Ming-Shu, gouverneur de la province de Canton* (Paris: à la librairie Plon, 1930)
Vanlande, René, *L'Indochine sous la menace communiste* (Paris: J. Peyronnet, 1930)
Viollis, Andrée ; Préface d'André Malraux, *Indochine S.O.S.* (Paris: Gallimard, 1935)

オンライン資料

https://www.servicehistorique.sga.defense.gouv.fr/sites/default/files/2020-04/Guide-Justice-militaire-1914-1918.pdf
https://dl.ndl.go.jp/info:ndljp/pid/1457971（国立国会図書館デジタルコレクション、『最新憲兵須知：附・試験問題答案』武揚社出版部、昭和二年）
https://www.radiotsf.fr/radio-saigon-la-seule-radio-francaise-a-avoir-diffuse-lappel-du-18-juin/
https://www.radiotsf.fr/ces-petites-radios-privees-qui-emettaient-en-indochine-francaise/
https://gallica.bnf.fr/html/und/presse-et-revues/indochine?mode=desktop（フランス国立図書館、*L'Information d'Indochine : économique et financière*『インドシナ経済金融新聞』）

格言

《La vie est une comédie qu'il faut jouer sérieusement》(Aleksandre Kojève)
「人生とは真剣に演じなければならない喜劇である」（アレクサンドル・コジェーヴ）

第十三回アガサ・クリスティー賞選評

アガサ・クリスティー賞は、「ミステリの女王」の伝統を現代に受け継ぐ新たな才能の発掘と育成を目的とし、英国アガサ・クリスティー社の公認を受けた世界最初で唯一のミステリ賞です。

二度の選考を経て、二〇二三年八月四日、最終選考会が、鴻巣友季子氏、法月綸太郎氏、ミステリマガジン編集長・清水直樹の三名によって行なわれました。討議の結果、最終候補作五作の中から、葉山博子氏の『時の睡蓮を摘みに』が受賞作に決定しました。

大賞受賞者には正賞としてクリスティーにちなんだ賞牌と副賞一〇〇万円が贈られます。

大　賞

『時の睡蓮を摘みに』葉山博子

優秀賞

『機工審査官テオ・アルベールと永久機関の夢』小塚原旬

最終候補作

『限りなく探偵に近い探偵』江戸川雷兎

『２０７９』菊田将義

『罪の波及』今葷倍正弥

選評　鴻巣友季子

今回は応募数も多く、受賞に関してはけっこう意見が割れ、選考は長引いた。全体のレベルは高い。読んだ順に選評を。

今葷倍正弥『**罪の波及**』は、十五年前の殺人事件の真相を洗い直すミステリで、被害者の娘が過去を調べだしたことから物語が動きだす。子どもへの虐待が関係している。事件は被害者と家族のみならず、加害者と家族の人生をも壊すことを描く文章からは、誠実さが伝わってきたが、善悪の掘り下げにもう少し深みがほしかった。また雑誌社の女性と、年上の男性ライターとの関係性の書き方がいささか古臭いのでは（気に入った女性が泥酔したら「お持ち帰り」するはずだ、などの発言）。

小塚原旬の候補作を読むのは三度目。一回目と二回目の飛躍幅がめざましく、今回も相当の伸長を見せた。『**機工審査官テオ・アルベールと永久機関の夢**』は十八世紀欧州に登場した「永久機関」の審査をめぐる異色ミステリだ。昨年のイエス・キリストの裁判を弁論戦に焦点を当てて描いた作品につづき、歴史ミステリの一分野を独自に開拓するポテンシャルを感じて優秀賞を出した。課題をいうと、昨年同様、プロットがやや起伏に乏しく、シーンを並列した形になっていること。豊富な知識と独自の視点を武器にいっそう腕を磨いてください。こういう作品を世に送りだせて嬉しく思います。

菊田将義『**2079**』は、アジアの一国を舞台にしたサスペンス・ミステリ。「うそをつくと死ぬ」機器を国民が装着させられている管理国家だ。ディストピアものは寓話的な手法が流行っているが、本作はあくまでリアリズムに則っており、そのため細部の粗さがやや目立った。『一九八四年』など見ればわかるとおり、言語の扱いに作品の風刺性の心髄は出る。一つの文言を真と偽に分けることは話者自身にも困難だが、そうした人間の思考と感情と言語の複雑な関係を単純化しすぎた感がある。トリックとしては、母が「刺殺」という語に嘘の意味を教えるくだりで、なぜ嘘をついたのに母は死なずに済んだのかが説明されていないことが、疑問視された。

江戸川雷兎『**限りなく探偵に近い探偵**』は、探偵小説の形態をしたメタ・サイコスリラーというべきか。筆運びも構成もキャラ作りも上手い。凝った遊び心も買いたいが、もっとオーソドックスな題材で勝負した作品も読んでみたい。

大賞の葉山博子『**時の睡蓮を摘みに**』はスケールの大きな歴史ロマンミステリ。一九三六年、主人公は名門女子専門学校の入試に落ち、縁談を蹴る形で父の駐在する仏領インドシナへ旅立つ。男尊女卑の日本では「頭の中を纏足されているみたい」と、猛勉強の末バカロレアを取得しハノイ大学に合格、地理を専攻するという設定からわくわくさせられた。

とてつもなく分厚い知識の土台に支えられ、候補作のなかで神殿のように屹立していた。主人公が舟からの視点でハロン湾内や外海をゆく舟を描いている序盤から引き込まれたが、このピクチャレスクな描写力をもっと振るってください。活躍、期待しています。

選評　　法月綸太郎

『**時の睡蓮を摘みに**』は第二次世界大戦下の日本軍による仏領インドシナ進駐を背景にした骨太の歴史サスペンスで、クリスティー顔負けの人間観察と、ル・カレやグリーンのような文学的香気に満ちている。植民地における民族間の支配従属関係を見据えた第一部と戦火の中で在外邦人の階級差が露わになる第二部の対比・相乗効果から、物語の焦点がヒロインの選択に絞られていく終盤の展開に静かな興奮を覚えた。候補作中でも別格の出来で、大賞受賞作を選ぶならこれしかないだろう。豊かなディテールと伏線の妙を味わい尽くすには熟読を要するが、「新しい戦前」と言われる今の時代にこそ読まれるべき作品だと思う。

『機工審査官テオ・アルベールと永久機関の夢』は近世ヨーロッパが舞台の時代ミステリ。永久機関をダシにしたコンゲーム小説に、工学系ハウダニットと西洋チャンバラを組み合わせた野心作である。作者は三度目の最終候補だが、毎回意表をつく奇抜な設定が持ち味で、一作ごとにストーリーテリングもこなれてきた。今回は語り口に工夫の跡が見えるが、後半やや書き急いだせいかフィニッシュで息切れした感があり、協議の末に次点の優秀賞作品として世に出すのがふさわしい水準と判断した。今後は手癖に流されず、粘り腰の寄せを心がけてほしい。

以下、選に洩れた作品について簡単に。**『罪の波及』**は殺人事件の被害者遺族と加害者家族のその後の軌跡をたどる社会派風人情ミステリ。リーダビリティの高さは五篇中一番だったけれど、話の底がすぐに割れてしまうのが難。雑誌記者ヒロインの成長をスキップして、中年男性の願望充足小説に着地するのも筋が違うのではないか。

『限りなく探偵に近い探偵』は技巧的なプロットに完全に騙されたが、犯行の土台となる特殊設定が脆弱すぎて、物語を支えきれていない。特にカルト教団の教義が説明不足で、犯行と動機がトートロジーに陥っているように見える。

『2079』は嘘をつくと即死する国という設定が魅力的で、異邦が舞台の警察小説としても読み応えがある。とはいえ、言語の扱いには疑問が多く、同じ日本語でも社会体制が異なればもっとズレや誤解が生じるはず。そもそも嘘をつけない母親がどうやって虚偽の語意を教えたのか、具体的な説明がないのはミステリとして致命的では。

選評　清水直樹（ミステリマガジン編集長）

第一回から昨年まで選考委員を務めた北上次郎氏が今年一月に逝去された。氏は新人作家の可能性を第一に考え、発想の新しさ、印象に残るシーンが書けているかといった点を重視されていた。そして、「新人作家はとにかく書き続けることが大事だ」と、受賞者にアドバイスされていたことを記しておきたい。

菊田将義『**2079**』は、嘘をつくと命を失うという架空の国家で起きた殺人事件を、日本の警察から派遣された警察官が捜査する特殊設定ミステリ。日本人警察官と現地の警官たちとのドラマがよく書けていて読ませる。やや類型的だがキャラも立っていて、映像化向きの作品だと思った。私は最高点を付けたが、他の選考委員が指摘した設定上の問題点には完全に同意する。物語を作る力には将来性を感じるので、ぜひ別の題材で再挑戦して欲しい。

葉山博子『**時の睡蓮を摘みに**』は、第二次世界大戦前夜の仏領インドシナを舞台に、歴史の流れに翻弄される日本人女性を主人公にした作品。歴史や政治状況の記述は興味深く読めるし、登場人物の行動にも必然性がある。だが、複雑で膨大な歴史的な記述のなかにストーリーが埋没してしまっている印象は否めず、またミステリとしての評価を考えて最高点は付けられなかった。ただ、これだけのボリュームの作品を構想し書き切る力は相当なものだし、大きな将来性を感じる。大賞受賞に全く異論はない。

小塚原旬が最終選考に残るのは三度目。『**機工審査官テオ・アルベールと永久機関の夢**』は過去の応募作に比べ、物語の構造が練られ読み応えも増している。もともとキャラクターを魅力的に書く力はあり、今回もその長所は際立っていた。一方で、分量と比較してエピソードを盛り込み過ぎな印象があり、個々のパートがやや物足りなく感じた。協議の結果、優秀賞を与えることになった。

今葷倍正弥『**罪の波及**』は社会派ミステリ。被害者家族だけでなく、加害者家族にも焦点が当てられているところが特徴で現代的だと感じた。逆にいうと新味はその点でとどまっており、特徴的な作品を新人賞に選びたいという点から考えると厳しい評価になった。

江戸川雷兎『**限りなく探偵に近い探偵**』は、非常に練られた構成で読む者に驚きを与える作品。ただ、プロット・構成に驚きはあるものの、ストーリー・キャラクターに魅力を感じられず、高い評価を与えられなかった。

第14回アガサ・クリスティー賞
作品募集のお知らせ

©Angus McBean
©Hayakawa Publishing Corporation

早川書房と早川清文学振興財団が共催する「アガサ・クリスティー賞」は、今回で第14回を迎えます。本賞は、本格ミステリをはじめ、冒険小説、スパイ小説、サスペンスなど、クリスティーの伝統を現代に受け継ぎ、発展、進化させる総合的なミステリ小説を対象とし、新人作家の発掘と育成を目的とするものです。「21世紀のクリスティー」を目指す皆様の奮ってのご応募お待ちしております。

募集要綱

●対象　広義のミステリ。自作未発表の小説（日本語で書かれたもの）
●応募資格　不問
●枚数　長篇　400字詰原稿用紙300～800枚（5枚程度の梗概を添付）
●原稿規定　原稿は縦書き。鉛筆書きは不可。原稿右側を綴じ、通し番号をふる。ワープロ原稿の場合は、40字×30行もしくは30字×40行で、A4またはB5の紙に印字し、400字詰原稿用紙換算枚数を明記すること。住所、氏名（ペンネーム使用のときはかならず本名を併記する）、年齢、職業（学校名、学年）、電話番号、メールアドレスを明記し、下記宛に送付。
●応募先　〒101-0046　東京都千代田区神田多町2-2　株式会社早川書房「アガサ・クリスティー賞」係
●締切　2024年2月29日（当日消印有効）
●発表　2024年4月に評論家による一次選考、5月に早川書房編集部による二次選考を経て、7月に最終選考会を行なう予定です。結果はそれぞれ、小社ホームページ、《ミステリマガジン》《SFマガジン》等で発表いたします。
●賞　正賞／アガサ・クリスティーにちなんだ賞牌、副賞／100万円
●贈賞式　2024年11月開催予定
*ご応募は1人1作品に限らせていただきます。
*ご応募いただきました書類等の個人情報は、他の目的には使用いたしません。
*詳細は小社ホームページをご覧ください。
https://www.hayakawa-online.co.jp/

選考委員（五十音順・敬称略）

鴻巣友季子（翻訳家）、**杉江松恋**（評論家）、**法月綸太郎**（作家）
小社ミステリマガジン編集長

問合せ先

〒101-0046　東京都千代田区神田多町2-2
（株）早川書房内　アガサ・クリスティー賞実行委員会事務局
TEL:03-3252-3111／FAX:03-3252-3115／Email: christieaward@hayakawa-online.co.jp

主催　株式会社 早川書房、公益財団法人 早川清文学振興財団／協力　英国アガサ・クリスティー社

本書は、第十三回アガサ・クリスティー賞大賞受賞作『時の睡蓮を摘みに』を単行本化にあたり加筆修正したものです。

時の睡蓮を摘みに

二〇二三年十二月二十日　印刷
二〇二三年十二月二十五日　発行

著者　葉山博子
発行者　早川浩
発行所　株式会社　早川書房
郵便番号　一〇一 - 〇〇四六
東京都千代田区神田多町二ノ二
電話　〇三 - 三二五二 - 三一一一
振替　〇〇一六〇 - 三 - 四七七九九
https://www.hayakawa-online.co.jp
定価はカバーに表示してあります

印刷・製本／中央精版印刷株式会社

ISBN978-4-15-210296-6 C0093

乱丁・落丁本は小社制作部宛お送り下さい。
送料小社負担にてお取りかえいたします。